子供の頃のわたし。（コナー画）

少女時代のわたし。

上）トーキイのダンス教室で
（中央がわたし）。
左）パリ留学時代（1906年）。

右）グッドウッド競馬レースで。
下）エジプト旅行。

クリスティー文庫
97

アガサ・クリスティー自伝
〔上〕

アガサ・クリスティー
乾信一郎訳

早川書房
5504

AN AUTOBIOGRAPHY
by
Agatha Christie

Translated by
Shinichiro Inui
Published 2016 in Japan by
HAYAKAWA PUBLISHING, INC.
This book is published in Japan by
arrangement with
AGATHA CHRISTIE LIMITED
through TIMO ASSOCIATES, INC.

目次

下巻目次

アガサ・クリスティー自伝

〔上〕

はしがき

アガサ・クリスティーはこの本を一九五〇年四月に書きはじめて、約十五年ほど後、七十五歳のときに書き終えている。どんな本でも、長期間にわたって書かれた本にはかならず若干の繰り返しや前後不一致の部分が含まれるものであるが、この本ではそれらはきちんと整理されている。しかし、重要な点は何一つ省略されてはいない——事実上、これはクリスティーが出版にあたってこうあってほしいと望んでいたような自叙伝となっているはずである。

クリスティーが七十五のときにこれを書き終えているわけは、彼女がいっているように、「やめるのにちょうどよいときだと思える。というのは、生涯に関するかぎりいうべきことはみなここにあるからである」彼女の生涯の最後の十年間には大きな成功がいくつかあった——映画《オリエント急行殺人事件》、〈ねずみとり〉の記録的な長期連続公演、全世界を通じて彼女の著書が年々売行きを大幅にのばしていること、そして長いこと英国連邦内での彼女の特権のようになっていたベストセラー第一位の地位がアメリカでも得られたこと、一九七一年にデイム（男性のナイト爵に相当する女性の爵位）の位を授けられたこと。だがこれらのことは偉業につけ加えられた栄誉であって、彼女自身の心はすでに先に進んでいた。一九六五年、彼女は正直に書いている……「わたしは満足している。わたしはしたいと思うことをしてしまった」と。

　これはどの自叙伝でもそうであるように、幼少のころに始まり、書き進んで筆を置いたところで終わってはいるのだが、アガサ・クリスティーは年代記の約束事に堅苦しく規制されてはいない。この本の楽しい点は、彼女の筆が心の赴くままに動くやり方にある——ひょいとメイドのわけのわからない習慣について想いに耽るかと思うと、老齢がもたらすものについて考え込んでいる——かと思うと、彼女の子供らしい性格から、ひょいと自分の孫息子のことを生き生きと思い出したりするといった具合である。とはいえ、彼女はあらゆることを書きつくす義務も感じてはいない。ある人にとっては重要と思えるかもしれない二、三のエピソード——たとえば、あの有名な失踪事件——などには触れていない、がしかし、あの特殊な事件については他の箇所で、若いころ健忘症にかかったことが書かれているので、この事件の真の経過の手がかりを与えている。その他のことについては、「わたしは覚えておこうと思ったことは覚えているつもり」だし、最初の夫との別離を感動的な威厳をもって書いてはいるものの、彼女が覚えておきたいといつも思っていることは、自分の生活の楽しくおもしろい一面なのである。彼女以上に人生の喜びを強烈に、またさまざまな面から感じとれる人は少ないだろう。この本は、何にもまして生きる喜びの賛歌なのである。

もし彼女がこの本の出版されることを知ったら、その喜びを人生にもたらす助けをしてくれた多くの人々に感謝の意を表したにちがいない……中でももちろん彼女の夫マックスとその家族に。彼女の作品を出版してきたわれわれは、出版社として彼女に感謝の意を表する。五十年ものあいだ、彼女はわれわれを叱責し、途方に暮れさせ、そして喜ばせてくれた――出版のあらゆる分野に最高水準を強く要求し、これがたえまない刺激となったし、彼女の人生に対する陽気さ、熱情はわれわれの生活に暖かみをもたらすものだった。彼女が自分の書く物から大いなる楽しみを引きだしていたことはこれらのページから明白である――その楽しみを彼女の作品を愛読してくれる人たちすべてに伝えることはこれまでされてこなかったので、本書を刊行するのはかぎりなく喜ばしい仕事だった。作家として、また一人の人物として、アガサ・クリスティーは無類の人でありつづけることは疑いない。

序

一九五〇年四月二日　イラク共和国ニムルドにて

ニムルドは、古代アッシリア帝国の軍事都市であった古代の都カラの現代名である。わたしたちの発掘隊宿舎は泥煉瓦《れんが》でできていた。宿舎は小丘の東側斜面につきでており、台所、居間兼食堂、小さな事務室、仕事部屋、応接事務室、大きな考古品室、そして小さな暗室もついている（わたしたちは全員テントで眠る）。しかし今年はこの宿舎にもう一部屋増築した、三メートル四方ほどの部屋をひとつ。化粧漆喰《プラスター》の床にイグサのマットと織り目のあらい派手な敷物がしいてある。壁には若いイラク人の画家の描いた絵がかかっている。スーク（イスラム都市の市場）の門を通り抜けている二頭のロバの絵で、全体があかるい色のたくさんの立方体の迷彩の中に描かれている。窓は、雪をいただいたクルディスタンの山並の見える東方にむかって開かれている。ドアの外には楔形文字で印刷された四角いカードが取りつけられていて、〈ベイト・アガサ（アガサの家）〉と読める。

つまりこれがわたしの〝家〟で、この中で完全なプライバシーを保ち、真剣に執筆に取り組めることになっているのである。というのは発掘が進行するにつれ、こうした時間はたぶんまったく持てなくなってしまうから。発掘物は汚れを落とし、修復する必要がある。写真を撮り、ラベルを貼り、分類し、箱につめなければならない。でも最初の一週間、あるいは十日ぐらいはまだ余暇もあるだろう。

実際のところ、妨害されて集中できないことがおうおうにしてある。頭上の屋根の上で、アラブ人の作業員たちが威勢のいい叫び声を上げながら跳《は》ねまわり、不安定な梯子《はしご》の位置をガタガタ変えたりする。犬が吠え、七面鳥がごろごろ鳴く。警官の馬が鎖を鳴らしているし、窓や扉はきちんと閉じていないで交互にバタンバタンと開く。わたしのまことに堅い木のテーブルの傍らにはアラブ人が旅行用に携帯する派手な色に塗られたブリキの箱が置いてある。その中にタイプライターで打った原稿を順に入れていくのである。

わたしは探偵小説を書くことになっているのだが、書くべきもの以外の何かを書きたいという作家としての自然な衝動に駆られて、自伝を書きたくて仕方がない。これはまったく予期もしないことだった。自伝を書きたいという欲求は、遅かれ早かれ誰にでも襲ってくると人から聞いていたが、それが不意にわたしを襲ってきた。

あらためて考えたことは、自伝という言葉は大げさすぎるということだった。それは人の生涯全体の意味深長な研究を思わせる。きちんと年代順に並べられた名前や、日付や、場所をほのめかす。わたしが望んでいるのは、頭の中に手をつっこんで各種取りまぜの記憶をひとつかみ取りだすことである。

人生はわたしには三つの部分から成り立っているように思える――刻一刻と運命的な速さで過ぎ去っていく、心をわずらわすがたいていは愉快な現在。薄ぼんやりとして当てにならない未来、誰でもおもしろい計画をいくらでも立てられるし、その計画はとっぴでとても実現できそうにないほどいい、何一つとして期待どおりには実現しないのだから……とにかく計画を立てる楽しみを持てる。そして三番目は過去。現在の生活の根本である思い出と真実の数々が、突然ある手がかりによって呼びもどされる。匂いや山の形、昔の歌、その他のささいなことが手がかりとなって、説明しがたい不思議な喜びとともに、突然人にいわせるのだ、「思い出したよ……」と。

これは年齢がもたらしてくれる報償の一つであって、たしかにたいへんに楽しめるものである。

残念なことにあなたは思い出したいばかりでなく、思い出を話したくなることがしばしばある。そしてこの場合、あなたはいつも繰り返し自分にいってきかせなければならない、他の人を退屈させていはしないかと。結局、自分たちのでもないのに、何で他人があなたの人生をおもしろがるだろう？　ときとして若い人たちは歴史的関心から興味を示すことがある。

教育のあるお嬢さんが興味しんしんで尋ねる、「あなたって、きっとクリミア戦争（一八五三年〜五六年）のことなんか何でも覚えてらっしゃるんでしょう？」

とんでもない、わたしは憤然として、自分はそんなに年寄りではありませんと答える。わたしはまた、インド暴動（一八五七年〜五九年にベンガル地方でおきたセポイの反乱）のことも知りませんと否認する。でもボーア戦争（一八九九年〜一九〇二年）の記憶があることは認める――兄が戦争に行ったから思い出すことができる。

心の中に湧き出てくる最初の記憶は、市《いち》の立つ日、ディナール（フランス北西部、サン‐マロ湾に臨む海岸保養地）の町を母と一緒に歩いている自分自身の鮮明な光景である。かごに荷をいっぱいにつめた少年が乱暴にわたしにぶつかった。腕はすりむけ、あやうく地面に倒されるところだった。痛い。わたしは泣きだす。思うに七歳くらいのころだった。

母は、人前で感情をあらわにすることをきらう人で、わたしをたしなめた。

「南アフリカのわが勇敢な兵隊さんたちのことを考えなさい」と母はいう。

わたしの答えは泣きわめくことだった。「勇敢な兵隊さんになんかなりたくない。わたし、臆病者になりたい！」

人の思い出を選別するのは何なのか？　人生は映画館の中に座っているようなものだ。パッ。ここに誕生日にエクレアを食べている子供のわたしがいる。パッ。二年がたち、今度は祖母の膝の上に座っている、ホイットリーさんの店から到着したばかりのチキンみたいにまじめくさって手を胴体にしばられている、このふざけたユーモアにうれしくてもうヒステリー状態。

それはどこに行ったのか？　ペール・ギュントの疑問がはっきり思い出される、「わたしはどこにいたのか、わたし自身、ありのままのわたし、真実のわたしは？」

わたしたちはありのままの人間を知ることはけっしてないが、けれどもときには、一瞬のうちに人の真実の姿を知る。わたしは自分自身思うのだが、人の思い出というものは、それ自体は取るに足らないと思えるような瞬間だが、そこにこそその人の内面やもっとも生き生きとしたその人自身が表われるのではないだろうか。

今日のわたしは、薄い色の金髪をソーセージ形のカールにしたまじめな少女と同じ人間である。精神が住み育つ家は、本能や趣味や情緒や知的才能を発展させたが、わたし自身、本当のアガサは変わらない。わたしにはアガサのすべてはわからない。アガサのすべて、それは神様のみがご存じにちがいない。

こうしていろいろなわたしがいる、少女のアガサ・ミラー、成長したアガサ・ミラー、そしてアガサ・クリスティー、アガサ・マローワン、それから——この道はどこへ続いていくのか？　誰にもわからない——それがもちろん人生をおもしろくすることはいうまでもない。わたしはいつも人生をおもしろいものと考えてきたし、今もそう思っている。

というのは、誰もほとんどそれを知らないから——その人のごく小さな部分でしかわかっていない——まるで第一幕でわずか数行のせりふをしゃべる俳優みたいである。その役どころのト書は持っているが、それだけが彼の知りうるすべてである。戯曲全体は読んでいない。なんでそうする必要があろう？　彼がいうのはこれだけ、「電話が故障しております、奥様」、そして暗闇の中に退いてゆく。だが公演の日、幕が上がると、彼は劇全体を知り、他の出演者と並んでカーテン・コールを受けることになる。

人が何かの一部分であるというのにその全体像についてはちっとも知らずにいるということは、人生のもっともおもしろい仕組みの一つではないかとわたしは考える。わたしは生きていることが好き。ときにはひどく絶望し、激しく打ちのめされ、悲しみに引き裂かれたこともあったけれど、すべてを通り抜けて、わたしはやはり生きているというのはすばらしいことだとはっきり心得ている。

だからわたしは、記憶の楽しみを味わうこと――わたし自身をせき立てずに――折にふれて二、三ページずつ書いていくことをしようと思う。たぶん何年もかかる仕事になるであろう。でもなぜこれを仕事と呼ばねばならないのか。これは一種の道楽である。わたしはかつて古い中国の巻物を見たとき、それが気に入った。木の下であやとりをしている一人の老人が描かれていた。題して〈無為享楽老人之図〉。わたしはけっしてそれを忘れることができない。

楽しみながら書くことに決めて、そろそろ始めよう。とはいえ、年代記風に書き綴っていくことは望めないが、すくなくとも幼少のころから始めることはできる。

第一部　アッシュフィールド

おお！　わがいとしの家、わが巣、わが宿よ
過ぎ去りし住処《すみか》……おお、わがいとしの家よ

I

人生の中で出会うもっとも幸運なことは、幸せな子供時代を持つことである。わたしは子供時代たいへんに幸せであった。わたしには家があり、大好きな庭があり、気がきいて辛抱強いばあやもいたし、父と母はたがいに愛し合い、結婚にも親であることにも成功していた。

振り返ってみると、わたしたちの家は本当に幸せな家だったと思う。それはたぶんに父のおかげだった。というのは、父はたいへん感じのいい人だったからだ。感じがいいなどということは、この節あまり重きを置かれない資質である。人々はこんなことを聞きたがる——その人は利口か、勤勉か、社会の福祉に貢献するところがあったか、ことにあたって重要視される人物かどうか、と。だが、チャールズ・ディケンズはこのことを『デイヴィッド・コッパーフィールド』の中で愉快げにこう書いている——

「きみの兄さんは感じのいい人かい、ペゴッティ？」とわたしは用心深くきいた。
「ああすごく感じがいいよ、兄は！」大きな声でペゴッティがいった。

あなたの友人や知り合いの多くについて、その質問を自分に問いかけてごらんなさい。ペゴッティと同じ答えがどんなに少ないか、きっと驚くにちがいない。

現代的な標準からすると、わたしの父なぞはおそらくあまりよいとは認められないほうであろう。父はのらくら者であった。不労所得で安楽に暮らしていける時代で、そうした収入のある人間は働かなかった。人も働くことを期待しなかったものだ。父はどっちにしても、働くことにかけてはあまり得意ではなかったようにわたしには思われてならない。

父はトーキイ（イングランド南西部）にあるわたしたちの家を毎朝出て、おなじみのクラブへ行く。昼食を食べに辻馬車で帰ってきて午後にはクラブへ戻り、午後中ずっとホイスト（四人でするトランプ遊びの一種）をやって、夕食の着替えに間に合う時間に家へ帰ってくる。シーズン中は毎日クリケット・クラブで過ごす。父はそこの会長だった。また父はときどきアマチュア芝居を打ったりもした。父にはとてもたくさんの友人があって、その人たちをもてなすのが大好きだった。毎週一度は家で大ディナー・パーティを開いたし、また父と母はたいてい一週間に二、三度は外へディナーに出かけていた。

後になってわかったが、父がみんなからどれほど愛されていたか。父の死後、世界のあちこちから手紙が来た。そして、近所近辺の小売り商人、辻馬車の御者、古くからの雇い人など……何度も何度も、年寄りたちがやってきて、わたしにいうのだった——「ああ！　わたしはよくミラーさんを覚えとりますよ。あのお方は絶対に忘れられませんね。この節、あんなお方はめったにいらっしゃいませんな」

だが、父にはとくにすぐれた特徴はなかった。とくに聡明でもなかった。わたしは父が飾りけのない愛情深い心の持ち主で、自分の仲間たちの面倒をよくみていたのだと思う。父はたいへんにユーモアの感覚があって、よく人を笑わせていた。父にはまったく卑しいところがなく、人をねたむこともなかったし、珍しいほど気前がよかった。そして生まれつき愉快で明朗な性格だった。

わたしの母はまったくちがっていた。母はどこか謎めいたところがあって、人目を引く人物だった。父よりも強烈な個性の持ち主で、考え方が驚くほど独創的で、また内気でひどく遠慮がちだったが、生来は憂鬱的な性質《たち》だったのだろうとわたしは思っている。

使用人たちも子供たちも母にすっかり心服していて、母の言葉ならちょっとしたことでもいつもすぐにそのとおりになった。母はきっと第一級の教育家になれただろう。母に何かいわれると、それがたちまち興味深くまたとても大事なことになった。母には単調なことがやりきれず、話題もあれからこれへととぶものだから、ときに母の話にまごつかされた。父が母によくいっていたように、母にはユーモアのセンスがなかった。その非難に対して母は感情を害した声になって反発した――「ただわたしがあなたのお話がおかしいと思わないからなんですが、フレッド……」すると父は声をあげて大笑いしたものだった。

母は父よりも十歳ほど若くて、十歳の子供のころから父を心から愛していたのだった。父が陽気な若者としてニューヨークと南フランスのあいだをとび歩いているあいだ、母はおとなしい内気な娘として家にいて、父のことを思いながら折々の詩などをアルバムへ書きつけたり、父のために札入れの刺しゅうをしたりしていた。ちなみに、父はその札入れを一生持っていた。

典型的なヴィクトリア朝のロマンスだが、その裏には豊かな深い思いやりの感情がある。

わたしが両親に関心を寄せるのは、二人が自分の親だということだけではなくて、二人がたいへんめずらしい成果をあげた、つまり幸せな結婚を達成したからなのだ。今日までわたしは完全に成功した結婚は四組しか見ていない。成功するにはきまった形式というものがあるのだろうか？　わたしにはとてもそうとは思えない。わたしがあげた四つのうち、一例は十七歳の少女と十五歳以上も年上の男との結婚であった。男は彼女がまだ自分の意見を持つに至っていないといって異議を申し立てた。彼女は、完全にわかっている、もう三年も前から彼と結婚する決心をしていた、と答えた！　二人の結婚生活は、一方で最初の子ができ、もう一方では義母が一緒に住むことになって、さらに面倒な事情になった―

―たいていの夫婦の結びつきなら崩壊したかもしれない。その若妻はもの静かだが、芯の強い女性だった。彼女はわたしの母のような才気と知的関心こそないが、ちょっとわたしの母を思わせる。彼らには三人の子供があって、今はもうとっくにみんな世の中に出ている。配偶者としての二人のあいだはもう三十年以上もつづいていて、今もなお心から愛し合っている。もう一つは、若い男が自分よりも十五歳も年上の女――未亡人と結婚した例。彼女は何年ものあいだ、その男性を断わりつづけていたのだが、しまいには受け入れて、三十五年後彼女が亡くなるまで二人は幸せに暮らした。

わたしの母クララ・ベーマーは子供のころを不幸せに過ごした。彼女の父はアーガイル・スコットランド高地連隊の将校だったが、馬から落ちて致命的な重傷を負った。母の母親はそのときまだ若く美しい二十七歳、四人の子供と、遺族年金だけが後に残された。ちょうどそのころ、アメリカの金持ちの後妻として結婚していた彼女の姉から手紙が来て、養子に子供の一人を引きとって育てたいという申し出があった。

四人の子供を養い、教育するため死に物ぐるいで針仕事をして働いていた若い不幸な未亡人にとって、その申し出は拒むべくもなかった。三人の男の子と一人の女の子のうち、彼女は女の子を選んだ――そのわけは、男の子たちは自分で世の中へ出ていけるが、女の子は楽な生活の有利さが必要と思われたからか、またはわたしの母がつねに信じていたように、祖母が男の子のほうをよけいに気づかっていたかのどちらかであったろう。わたしの母はジャージーを離れてイングランド北部の未知の家へやってきた。母は憤《いきどお》りを感じていたとわたしは思う――よけい者扱いされたことが深く心を傷つけたにちがいないし、それが母の人生に対する姿勢を特色づけることになったと思われる。そのために自分自身に対しても、また人の愛情にも懐疑的になった。母の伯母はやさしくて気さくで鷹揚《おうよう》な人だったが、子供の気持ちというものを感じ取れない人だった。母はいわゆる快適な家やりっぱな教育の強みのすべてを手に入れたのだが、彼女が失ったものは何ものにも代えがたいものだった。それは兄弟たちと自分の家での気苦労のない生活だった。わたしは新聞の読者欄で悩める両親からの問い合わせをよく見かける――それは〝わたしではしてやれないこと、第一級の教育といったものを子供に受けさせる有利さ〟と引きかえに、子供を他人へ渡すべきかどうかという質問である。わたしはいつも絶叫したくなる――子供を手離してはいけない。自分の家、自分の家族、愛、安定感のある境遇――それにくらべれば、いったい世界最高の教育など何の意味があろうか、と。

母は新しい生活の中でひどくみじめな思いをしていた。毎晩泣き疲れて眠りにつくようなありさまで、やせ細り青ざめ、とうとう病気になってしまった。伯母は医者を呼んだ。医者は初老の経験豊かな人だったので、この少女と話し合った後、伯母のところへ行って、「あの子はホームシックですよ」といった。伯母は驚いたが信じなかった。「いいえ、そんなはずはありません。クララはおとなしい、いい子で、一つも面倒なんかかけたことがありませんし、ほんとに幸せにしてます」でも老医者はもう一度この子のところへ行くとまたよく話をした。お嬢ちゃんには兄弟があったんじゃないかな？　何人？　みんなの名前は？　すると、彼女は泣き崩れてしまい、すべてを話した。

悩みを打ち明けると極度の緊張はやわらげられたものの、よけい者にされたという気持ちだけはどうしても抜けなかった。母は自分の生母に対して彼女が死ぬまでこの気持ちを持ちつづけていたように思われる。母はアメリカ人の伯父にたいへんよくなついていた。そのころ伯父はもう病人だったのだが、おとなしいクララをかわいがってくれ、彼女も自分の大好きな『黄金の川の王様』という本を読んで聞かせたりしていた。だが、母の生活の中での本当の慰めは、伯母の義理の息子、フレッド・ミラー、いわゆる〝いとこのフレッド〟の定期的な来訪だった。彼は当時二十歳ぐらいで、小さな〝いとこ〟のクララにいつも特別親切にしてくれた。母が十一歳になろうとしているある日のこと、彼は継母にむかって、こういった――

「クララってすごくかわいい目をしてるね！」

母はいつも自分のことをとても無器量だと思っていたものだから、二階へ上がると、伯母の大きな化粧台の鏡に映る自分の姿をのぞいてみた。まあどうやらその目はきれいらしい……彼女ははかりしれない喜びをおぼえた。それからというもの彼女の心はどうにもならないほどフレッドにむけられることになった。

海のむこうのアメリカでは、家族ぐるみの友人が、この陽気な若者にいっていた、「フレディ、おまえはいつの日かあのイギリス人のいとこと結婚するんだな」

びっくりして彼は答える、「クララのこと？　あれはまだほんの子供だよ」

だが彼はこの慕い寄る少女にいつも特別の気持ちを持っていた。彼女の書いた子供っぽい手紙や詩などをしまい込んでいた、そしてニューヨークでの社交界の美人や才気縦横の女たち（その中にはジェニー・ジェローム、後のランドルフ・チャーチル夫人（ウィンストン・チャーチルの母）などもいた）との長い恋愛遊戯の末に、英国へやってきて、このおとなしい小さないとこを自分の妻にほしいと求めた。

母はいかにも彼女らしく、それを堅く断わった。

「どうして？」とわたしはかつて母にきいたことがあった。

「だって、わたしはずんぐりだったからよ」と母は答えた。

妙な理由だが、母としては根拠のあるりっぱな理由だったのだ。

父は降参するような人でなかった。二度目にやってくると、こんどは母は懸念を克服して、でもためらいながら彼と結婚することを承知したが、きっと自分に失望するにちがいないという不安でいっぱいだった。

こうして二人は結婚したのだが、わたしが持っている母のウェディング・ドレス姿の肖像画は黒い髪に大きな薄茶色の目をしたかわいい真剣な顔つきである。

わたしの姉が生まれる前に、二人はトーキイへ行って、家具付きの家を手に入れた。この地は後年その名声を南仏リヴィエラに奪われたが、当時は冬期の保養地として一流の名をほしいままにしていた。父はこのトーキイにすっかり魅せられていた。父は海が好きだった。父にはこの地に住んでいる何人かの友だちや、冬にアメリカからやってくる友だちがいた。わたしの姉のマッジはトーキイで生まれ、それから間もなく父母はアメリカへと出ていったが、そのころ父母はアメリカを永住の地とする考えだった。父の祖父母はまだ健在で、父の生母がフロリダで死んだ後、父はニュー・イングランドの静かな田舎で祖父母たちに育てられたのだった。父はこの祖父母をたいへん慕っていたし、また祖父母は父の妻とその赤ん坊に会うのをひどく楽しみにしていた。父母がアメリカにいるあいだに、わたしの兄が生まれた。その少し後で、父は英国へ戻ることにきめた。英国へ到着するとすぐに、商売上の問題がおきて父はニューヨークへ呼び戻されることになった。父は母に、自分が帰ってくるまで、トーキイに家具付きの家をみつけて落ち着いているようにといった。

母はさっそくトーキイへ家具付きの家を見にいった。彼女は帰ってくると勝ち誇ったように披露した――「ねえフレッド、わたし、家を買ったの！」

父はひっくり返らんばかりに驚いた。まだアメリカに住むつもりでいたのだ。

「だけど、何でそんなことしたんだね？」父がたずねた。

「だって、その家が気に入ったんですもの」母がわけを話した。

母は三十五軒もの家を見たらしかったが、気に入ったのは一軒だけで、それは売り家だった――持ち主は貸すことはできないという。母は、伯母の夫から二千ポンドの遺産を与えられることになっていて、そこでその管理者になっている伯母に懇願して、その家をすぐさま買い取った。

「しかしね、その家には長くても一年しか住んでいられないよ」父が不満を洩らした。

母は、つねづね先のことを見通せるといっていたものだが、家はいつでもまた売れますよと答えた。おそらく母はこれから先何年ものあいだ、この家に一家が住むことになるのをうすうす察していたのかもしれない。

「わたしはその家に入ったとたんに好きになったんです」と母は強くいいはった、「とてもすばらしい落ち着いた雰囲気があるの」

その家はクェーカー教徒でブラウンとかいう人のものだったのだが、その人たちが長年住んだ家を去るとき、母がブラウン夫人にためらいながら慰めの言葉をかけると、その老婦人は静かにこういった――

「あなた様やあなたのお子さま方がここにお住みになると思えば、わたしは幸せでございますよ」

それは祝福の祈りのようであった、と母はいっていた。

本当にその家には祝福があったとわたしは信じている。ごくふつうの邸宅で、トーキイの上流地域、ウォーベリーズとかリンカムズではなくて、町のべつの端、トア・モハンの古い地域にあった。当時は、すぐにも小道や野原のあるデヴォンの田舎へと通じる道路沿いにあった。家の名は〝アッシュフィールド〟といい、断続的ではあったが、わたしの生涯を通じてわが家であった。

父は、結局アメリカには自分の家を建てなかった。父はトーキイの町を非常に愛し、ここから離れないことにきめた。クラブに腰を据え、ホイストと友だちに満足していた。母は海の近くに住むことをいやがり、あらゆる社交的な集まりをきらい、トランプのゲームは全然できなかった。だが、アッシュフィールドに幸せそうに住み、大きなディナー・パーティを催したり、懇親会などに出席し、家での静かな夜などには、父にむかって町の劇的な事件とか今日のクラブではどんなことがあったかなど、熱心にききたがった。

「いや、べつに何も」と父は楽しそうに答える。

「でもね、フレッド、誰かが何かおもしろいことかなんか話さなかったの？」

父は一生懸命頭をひねるが、何も出てこない。父がいう――M氏はけちんぼで、朝刊を買わずにクラブへやってきて新聞を読むんだが、それからそのニュースを他の会員に押しつけがましく話す。「あのね、きみたち、《ノース・ウェスト・フロンティア》紙に載っていた記事を見たかね……」といった具合に。「みんな、これには閉口してるよ、何しろ

M氏は会員の中でも大金持ちの一人なんだからね」

こんな話はすでにみんな聞いている話なので、母は不満である。父はおだやかな満足の様子に戻る。椅子の背に深々と寄りかかると、暖炉へ長々と足を延ばしてゆっくり頭をかく（これは禁制になっている癖）。

「ねえ、フレッド、何考えてるの？」母が詰め寄る。

「いや、べつに何でもないよ」父の返事はまったくの真実なのだ。

「ないことを考えてるなんてことありますか！」

父の言葉は再三再四母を悩ませた。母にとってはとても考えられないことだった。母の頭からはいろいろな考えが飛んでいるツバメの速さでとび出してくる。ないことを考えるどころか、母はいつも三つのことを一度に考えている。

ずっと後年に気がついたことだが、母の考えはいつもちょっとばかり実際とはくいちがっていた。宇宙は実際にそうであるよりも明るく彩《いろど》られていると考えていたし、人は実際よりも善人か悪人だと考えていた。それはおそらく母が子供時代におとなしく、控え目で、感情を表面へ出さずにいたせいであって、世の中をドラマの見地から、ときにはメロドラマの見地から見ようとする傾向があったからだろう。母の創作的な想像力はたいへんに強いもので、物事を絶対につまらないとか当たり前とかには見なかった。また、母はふしぎな直感のひらめきを持っていた――他人がどんなことを考えているか、突然わかるのだ。

わたしの兄が若いころ軍隊にはいっていたとき、お金に困って両親に打ち明けられずにいたことがあったのだが、母はある晩のこと、兄が座りこんで心配そうに渋い顔をしているのをまともにじっと見つめて、びっくりさせた。「ねえモンティ」母がいった、「おまえはどうして金貸しのところなんかに行ったの。おまえ、おじいさんの遺言証書でお金をこしらえたんですね？　そんなことをしてはいけないわ。そんなときはお父さんのところへ行ってお話ししたほうがいいの」

この種の母の能力はいつも家族をびっくりさせた。姉がいつかいったことがあった——「お母さんに知られたくないことがあるなら、お母さんがその部屋にいるときには、そのことを考えてもだめよ」と。

II

自分の最初の記憶が何であるか知るのはむずかしい。わたしは自分の三回目の誕生日をはっきり覚えている。晴れがましい気持ちが波のように湧き立つのをおぼえる。わたしたちは庭でお茶を飲んでいた――後日、二本の木のあいだにハンモックをつるした庭の一隅だった。

ティー・テーブルがあって、いろんなケーキでいっぱいになっていたが、真ん中にはろうそくを立ててある砂糖でくるまれたわたしの誕生日ケーキがあった。ろうそくは三本。すると、ハッと息をのむことがおきた――小さな、やっと見えるくらいのちっぽけな赤いクモが、白いテーブルクロスの上を走り抜けたのだ。そしたら母がいった、「それね、縁起のいいクモよ、アガサ、あなたの誕生日に縁起のいいクモよ……」それからの記憶は次第にぼんやりしている、ただ兄がいくつエクレアを食べてもいいかというはてしない論議をつづけている断片的な思い出があるだけである。

楽しくて、安全で、でもわくわくするような子供時代の世界。わたしの場合、もっとも夢中になったのは庭であった。年を追うにつれて、庭はわたしにとってますます大切になってきた。庭にある一本一本の木をみんな知ろうと努めた。そもそもずっと最初のころから、庭はわたしの心の中で三つのはっきりした部分に分けられていた。

道路に接した高い塀に囲まれた菜園があった。ここはわたしにとっては興味のないところで、ただ木イチゴとか青リンゴなどの供給地というだけのことだった。どちらも、たくさん食べたものだった。だが、ただの菜園であるだけで、何でもなかった。何かうっとりさせられるようなものを提供してくれる可能性はなかった。

それから、本来の庭──下り坂の斜面にひろがる芝生に、点々と興味深いものが散在していた。ヒイラギ、ヒマラヤスギ、セコイヤ（とても背が高かった）、二本のモミの木は、今ではそのわけがわからなくなったが、わたしの兄と姉とを連想させる。兄モンティの木には登れる（といっても、三番目の枝まで身体をやっと引き上げられるだけだが）。姉マッジの木は具合よく座席になる大枝があって、そこへうまくもぐり込めたら、人からみつけられずに外の世界を眺めることができる。それからわたしがテレピン油の木と呼んでいた木があった──ねばねばした強いにおいのするやにのしみ出る木で、わたしはそのやにを丹念に木の葉に集めて〝たいそう貴重な香油〟ということにしていた。最後に、庭中でいちばん大きな王者の栄誉をになうブナの木があったが、その実が落ちるのが楽しみで、わたしたちはそれを賞味したものだった。またムラサキブナの木もあったのだけれど、どうわけか、わたしはこれを自分の木の世界の中へ入れなかった。

三番目として、林があった。わたしの想像の中では、今でもニュー・フォレストの森ぐらいにのしかかるほど大きい。林は主としてトネリコから成り立っていて、その中を曲がりくねった小道が通っていた。林には自然の森林につながるあらゆるものがあった。神秘、恐怖、秘密の楽しみ、近寄りがたいこと、そして隔《へだ》たりがあること……

林の中の小道は、食堂の窓の前の傾斜地がいちばん高くなっているところ——テニス・コートやクローケーの芝生のあるところへ出る。そこへ出たら、もう忘我の境は終わる。ふたたび日常の世界へはいり、婦人たちがスカートをたくし上げて片手で持ち、クローケーをして遊んでいたり、カンカン帽をかぶってテニスをしたりしている。

〝お庭で遊ぶ〟楽しみに疲れると、わたしはばあやがきまった場所から絶対に動かないでいる子供部屋へ戻る。ばあやが動かないのは、老女でリューマチ持ちのせいだったようで、わたしの遊びはばあやのそばで、といっても一緒に遊ぶわけではないが、遊びまわっていることだった。それはすべて〝ごっこ遊び〟だった。思い出せる最初の記憶でも、わたしは自分の選んだ友だちを持っていた。その最初の仲間は名前だけしか思い出せないのだが〝子ネコちゃんたち〟だった。〝子ネコちゃんたち〟が誰だったのか、わたし自身が〝子ネコ〟だったのか、今はわからないが、その子供たちの名前はちゃんと覚えている——クローヴァー、ブラッキー、その他に三人。彼らの母親の名はベンソン夫人だった。

ばあやはとてもものわかりのいい人で、彼らのことをわたしにききもしなかったし、また自分の足もとでもそもそと話をしているわたしの遊びの中へはいろうともしなかった。たぶんわたしが一人でおもしろそうに遊んでいるのがありがたかったのではなかろうか。

でも、ある日わたしが庭からお茶の時間に間に合うように階段を上がってくると、メイドのスーザンがこういってるのにはひどくショックを受けた。

「おもちゃには全然興味ないらしいわね、あの子？　いったい、何で遊んでるのかしら？」

すると、ばあやの声が答えている――

「ああ、お嬢ちゃんはね、自分が子ネコで、他の子ネコたちと遊んでるつもりなんだよ」

子供の心の中には本来的に秘密を求める欲求があるのは、どうしてなのだろう？　誰かが――たとえそれがばあやであっても――子ネコちゃんたちのことを知っているということがわたしを心底からあわてさせた。その日からわたしは遊ぶときにはけっして声に出してあれこれつぶやくことをしないことにした。子ネコちゃんたちはわたしの子ネコちゃんたちであって、わたしだけのものなのだ。誰にもわかってはいけない。

わたしだって、もちろんおもちゃを持っていたはずである。実際のところ、たいへんにかわいがられ、甘やかされていたので、おもちゃもたくさん持っていたにちがいないのだけれど、わたしは何も覚えていない、ただかすかに、いろいろ色どりのあるビーズを一箱持っていて、それを紐でつないで首飾りにしたことだけは覚えている。それからまた、覚えているのは、もう成人したうるさいいとこがいて、わざとわたしをからかって、わたしの青いビーズを緑色だといいはり、緑色のを青いといいはってきかなかったことだ。わたしの気持ちはユークリッドの気持ちみたいなもので、〝それは不合理だ〟と思っていたが、行儀よく抗弁はしなかった。わたしに冗談は通じなかった。

いくつかの人形のことを覚えている。――あまり好きでなかったフィビー、それからロザリンドかロージーといっていた人形。この人形は長い金髪をしていて、わたしは好きではあったが、あまりそれで遊ばなかった。わたしには子ネコちゃんたちのほうがよかった。ベンソン夫人はとても貧乏で、それはとても悲しいことだった。父親は船長で海へ出かけていってしまったものだから、それでみんなはこんなに困っていた。この子ネコちゃん物語もやがては終わったが、ただわたしの心の中になんとなくこんな輝かしい結末が残った――ベンソン船長は死んだのではなく、ある日、子ネコちゃんたちの家がもうどうにもこうにもならないことになったとき、ものすごくたくさんのお金を持って帰ってきた。

〝子ネコちゃんたち〟から、わたしは〝グリーン夫人〟へと移った。グリーン夫人には百人の子供があった。その中でも大切なのは〝プードル〟に〝リス〟に〝木〟だった。この三つはわたしのお庭探検のお供だった。彼らはまったくの子供でもなければ、またまったくの犬でもなく、その両方のあいだのはっきりしないものだった。

一日に一度、大切に養育された子供ならみんなそうだったが、わたしも〝散歩に出かけた〟。これはわたしがもっともきらいなことだった。とくに、どうしても必要な支度《したく》――ブーツをきちんとボタン掛けするのがいやだった。わたしは足をずるずる引きずってのろのろと後に遅れて歩いたが、散歩を最後までつづけることができたのは、ばあやのお話があったからだった。ばあやのお話演目は六つあって、みんなばあやがいた家庭のいろいろな子供たちが話の中心になっていた。今はその話は一つも覚えてはいないが、わかっていることは、一つはインドのトラについて、もう一つはサルについて、もう一つはヘビについての話だった。どれもとてもおもしろい話で、どの話をしてもらうか、わたしに選ぶことが許されていた。ばあやは飽きた様子など少しもみせずに、はてしなく話を繰り返してくれた。

ときには、大もてなしとして、わたしはばあやの真っ白なひだ飾りのある帽子を取ることを許された。帽子がないと、ばあやは職務上の身分がなくなって、なんとなく個人生活へのがれる感じだった。それからわたしはとても念入りにばあやの頭のまわりに大きな青いサテンのリボンを結んでやる――息をつめて、とても苦心して、というのは四歳としてはチョウ結びにするのはけっして容易なことではなかった。その後わたしは一歩後ろへさがると夢中で叫ぶ――「わあ、ばあやは美人だ！」

それに対してばあやはいつものやさしい声でいう――

「わたしがですか、嬢や？」

お茶の時間の後、わたしはのりのきいたモスリンの上っぱりを着せられて、応接室で母と遊ぶために階下へ降りていく。

ばあやのお話がいつも同じだったというところに魅力があったとするなら、ばあやはわたしに人生の堅固な基盤を示してくれたことになるし、母の魅力は、母のお話がいつもちがっていて、母とわたしはけっして二度と同じ遊びをしなかったというところにある。わたしの覚えている一つのお話は、〝キラキラ目玉〟という名の子ネズミの話だった。〝キラキラ目玉〟はいくつもの冒険をしたが、突然ある日母はわたしをがっかりさせた、というのは、もう〝キラキラ目玉〟のお話はなくなったというのだった。わたしがもう泣き出さんばかりになっていると、母は、「でもね、〝変なろうそく〟のお話をしてあげましょう」といった。〝変なろうそく〟の話は二回つづいたが、どうやら探偵小説の一種だったように思う。するとあいにくなことにお客様が何人かやってきて泊まることになり、わたしたちの遊びとお話は中断してしまった。お客が帰ると、わたしは〝変なろうそく〟の結末を話してちょうだいとねだった、それは悪漢がろうそくの中へゆっくり毒を塗りこむというたいへんわくわくさせられるところで中断されていたからだったが、母はぽかんとしていて、明らかに全然覚えていない様子だった。その未完のつづきものは今もなおわたしの心にひっかかっている。もう一つ楽しかった遊びは〝おうち〟というので、母とわたしは家中からバスタオルを集めてきて、椅子やテーブルなどにひっかけて広げ、わたしたちの住居を作り、その中からわたしたちは四つんばいになって出てきた。

　わたしは兄や姉のことをあまり覚えていない。これはたぶん二人が学校へ行っていて家にいなかったせいだろう。兄はハロー校（有名な寄宿制の中学校、ロンドン西北の同名の町にある）に、姉はブライトンにあるミス・ローレンス校、後にローディーン校となった学校へ行っていた。母は自分の娘を寄宿学校へやることで進歩的と見られ、またそれを許したことで父は心の広い人と思われていた。とにかく母はこの新しい試みに満足していた。

　母自身の試みは主に宗教についてだった。母は生来神秘的な傾向のある人だったとわたしは思っている。母には祈りと瞑想の天性があったが、その熱烈な信仰と信心のためにかえって適当な礼拝の形を選ぶのに苦心した。辛抱強い父は今度はこちら、次はあちらといろんな礼拝の場につれていかれるのを甘受していた。

　これらの宗教上の迷いはわたしが生まれる前からあったことだった。母はもう少しでローマ・カトリック教会へはいりそうになって、ふっとユニテリアン派（唯一の神格を主張してキリストの神格を認めない）にとび込んでいる（だから兄には洗礼名がないのだ）。そしてそこから新興の神知学（直感によって神知を得ようとする神秘思想）の信者となったが、会長のベサント夫人の説教を聞いてきらいになった。短いあいだだったがゾロアスター教に強烈な興味を持った後、母は英国国教会の安全な安息所へ戻り、父を大いに安堵させたが、好みは高教会派（英国国教会内の一派で、教義儀式を重視する）だった。母のべッドわきには聖フランシスの画像があり、朝夕『キリストにならいて』を読んでいた。その同じ本がいつもわたしのベッドわきに置かれていた。

父は純真な人で、正統なキリスト教徒だった。毎晩お祈りを唱え、毎日曜日には教会へ行った。父の信仰は実際的で良心の苦しみなどではなかった――しかし、母が信仰に添え物や飾りが好きであれば、父はそれでいっこうかまわなかった。前にもいったように、父は感じのいい人であった。

わたしが教区教会で洗礼を受けるころ、ちょうど具合よく母が英国国教会へ復帰したので、父はほっとしたろうと思う。わたしは母の生母からメアリ、母からクラリッサの名をもらい、そしてアガサは、わたしの母が教会へ行く途中で友人からいい名よといわれて、あと知恵でつけられたものだった。

わたし自身の宗教上の見解は、バイブル・クリスチャン派だったばあやから来るところが多い。ばあやは教会へは行かなかったが、家で聖書を読んでいた。安息日を守ることこそが大切で、世俗のことだけにかかわっているのは全能の神の目にはきわめて悪い罪とうつる。わたし自身、〝魂の救済を受けた者〟の一人としての信念ではがんこ極まりなかった。わたしは日曜日にゲームをすること、歌を歌うことやピアノを鳴らすことも拒んだし、父の魂の救済については心底、心配していた。というのは、父は日曜の午後楽しそうにクローケー遊びをしていたし、副牧師について冗談を口にするのみならず、一度など司教様の冗談さえいったことがあるからだった。

　母は、一時は女の子の教育について熱狂的に心砕いたが――これが母らしいところで――やがて正反対の考え方へと転換していた。子供は八歳になるまでは字を読ませてはいけないというのだ。そのほうが目のためにも頭のためにもよいというのだった。

　ところが、物事は計画どおりにはいかなかった。わたしはお話を読んで聞かせてもらって、それが気に入るとその本をねだってページをあれこれ開いてながめた。最初はまったく意味のわからなかった文字が、次第にわかるようになってきた。ばあやと外へ出かけたときに、商店や掲示板などに書かれている言葉は何だとわたしはきいた。その結果として、ある日わたしは『愛の天使』という本を一人でりっぱに黙読しているのに気づいた。それからつづいて、ばあやに声を出して読んで聞かせた。

「奥様、あいすみません」ばあやがその次の日、母にあやまっていた、「ミス・アガサは字がお読みになれるんです」

　母は大いに困ったが――どうしようもなかった。まだ五歳足らずだったが、わたしにはお話の本の世界が開かれた。それからというもの、クリスマスや誕生日にはわたしは本をねだった。

　父は、わたしが字が読めるんだから書くことも習ったほうがいいといった。これはあまり楽しくはなかった。古いたんすの中などから今も出てくる、なべをつるすかぎやつり手みたいなくねくねの字でいっぱいの習字手本、BとかRとかの曲がりくねった字の列、わたしは言葉の見かけで読むことを覚えたのであって、その文字で覚えたのでなかったから、文字を見分けるのにたいへん苦労をしたように思う。

するとと父は算数も始めたほうがよかろうといって、毎朝、食事の後、食堂の窓下の腰掛けに座らされたが、がんこに抵抗するアルファベット文字よりも、こちらのほうがはるかにおもしろかった。

父はわたしの上達を喜び、誇りにした。わたしは『問題集』という小さな茶色の本に進むことになった。わたしは『問題集』が大好きだった。見かけはただの計算問題でも、それには複雑な味わいがあった。「ジョンはリンゴを五つ持っていて、ジョージは六つ持っている。ジョンがジョージのリンゴを二つ取ったとすると、その日の終わりにはジョージはいくつのリンゴを持っていますか?」といったもの。今日ではこうした問題を考えると、わたしはこう答えたくなる——「それはジョージがどれほどのリンゴ好きかできまる」と。でもわたしは難問を解いたような気持ちで、四を書いて、おまけに自発的に、「そしてジョンは七つ持っていることになる」とつけ加えた。わたしが算数が好きということが母にはふしぎでしょうがなかったらしい。母は率直に認めていたことだが、数字がきらいで家計の計算が大苦手だったので、父がそれを引き受けてやっていた。

その次にわたしの生活の中でおもしろかったことは、カナリヤをもらったことだった。

ゴルディーという名前をつけられ、とても人になれてきて、子供部屋中をぴょんぴょんと飛んで歩いたり、ときにはばあやの帽子に座ったり、わたしが呼ぶと指へ来てとまったりした。彼はわたしの鳥というだけではなしに、新しい秘密の物語の始まりでもあった。主な人物は〝ディッキー〟とその女主人だった。二人は全国中（庭のこと）を馬で乗りまわして、大冒険をし、盗賊団から危機一髪のところでのがれたりした。

ある日、一大破局がおきた。ゴルディーがいなくなったのだ。窓が開け放しで、ゴルディーのかごの戸の掛け金がはずれていた。ゴルディーは飛び去ってしまったにちがいなかった。今も、その日がひどく長たらしかったことを思いおこすことができる。ずるずると続き、いつまでも終わりがこなかった。わたしは泣いて泣いて泣いた。鳥かごを窓の外に出して、柵のあいだには小さな砂糖の塊《かたまり》を置いた。母とわたしは庭中をぐるぐるまわって、「ディッキー、ディッキー、ディッキー」と呼び歩いた。メイドがおもしろそうに、「ネコかなんかに捕まったんじゃないんですか」といったのを母が、今すぐクビにするとおどしたのが、これまたわたしの涙をさらに誘うことになった。

わたしがベッドに寝かされ、横たわったまま、母の手を握ってまだしくしくやっているときだった。元気のいいチーチーという声が聞こえてきた。カーテンの吊り棒の上から、ディッキーは舞い降りてきた。子供部屋の中を一回飛びまわってから自分のかごへはいった。ああ、あの信じられないようなすばらしい喜び！　その日一日中――あの終わりのないみじめな一日をディッキーはカーテンの吊り棒の上にいたのだった。

母はその当時の流儀にならって、この機会を利用して説教した。

「いいかね、どんなにばかばかしいことだったかわかる? あんなに泣いたことがどんなにむだだったことか? はっきり物事を確かめてからでなくては泣くもんじゃないの」母がいった。

もう、けっしてしません、とわたしは母に約束した。

ディッキーが戻ってきた喜びの他に、そのとき何か得るものがあった——何か困ったことがあった場合の、母の愛と理解の強さである。悲嘆の真っ暗などん底にあるとき、母の手にしっかりつかまっていることが一つの安心だった。母の手に触れていると、何か引きつけられるような、心がいやされるような気がした。病気のときなど、母はかけがえのない人だった。母は自分の力と生気とを与えてくれる。

III

わたしの幼少時代の中で傑出した人物はばあやだった。そして、わたし自身とばあやのいる子供部屋はわたしたちだけの特別の世界だった。

今もわたしは壁紙が見える——藤色のアイリスがはてしないつづき模様になって壁をはい上がっていた。わたしは夜ベッドに横たわって、暖炉の火の光か、テーブルの上のばあやの石油ランプの細い光で、その模様をよく眺めていた。とてもきれいだと思った。実際のところ、わたしは藤色を生涯熱愛している。

ばあやはテーブルのわきへ腰をおろして縫い物か、つくろい物をしていた。わたしのベッドのまわりには幕が引かれていて、わたしは眠ったものと思われていたのだが、いつもたいてい目をさましていて、壁のアイリスを楽しんで見ながら、模様がどういうふうにからみ合っているのか一生懸命みつけようとしていたし、また〝子ネコちゃんたち〟の新しい冒険物語を考えていた。九時半には、ばあやの夜食の盆をメイドのスーザンが運んでくる。スーザンは大きな女で、動作がぎくしゃくしていて不器用なものだから、よく物を倒したりした。彼女とばあやは声を小さくして、しばらく話をする、それから彼女が行ってしまうと、ばあやはわたしのほうへやってきて、幕の陰からのぞいてみて、

「眠ってらっしゃらないみたいね。どうです、ひと口、味見がしてみたいんでしょう?」

「ええ、ほしいわ、ばあや」

汁気たっぷりのおいしいステーキの一片がわたしの口へ入れられる。ばあやが毎晩夜食にステーキを食べていたとは信じられないけれど、わたしの記憶の中ではいつもステーキがあった。

もう一人、家の中で重要な人物は料理人のジェーンで、彼女は女王のように超然とした平静さで台所を支配していた。彼女が母のもとへ来たのは十九歳のほっそりした少女のころで、台所の下働きから昇進したのだった。わたしたちの家に四十年いて、去るときには体重がすくなくとも九十五キロはあった。この間、彼女は感情をあらわに示すようなことは一度もなかったが、彼女の兄の懇願にとうとう負けて、コーンウォール州の兄の家を切り盛りするためにわたしの家を去るときには、涙がほおを伝わるままにしていた。彼女はトランクを一つだけ持っていった——おそらく、ここへ来たときに持ってきたトランクであったろう。この多年のあいだ、彼女は持ち物を蓄積するようなことはまったくしていなかった。彼女は今日の基準からするとすばらしい料理人だったのだが、母はときどき彼女には想像力がないと不平を洩らしていた。

「あら、今晩はどんなプディングにしましょうね？　何か思いつきある、ジェーン？」

「おいしいストーン・プディングなどいかがでございましょう、奥様？」

ストーン・プディングというのが、かならずジェーンの提言賜わる唯一のものであったが、どういうわけか母はこの考えが大きらいで、それを拒否するためわたしたちはそれを食べたことがなく、何かべつのものを食べた。今日に至るまで、わたしはストーン・プディングがどんなものか知らない。母も知っていたわけではなく、ただその言葉の響きがよくないといっていた。

わたしが知っているジェーンは、すでに巨大な女だった――わたしの見た最高に肥った人間の一人だった。彼女はおだやかな顔をしていて、きれいな、自然にウェーブのついた黒い髪を頭の真ん中からわけて後ろへなでつけて、えり首のところで丸い菓子パンみたいな形に束ねていた。あごがいつもリズミカルに動いていたのは、たえず彼女が何か食べていたからだが――パイのかけらとか、できたてのスコーンとか、ロックケーキとか――ちょうど大きなおとなしい牝牛が綿々と反芻しているようだった。

すばらしい食事が台所ではつづけられていた。たっぷりした朝食の後、十一時にはココアの時間、そしてできたてのロックケーキと乾ブドウ入り菓子パンのひと皿か、温かいジャム・ペストリーなどを楽しむ。昼食はわたしたちのがすんでからになっていたが、台所は三時を打つまでは入室禁制というのが不文律になっていた。台所での昼食時間中は絶対台所へはいってはいけない、とわたしは母から教えられていた。「あの人たちだけの時間ですからね、わたしたちが邪魔してはいけないの」

予見できないことがおきて、そのことを伝えなくてはならないような場合——たとえば、夕食の来客が取りやめになったとか——母は邪魔しますよと断わりをいって台所へはいるわけだが、不文律により使用人の誰も腰掛けから立ち上がらなくてもいいことになっていた。

家事使用人たちは驚くほどたくさんの仕事を片づけた。ジェーンは七人から八人前の五品の夕食を毎日のおきまりみたいに料理した。大ディナー・パーティになると、十二人前以上で、各料理が幾種類も用意された、スープ二品、魚料理二品などといったふうに。メイドは四十個もの銀の写真額縁を磨いたついでに化粧道具の銀製品も磨く。〝腰湯〟を入れたり空《あ》けたりもする(家には浴室があったが、母は他の人が使った風呂にはいるなどはいまわしい考えだと思っていた)。寝室へ熱湯を一日に四回運ぶ、冬期には寝室の暖炉をたきつける、そして毎日の午後にはシャツとか敷布類などのつくろいをする。食卓係のメイドは、信じられないほどたくさんの銀器類を磨き、紙張子のボールの中で細心の注意を払いながらグラス類を洗い、そのうえに、食卓の給仕を完璧につとめなくてはならない。

このような骨の折れる職務にもかかわらず、使用人たちは前向きで幸せだったとわたしは思う、というのはみんなは自分たちのことを専門の仕事をする専門家として評価されていることをよく知っていたからである。それゆえ、彼らはあのふしぎな威信を持っていて、店員などを見下げていた。

かりに今わたしが子供だったなら、いちばん淋しく思うのは使用人がいないことだと思う。子供にとって彼らは日々の生活の中でもっともはつらつとした部分なのだ。ばあやはきまり文句を教えてくれ、使用人たちはドラマや慰みを提供してくれるし、特別なことではないが興味あるいろいろな知識も提供してくれる。彼らは奴隷どころか、しばしば専制君主となる。よくいわれているように、彼らは〝自分の立場を心得ている〟が、立場を心得ているということはけっして卑屈ということではなくて、専門家としての誇りを持っているということなのだ。一九〇〇年代初めの家事使用人たちは高度な腕を持っていた。食卓係のメイドは背が高くて、スマートな外見、完全な修業を積んでいて、小声で、「白ワインにいたしましょうか、シェリーにいたしましょうか?」というその声もその場に合った声をしていなければならなかった。紳士方に仕えるための驚くほどめんどうな仕事も片づけた。

今でもこのような本当の使用人がいるかどうか、わたしは疑問に思う。ひょっとすると、七十から八十歳のあいだの人で、たどたどしい足どりでやっている人たちがわずかにいるかもしれないが、その他は義務として働く単なる通いのメイドであり、家事雑用手伝い、雇われ家政婦、それに、自分と自分の子供に都合のいい時間を利用して小金をかせごうというかわいい顔の若い女たちにすぎない。この人たちは親切な素人で、しばしば友だちにもなれるが、しかしわたしたちがかつて使用人に抱いたような畏敬の念をおこさせる人は、めったにいない。

使用人は、いうまでもないが、とくにぜいたくなものではなかった——けっして金持ちだけが持つものではなかった。ちがいは、金持ちは多くの使用人を使っているということである。金持ちは執事や従僕、部屋係メイド、食卓係メイドに仲働き、料理人の下働きなどを持っている。金持ちも下のほうの段階になると、あのバリー・ペイン作の楽しい本『イライザ』や『イライザの夫』の中にまことによく描かれている〝お手伝いさん〟のところへ行きつく。

わたしたちの家の使用人は、母の友人たちとか、遠い親類などよりもはるかにわたしにとっては生き生きとしている。目を閉じさえすれば、ジェーンが台所で堂々と動きまわっているのが見える——巨大な胸、みごとなヒップ、そして腰をしめつけているのりづけしたバンド。肥満など少しも彼女を悩ますことではないようだった。足、ひざ、足首などの苦痛を訴えたこともまったくなかったし、血圧が高かったとしても彼女は全然気がついていなかった。わたしが記憶しているかぎりでは、彼女は一度も病気したことがなかった。オリュンポスの神々のように堂々としていた。感情の動きがあっても彼女はけっしてそれを表に現わさなかった——親愛の情または怒り、いずれにしてもめったに出さなかった—

―ただ、大きなディナー・パーティの準備をしている日には、わずかに顔に赤味がさしていた。きわめて冷静な彼女の人柄が、わたしにいわせてもらえば、〝ちょっぴりさざ波立つ〟くらい――顔がわずかにいつもより赤味を帯び、唇をぐっとしめ、額にはかすかにしわが寄った。こういう日には、わたしは決断して台所から姿を消すことにしていた。「さあ、ミス・アガサ、今日、わたしは暇がないんですからね――することがいっぱい。乾ブドウをひと握り、あげますからね、お庭へ出ていてちょうだい、そしてもう邪魔してはいけませんよ」わたしはジェーンの強い語調に追われるように、いつものようにすぐ台所を出た。

ジェーンの主な特徴は、口数が少なく超然としていることだった。彼女に兄があることはわかっていたが、その他の家族のことはよくわからなかった。彼女は家族の話をしたことがなかった。コーンウォール州の出身だった。〝ミセス・ロウ〟と呼ばれていたが、それは儀礼的な呼び方だった。よい使用人みんながそうであるように、彼女も自分の職分を心得ていた。それは指揮をとる職分であって、自分が預かっている家の中の働き手たちにはっきりそのことを知らせていた。

ジェーンは自分のこしらえたすばらしい料理に誇りを持っていたにちがいないのだが、けっしてそれをおおっぴらに見せつけたり、口に出していったりしたことはなかった。翌朝彼女の作った前夜の夕食について賛辞を受けても、彼女はちっともうれしそうな顔はしなかったものの、父が台所へやってきて彼女をほめたときにはきっと喜んでいたにちがいないとわたしは思う。

部屋係のメイドだったバーカーという娘もわたしにまたちがった人生を見せてくれた人だった。バーカーのお父さんは特別厳格なプリマス同胞教会の信者で、バーカーはきめられている事柄に違反したことには非常に罪の意識が強かった。「きっとわたしには、どんな来世もありませんよ」と彼女はちょっとおもしろそうによくいった。「わたしが英国国教会の礼拝に行ったことが父にわかったら、何というかしれませんよ。そのうえ、わたしは国教会の礼拝を結構ありがたく思ったんですからね。先週の日曜の教区牧師さんのお説教もありがたいと思いましたし、賛美歌もありがたいと思ったんですから」

泊まりがけで来ていたある子供が、ある日食卓係のメイドを軽蔑するように、「なによ、あんた、ただの使用人じゃない！」といってるのを母が聞きとがめて、その場で叱ったことがある。

「二度と使用人にあんなことをいわないようにね。使用人は最高の思いやりで扱ってやらなくちゃいけないの。あの人たちはね、あなたが長いこと修業しなければできないようなことを上手にやってくれる人たちなのよ。それから、あの人たちは口答えができないということを覚えておいてね。身分上、あなたにむかって無作法なことをしてはいけない立場の人には、いつも丁寧にしなければいけないんですよ。もしあなたが無作法なことをすれば、その人たちはあなたを軽蔑して当然よ、というのはあなたはレディらしくない行ないをしているからよ」

〝小さなレディとなるための心得〟を、そのころは徹底的にたたき込まれたものであった。それにはちょっとおかしな項目も含まれていた。

使用人に対する思いやりに始まって、こんな具合につづく――「レディの作法として、皿にはいつもいくらか残すこと」「口いっぱいに食べながら飲み物を飲むな」「小売り商への勘定書以外は、半ペニー切手を二枚手紙に張ってはいけない」それからもちろんこんなのもあった、「鉄道旅行に出かけるときには、清潔な下着を身につけること、事故があった場合にそなえて」

台所のお茶の時間はしばしば親睦会になった。ジェーンには無数の友だちがあって、ほとんど毎日のようにその中の一人か二人が立ち寄った。熱いロックケーキがいく盆もオーブンから出された。わたしはあのころ以来、ジェーンがこしらえてくれたロックケーキのようないい味のものを味わったことがない。かりかりしていて乾ブドウがいっぱい、熱いうちに食べれば最高。ジェーンはおとなしい牛のようなやり方ではあったが、なかなか規律にやかましい人だった――誰かがテーブルから立つと、こういう、「フロレンス、わたしはまだ食べ終わっていないよ」フロレンスは赤面してふたたび腰をおろしながら小声で、「すみません、ミセス・ロウ」

古参の料理人は、誰でもかならず〝ミセス〟だった。部屋係や食卓係のメイドは、それにふさわしい名前を持つべきものと考えられていた――たとえば、ジェーン、メアリ、エディスなど。ヴァイオレット、ミュリエル、ロザムンドなどはふさわしくない名と考えられていて、そういう女の子はきっぱりといわれる、「うちの仕事をしているあいだは、〝メアリ〟と呼ぶことにしますからね」食卓係のメイドは、かなり古参になると姓で呼ばれることもあった。

子供部屋と台所とのあいだの不和は珍しくなかったが、ばあやはその権利の上に立っていてのことにちがいなかったにしても、その人柄がおだやかで、若いメイドたちから尊敬され、何かと相談も持ちかけられていた。

愛するばあや――わたしは彼女の肖像画をデヴォンのわたしの家に掲げている。これは他のわたしの家族を描いたのと同じ、当時有名だったN・H・J・ベアードという画家が描いたものだ。母はこのベアード氏の絵に少々批判的で、「あの人は誰でも汚く見えるようにしてしまう」と不平をいった、「あなた方みんな、何週間も顔を洗ってないみたいに見えますよ！」

母の言葉には一理あった。兄の顔の肌色に濃いブルーとグリーンの影が入っていて、たしかに石けんと水を使いたがらない顔を思わせるし、わたし自身の十六歳のときの肖像画には、わたしが悩まされたことのない欠点、薄い口ひげのようなものを思わせるものがある。だが、父の肖像画はピンクと白とで明るくて、まるで石けんの広告にでもなりそう。わたしはこの画家には描く楽しさがなかったのではないかと思うのだが、母はベアード氏を気の毒に単に個性の点だけで攻撃した。兄と姉の肖像はとくに似ているというものではないが、父のは生きてるようだ。まあ、肖像画としてすぐれているとはいえないが。

ばあやの肖像は、ベアード氏が気に入ってした仕事にちがいないとわたしは信じている。ひだべりのある透き通った白麻の帽子とエプロンはすてきに美しいし、分別のある思慮深いしわのある顔、彫りの深い目といった完璧な構図は、フランドル派の巨匠を思わせる。

わたしは、このばあやがわが家へ来たころどれぐらいの年寄りだったか知らないし、また母がそんな老女をどうして選んだのかも知らないけれど、母はいつもこういっていた——「ばあやが来たその途端から、わたしはもうあなたのことを心配しなくてもよくなったの……信用できる腕にあなたが扱われていることがよくわかったのよ」おおぜいの赤ん坊たちがこの腕の厄介になり、わたしがその最後だったのだ。

人口調査がまわってくると、父は家じゅうの者の名前と年齢を登録しなければならなかった。

「えらく具合の悪い仕事なんだよ」と父はうっとうしそうにいった、「使用人たちは、年をきかれるのを好まんからね。ところで、ばあやはどうした？」

というわけで、ばあやが呼ばれて父の前に立ち、真っ白なエプロンの前で手を組み合わせ、年老いたやさしい目で不審そうに父を見ていた。

「そういうわけなんでね」と父は、人口調査というものがどんなものか簡単に説明した後でいった、「みんなの年齢を書き留めなくちゃならんのだ。えーと……あんたの年はどう書いといたらいいかね？」

「お好きなようで結構でございますよ、だんな様」ばあやは丁寧に答えた。

「うん、しかしね……その……教えてくれなくちゃね」

「いちばんよろしいとお考えになったので結構でございますよ、だんな様」ばあやはなかなか一気には攻め崩されない。

父の見積りでは、すくなくとも七十五歳なのだが、おそるおそる切り出してみた、「えーと……その……五十九？　それぐらいのところかね？」

傷心の表情がしわの多い顔をかすめた。

「ほんとにそんなに年寄りに見えますんでしょうか、だんな様？」ばあやが悲しげにきいた。

「いやいや、そうじゃないんだが……さてと、何歳といったらいいかな？」

ばあやはまたもや指しはじめの手に戻る。

「これでよいとお考えので結構でございます、だんな様」とばあやは威厳をもっていった。

そこで父は六十四歳と書きつけた。

ばあやの態度は現代にもその名残りをとどめている。わたしの夫のマックスが、去る大戦中にポーランドやユーゴスラヴィアのパイロットたちを扱っていたとき、同様の反応に出会った。

「年齢は？」

パイロットは愛想よく手を打ち振って、「何歳でも結構……二十、三十、四十……何でもかまわん」

「それから、生まれたところは？」

「どこでも結構。クラクフ、ワルシャワ、ベルグラード、ザグレブ……お好きなように」

このように細かな事実をばかばかしくぞんざいにされてしまうと、それ以上強制する手がない。

アラブ人がこれと似たり寄ったりである。「あなたのお父さんは元気？」

「ええ元気、でもとても年寄りです」

「何歳？」

「あ、とても年寄り……九十、九十……五」

そのお父さんなるものはまだ五十前ということがわかってきたりする。

だが、それは人生をどういうふうに見るかによる。人が若いときはその人は若いのであり、元気ならたいへん強い人であり、元気が衰えはじめたら年寄りなのだ。年寄りになったら、できるだけ年寄りになるにかぎる。

五度目の誕生日に、わたしは犬を一匹もらった。これはわたしにとってそれまでになく強烈な事件であった。信じられないような喜びで、わたしは一言も口をきくことができなかった。本の中によくでてくる〝誰それは物もいえなくなった〟というきまり文句を読んだとき、これは事実の正直な表現だとわたしは思った。わたしはまさに物もいえなくなった――ありがとうさえいえなかった。わたしの美しい犬を見ることさえろくにできなかった。それどころか、犬に背をむけてしまった。わたしは切に一人になりたかった、そしてこの信じがたい幸せと折合いをつけたかった（わたしは後年になってもしばしば同じことをやった。なぜこうも大ばかなのか？）。わたしが引きこもったのはトイレの中だったと思う――静かな瞑想には絶好の場所、おそらく誰も追っかけてはこないところ。そのころのトイレは快適なところで、一個の居住室ともいえた。わたしは重いマホガニー材の、棚板みたいな便座のふたを閉じると、その上に腰をおろして、壁に掛けてあるトーキイ市の地図を見るでもなくじっと見つめながら、現実をかみしめていた。

「わたしは犬を持ってる……犬を一匹……わたしの、自分の犬よ……ほんとにわたしの自分の犬よ……ヨークシャーテリアよ……わたしの犬……ほんとにわたしの自分の犬よ……」

あとで母がわたしに話してくれたところによると、父はせっかくの贈り物の受け取り方にひどくがっかりしていたという。

「あの子がきっと喜んでくれると思ったんだがね」と父がいった、「全然関心がないらしいね」

でも、いつもよくわかっていてくれる母は、少し時間が必要だといった。「あの子はまだほんとにのみこめずにいるんですよ」

そのあいだに、生後四カ月のヨークシャーテリアの子犬はつまらなくなって庭のほうへちょろちょろはいりこんで、庭師のむっつり屋のデイヴィーになついていた。この犬は賃仕事の庭師に育てられていたので、土を掘っているシャベルを見ると、ここなら落ち着いていられるところだと思ったものらしい。子犬は庭の通路に座りこんで、土掘りをじっと見守るように眺めていた。

やがて、ここでわたしは彼をみつけて近づきになった。わたしたちは両方ともはにかみ屋で、おたがいにためらいながらそばに寄るぐらいしかできなかった。でも、その週の終わりにはもうトニーとわたしは離れることのできない友だちになっていた。父がつけてくれた彼の公式の名前は、ジョージ・ワシントン――つづめてトニー、これはわたしが贈ったもの。トニーは子供にとっては打ってつけの犬だった――おとなしく、人なつっこくて、わたしの思いつきにはすべて順応した。ばあやはいくつかの苦行から解放された。トニーにはチョウ結びのリボンとかその他いろいろな飾りがつけられるようになったが、彼はそれらを寵愛のしるしとして歓迎し、ときにはお気に入りのスリッパに加えて、それらをかじりもした。彼はわたしの秘密の新しい物語の中へ紹介される特典も与えられた。〝ディッキー〟（カナリヤのゴルディー）と〝ディッキーの女主人〟（わたし）に、こんどは〝トニー卿〟が加わることになった。

わたしはこの幼少時代、姉よりも兄のことのほうを覚えている。姉はわたしにやさしくしてくれたのに、兄はわたしのことを〝子供〟と呼んで、えらそうにしていた――それで自然、わたしは兄がそうさせてくれるときはいつでも彼についてまわっていた。兄についていちばん頭に残っているのは、兄が白いハツカネズミを持っていたことである。わたしはその〝ひげ夫妻〟と家族に引き合わされた。ばあやはそれに賛成しなかった。くさいというのだった。もちろん、そのとおりだった。

トニーが来る前から家には犬が一匹いたのだが、それは兄のもので、スコッティと呼ばれる老ダンディ・ディンモント（スコッチテリアの一種）だった。兄はアメリカにいる父の大の親友にちなんで、ルイ・モンタントと命名されていたのだが、いつもは〝モンティ〟で通っており、兄とスコッティは離すことのできない友だちだった。母はほとんど機械的にいつもぶつぶついった、「ねえモンティ、顔を犬のところへさげてなめさせてはいけないの」モンティはスコッティのバスケットのそばに寝そべって、かわいくて仕方がないといったふうに犬の首に腕をまわしていて、全然そんなことは気にもとめなかった。父はよく、「あの犬はひどくくさいぞ！」といった。モンティはもう十五歳になっていたが、そんな非難には耳も貸さないほどの犬好きだった。モンティはかわいくて仕方がないといったふうに、小声でいうのだった、「バラの花だな！　バラの花！　バラの花のにおいがするんだ、彼は」

だが、悲劇がスコッティに訪れた。のろまになり、目も見えなくなっていたスコッティは、ばあやとわたしと一緒に散歩していた。道を横断中に小売り商人の荷馬車が角を曲がって突っ走ってきて、スコッティをひいてしまった。わたしたちは辻馬車で彼を家まで連れて帰り、獣医も呼んだが、数時間後にスコッティは死んだ。モンティは友だちと舟遊びに出かけていていなかった。母はこのことを兄にどう知らせたものか思案していた。母はスコッティの遺体を別棟の洗濯場に置いて、はらはらして兄の帰りを待っていた。間の悪いことには、兄はいつものようにまっすぐ家へはいってこないで、何かの道具が必要だったのか、それを探しに裏庭へまわって洗濯場へはいっていった。そこで兄はスコッティの遺体をみつけた。兄はすぐまた出ると、何時間も歩きまわっていたのにちがいない。やっと帰ってきたのは真夜中近くだった。わたしの両親は充分に物のわかった人たちで、兄にはスコッティの死にざまを話さなかった。兄は庭の一隅にある〝犬の墓地〟に自分でスコッティの墓を掘った——この墓地には小さな墓石に、家の犬の一つ一つの名前が順を追って刻まれていた。

兄は、前にもいったように、いつもわたしのことを〝骨ばったやせヒヨコ〟などといって、ひどくいじめた。そのたびにわたしはどうしようもないから、ワアワア泣くばかりだった。こういわれると、どうしてそんなに腹が立ったのか自分でもわけがわからない。どちらかといえば泣き虫だったわたしは、母の後を追いかけていって泣きじゃくりながら、「わたしってね、〝骨ばったやせヒヨコ〟じゃないわね、ねえマミー？」母は平然としていて、ただこういうだけだった、「いじめられたくなければ、どうしていつもモンティの後にくっついて歩くの？」

この質問には答えられなかったが、わたしにとっては何か離れられない魅力が兄にはあった。兄はもう子供の妹なんかと遊ぶことをいさぎよしとしない年ごろになっていて、わたしのことがうるさくてしようがなかったのだ。どうかするとやさしくしてくれることもあって、兄の〝仕事場〟なるものへ入れてもらった——そこに兄は旋盤を持っていて、わたしに木片だとか何かの道具を持たせたり、取らせたりした。だが、やがて〝骨ばったやせヒヨコ〟は出ていけということになった。

あるとき、兄はたいへんに好意をみせてくれて、わたしを舟遊びに連れていってやるといったことがあった。兄はボートを持っており、トーベイの浜で乗っていた。びっくりしたことには、みんなはわたしが一緒に行くのを許してくれた。そのころはまだいたばあやは、その舟遊びに絶対反対だった。それはこういう考えからだった――わたしはぬれ、汚れ、服は破れ、何かにはさまれて指をつぶしたり、それにまずまちがいなく溺れてしまうというのだった。「お若い紳士方は小さな女のお子さんをお世話なさるやり方をご存じありません」

母は、わたしが船外へ落ちないぐらいの分別は充分に持っているし、またいい経験にもなるといった。また母はいつにないモンティの利己的でない行ないを評価すると述べたようだった。そんなわけで町を歩いて通りぬけ、桟橋へやってきた。モンティがボートを踏み段のところへまわしてくると、ばあやがわたしを兄のところへ降ろしてくれた。いよいよ最後の瞬間になって、母は気をもみはじめた。

「気をつけてね、モンティ。よく気をつけるのよ。そして、あまり長いこと出かけていないで。この子のこと、ちゃんと世話してやるのよ、いいですね？」

兄はどうやらもう自分の親切な申し出を後悔していたようにわたしには思われ、簡単に、「大丈夫だよ」といった。わたしにむかっては、「じっとそこに座っておとなしくしてるんだぞ、それから頼むから何にもさわらないでくれ」

それから兄はロープでいろんなことをやった。ボートは、じっと座っておとなしくしていろといわれたってとても不可能なほどに揺れ、ひどくこわかったが、ボートが順調に走りだすとわたしは元気を取り戻して楽しく運ばれていった。

母とばあやは桟橋のはずれに立って、ギリシャ古典劇中の人物みたいに、じっとわたしたちを見送っていた——ばあやなどは破滅を予言していただけに泣きだしそうにしていたし、母は自分の恐怖心を静めようと、おそらく母自身船に弱いことを思い出してのことであったろうが、「これできっとあの子も二度と海へなぞ行こうといわなくなるわ。海ってとても変わりやすいんだから」と最後に一言つけ加えていた。

母の宣言はまさにそのとおりであった。わたしはまもなく、兄の表現を借りると三度も〝魚に餌をやり〟（船酔いの意）、真っ青な顔色をして連れ戻された。兄は、女ってみんな同じなんだ、といいながらひどく不快そうにわたしを陸へ上げてくれた。

Ⅳ

五歳になるちょっと前のこと、わたしは初めて恐怖というものに出会った。ばあやとわたしはある春の日、サクラソウを摘みに行った。わたしたちは鉄道線路を横切り、シッペイ小路にはいって、サクラソウのいっぱい生えている垣根から摘み取っていた。

わたしたちは開け放しの門の中にはいり込んで、サクラソウ摘みをつづけていた。バスケットがいっぱいになるころ、怒った荒っぽい声がわたしたちをどなりつけた。

「おまえたち、そこで何やってんだ？」

その男がわたしには真っ赤な顔をして怒っている巨人のように見えた。

ばあやは、何も悪いことはしておりません、ただサクラソウを摘んでるだけですといった。

「人の土地へ不法侵入しとるんだ、おまえらのやっとることは。出てってくれ。一分以内にあの門の外へ出ていかないと、生きたまま煮殺してやるぞ、わかったな？」

出ていきながら、わたしはばあやの手を死に物ぐるいで引っぱっていた。ばあやはさっさと速く歩くことができないし、また事実さっさと歩こうともしなかった。わたしの恐怖はつのりにつのった。やっと小路へ無事出ると、わたしはほっとしてへたへたと座りこみそうだった。顔が真っ青になり、吐き気がしてきたのをばあやも気がついた。

「嬢や」とばあやがやさしくいった、「まさか、あの男が本気でいったとは思っていらっしゃらないでしょうね、煮殺すとかなんとか、そんなこと？」

わたしは無言でうなずいた。わたしにはありありと目に見えていたのだった。火にかけられて、湯気の立ちのぼっている大釜、その中へわたしが放り込まれる。苦痛の叫び声をあげるわたし。すべてわたしにとってはまったくの本当のことだった。

ばあやがなだめるようにいってくれた。あれは物の言い方の一つであること。いわば、冗談みたいなものであること。けっしていい人じゃないし、乱暴で不愉快な男だが、言葉どおりのことを本気でいっているのではない。冗談です。

わたしにとっては冗談どころではなかったし、今でも野原へ足を踏みいれるとき、背筋にちょっと身震いが走りおりるのをおぼえる。あの日から今日に至るまで、あんなに心《しん》からこわい思いをしたことはない。

それでも、この体験を悪夢の中で再体験することはなかった。子供はみな悪夢を見るものなのだが、これは子守り女や他の人がこわがらせたり、または何か実際の生活の中にあったことのせいだとするのは、どうもわたしには納得できない。わたし自身の悪夢は、もっぱら、わたしが〝ガンマン〟といっていた何者かに集中していた。わたしはそうした種類の物語など一つも読んだことがなかった。わたしがその男をガンマンというのは、男が銃を持っていたからであって、わたしにむかって発砲しようとおどしたり、または何か銃につながる理由のためではなかった。銃はその男の外見の一部であって、今考えてみると、どうやら青灰色の制服を着たフランス人であったようだ――髪粉をつけたさげ髪に、角《つの》が三方に突きでた帽子をかぶり、銃は旧式のマスケット小銃のようなものであった。その男がただ出てくるだけでこわい。夢はまったくふつうで――お茶の会とか、いろんな人と散歩しているとか、何かのちょっとした催し物の場合が多い。すると急に不安な感じに襲われる。誰かがいる――そんな場所にいるはずのない何者かがいるのだ――ぞっとするような恐怖を感じて、その男が見える――ティー・テーブルについているとか、浜辺を歩いているとか、何かのゲームに加わっているとか。その男の薄青い目がわたしの目と会うと、わたしは悲鳴をあげながら目をさます、「ガンマン！　ガンマンが！」

「ミス・アガサは昨夜も例のガンマンの夢を見ておられましたよ」とばあやは例の落ち着いた声で報告する。

「どうしてその男がそんなにこわいの、ねえ？」母がきく、「その男があなたに何をしそうに思えるの？」

わたしにもなぜその男がこわいのかわからなかった。後にはその夢が変わってきた。ガンマンはかならずしも時代がかった服装をしなくなった。ときによると、わたしたちがティー・テーブルのまわりに座っていて、むこう側の友だちか家族の一人を見ると、急にそれがドロシーやフィリスやモンティや母やその他誰であっても、その人でなくなる。例の見覚えのある顔の薄青い目がわたしの目と会う——と、いつものような服装になる。本当はガンマンなのだ。

四歳のとき、わたしは恋をした。圧倒的な、すばらしい経験であった。わたしの情熱の対象は、兄の友人で、ダートマス海軍兵学校の生徒だった。金髪に青い目、わたしのロマンチックな性向にぴったりだった。彼自身は自分がかき立てた情熱などには全然気づいていなかった。光栄にも友人モンティの〝子供の妹〟などには無関心な彼は、もしたずねられたとしたら、わたしが彼のことをきらっていると答えたであろう。あまりにも情熱過剰のせいで、わたしは彼がこっちへやってくるのを見るとその反対の方向へ行ってしまうし、食卓につくとなるとわたしは断固として彼にそっぽをむくのであった。母はわたしをやさしくたしなめた。

「お母さんもあなたがはにかみ屋さんなことは知ってますよ、でもね、礼儀正しくしなくてはいけないのよ。フィリップにいつも顔をそむけたり、話しかけられてもはっきり物をいわないなんて、とても無作法なことよ。あなたが、たとえあの人がきらいでも、礼儀正しくしなければいけません」

彼のことをきらいですって！　誰も何も知ってはいないんだわ。今、そのことを考えてみると、幼年期の恋愛が、どんなにこのうえもなく満足なものであったかと思う。何物も求めない、一目見てくれること、一言物をいってくれることさえも。純粋な敬慕の情なのだ。それに支えられ得意になって、愛する人のため献身する勇ましい場面を心の中に想像する。彼を看護するために悪疫の仮小屋にもはいっていく。火事から彼を救いだす。命とりの弾丸から盾となって彼を守ってやる。物語の中に想像されるあらゆること。こうした想像の中では、めでたしめでたしで話が終わることはない。自分自身が火あぶりの刑に処されるか、銃殺か、悪疫に倒れる。主人公は、あなたが行なったこのうえもない犠牲を知ることさえない。わたしは子供部屋の床に座って、重々しく気取った表情でトニーと遊びながら、その頭の中では途方もない空想がかけめぐり、輝かしい喜びが渦を巻いていた。何ヵ月かたった。フィリップは海軍少尉候補生となって英国を離れていった。しばらくは彼のイメージがしつこくつきまとっていたが、やがて小さく縮んでいった。三年後、わたしの姉に求愛していた、背が高くて髪の黒い若き陸軍大尉に望みのない想いを寄せるときまで、恋心は消えていた。

　アッシュフィールドはわが家であり、そのように受け取られていた。だがイーリング（ロンドンの郊外住宅地）の家は刺激そのものだった。空想にみちあふれた外国のようだった。中でもとくに楽しかったのは、トイレだった。すばらしく大きなマホガニー材の便座があった。そこへ腰かけていると、まるで女王様がその王座に座っているような感じだったので、わたしはさっそく〝ディッキーの女主人〟を〝マーガリート女王〟に、〝ディッキー〟はその息子〝ゴルディー王子〟——女王後継者に変更した。ゴルディー王子は、りっぱなウェッジウッド製の水栓ハンドルを握った女王様の右手の小さな輪の上に座っている。朝のうち、わたしはここへ引きこもって、座ってはおじぎをし、引見を行ない、接吻の礼を受けるために手を差しのべたりしている——しまいには誰かがはいるので出てきなさいと怒られるまでやっていた。壁には色刷りのニューヨーク市地図が掛けてあって、これまたわたしにとって興味深かった。家にはいくつものアメリカの版画があった。来客用の寝室には一組の色刷り版画があったが、わたしはこれが大好きだった。一つは〈ウィンター・スポーツ〉という題がつけられていて、一面の氷の上にとても寒そうな様子の人がいて、小さな穴から魚を引っぱり上げているところが描かれていた。なんだか憂鬱なスポーツのようにわたしには思われた。それとは逆に、速歩馬〈葦毛《あしげ》のエディ〉はすばらしく元気はつらつとしていた。

わたしの父は、自分の継母（アメリカ人だった自分の父親の、二度目の英国人の妻）のめいと結婚していたので、彼は継母を〝母〟と呼び、妻は彼女をずっと〝伯母さん〟と呼んでいたので、いつもは公式に〝伯母ちゃん《アーンティ》・おばあちゃん《グラニー》〟ということになっていた。

わたしの祖父は晩年をニューヨークでの商売とマンチェスターにある英国支店とのあいだをあちこちしながら過ごしていた。祖父の生涯はアメリカのいわゆる〝成功談〟の一つであった。マサチューセッツ州の貧しい家庭の少年が、ニューヨークへやってきて給仕になり、だんだんと昇進して会社の社長にまでなった。〝三代で裸一貫から社長まで〟というのがわたしの家で現実となったのだった。わたしの祖父は大財産を築いた。父はもっぱら事業仲間を信頼しているうちに、その財産を減らし、わたしの兄はその残りをあっという間に使いつくしてしまった。

　祖父は死ぬ少し前に、チェシャに大きな家を買っていた。当時すでに祖父は病床についていて、その二度目の妻は比較的若くして未亡人となった。彼女はしばらくのあいだチェシャの家に住んでいたが、しまいにはイーリングに家を買った――当時イーリングはまだ本当の田舎であった。よく祖母は、まわりじゅうが野原だった、といっていた。しかし、わたしがここを訪ねるようになったころは、とてもこの言葉は信じられなかった。小ぎれいな家々の列が八方にひろがっていた。

　祖母の家と庭はわたしにとって魅力だった。わたしは子供部屋をいくつかの〝地域〟に分けた。前の部分は張り出し窓があって、はでな縞模様のインドじゅうたんが床に敷いてあるところ。この部分をわたしは〝ミュリエールの部屋〟と名づけた（たぶんオリエール窓（出窓）という言葉に魅せられたせいだろうと思う）。子供部屋の後ろの部分は、ブラッセルじゅうたんの敷かれているところで〝大食堂〟。部屋に置いてあるマットやリノリュ－ム片などは、それぞれがちがう部屋ということになった。わたしは忙しそうに、またしかつめらしく、わたしの家の部屋をあちらからこちらへと、口の中で何かいいながら動きまわった。ばあやは、いとも静かに座って縫い物をしていた。

もう一つの魅力は祖母のベッドだった――すごく広くて大きなマホガニー製の四柱式ベッドで、真っ赤なダマスク織りカーテンでぴったり囲まれていた。それは羽毛入りのベッドで、朝早くわたしは服を着る前に行って、もぐりこんだ。祖母は六時から目をさましていて、いつもわたしを喜んで迎えてくれた。階下には応接室があって、寄せ木細工の家具やドレスデン陶器で満杯の盛況を呈していたし、また、外側に温室が建てられていたものだからいつも薄暗かった。応接室はパーティのときだけに使われた。応接室の隣りは昼間の居間で、ほとんどいつでも〝縫い女〟が座りこんでいた。ところでそのことを考えてみると、縫い女は家庭になくてはならない人であった。この人たちはみなたがいにどこか似ているところがあった――たいていとても上品で、不幸せな事情を持っていて、家庭の主婦や家族から注意深く丁重に扱われていたが、使用人たちからはまったく丁重になど扱われていないで、食事は盆にのせて出されていた――そして、わたしの覚えているかぎりでは、どんな種類の衣類でもぴったりあうものをこしらえることができなかった。どこかきつすぎたり、あるいはだぶだぶでしわが寄ったりしていた。このような苦情にはいつもこんな答えが返ってきた——「ええ、そうね、でもミス・ジェームズはとても不幸せな身の上だったのよ」

で、昼間の居間ではミス・ジェームズがミシンを前に、まわりじゅうに服の材料をいっぱい置いて、縫い物をしていた。

食堂では、祖母は心ゆくまでヴィクトリア朝風な生活を送っていた。家具類は重厚なマホガニー材で、中央テーブルとそのまわりに椅子。窓には厚手のノッティンガム・レースが掛けられていた。祖母はテーブルにむかって、大きな革の背もたれのあるひじ掛け椅子に座って手紙を書いているか、それとも暖炉わきのビロード張りのひじ掛け椅子に座っているかだった。テーブルやソファ、それからいくつかの椅子は本で占領されていた——そこへ置いておくつもりのものもあれば、ゆるくしばった小包みからはみ出した本もあった。祖母はいつもよく本を買っていた——自分のための物やプレゼントにする物、そしてしまいには持て余してしまって、いったい誰に送ってやるつもりだったのか忘れてしまったり、さもなければ、ベネットさんのかわいい男の子が、もう十八にもなっていて、『セント・グルドレッドの少年たち』とか『トラのティモシーの大冒険』などはもはや年ごろに合わなくなったことに気づいたりというわけだった。

祖母は気ままな遊び相手で、書きかけの長いくしゃくしゃに見える手紙（用箋節約のために行をうんとくっつける）をわきへどけて、〝ホイットリーさんちから来たヒヨッコ〟

という愉快な遊びにとりかかる。いうまでもなく、わたしがそのヒヨッコであった。祖母が店員に、わたしが本当のヒナドリで肉が柔らかいかどうかよくよく念を押して選んで、うちへ持って帰って、翼や脚をしばり上げ、焼串に刺し（串刺しにされたわたし自身が喜びの叫びを上げる）、オーブンの中へ入れられ、ぐるぐるまわされ、皿に盛られて食卓の上へ運ばれ、肉切りナイフを研ぐ大見せ場があると、突然ヒヨッコは生き返って、「わたしよ！」——大クライマックス——をアドリブとともに繰り返す。

朝の行事の一つに、祖母の貯蔵食品戸棚視察があった——その戸棚は、庭へ出るドアのそばにあった。わたしがすぐさまそこへ姿を現わすと、祖母は大きな声を出すのである、「さあ、小さな女の子がこんなところに何の用があるのかい？」その小さな女の子は、大いに望みをかけて、興味深い戸棚の奥をのぞき込む。ジャムや砂糖漬けのびんがずらりと並んでいる。箱に入れたナツメ、砂糖漬けの果物、イチジク、フレンチ・プラム、サクランボ、アンゼリカ、乾ブドウやスグリの包み、何ポンドものバター、砂糖の袋、紅茶や小麦粉の袋。家庭食品のすべてがそこにはいっていて、その日の入用を見越して、毎日そこから厳粛に渡されるのである。また、前日の割り当てがどう処理されたかについて、厳しい尋問がされる。祖母は何事にももの惜しみをしないけれど、むだについてはひどくやかましかった。家族の請求が満たされ、昨日のぶんが行きわたっているとわかると、祖母はフレンチ・プラムのびんのねじぶたを開け、わたしは手をいっぱいにして喜んで庭へと出ていくのである。

何ともふしぎなことに、幼少のころを思い出してみると、お天気がある特定の場所では一定しているのである。トーキイの家の子供部屋では、いつも秋か冬の午後である。暖炉には火がはいっていて、高い炉格子には衣類が乾かしてあり、戸外では落葉がひらひら舞い落ちているか、ときによると、しきりに雪が降っている。イーリングの庭では、いつも夏で——それもひどく暑い夏なのだ。暑い、乾燥した空気の息吹、横のドアを出るとバラの香りが生き生きと思い出される。ふつうのバラの木に囲まれた小さな芝生の一隅でも、わたしにとってはけっして小さいとは思えなかった。それがまた世界であった。第一がバラで、最重要——生気のない花茎は毎日つみ取られ、その他は切られて家へ入れ、いくつもの花びんに生けられた。祖母はこのバラの大きさ、美しさをこよなく誇りにしていて、「いいかね、おまえ、あれは寝室の汚物のおかげよ。水肥《みずごや》しなんぞくらべものにならない！　わたしのバラのようなのは誰も持ってないの」といっていた。

日曜日にはわたしのもう一人の祖母と、叔父が二人たいていいつも昼食にやってきた。すばらしいヴィクトリア朝の一日であった。わたしの母の生母で、B《ビー》おばあちゃんといわれていたベーマーおばあちゃんなのだが、すごく肥っていて、伯母ちゃん・おばあちゃんよりもっと肥っていたものだから、ちょっとハーハー息を切らしながら十一時ごろにやってきた。ロンドンから汽車や乗合馬車を乗り継いでくるので、まず最初にBおばあちゃんのすることは、ボタン止めの靴をぬぐことだった。来るときにはたいていメイドのハリエットがお供してきていた。ハリエットはBおばあちゃんの前にひざをついて靴をぬがせ、毛織りの楽なスリッパに代えてやった。するとBおばあちゃんはほっと深いため息をついて食堂のテーブルにむかってどっかり座りこみ、そこで二人の姉妹はいつもの日曜の朝の仕事に取りかかるのである。この仕事はなかなか混み入って長々しいものであった。Bおばあちゃんは、伯母ちゃん・おばあちゃんの買い物の大部分をヴィクトリア通りにある〈陸海軍購買組合売店〉でしてきてくれる。二人の姉妹たちにとって陸海軍売店は万物の中心点であった。品目表、数字、勘定書などは二人が没頭して楽しんだものである。買ってきた品物の品質についての討議が始まる――「ねえマーガレット、あなたったらほんとに何にもかまわないんだから。ちっとも品物がよくない、ひどいわ……この前の紫色のビロードなんかとは全然ちがうわ」それから伯母ちゃん・おばあちゃんはふくらんだ大きな財布を取り出すのだが、わたしはいつもそれを畏敬の念で眺め、表面に出た、目に見える莫大な富のしるしだと思っていた。その真ん中の仕切りには一ポンド金貨がたくさん入っていて、その他のところは半クラウン銀貨や六ペンス銀貨、そしてときには五シリング銀貨などでふくらんでいた。修繕やこまごました買い物勘定も清算される。陸海軍売店はいうまでもなく銀行小切手で支払うのだけれど――わたしが思うのに、伯母ちゃん・おばあちゃんはBおばあちゃんの手間と暇のために現金のプレゼントをいつも加えてやっていたよう。姉妹は仲がよかったが、二人のあいだにはやはりささいなやきもちや言い争いも相当にあった。おたがいにいじめ合ってはそれを楽しんでいたし、何とかして相手を負かそうとしていた。Bおばあちゃんはひとりぎめで、自分が家族中での美人だとしていた。伯母ちゃん・おばあちゃんはいつもこれを否認する。「メアリ（またはポリーとも呼んでいた）はきれいな顔していたわね、ええ」というのである、「でもね、いわなくてもわかってるけど、わたしのような身体つきじゃなかったわ。紳士方は身体つきのよさが好きなものよ」

メアリは身体つきの悪さにもかかわらず（これは後年りっぱになっていたとわたしはいいたい――あんなりっぱなバストをわたしは見たことがなかった）彼女が十六歳のとき、ブラック・ウォッチ（第四十二スコットランド高地連隊）の一大尉が彼女を見初めた。家族の者はまだ彼女は結婚には早すぎるといったのだが、彼はこういってみなの注意を促した――彼は所属連隊と一緒に海外へ出るし、相当期間英国へは帰れないだろう、だからただちに結婚を取り行ないたい、と。そんなわけでメアリは十六歳のときに結婚した。どうやらこれがやきもちの第一要点のように思われる。本当に好いて好かれた似合いの夫婦だった。メアリは若くて美しく、夫の大尉は連隊一の美男だった。

メアリはやがて五人の子供をもうけ、その中の一人は死んだ。彼女の夫は落馬がもとで、二十七歳の若さで彼女を未亡人にしてしまった。伯母ちゃん・おばあちゃんのほうはもっとずっと後まで結婚しなかった。ある若い海軍将校とのロマンスがあったが、二人は貧しくて結婚できず、男はある金持ちの未亡人へと乗りかえてしまった。一方彼女は、息子の一人ある金持ちのアメリカ人と結婚した。いろいろ失望させられるようなことがあったけれども、分別と人生への愛は彼女を見捨てることはなかった。子供はなかった。だが莫大なお金持ちの未亡人となった。他方、メアリは夫の死後は家族を養うのが精いっぱいだった。彼女にあるものといえば夫のわずかな年金だけだった。わたしは彼女が一日中家の窓辺に座って、縫い物、飾り針さし作り、刺しゅうの絵や幕などこしらえている姿を覚えている。彼女は針仕事がすてきに上手で、休みなしに一日に八時間よりはるかに多く働いていたようにわたしは思う。そんなわけで姉妹はおたがいに自分たちの持っていないもののために相手をうらやんでいた。二人は元気に言い合いをすることを楽しんでいたようにわたしには思われる。爆発するような声がよくひびいたものだった。

「ばかばかしいよ、マーガレット、そんなばかばかしいこと聞いたこともない！」「ねえメアリ、よく聞いてちょうだい……」などなど。メアリは亡くなった夫の同僚将校たちから求愛されていたし、何人かは結婚の申し込みまでしていたのだけれど、彼女は断固として再婚することを拒否した。夫の位置には誰もつかせない、と彼女はいっていたし、死んだら夫がはいっているジャージーの墓に自分も一緒に葬ってもらいたいともいっていた。

日曜日の会計は終わって、来週の依頼品目が書きだされると、叔父たちがやってくる。

アーネスト叔父は内務省に勤めていて、ハリー叔父は陸海軍購買組合の事務員だった。いちばん年長の叔父、フレッド叔父は所属連隊と一緒にインドへ行っていた。食卓の用意がされ、日曜の昼食が出される。

すごく大きな骨つきの肉、たいていいつもチェリー・パイとクリーム、チーズの大片、そしてしまいに日曜日デザート用の最上の皿でデザートが供される――これらの皿はまことに美しかったし、今も美しい。もとは二十四枚あったはずなのが十八枚になってはいるが、六十年もたっているにしては悪くない。コールポート磁器かそれともフランス磁器かわたしは知らないけれど――縁が明るい緑で、金色で扇形の飾りがついていて皿の中央にはそれぞれちがった果物が絵つけしてある――わたしのいちばん好きなのはそのころから今に至るまでずっとイチジク、いかにも汁気のたっぷりありそうな紫色のイチジク。わたしの娘ロザリンドが好きなのはきまってマルスグリ、大きくて甘そうなマルスグリ。それからまたきれいなモモ、白スグリ、赤スグリ、木イチゴ、イチゴなどもあった。食事のクライマックスは、これらの皿が小さいレースのマットの上に載せられてテーブルの上に、フィンガーボールと一緒に置かれ、それからみんなが順番に自分にはどの果物の皿が来るかを当てるときだった。どうしてこれがそんなに大きな満足をもたらしたのかわたしにはわからないが、とにかくいつもスリルにみちた瞬間で、うまく当たったときには何かひどく価値あることをやったような気持ちがしたものだった。

たらふく食べた後はひと眠りだった。伯母ちゃん・おばあちゃんは暖炉わきの大きなちょっと低目の第二の椅子へとひきさがった。Bおばあちゃんはソファへ落ち着く――赤ブドウ酒色の革張りで、表皮全体につまみ飾りがあった――そしてBおばあちゃんの山のような図体にはアフガン毛布が広げられていた。叔父たちがどうしていたのか、わたしにはわからない。散歩に出かけていたのかもしれないし、または応接室へ落ち着いていたのかもしれないけれど、応接室はめったに使われないところだった。昼間の居間を使うことは不可能、というのは、当時、縫い女の地位を占めていたミス・グラントにとってこの部屋は神聖侵すべからざる部屋になっていたからである。

「ほんとにかわいそうなんですよ」と祖母がよくお友だちに小声でいっていた、「まったく気の毒な人でね、お通じの道が一つしかないの、鳥みたいに」この文句がどういう意味なのかわたしにはわからなかったので、いつもとても気になった。わたしが思いこんでいたように回廊のようなものなら、どこからはいっていくのだろう？

わたし以外のみんながすくなくとも一時間ほどよく眠った後は――わたしはいつも揺り椅子に座って用心しながらゆすっていた――わたしたちはよく〝先生ごっこ〟をやった。ハリー叔父もアーネスト叔父も二人ともすてきに先生のまねが上手だった。わたしたちは一列に並んで腰かけ、誰が先生をやるにしても、新聞紙の棒を持ってその列のわきをあちこち歩きまわりながら、えらくいばって質問をどなる――「針が発明されたのはいつか？」「ヘンリー八世の三番目の妻は誰だったか？」「ウィリアム・ルーファスはどうして死んだか？」「小麦の病気にはどんなものがあるか？」それに正解できた人は列の前へと進めるが、恥をかいた人は後ろへさがることになっていた。これは今日わたしたちが大いに楽しんでいるクイズの、ヴィクトリア朝の先駆ではないかと思う。その後叔父たちは、母親や伯母に対する義務をすませてから帰ってしまったと思う。Ｂおばあちゃんは残っていて、マディラケーキ（パウンドケーキの一種）でお茶を飲むのだが、さてそれからボタン止めの靴が持ってこられる。ハリエットがＢおばあちゃんにふたたびはかせる仕事に取りかかるとたいへんなことになる。見ているのもつらかったが、苦痛をこらえるのもつらかったにちがいない。一日の終わりになるとかわいそうにＢおばあちゃんの足首はプディングみたいにふくれあがっているのだった。ボタンをボタン掛けのかぎでもって穴へ押しこむのだが、締めつけられて痛いものだから、Ｂおばあちゃんは悲鳴をあげることになるのだ。ああ！　もうこのボタン止めの靴ったら。こんなものどうしてみんながはくんだろうね？　医者がすすめでもするのかい？　つまらない流行を追う償いかね？　深靴は子供の足首を強くするといわれているけれど、七十のおばあさんの場合にはとても当てはまらないと思う。ともあれ、やっと靴をはき、まだその痛みで青い顔をしているＢおばあちゃんは、ベイズウォーターの自宅へ汽車と乗合馬車を乗り継いで帰っていくのである。

イーリングは当時チェルトナムとかレミントン温泉といったところと同じ特徴があった。退役の陸海軍軍人が〝健康によい空気〟とロンドンから近いという有利さのためにおおぜいやってきていた。祖母は徹底した交際好きで、どんなときでも人づきあいのいい人だった。祖母の家はいつも老大佐たちや将軍たちでいっぱいだったが、彼女はその人たちに刺しゅうしたチョッキだとかベッド用の靴下を編んでやったりしていた。「奥さんから文句が来なければいいけど」とプレゼントするときにいうのだった、「いざこざのもとになるのはいやですからね！」老紳士たちは丁重な応答をして、自分たちの男らしい魅力に大いに満足し、いい気持ちになって帰っていった。この人たちの婦人に対する丁重さにはわたしはどうもきまりが悪くてならなかった。わたしをおもしろがらせるためにこの人たちのいう冗談は、ちっともおかしくなかったし、その茶目っけたっぷりの様子はわたしにとってはいらいらのもとだった。

「さて、かわいいレディはデザートに何を召し上がりますかな？　かわいい、かわいいレディ。さて、モモにいたしますかね？　それとも、金髪の巻毛に似合うように金色のプラムがよろしいですかな？」

わたしは困って顔を赤くして細い声で、モモがいいわという。

「それで、どのモモがよろしい？　さあ、いいのをお取りなさい」

「すみません」わたしは細い声でつぶやく、「わたし、いちばん大きくて、いちばん最高《ベスト》のがいいです」

爆笑がおきる。まったく気がつかずにわたしは冗談をいったらしい。

あとでばあやがいった、「いちばん大きいのをくださいなどとけっしていうもんじゃありませんよ。それは欲ばりです」

欲ばりはわかるけど、なぜおかしいのか？

社交生活の指導はばあやの得意とするところであった。

「今よりもっと食事を速くなさるようにしなければいけませんね。あなたが大きくなってどこかの侯爵のお屋敷で食事をなさるとしますね？」

そんなことはありそうもないことだけれど、わたしはその仮定を受け入れた。

「執事や何人かの給仕たちがおりますからね、適当なときになりますと、あなたがお料理を食べ終わっていようといまいと、その人たちはあなたの皿を片づけてしまいます」

わたしはそんな情景を想像すると顔から血の気《け》が引いて、ゆでた羊肉に懸命に取り組んだ。

貴族階級の話はしばしばばあやの口にのぼった。その話でわたしは野望に燃えた。わたしはこの世の中で何ものにもまして、いつの日か、〝レディ・アガサ〟になることを願った。だが、ばあやの社交界の知識は容赦なかった。

「それは絶対になれっこありません」というのだった。

「絶対に？」わたしはびっくりしてしまった。

「絶対です」とばあやは断固たる現実主義者だった、「〝レディ・アガサ〟となるには生まれがそうでなくちゃなりません。公爵、侯爵または伯爵などの娘でなくてはなりません。あなたが公爵と結婚なさればあなたは公爵夫人になりますが、それはあなたのご主人の称号からそうなるんです。生まれつきのものではありませんからね」

これがどうにもならないものに突きあたった最初であった。なろうと思ってもなれないものが世の中にはある。幼いころにこれをはっきり悟ることが大切で、またそれがよいことでもある。持ちたいと思っても持てないものがある——自然の髪のカールだとか、黒い目（あなたが青い目なら）とか、〝レディ・アガサ〟の称号とかいったもの。

わたしは幼年時代の崇拝、良い家柄の崇拝というものは他の崇拝よりも好ましいものだと考える——富の崇拝や知識崇拝などよりも。今日の知識崇拝はうらやみとうらみとの特殊な形を育てているように思われる。両親たちはその子たちに目立つ人物になってもらうよう駆り立てる。「おまえがりっぱな教育を受けられるようわたしたちは大きな犠牲を払ってるんだ」と両親たちはいう。子供は親の望みをかなえてやれないとなると罪の意識を背負わされてしまう。誰でもよく知っていることだが、世に出るということは生まれつきの資質によるものではなく、機会の問題なのだ。

ヴィクトリア朝末期の両親たちはずっと現実的で、また子供たちへの思いやりもずっと深かったし、子供たちがどうしたら幸せでりっぱな人生が送れるか深く思いやっていたと思う。隣人に負けないように見栄を張ることもずっと少なかった。このごろでは、どうも自分の威信のために自分の子供が成功出世することを望んでいることが少なくないように思われる。ヴィクトリア朝の人たちは、その子供を冷静に見て、その能力に応じて事を決定した。Aはまぎれもなく〝美しく〟なるだろう。Bは〝利口な人間〟に。Cは顔も悪いし、頭もよくない、よい職につければ御《おん》の字だろう、などなど。もちろん、ときには両親がまちがうこともあるけれど、たいていはうまくいく。手の届かないものを作りだそうと望まないところに大いなる慰めがある。

　友人たちにくらべると、わたしの家はそれほど裕福ではなかった。わたしの父は、アメリカ人なのだから、当然のこととして〝金持ち〟なのだと考えられていた。アメリカ人はみんな金持ちだと思われていた。実際には不自由なく暮らしていただけのことである。わたしたちの家には執事も従僕もいなかった。わたしたちの家には馬車や馬や御者もいなかった。三人の使用人がいたけれど、これは当時としては最低限であった。雨の日など、友だちのところへお茶に出かけるとなると、防水コートにゴムのオーバーシューズに身を固めて雨の中を一マイル半も歩かなければならなかった。子供は〝辻馬車〟にはけっして乗せてもらえなかった、損じやすいドレスを着て本当のパーティに出かけるとき以外は。

　一方、わたしたちの家でお客に出される食事となると、今日の標準に比較すると驚くほどぜいたくであった——実際、あれと同じものを出すには料理人と助手を雇わなければならないだろう！　つい先日、偶然わたしは昔のパーティ（客十人）のメニューをみつけた。まず初めはポタージュかコンソメのスープの選択から始まり、それから煮たヒラメか切り身のカレイ。その後にはシャーベットが出ている。つづいて羊の腰肉。それからちょっと突然のようだが、マヨネーズあえのイセエビ。甘いものとしてプディング・ディプロマティックとロシア風シャルロット、それから果物となっている。これが全部ジェーンただ一人の手で作られているのである。

今日では、同じような収入の家庭だったらもちろん自動車を持っているだろうし、通いのメイドの一人や二人もあるだろうし、また何か大きなもてなしはおそらくレストランかそれとも家庭で夫人がしていることだろう。

わたしたちの家庭で早くから〝利口な子〟として認められていたのは姉であった。ブライトンの女校長先生は姉をぜひガートン校へ進学させなさいと熱心にすすめた。父はあわてていった、「わたしどもではマッジを学を誇る女にはしたくありませんからね。〝教養《フィニッシ》仕上げの学校《シング・スクール》〟はパリへやったほうがいいでしょう」そんなわけで、もともとガートン校などへ行く気持ちのなかった姉は、自分でもすっかり満足してパリへ行った。姉はたしかに家族の中でいちばん頭がよかった。機知に富み、とてもおもしろくて、何にでもすぐ応答でき、企てたことはみんな成功した。姉より一つ年下の兄はたいへん魅力的な人柄で、文学好きだったが、知的とはいいがたかった。父も母も兄が〝厄介な〟人間になることがわかっていたと思う。兄は機械が非常に好きだった。父は兄が銀行業にはいることを望んでいたのだが、どうも成功の能力がないことがわかった。で、兄は機械のほうをやることになったのだが、数学がだめでこれもものにならなかった。

わたし自身はいつも家族の中の〝血のめぐりの悪い子〟ということになっていたが、それも好意的なのだった。母や姉の物事に対する反応は並はずれてすばやく、わたしは全然ついていけなかった。また、わたしは物がはっきりいえなかった。自分のいいたいことを言葉に組み立てるのが、わたしにとっては、いつもむずかしいことだった。「アガサはほんとに血のめぐりが悪い」といつもやじられた。まったくそのとおりで、自分でもわかっていたし、受け入れてもいた。心配にもならなかったし悩みもしなかった。わたしはあきらめて、いつも〝血のめぐりの悪い子〟になっていた。二十歳を過ぎてからやっとわかったのだったが、わたしの家族の標準は異常に高くて、実際にはわたしは人並か、機敏なくらいなのだった。はっきり物がいえないことはずっと相変わらずだった。おそらくそれが、わたしが作家になった原因の一つであろう。

わたしの生涯で最初に本当に悲しかったことは、ばあやとの別れだった。サマーセットに屋敷を持っている人で、昔ばあやが育てた人の一人が、前々からばあやに隠退するようにすすめていた。その人は所有地内にある快適なコテージを提供するから、ばあやとその妹にそこで余生を送ってもらいたいというのだった。とうとうしまいにはばあやも決心をした。ばあやが働くのをやめるときが来たのだった。

　わたしはばあやが恋しくてならなかった。毎日わたしはばあやに手紙を書いた――短いひどい文章の、綴りのまちがった手紙だった。わたしにとって文章を書くこと、文字の綴りをうまく綴ることはいつもたいへんに厄介なことだった。わたしの手紙は独創性のないものだった。いつもほとんど同じだった――「愛するばあや。あなたがいなくなってわたしはとてもさびしい。ばあや、ほんとに元気でいてね。トニーにはノミがいるの。うんとたくさん愛とキスを。アガサから」

　母がこれらの手紙の切手を出してくれたが、しばらくすると母はやんわり抗議をするようになった。

「毎日手紙を書く必要はなさそうね。一週間に二度ぐらいで、どう?」

　わたしはびっくりしてしまった。

「だって、わたし、ばあやのこと毎日思ってるんだもの。手紙を書かなくちゃいけないの」

　母はため息をついていたが、反対はしなかった。でもやはり母はやんわりと申し入れをつづけていた。わたしがその申し入れのように一週間に二通の手紙に切り下げたのは何カ月かたってからのことだった。ばあやは字が下手だったし、またどっちにしてもわたしの度はずれの忠節ぶりを助長するようなことはしなかったのだろう。ばあやは一ヵ月に二度、どうということもないような親切な手紙をくれた。母はわたしがばあやのことをあんまり忘れづらくしているので困っていたようだった。母は、この問題を父に相談したのだと後年わたしに話してくれた。そのとき父は思いがけなくいたずらっぽい目つきで答えたという——「わしがアメリカへ行ったとき、おまえは子供にしてはえらく誠実にわしのことを覚えていたではないか」母は、それとこれとは話が全然ちがうといった。「おまえが大きくなったら、いつの日かわしが戻ってきて、おまえと結婚すると思っていたんじゃないかね？」父がきいた。

母がいった、「いいえ、ほんとに」それからためらいながら、空想にふけっていただけだったと認めた。これは典型的なヴィクトリア朝の恋愛だった。母の空想の中でわたしの父は華やかな、だが不幸な結婚をすることになっていた。その妻の死後、父はすっかり幻滅してしまって、おとなしいいとこのクララとの交際を求めて帰ってきた。ところがなんと、クララはどうしようもない病人になっていて、いつもソファに横たわっている身だったが、とうとう臨終の息の下から父に神の祝福を祈るのだった。彼女は笑いながら父にこういった、「わたしね、ソファに寝ているとき……わたしの上に柔らかいきれいなウールの覆いをかぶせられると、とてもずんぐりに見えるからいやだわって考えていたのよ」と。

そのころは、今日では強健なことがロマンスの通例であるらしいように、若死にと病弱とがもてはやされたものだった。わたしの判断できるかぎりでは、そのころの若い女性で自分から頑健だなどという者はまずいなかった。伯母ちゃん・おばあちゃんなど、いつもわたしにむかってたいへん満足そうに、自分が子供のころどんなにひ弱かったか、〝とても大人になるまでは生きのびられまい〟といわれていたことを話していた。遊んでいてちょっと手をたたかれただけでも失神したという。Bおばあちゃんはそれとは反対に、「マーガレットはいつもほんとに強かったのよ。わたしのほうがひ弱だったの」というのだった。

伯母ちゃん・おばあちゃんは九十二歳まで、そしてBおばあちゃんは八十六歳まで生きたのだから、わたしはひそかに、祖母たちは全然ひ弱ではなかったのだと思う。でも、極端に感情が過敏なこと、すぐに失神発作をおこすこと、そして肺病病《や》みが当世風とされていた。まったくのところ祖母たちはこの見解にすっかり取りつかれていて、わたしの知っている若い男たちにむかって、わたしがどんなにひ弱く、またか弱く、とても老年に達することはできまいなどとしばしば勝手にふしぎな宣伝をしていたものだった。わたしが十八歳のころ、取り巻きの若者の一人が心配そうによくわたしにたずねた、「ほんとにきみ、風邪をひいてないの？　きみのおばあさんがいってたよ、きみってすごくひ弱なんだって！」憤然としてわたしはいつも頑健さを味わっていると抗議すると、心配そうな彼の顔が晴れる。「だけど、どうしてきみのおばあさんはきみがひ弱だなんていうのかね？」それは祖母が若い男がわたしに興味を持つように、最高の忠節をつくしているのだと説明しなければならなかった。祖母が若いころには、男の人が一緒だったら、食卓についていても一口以上はとても食べられなかったものだ、と話してくれた。充分な食事はあとで寝室へ届けられることになっていた。

病気と若死には子供の本にまで行きわたっていた。『わたしたちの白スミレ』という本がわたしの大愛読書だった。バイオレットちゃんは第一ページから気高くも病人になっていて、最後のページで泣いている家族に取りかこまれながら教訓的な死に方をする。悲劇はパニーとファーキンという二人のばかな兄弟がたえまなく引きおこすいたずらで救われている。『若草物語』は全体としては楽しい物語だが、血色のよいベスはやはり犠牲者の役割をしいられる。『古骨董店』のネルの死にはぞっとさせられ、ちょっと不快にもなったけれど、ディケンズの時代にはもちろんどの家庭でもその哀れさに泣いたものであったのだ。

ソファとか長椅子といった家具は、今どきは精神科医を思い出すくらいのものだけれど、ヴィクトリア朝には、若死に、人生末期、そして致命的なロマンスの象徴だった。どうもわたしにはヴィクトリア朝の主婦や母親はこれをうまく利用していたように思われてならない。多くの世帯の苦労から彼女をのがれさせてくれた。どうかするともう四十代の初めにそこへ逃げこんで、愛する夫や骨惜しみをしない娘たちの愛情のこもった思いやりを待ちこがれていた。友人たちが続々とやってきて、困難のもとで耐え忍び、やさしかったことをみんなから賞賛される。いったい、彼女に何があったのか？　べつに何もない。もちろんわたしたちと同じように年をとれば背筋や足腰も痛んだことであろう。それへの償いがソファであった。

わたしのもう一つの愛読書は、一日中寝ていて（もちろん、病気で身体が不自由）いつも窓の外を眺めているドイツの少女の話だった。付添い婦は自分本位の遊び好きの女で、ある日、パレードを見るために外へとび出していってしまった。病人は窓からあまり身を乗り出したために転落して死んでしまった。この遊び好きな付添い婦は激しい悔恨につきまとわれ、一生涯青い顔をして悲嘆にくれた。このような暗い本をわたしは大いに喜んで読んでいたものだった。

それからもちろん、『旧約聖書』の中のいろいろな物語をわたしは幼年時代から大いに楽しんでいた。教会へ行くことが一週間の中でもっとも楽しいときの一つだった。トア・モハンの教区教会はトーキイの町でももっとも古い教会であった。トーキイの町自体は近代的な海辺の保養地であったが、トア・モハンは昔ながらの小さな村だった。古い教会は小さくて、教区内にもっと大きな二つ目の教会が必要だということが決定された。この教会はわたしがちょうど生まれるころに建てられ、父はわたしの幼名で相当額の寄付を前払いして、わたしが設立者の一人になるようにしておいてくれたのだった。父は当然あとで話してくれたのだが、とてもわたしはえらくなったような気持ちがしたものだった。わたしはひっきりなしに「わたし、いつ教会へ行けるようになるの？」ときいていた。そして、ついにすばらしい日がやってきた。わたしは前列近くの家族用座席で父の隣りに腰かけて、父の大きな祈禱書を見ながら、礼拝の進行についていった。あらかじめ父は、わたしに司祭のお説教の前に席を立ってもいいといっていたのだが、そのときが来ると父はわたしにそっといった、「どうだね、出るかね？」わたしは強く首を横に振って、そのままそこにいた。父はわたしの手を握っていてくれ、わたしは一生懸命もじもじしないようにつとめながら、安心して座っていた。

わたしは日曜の教会の礼拝がとても楽しかった。それ以前から、家で日曜日にだけ読むのを許されていた特別の読物があった（それで日曜日が楽しかった）。それは聖書の物語で、わたしには馴れ親しんだものになっていた。『旧約聖書』の中の物語には、いうまでもなく、子供の目から見てすばらしくいい話があった。それらの物語には子供の心が求める劇的な原因と結果があった——ヨセフとその兄弟たち、ヨセフの多様な色の服、エジプトで彼が高い権力を持つに至ったこと、そして邪悪な兄弟たちを許してやる結末。モーセと燃えるやぶの話はわたしのもう一つの大好きな話であった。ダヴィデとゴリアテの物語も心に訴えるものがあった。

ほんの一年か二年前のこと、わたしはニムルドの小さな丘の上に立って、土地の鳥追い人を見ていた——老いたアラブ人で、投石器と片手いっぱいの小石を持っていて、作物を横取りに来る鳥の群れを防いでいるのだった。そのねらいの正確さ、武器の致命的な威力を見て、わたしは、はじめて巨人ゴリアテには始めから勝運がなかったことをさとった。ダヴィデは最初から優位にあったのだ——遠くへ届く武器を持っている者と持っていない者との対決。けっして小さい者対巨人の対決ではなく、頭と腕力との対決だったのだ。

わたしの若いころ、多くの興味ある人たちが家へ来ていたのだけれど、残念ながらわたしは一人も覚えていない。ヘンリー・ジェームズについてわたしが思い出すことはただ一つ、母が苦情をいっていたことである。いつも彼が紅茶の砂糖の塊を二つに割っておいてください、というのだが、それはただの気取りで、つまらない人物がやりそうなことだった。また、ラドヤード・キプリングが来たときも同じで、キプリングについての唯一の記憶は母とその友人が、どうして彼はあの奥さんと結婚したのだろうということを論じ合っていたことだけである。母の友人がこういって、その議論にけりをつけた、「わたし、そのわけ知ってるわ。あの人たちはおたがい完全に補い合《コンプルメント》っているのよ」

わたしは補い合《コンプルメント》いという言葉を敬意《コンプリメント》と取っていたので、ずいぶんわけのわからない言い方だと思っていたが、ある日ばあやが、男が女に結婚を申し込むのは紳士として婦人に対する最高の敬意《コンプリメント》なんですよと説明してくれたので、やっと要点がわかりはじめた。

わたしはかずかずのお茶の会には白モスリンの服に黄色のサテンの飾り帯をつけて、二階から降りてきたものだったが、その会に来た人たちについては何も頭に残っていない。いま、実際にその人たちに会ってみると、わたしが頭の中で想像していた姿のほうが、かならず生き生きしている。わたしは母の親しい友人で、ミス・タワーという人をはっきり覚えている。その主な理由は、その人を避けようといつも努力していたからである。この人は黒い眉毛で、すごく大きな白い歯をしていたので、わたしはひそかにオオカミそっくりなんだと思っていた。この人はわたしにとびかかるようにして猛烈にキスして、「食べちゃうわよ！」と大きな声でいう癖があった。わたしはいつも本当に食べられるんじゃないかと心配だった。わたしはずっと一生を通じて、子供にむかって突進していって、断わりなしにキスするようなことをしないように注意深く差し控えてきた。気の毒な小さい人たち、防衛法を持っていないではないか？　愛するミス・タワーはとてもいい人で親切で、すごく子供好きだったけれど、子供の気持ちというものをちっともご存じでなかった。

レディ・マグレガーはトーキイの町の社交界のリーダーだったが、わたしとは楽しい、冗談をいい合える仲だった。まだわたしが乳母車に乗せられていたころ、ある日近づいてきて、このわたしが誰だか知ってる、ときいたことがあった。わたしは正直に、知らないといった。「あなたのママにこういってちょうだいね」と夫人がいった、「今日、外でつまんない奥さんに会ったって」夫人が行ってしまうとすぐ、ばあやがわたしをたしなめた。

「あれはレディ・マグレガーで、あなたもよく知っていなさるでしょう」でも、その後はいつもわたしは夫人につまんない、い、い奥さんといってあいさつしていたが、これはわたしたちだけの冗談だった。

わたしの名付け親のリフォード卿、当時のヒューイット大佐は、とてもおもしろい人だった。ある日わたしたちの家へやってきて、ミラー夫妻が留守と聞くと、機嫌よく、「あ、それでよろしい。家へはいって待っていることにしよう」とメイドを押しのけるようにして家へはいろうとした。仕事に誠実なメイドは鼻先へバタンとドアを閉め切ると二階へ駆け上がり、ちょうど具合のいいところにあったトイレの窓から彼にむかって悪口をいった。しまいに彼はこの家庭の友人であることを彼女に納得させた。じつは彼はこういったのだ、「きみが顔を出して話してるその窓はトイレの窓だってことが、こっちにはわかってるんだぞ」この知識の証明でメイドは説得され、彼を家に入れたのだが、トイレから話をしていたことを彼に知られた恥ずかしさに身もだえしながら、彼女は引きさがった。

そのころのわたしたちはトイレについてはひどく敏感だった。家族の中でもとくに親密な者はべつとして、トイレに入ったり出たりするところを見られるということはとんでもないことであった——ところが、わたしたちの家ではそれがなかなか困難だった。というのは、トイレが階段の途中のところにあって、玄関ホールからまる見えだったからである。最悪なのは、いうまでもないけれど、トイレに入っていて、階下のほうで人声がしたときである。出ていくのが不可能。邪魔者がいなくなるまで幽閉されてしまうことになる。

子供どうしのつきあいについても、わたしはあまり覚えていない。ドロシーとダルシーというわたしより年下の友だちがいた――アデノイド症の鈍感な子供たちで、退屈だった。わたしたちは庭でお茶をいただいたが、タフケーキ（この地方の菓子パン）にデヴォンシャー・クリーム（濃厚な固型クリーム）をのせたのを食べながら、大きなヒイラギの木のまわりを駆けっこした。なんでこんなことがおもしろかったのか、どうしてもわからない。この子たちの父親のB氏は父の大の親友だった。わたしたちがトーキイへ来て住むようになって間もなくのこと、B氏は父にこれから結婚するところだと話した。とてもすてきな人だ、とその女性のことを申し述べて、「それにね、ジョー」――父は友人からいつもジョーと呼ばれていた――「ぼくはぎくっとしてしまったよ……あの人がこんなにもぼくを愛していてくれたかと思うとほんとにぎくっとしてしまったよ！」


その後間もなくのこと、わたしの母の友人が泊まりがけでやってきたことがあったが、ひどく困ったような心配な様子だった。この人は北デヴォンのあるホテルで誰かのお相手《コンパニ》役《オン》をつとめていたのだが、偶然、若くてちょっと美人の大柄な女性がホテルのロビーでその友人と大きな声で話をしているのを聞いてしまった。

「あたし、あの男をモノにしたわよ、ドーラ」と彼女は誇らしそうに大きな声で、「とうとう肝心なところまで彼を引っぱりこんで、うんといわせたのよ」

ドーラはおめでとうといって、結婚のとりきめを大っぴらに話し合っていた。それからそのモノにされた男性の名としてB氏の名が出てきたのだった。

父と母のあいだで大協議が始められた。いったい、これはどうしたものだろうか？　こんな恥ずべき方法でのB氏の金目当ての結婚を許しておいてよいものだろうか？　もう手遅れだろうか？　もれ聞いたことを話したら、彼はそれを信じるだろうか？

父はついに決心をした。B氏には何にもいわないでおくこと。告げ口はいやしいことである。それに、B氏はけっしてものを知らない青年ではない。はっきり目を開いて、選んだのだ。

B夫人がご主人のお金目当てに結婚したかどうかはべつとして、彼女はとてもりっぱな奥さんになって、まるでヤマバトの夫婦のように仲よく幸せのようであった。子供も三人できて、切っても切れない間柄となって、これ以上のりっぱな家庭生活は他にあるまいと思われるくらいだった。B氏は気の毒にも舌ガンでとうとう亡くなってしまったけれど、その長いあいだの苦しい試練中、奥さんは献身的な看護をした。わたしの母はこういったことがある――他人にとって何が最善かということはわからない、ということこれは教訓ですよ、と。

B氏のところへ昼食かお茶に行くと、話はことごとく食べ物のことだった。

「あなた、パーシヴァル」とB夫人が大きな声でいう、「このすてきな羊肉、もっとおあがりなさいね。とても柔らかいわよ」

「そのとおりだね、エディス。もうひときれもらうとしよう。さあケーパー・ソースをそっちへまわそう。なかなか上等な出来だ。ドロシーは、もっと羊肉いらないかね？」

「もういい、ありがとう、パパ」

「ダルシーは？　ひざ肉のところをほんのひときれ……とても柔らかいわよ」

「もういいわ、ありがとう、ママ」

わたしにはもう一人マーガレットという友だちがあった。これは半公認とでもいうような友だちだった。わたしたちはおたがいの家を訪ねることがなかった（マーガレットのお母さんは明るいオレンジ色の髪をしていて、すごく赤いほおをしていたが、今考えると、どうやらこの人は〝身持ちがよくない〟と思われていたようで、わたしの父は母にこの人の家へ行くことを許さなかった）。でも、わたしたちは一緒に散歩をした。わたしたちの乳母たちが友だちだったようである。マーガレットはすごいおしゃべりで、わたしはいつもそれで困らされた。彼女は前歯が抜けたばかりのころだったので、話すことが不明瞭で何をいっているのか、ちっともわからなかった。そういってやるのは気の毒な気がして、わたしはいいかげんな返事をしてはいたが、ますますやりきれない気持ちにさせられた。しまいにマーガレットはわたしに〝お話をしてあげる〟といいだした。それは〝ドフのはいったオファシ〟の話らしかったが、どういうことになったのかまるでわたしにはわからなかった。話はとんでもなく長々とつづいて、マーガレットは誇らしげに話を結んだ。

「ねえ、とってもツテキなお話でしょ？」わたしは一生懸命それに賛意を表した。「この女の子ほんとに……」話について質問されるのはとても耐えられないと思ったわたしは、決然と彼女のいいかけている途中に割りこんで、「ねえマーガレット、こんどはわたしが話してあげるわ」マーガレットはきょとんとしていた。毒入りお菓子の物語の中に解決困難なところがあって、そのことを彼女は話し合おうと思ったらしかったが、わたしはもうやりきれなくなっていた。

「そ、それはね……モモの種の話なの」とわたしは口から出まかせをいった。「モモの種の中に住んでる妖精の話なのよ」

「先を話して」とマーガレットがいった。

わたしは話をつづけた。わたしが作り話をしているうちに、マーガレットの家の門が見えてきた。

「とってもおもしろいお話だわ」とマーガレットが感心していった、「そのお話、何てお とぎ話の本にのってるの？」

おとぎ話の本なんかにある話ではなかった。わたしの頭の中から出てきた話だった。とくにおもしろい話でもなかったと思う。でも、この話で、わたしはマーガレットの歯なしをとがめるという思いやりのない行為をせずにすんだ。わたしはどのおとぎ話の本にあった話なのかすっかり忘れてしまった、といった。

わたしが五歳のとき、姉がパリの教養仕上げの学校を終えて帰ってきた。わたしは姉がイーリングで四輪馬車から降りてきたときの興奮を覚えている。姉ははでな小さい麦わら帽をかぶり、黒い点々のある白いヴェールをしていて、まったく新しい人みたいにわたしには見えた。姉は小さい妹にたいへんやさしくしてくれ、よくいろんなお話をしてくれた。また姉は『小教師』という手引書でわたしにフランス語を教えて、わたしを教育しようと努力もしてくれた。姉はどうもあまりいい教師ではなかったように思う、というのはその本にわたしは激しい嫌悪をおぼえた。二度もわたしはその本を本棚の他の本の後ろにうまく隠したのだが、たちまちのうちにみつけだされてしまった。

もっと上手にやらなくては、と思った。部屋の隅に、父の自慢のハゲワシの剥製をいれたとても大きなガラスケースがあった。わたしは『小教師』をそのワシの後ろの見えない陰にうまく隠しこんだ。こんどは大成功だった。何日か過ぎ、徹底的な探索もむだで、なくなった本はみつからなかった。

ところが、母がわたしの苦心の工夫を楽々打ち破ってしまった。母は本をみつけだした者には特別おいしいチョコレートを賞品としてあげると宣言した。わたしの欲張りが破滅のもとになった。わたしはまんまとわなに落ちたのだった——念入りに部屋中を探しまわったわたしは、しまいに椅子の上へ上がると、ワシの後ろのほうをのぞいてびっくりした声をあげた、「ああら、こんなとこにあるわ！」因果応報がそれにつづいた。わたしは叱られて、その日の残りは寝室に閉居を命じられた。わたしはこれを正当なこととして受けた、というのは自分のしたことが露見したわけだったから。でもチョコレートがもらえないのは不公平だと思った。約束では、本をみつけた者にはチョコレートをあげるということになっていて、それをみつけたのはわたしだったのだから。

姉はわたしにおもしろくて、同時におそろしい遊びをしてくれた。それは〝上の姉さん〟というのだった。わたしたちの家族に年上の姉がいるというのである——姉やわたしより年上の姉だという。この姉は頭が狂っていて、コービン岬の洞穴の中に住んでいたが、たまにはわたしたちの家へもやってきた。彼女は姉と姿形が見分けがつかないくらいだったが、その声だけはまるでちがっていた。ぞっとするような、低い、ぬらぬらした声だった。

「あんた、わたしのこと知ってるわね、ね？　わたしはあんたの姉さんのマッジよ。わたしのこと、あんた、他の誰かとでも思ってるんじゃない、え？　まさかそんなこと思ってるんじゃないわね？」

わたしはいつもいいようのない恐怖をおぼえたものだった。もちろん、それは姉のマッジがみせかけをやっているのにすぎないことがわかっていた……けれど、みせかけだろうか？　ひょっとしたら、本当なのかも？　あの声……何か企みのありそうな斜めに見る目つき。それは上の姉だった！

母はいつも怒りだすのだった。「こんなばかな遊びで子供をおどかすもんじゃありません、マッジ」

マッジには答えられる充分な道理があった。「だって、この子がやれっていうんだもの」

わたしがそう求めたのだ。わたしは姉にいうのである、「上の姉さん、そろそろ来るかしら？」

「わからないわ。上の姉さんに来てもらいたいの？」

「ええ……ええ、来てもらいたい……」

本当に来てもらいたかったのか？　そうらしい。

わたしの要求はけっしてすぐには満たされることがなかった。二日ばかりすると子供部屋のドアにノックがあって、例の声――

「はいってもいいかしら？　あなたの上の姉さんよ……」

ずっと後年になっても、マッジがただ〝上の姉さん〟の声を使うだけで、やはりわたしは背筋にぞっと悪寒をおぼえたものだった。

どうしてわたしはこわがらせられるのを好んだのだろうか？　いったい、恐怖によって満たされる本能的欲求は何だろう？　いったい、子供たちはなぜクマとかオオカミ、魔女などの話を喜ぶのだろう？　あまりにも安泰な生活に対する反抗なのだろうか？　人間にはある程度の危険が生活に必要なのだろうか？　今日の青少年非行の多くはあまりにも無事安泰なことに原因があるのだろうか？　本能的に何かと戦い、そして打ち克ち……いうなれば自分で自分自身を試してみたいのだろうか？　『赤ずきん』からオオカミを取り去ってしまったら子供たちは喜ぶだろうか？　ともかく、人生の中の多くのことのように、人は少しばかり驚かされるのを好む――あまりひどくではなしに。

わたしの姉には話し上手の天分があったにちがいない。兄も小さいころよく姉にお話をしてくれとねだった。「またお話してよ」

「わたし、話したくない」

「話して、話して！」

「いや、話したくないの」

「ねえ頼む。ぼく、どんなことでもするから」

「あなたの指をかんでもいい？」

「うん」

「うんとひどくかむわよ。ひょっとするとかみ切っちゃうかもしれないわ！」

「かまわないよ」

マッジはふたたび丁寧にお話を始めた。そして、兄の指を取り上げるとかみついた。で、モンティは悲鳴をあげる。母がやってくる。マッジは罰せられる。

「でも、約束だったのよ」と姉は全然悪びれずにいうのだった。

わたしは自分の書いた最初の物語をよく覚えている。メロドラマのようなもので、たいへん短いものだった、というのは物語を書くことも、字を綴ることも苦痛だったからだ。それは高貴なレディ・マッジ（善玉）と残忍なレディ・アガサ（悪玉）に関する話で、筋は、ある城の相続にまつわるものだった。

わたしはそれを姉に見せて、演技してみようともちかけた。姉は即座に、レディ・マッジは残忍に、レディ・アガサは高貴に変えたほうがいいといった。

「だけど、姉さんは善玉になりたくないの？」わたしはひどくびっくりしてきいた。姉は、いえ、悪いことをやるほうがおもしろそうだから、といった。わたしはうれしかった、というのはレディ・マッジを〝高貴な〟役にしたのは単に礼儀上のことだったからだ。

父はわたしの力演を大いに笑ったが、それは善意の笑いだったことを覚えている。また母は、残忍という言葉はあまりいい言葉ではないから使わないほうがいいといった。「でも彼女は残忍だったのよ」わたしは説明した。「多くの人を殺してるし、ちょうど、人を火あぶりにしたブラッディ・メアリ（十六世紀の英国女王）みたいなんだもの」

おとぎ話の本は人生に大きな役割を果たすものである。祖母はわたしの誕生日やクリスマスにおとぎ話の本をわたしてくれた。『黄色の童話集』『青色の童話集』などなど。みんな大好きでわたしは繰り返し読んだ。またアンドリュー・ラングのものでは他に動物物語集もあった。その中にはアンドロクレスとライオンの話もはいっていた。この話もわたしは大好きだった。

わたしが一流の児童読物の作者モールズワース夫人の作品に初めて出会ったのもそのころだったはずだ。それは多年つづいたが、今それらを読み直してみても、やはりたいへんよい作品だと思う。もちろん今日の子供たちは古いというだろうが、なかなかいい話があるし、多くの特徴ある人物が描かれている。『キャロッツ、ちいさな男の子』などがあり、ずっと小さい子供向けには『あかんぼ君』とかその他いろいろなおとぎ話もある。『ハト時計』とか『壁掛けの部屋』など、今も結構読める。中でもわたしの大好きだったのは『四方風の農場』というのだったが、今読んでみるとおもしろくない、なぜあんなに大好きだったのかふしぎである。

物語の本を読むことは真の有徳さという点からいうと少々娯楽性がすぎると考えられていた。昼食前の物語本はいけないとされていた。朝のうちは何か有益なことをすべきものとされていた。今日でもわたしは朝食後に落ち着いて小説を読むとなると罪の意識をおぼえる。同じことが日曜日のカード遊びにも当てはまる。わたしはばあやがカードは〝悪魔の絵本〟ときめつけたことからは抜け出すことができたけれど、「日曜日にはカードはだめ」というのは家のきまりであって、ずっと後年になっても日曜日にブリッジ遊びをしていると、悪いことをしているという気持ちを捨てることができなかった。

　ばあやがやめて行ってしまう前のある期間、父と母がアメリカへ行ってしばらく不在だったことがあった。ばあやとわたしはイーリングへ行った。数カ月滞在していたようだが、とても幸せにしていた。祖母の家の世帯の柱になっているのは、年をとったしわだらけの料理人ハンナだった。トーキイの家のジェーンが肥っているのに対してこの人はやせこけていて、まるで骨と皮ばかり、顔には深いしわがあってネコ背だった。彼女はとてもすばらしい料理を作った。また自家製のパンも週に三度焼き、わたしに手伝うことを許してくれ、わたしは自分のコッテージ・パン（大小二つ重ねのパン）やねじパンを作った。一度だけ彼女と面倒をおこしたことがあった——そうもつとは何だときいたときのことである。きちんと育てられた若い女の人は、臓物のことをきくなどということはけっしてしないものであった。わたしは意地悪をして彼女を台所中あちこち追いまわした、「ハンナ、そうもつって何？　ハンナ、もう三度もきいてるのよ、そうもつって何のこと？」などといいながら。しまいに、ばあやから引っぱりだされて叱られたが、ハンナはそれから二日間わたしに口をきかなかった。それからはきまりを破るようなことをしないようにわたしはよく気をつけていた。

　わたしはイーリングに滞在中、六十年祭（一八九七年、ヴィクトリア女王在位六十年記念祭）に連れていかれたはずである、というのは、それほど以前のことではないが、アメリカにいた父からの手紙を偶然見つけたからである。その手紙は当時の型にはまったもので、父の話す言葉とは似ても似つかぬものであった——父の話しぶりはひどく陽気で、ちょっと下品だったのとは反対に、手紙の文句となると紋切り型で尊厳ぶっていた。

アガサ、おまえは伯母ちゃん・おばあちゃんにとてもとてもやさしくしなければいけない、おばあちゃんがおまえにどんなにやさしくしてくれ、またいろんなもてなしをしていてくれたか、思い出すがよい。おまえはこんどのすばらしい催しものを見に連れていってもらうとのことだが、これは一生にただの一度しか見ることのできないもので、忘れられないものとなるにちがいない。おばあちゃんによくよくありがとうをいいなさい。おまえにとってとてもすばらしいことだし、わたしもそちらに行けたらと思う、お母さんもそう思っている。きっとおまえにとって忘れられないこととなるにちがいない。

父は予言の才能に欠けていた、というのはそのことをわたしはすっかり忘れてしまっている。子供なんてまったく腹立たしいものである！　過去を振り返ってみるとき、いったいわたしは何を覚えているだろう？　田舎の縫い女のこと、台所で自分で作ったねじパンのこと、F大佐の息のくさかったことなど、つまらないばかばかしいことばかり……そして、忘れてしまったものは何か？　わたしが見物して覚えているようにと、誰かが大枚のお金を払ってくれた大見せ物。わたしは自分自身が腹立たしい。なんていやな恩知らずの子供か！

それで思い出したことがあるが、それはあまりにも偶然が重なって、そんなことがあるものかといわれそうな出来事なのである。ヴィクトリア女王葬儀のときだったにちがいない。伯母ちゃん・おばあちゃんとBおばあちゃんは一緒に見にいくことにしていた。二人はパディントン近くのある家の窓席を手に入れていて、その重大な日にそこで落ち合うことにしていた。朝の五時、遅れないように伯母ちゃん・おばあちゃんはイーリングの自宅で起き、やがてパディントン駅へ着いた。伯母ちゃん・おばあちゃんの計算では、これで見物にもってこいのいい場所へ着くまでにはたっぷり三時間の余裕があることになるので、ちゃんと手芸の品や、食べ物、目的の場所にひとたび落ち着いて待つあいだの時間潰しに必要なものを持参していた。ところがなんと、伯母ちゃん・おばあちゃんの時間の余裕は充分でなかったのである。通りという通りは、人でぎゅう詰めになっていた。伯母ちゃん・おばあちゃんはパディントン駅を出て少しすると、もう先へは進めなくなってしまった。救急車の二人の隊員が伯母ちゃん・おばあちゃんを群衆の中から救出すると、もうこれ以上先へは行けませんよと確言するのだった。「わたし、行かなくちゃ、でも行かなくちゃならないのよ！」伯母ちゃん・おばあちゃんは叫んだ、涙が顔をぼろぼろ流れ落ちていた。「わたし、部屋を手に入れてるの、席を持ってるのよ――二階の二番目の窓に一等席を二つ取ってありますからね、みんな何から何まで見下ろせるんですよ。わたし、行かなくちゃ！」「奥さん、それは無理ってもんです、通りはすっかり人で埋まってますからね、半時間かかっても通り抜けは不可能ですよ」伯母ちゃん・おばあちゃんは、さらに泣いた。救急隊員がやさしくいった、「残念だけど、奥さん、何にも見物できやしませんからね、救急車のあるところまでわたしがお連れしましょう、そこでお座りになっていてください。お茶でも入れて差し上げます」伯母ちゃん・おばあちゃんは救急隊員たちと一緒に行ったが、まだ泣いていた。救急車のわきには伯母ちゃん・おばあちゃんとはちがって堂々たる体格にビーズ飾りの黒服を着た人が腰をおろしていたが、この人も泣いていた。その人がこちらをむいた……二つの興奮した叫び声が空気を震わせた。「メアリ！」「マーガレット！」二つの巨大なビーズ飾りのゆれている胸がかち合った。

V

わたしの子供時代、何がもっとも楽しいものだったか考えてみると、やはりいの一番に、輪回しの輪をあげたい。まことに簡単至極なもので——いくらしたのかな？　六ペンスか？　一シリングか？　けっしてそれ以上ではない。

そして、両親、ばあやたち、使用人たちにとってはまことにありがたいものだったにちがいない。お天気の日には、アガサは輪回しの輪を持って庭へ出るので、食事の時間まで——というよりもっと正確には、お腹がすくまで、誰にももう面倒をかけることがない。

わたしの輪回しの輪は、次々に馬になったり、海の怪獣だったり、または汽車になったりした。庭の小道を輪を回しながら走っていると、わたしはよろいに身を固め遠征している騎士であったり、白い子馬を乗り慣らしている宮廷の貴婦人であったり、幽閉からのがれでた子ネコのクローヴァーであったり……または、ロマンチックではないが、自分で計画設計した三本の鉄道の機関手、車掌、または乗客であったりする。

鉄道には三個べつべつの系統があった——庭の四分の三を周回して八つの駅がある〝環

状線〟――松の木の下と蛇口のある大きな水槽を起点として菜園だけを運行している短い〝水槽線〟――それに、家のまわりを回っている〝テラス線〟であった。つい先ごろ、古い戸棚の中でわたしは一枚のボール紙をみつけたが、それにわたしが六十年も前に書いたこれらの鉄道の概略計画があった。

わたしは輪を回して歩きながら、止まると、「谷間の白ユリ台。環状線乗換え。水槽駅、終点、どなたも乗換え」などと叫んでいた。それがどうしてあんなに楽しかったのか、今のわたしにはどうしてもわからない。そんなことをわたしは何時間もやっていた。きっといい運動だったにちがいない。それからまたわたしは輪を投げると自分へ戻ってくる術を一生懸命練習したが、これは家へよく来ていた海軍の将校たちの一人から教わった曲芸だった。初めはまったくできなかったが長いこと骨を折って練習して、やっとこつを覚え、以後わたしは大満足だった。

雨の日には〝マチルド〟があった。マチルドは大きなアメリカ製の揺り木馬で、姉と兄とが子供のころアメリカにいたときに与えられた物だった。それを英国へ持って帰った物だが、今やぼろで、たて髪はなくなっているし、ペンキもはげ落ち、しっぽもなくなっているようなありさまで、家の片側に隣接している小さな温室に放り込まれていた――この温室は、もう一つの大仕掛けな温室とは全然べつなもので、そちらにはベゴニアやゼラニュームのたくさんの鉢、あらゆるシダ類を階段状に並べた台、それに大きなシュロの木も何本かあった。小さいほうのこの温室は、どういうわけなのか知らないがケーケー（それともカイカイだったかもしれない）と呼ばれていたが、植物類はなく、かわりにクローケーの打球槌とか、輪回しの輪、いろいろなボール、こわれた庭椅子、ペンキ塗りの古い鉄のテーブル、ぼろになったテニスのネット、そしてマチルドなどがはいっていた。

マチルドはとてもすてきな動きをした。わたしの知っていたどんな英国製の揺り木馬よりもずっとすぐれていた。前にも後ろにもはねるし、上下にもはねるし、力いっぱい押しつけて乗ると、落馬させられかねなかった。ばねの油がきれているので、ひどいうなり声を立て、おもしろさと危険とが増した。これまたたいへんよい運動になった。わたしがやせっぽっちの子供だったのも当然であろう。

カイカイの中にマチルドの仲間として〝トルーラヴ〟があった——これも海のむこうの物だった。トルーラヴは小さなペンキ塗りの馬で、ペダルつきの馬車がついていた。長年使われなかったせいであろう、ペダルはもう動かなくなっていた。多量の油を補給してやれば動くようになったであろうが、わたしはもっと簡単な方法でトルーラヴを役立てることができた。デヴォンのどこの庭でもそうだが、わたしの家の庭もスロープになっていた。わたしは、トルーラヴを長い芝生のスロープのてっぺんまで引っぱり上げ、充分に気をつけて乗ると、それいけの掛け声を上げて走りだす——初めはゆっくり、やがて惰性がつき、足でブレーキをかけると、庭のいちばん低いはずれのチリマツの下へ来て止まる。それから庭のてっぺんまでトルーラヴを引っぱり上げて、またまた下へ走るというわけである。後年、わたしの将来の義理の兄にとって、この一連の行程が繰り返されるのを見るのがたいへん楽しみだったと知った——ときには一時間もつづけて、いつもごくまじめに見物していたという。

ばあやがやめて行ってしまうと、当然わたしは遊び相手がなくて途方にくれてしまった。悩みを輪回しの輪が解決してくれるまでは、わたしはつまらなくてそこらをただうろつきまわっていた。子供がだれもするように、わたしは自分と遊んでくれるような人にねだって歩いた——まず初めは母、それから使用人たち。しかし、当時は、子供と遊ぶことが仕事の人がいないかぎり、子供は一人で遊んでいなくてはならなかった。使用人はいい人たちだったが、しなければならない仕事があった、それもたくさん。だから、こういうことになる——「さあミス・アガサ、あっちへ行っていてくださいね。今やってる仕事を片づけなくてはなりませんからね」ジェーンはたいていひと握りの乾ブドウとかチーズの一片とかをくれたが、きつくいうのだった——お庭へ行って食べるんですよ、と。

そんなわけで、わたしは自分の世界を作り上げ、自分だけの遊び友だちを作った。これはよいことだったとわたしは思っている。わたしは、生涯を通じて、〝何もすることがない〟などという退屈には一度も悩まされたことがない。たいへんな数の女たちは退屈をしている。孤独と倦怠に悩まされている。自分の支配できる時間を持っているということが喜びでなくて悪夢なのだ。物事がたえずあなたを楽しませるようになっていると、当然それを待ち望むことになる。そして、あなたのために何もなされないとなると、あなたは途方にくれてしまう。

これは今日ほとんどすべての子供たちが学校へ行っているせいだろう。あらゆる物事が子供たちのために用意されているので、休日には子供たち自身のアイディアを作りだすことができない。わたしは子供たちがやってきて、「ねえお願い、何にもすることがないの」というのにはいつも驚いている。わたしは必死になって指摘する――

「でも、たくさんおもちゃを持ってるじゃないの？」

「そんなに持ってない」

「でも、汽車を二つ持ってるでしょう。それからトラックも、絵具のセットも。それから積木も。そのどれかで遊べないの？」

「でも、一人じゃ遊べないんだ」

「どうして？　わかったわ。鳥の絵を描いてごらんなさい、そしてそれを切りぬいて、積木で鳥かごを作って、そのかごへ鳥を入れるのよ」

それで元気が出て、十分くらいは静かになるのである。

過去を振り返ってみて、わたしは次第にある一つのことに確信を持つようになった。わたしの好みというものは根本的にずっと同じであるということ。子供のころ好んで遊んだことが、後にもおもしろく遊べた。

たとえば、家のこと。

わたしは相当たっぷりおもちゃを持っていたと思う——本物のシーツや毛布のついている人形のベッドだとか、家造りの積木とか、姉や兄からのおさがりだった。わたしの遊び道具の多くは即興の作だった。古い絵入りの雑誌から絵を切りぬいて、茶色のハトロン紙でできたスクラップ・ブックに張りつけるのである。壁紙の残りを切って、箱に張る。みんなのんびりと時間のかかる仕事であった。

だが、屋内のいちばんの遊びはまぎれもなく人形の家《ドールハウス》だった。それはよくあるタイプのペンキ塗りの家で、前のほうがぱっくり開くようになっていて、階下の台所、居間、ホール、二階の二つの寝室と浴室が見えるようになっていた。遊び方はこんなふうであった。家具は一つ一つ手に入れる。当時は人形の家具類が多種多様に店にあって、値段もごく安かった。わたしの小遣いはそのころとしては相当多いほうだった。その小遣いは毎朝父がたまたま銅貨をどれだけ持っているかによった。わたしは化粧室にいる父のところへ行って、おはようございますとあいさつしてから、化粧台のほうを見て、この日の〝運命〟がわたしにどう決定を下すかを見定める。二ペンスかな？　五ペンス？　ときには十一ペンスもあった！　ある日は一枚の銅貨もなかった。当てにならないところがちょっとスリルでもあった。

わたしの買い物はいつもほとんど同じだった。トアにあるワイリー氏の店からキャンデー――煮て作ったキャンデー、これが母が衛生的と思っている唯一の甘い物――を少し買う。キャンデーは店の中で作られるので、店のドアをはいると、とたんに今日はどんなキャンデーが作られているかがわかった。煮立っているキャンデーの強いにおいがする――ハッカ・ドロップのきついにおい、パイナップルのすぐ消えるようなにおい、大麦あめのかすかなにおい、そしてナシ・ドロップの製造中の圧倒的なにおい。

どれも一ポンドが八ペンスの値段だった。わたしは週に四ペンスほど使った――四種類のキャンデーをそれぞれ一ペニーずつ。それから〝浮浪児〟のための寄付一ペニー（ホールのテーブルの上にある貯金箱）。九月から先には、作るのではなしに買うクリスマス・プレゼントのために何ペンスかを貯金しておいた。残りはみな人形の家の家具や必需品になった。

わたしは今でも買った品物の魅力を思い出すことができる。たとえば、食物。小さなボール紙の大皿に盛られたロースト・チキン、卵とベーコン、ウェディング・ケーキ、子羊の脚肉、リンゴにオレンジ、魚、菓子、プラム・プディング。ナイフやフォークやスプーンのはいっている食器かごもあった。ガラス器の小さいセットもあった。それから家具類がある。応接室には青いサテン張りの椅子一揃いがあったが、わたしはだんだんとソファやちょっと豪華な金ぴかのひじ掛け椅子などを加えていった。鏡つきの化粧台もあったし、つや出しの丸い食卓に、すごくはでなオレンジ色の錦織り張りの食堂用椅子一揃いもあった。ランプやテーブルの上の飾り台や花びんもあった。それに世帯道具一式、ブラシやちりとり、ほうき、手おけ、シチューなべなど。

やがて、わたしの人形の家はまるで家具の倉庫みたいになった。

何とか……何とかして、もう一つべつの人形の家が持てないものかしら？

母は、どんな少女だって二つも人形の家を持つものではないというのである。でも、と母は思いつきをいった——戸棚を使ったらどうかしら。というようなわけで、わたしは戸棚を手に入れることができたが、これは大成功であった。家のいちばん上に大きな部屋が一つあり、これはもともと父が予備の寝室二つ用に作ったものだったのだが、家具など何もない状態で姉や兄が遊び部屋として大いに喜んで使っていたのが、そのままになっていた。壁にはいくらか書棚や戸棚が並んでいたが、中央は都合よく何もなくあいていた。わたしは壁に作りつけになっている四段の戸棚を当てがわれた。母はその棚に張りつけてカーペットのようにするためにと、いろんなきれいな壁紙のはしをみつけてくれた。元の人形の家はその戸棚のいちばん上に載せてあるので、今やわたしは六階建ての家を持っていることになった。

もちろんわたしの家にも住んでいる家族が必要である。わたしはお父さんにお母さん、二人の子供にメイドを手に入れたが、これは陶製の首と胸をしていて、おが屑入りの手足が曲げられる人形だった。母は手持ちの余り布で人形の服をいくつか縫ってくれた。またお父さんの顔には小さな黒い口ひげやあごひげをのりでくっつけてもくれた。お父さん、お母さん、二人の子供に一人のメイド。完璧だった。わたしの記憶では彼らは特定の個性は持っていなかった……わたしにとって彼らは生きた人間とはならないで、ただ家にいるだけのことであった。でも、家族たちを食卓のまわりに座らせると、いかにもぴったりの様子に見えた。皿、ガラス器、ロースト・チキン、そしてちょっと珍妙なピンク色のプディングなどが朝の食事に出された。

そのうえに家の引っ越しの楽しみが加わった。丈夫なボール箱が家具運搬車になった。家具をその中へ積み込むと、ひもで何回か部屋の中を引っぱりまわしてから、〝新しい家に到着〟するのである（これがすくなくとも一週間に一度はあった）。

それ以来わたしはずっと家ごっこをつづけていることが、今にしてははっきりとわかってきた。わたしは無数の家を検分したし、たくさん家を買った。それらをべつの家と交換もした、家に家具を備えつけたし、家の装飾もしたし、家の改築もした。家々！　いやもうたいへんな家々！

それはそうと、また思い出に戻ることにしよう。本当にふしぎなことではあるまいか、人が何でもひとまとめにして覚えているということ、自分の生涯を思い出せるということは。人は楽しいことを思い出す、そして非常に生き生きと恐怖を思い出す。まことに妙なことには、苦痛と不幸せはまたとは捕らえにくい。まったく思い出せないという意味ではない――思い出すことはできるけれど、感じることはできない。不幸や苦痛に関しては、わたしは初歩の段階にある。「アガサはとても不幸であった。アガサは歯痛であった」という。だが、わたしは不幸も歯痛も感じはしない。一方、ある日突然科《シナ》の木のかおりで過去が戻ってくる、そして突然、科《シナ》の木のそばで過ごしたある日のことを思い出す。楽しくて地面に身体を投げ出し、太陽に暖められた芝生のにおいをかぎ、突然夏の気持ちのいい感じを思い出す――近くに杉の木があり、むこうに小川――そこに実際にあるような感じ。瞬間にその感じが戻ってくる。心の中に思い出されるだけでなしに、そのものが感じられるのである。

　わたしは鮮やかにキンポウゲの咲く原を思い出す。わたしはまだ五歳になっていなかったにちがいない、というのはばあやと一緒にそこを歩いていたのだから。それはわたしたちがイーリングの祖母のところに滞在していたときのことである。セント・スティーヴンズ教会を過ぎて、わたしたちは丘を登っていった。それからはずっと何もなくて野原だけだったが、やがて特別な原っぱへとやってきた――びっしりと金色のキンポウゲの花の詰まった野原だった。はっきりと覚えているけれど、わたしたちはよくそこへ行った。これが最初にそこへ行ったときの記憶なのか、その後のことだったかはわからないが、そのすばらしい美しさははっきり覚えていて、今も感じることができる。これまで長年わたしはキンポウゲの原を見たことがない。野原の中に何本かのキンポウゲがあるのは見たことがあるけれど、それだけである。初夏、広大な野原が金色のキンポウゲでいっぱいというのは本当にすばらしいものである。その景色をわたしはそのときに見たし、今も心の中にある。

いったい人は人生の中で何をいちばん楽しむものなのだろう？　それは人によってちがうものだろうと思う。わたし自身のことを振り返り思い出してみると、それはほとんどいつでも日常生活の中での静かなひとときである。そんなときこそ、わたしがもっとも幸せなときであった。ばあやの白髪頭に青いリボンをチョウ結びにして飾ってやったり、犬のトニーと遊んでいて、その幅広の背中の毛をくしで分けてやったり、わたしが想像上で庭に作った川を本当の馬に乗って飛び越えているつもりのときなど。輪回しの輪を回しながら〝環状線〟の駅名を繰り返しているとき。母と楽しい遊びをしているとき。後年、母はわたしにディケンズを読んでくれていて、次第に眠くなり、眼鏡が半分鼻からずりおち、首が前へこっくりしているので、わたしが一生懸命な声で、「お母さん、眠ってる」というと、母はたいそう威厳を作って答える、「そんなことありませんよ。わたしは全然眠くなんかないのよ！」数分後には、母は眠ってしまう。母が鼻から眼鏡をずりおちさせているかっこうがどんなにおかしかったか、そしてそのひととき、どんなに母をいとしいと思ったか、わたしは思い出す。

　これは奇妙な考えだが、人が滑稽《こっけい》に見えるときこそ、その人をどんなにあなたが愛しているかわかるときなのだ！　人は相手がきれいだから、おもしろい人だから、かわいらしい人だからということでその人を愛慕するけれど、滑稽さがはいり込んでくると、愛慕の気持ちはたちまちぱちんと破れてしまう。わたしはこれから結婚しようとしている若い女にはこんな助言をすることにしている――「ところでね、こんなことをちょっと想像してごらんなさい――彼がひどい鼻風邪をひいて、すっかり鼻声になって、くしゃみはする、涙はぼろぼろといったありさま。あなたは彼のことをどんなふうに思う？」と。これは本当にいいテストなのである。自分の夫に対して感じなくてはならないこと、それは、わたしが思うに、やさしさ、情け深さを含む愛であって、それによって鼻風邪やちょっとした癖などは苦もなく乗り越えられる。激情はあって当然のものなので、いうまでもない。

　だが、結婚というものは恋人同士以上のものを意味する――わたしは古風な考えを持っている、尊敬が必要だ、と。尊敬――それは愛慕と混同してはいけない。男にたいして全結婚生活を通じて愛慕を感じているというのは、ひどく退屈なものだとわたしは思う。いうなれば精神的な肩こりになってしまう。だが、尊敬というものは考えなくていいもの、そこにあるものをありがたく思っていればいいこと。あるアイルランド人の老女がその夫についていっているように、「あの人は、わたしにとってのいい頭なのよ」つまりそれがこの女が必要としているものなのだ。彼女が感じたいのは、自分の連れ合いが誠実な人柄であること、頼りにすることができ、その判断を尊重することができ、困難な決定をしなければならないときに、それを安心して任せられることなのだ。

生涯のいろいろな出来事や場面、何ともたくさんの細かなことなどを振り返ってみるというのは奇妙なものである。いったいそのすべての中で何が重大だったろうか？　記憶が作った選択の背後にあるものは何なのだろうか？　記憶していることをどうやってわたしたちは選んだのだろうか？　まるでそれは屋根裏部屋にあるがらくたでいっぱいの大型トランクの中に手を突っこんで、こういうようなものだろう——「これをもらおう……それからこれも……そしてこれも」と。

三人か四人の人々に、そう、海外旅行でどんなことを覚えているかきいてみれば、それぞれちがった答えが返ってくるのに驚かされる。わたしの覚えている十五歳の少年は、わが家の友人の息子だったが、春休みにパリへ連れていってもらった。帰ってくると、その家族の友人でちょっと考えの足りないのがいつもの陽気な調子で少年にむかって、「ねえきみ、パリでいちばん印象に残ったものは何かね？　どんなことを覚えているかね？」少年は直ちに答えた、「煙突です。むこうの煙突はロンドンの家の煙突とはまるでちがうんです」

少年にとっては、これは完璧に実感のこもった答えだったのだ。数年後この少年は画家としての勉強を始めた。つまり、視覚的な細部こそ彼には印象深く、それがパリとロンドンとの相違になっていたのだ。

もう一つ、同じような記憶がある。これはわたしの兄が東アフリカから戦傷で帰還したときのことである。兄は現地で雇ったシバニという使用人を一緒に連れてきた。兄はこの素朴なアフリカ人にロンドンの壮観を見せてやろうという熱意から、車を一台雇ってシバニと一緒に乗ってロンドン中をまわった。ウェストミンスター寺院、バッキンガム宮殿、国会議事堂、ロンドン市庁舎、ハイド・パークなどを見せた。しまいに家へ帰ると兄はシバニにむかって、「ロンドンはどうだったね？」といった。シバニは驚きの目をぎょろつかせて、「すばらしいです、だんな様、すばらしいところです。こんなところを見ようなどとは夢にも思っていませんでした」兄は満足げにうなずいて、「で、いちばん感心したのは何だったかね？」といった。すぐさま返事が返ってきた、「あ、だんな様、肉がいっぱいの店です。すごくすばらしい店ですね。骨つきの大きな肉が店いっぱいにつりさがっているのに、誰も盗まない、ないない、人を押しのけて駆けつけてかっさらう人がいません。いえ、みんな平然とそのわきを通っていきます。通りのほうへ開けっ放しになっている店にあんなに肉をみんなぶらさげておける国は、とても金持ちで、偉大であるにちがいありません。

はい、まことに英国はすばらしいところです。ロンドンはすばらしい町です」物の見方。子供の物の見方。わたしたちはかつてみなそれを知っていたのだが、そこからあまりにも遠くへ来てしまっていて、ふたたびそこへ戻るのがむずかしくなっている。わたしは孫のマシューが二歳半ぐらいのときのことを思い出す。孫はわたしがいることに気がつかず、わたしは階段のいちばん上から見守っていた。孫はたいへん慎重に階段を降りていくところだった。これは新しく達成したことであって、彼はそれが自慢だったのだけれど、まだ少々こわくもあった。彼はひとりごとをつぶやいていた――「こちらマシュー、階段を降りていきます。ほらマシューですよ。マシューが階段を降りていきます。こちらマシュー、階段を降りていきます」

わたしたちはみな、自分を見ている者とはべつの人格としての自分自身の存在に気づいたときから、〝自分〟という概念をもてるようになることにわたしは驚く。わたしも自分にむかって、かつてこういったのだろう、「こちらアガサ、パーティ用の飾り帯をつけて食堂へ降りていくところです」と。ちょうど、わたしたちの身体には魂が宿っているということを知ったときのように、初めは変なものである。自分という実体について、わたしたちはその名前を知っており、それと密接に関係している。しかしなおそれが何か完全には認められないでいる。わたしたちは〝散歩に行くアガサ〟であり、〝階段を降りるマシュー〟なのである。わたしたちは自分たちを感じるよりは見ている。

そしてある日、人生の次の段階が始まる。突然それはもはや、「ほら、マシューが階段を降ります」ではなくなる。突然それは、わたしは階段を降りる、になっている。〝わたし〟に到達することが個人生活の道程の第一歩なのである。

第二部　男の子も女の子も外へ出て遊ぼう

I

人は自分の過去を振り返ってみるようになるまでは、子供がどんなに特殊な世界観を持っているものか、気づかないでいる。視点の角度が成人のものとはまったくちがっていて、すべて釣り合いがずれている。

子供は自分の周囲にどんなことが行なわれているか鋭い評価ができるし、性格や人の判断もりっぱにできるものである。しかし、物事の方法と理由は絶対に子供には思い及ばない。

たぶんわたしが五歳ごろのことであったと思うが、父が初めて財政のことで困るようになった。父は金持ちの息子だったので、一定の収入がつねにあるのは当然のこととしていた。祖父はその死後に発効するよう一連の複雑な財産信託を設定していた。信託管理人が四人あった。一人はたいへん高齢で、事業との積極的なつながりから隠退していたようにわたしは思う。もう一人は間もなく精神病院に入院し、あとの二人は祖父と同年輩で、祖父の死後間もなく死んだ。そのうち一方は息子が後を引き継いだ。まったくの無能のせいだったのか、それとも引き継ぎのときに誰かが財産を私用に流用したのかはわからない。ともかく事態は悪くなるばかりだった。

父は困惑し意気消沈してしまったが、もともと事務的な人ではなかったのだからどうしていいかわからなかった。父は古くからの親しい誰かれに手紙を書いたが、それらの人たちは大丈夫だよと書いてくるか、取引市場の状況のせいとか貨幣価値の目減りとか何とかいってくるばかりだった。年上の伯母からの遺産がはいったのはちょうどそのころで、どうやらそれで一年か二年はしのげたらしいけれど、あるべき収入はまったくとだえてしまったようであった。

またちょうどそのころ、父の健康が悪化しはじめた。これまで何度か父は心臓発作らしいものをおこしていた（これはほとんどあらゆるものに使われるあいまいな言葉だ）。財政的な心配事が父の健康にさわったのにちがいないとわたしは思っている。直接の療法はわたしたちが節約しなければならないということのようだった。このようなときには、短期間外国へ行って生活することがよい方法として認められていた。これは今日のように所得税のがれのためにではなく——当時の所得税は一ポンドに対し一シリング程度だったろう——海外のほうが生活費がずっと安かったからであった。で、手順としては使用人その他つきで相当高い家賃で家を貸し、南フランスあたりへ渡って格安ホテルに滞在するのである。

こうして、わたしの記憶では、わたしが六歳のときに家族は移住した。アッシュフィールドの家は当然貸家にされ――たぶんアメリカ人に貸したのだと思うが、たいへんいい値で借りてくれたようだ――わたしたち家族は出発の準備をした。わたしたちは南フランスのポーへ行くことになっていた。わたしは、もちろんこの前途にたいそう興味をそそられていた。母によれば、わたしたちは山の見えるところへ行くんですよ、ということだった。その山についてわたしはいろんな質問をした。その山はとてもとっても高いの？　セント・メリー教会の尖塔よりも高いの？　たいへんな興味でわたしはきいた。わたしの知っているいちばん高い物がこれだった。ええ、山はあれよりもずっとずっと高いのよ。何百、何千フィートも高くそびえてるの。わたしはトニーを連れて庭へ引きさがると、台所のジェーンから手に入れた大きな乾パンをかじりながら、山という物を心に描いて、とくと考えにとりかかった。ぐっと首をそらせ、目は空をじっと見上げていた。山ってきっとこんなふうに見えるのにちがいない……ずっとずっと高く、しまいには雲の中へ見えなくなってるんだ。胆の潰れるような考えであった。母は山が大好きだった。母は海はきらいだとよくいっていた。山はきっとわたしの人生にとってたいへんな物の一つになるにちがいないとわたしは確信した。

海外へ行くことについて一つ悲しいことがあった、それはわたしとトニーとの別れを意味した。トニーはもちろん家と一緒に貸すわけにいかないので、以前メイドだったフラウディーという女のところに寄食することになった。フラウディーは大工と結婚してあまり遠くないところに住んでいて、トニーを喜んで引き取ってくれることになった。わたしはトニーにいっぱいキスしてやると、トニーはそれに答えてわたしの顔といわず首から腕から手までいっぱいなめてくれた。

今から振り返ると、当時の海外旅行の必要条件はまことに妙に思える。もちろんパスポートなど不要、また何か書類に記入するようなこともない。切符を買い、寝台車の予約を取る、することといえばそれがすべてであった。簡単そのもの。でも、荷造り！（傍点でも打たなくては荷造りがどんなものか説明できない）。わたしは家族の他の者の荷物がどうであったか知らないが、母がどんな物を持っていったかはかなりはっきり覚えている。まず、上部が丸くなっているトランクが三個。いちばん大きいのは高さ四フィートもあって、中には二段の仕切り箱がはいっていた。帽子箱もいくつかあったし、大きな四角い革の箱、船室用トランクと呼ばれていた型のトランクが三個、そして当時よくホテルの廊下などで見かけたアメリカ製のトランク。みんな大きくて、きっとすごく重かったのだろうと思う。

出発前のすくなくとも一週間は、母は自分の寝室でトランク類に取り囲まれていた。わたしたちの家は当時の標準からすると裕福ではなかったから、奥様係のメイドはいなかった。母は自分で荷造りをしていた。その前に〝えり分け〟といわれることがあった。大きな衣裳戸棚や用だんすが開け放しにされていて、造花だとか、母が〝わたしのリボン〟とか〝わたしの宝石類〟などといっている何やかやをえり分けていた。これらの物みんなをいろいろなトランクの仕切りの箱へまとめて詰めるには、何時間ものえり分けが必要であった。

宝石類なるものは今日とはちがって、〝本物の宝石〟数個に、多数の人造宝石から成り立っているものではなかった。模造宝石は〝悪趣味〟として顔をしかめられたが、ただ古いガラスのブローチなどは臨時の物として許された。母の貴重な宝石類は〝わたしのダイヤのバックル、わたしのダイヤの三日月形のブローチ、それとわたしのダイヤの婚約指輪〟から成っていた。その他母の装飾品は本物だったが比較的安価なものだった。といってもそれらはみなわたしたちみんなにとってたいそう関心のあるものであった。〝わたしのインド製のネックレス〟とか〝わたしのフィレンツェ風の止め金〟とか〝わたしのヴェニス製のネックレス〟〝わたしのカメオ〟などといったものがあった。それから姉とわたしが、ともにひそかな、そして強烈な関心を持っていたブローチが六つあった。それはダイヤでできた小さな五尾の〝さかな〟、小さなダイヤと真珠の〝ヤドリギ〟、エナメル細工のにおいスミレを表わした〝わたしのにおいスミレ〟、これも花のブローチだが、ピンクのエナメル細工のバラの周りにダイヤの葉のかたまりのある〝野バラ〟、そして〝わたしのロバ〟という最高にお気に入りのもので、ダイヤの中にロバの頭としてすごく大きな真珠がはめこまれている物などだった。これはみんな母が死んだ将来、それぞれ贈与がきめられていた。マッジはにおいスミレ（姉の大好きな花）と三日月とロバをもらうことになっていた。わたしは野バラとダイヤのバックルとヤドリギをもらうことになっていた。この将来の所有指定はわたしの家庭では自由に楽しまれていたものだ。死につながる悲しい感情など全然想像されないで、将来の恩恵を単純に暖かく感謝するだけだった。

アッシュフィールドでは家中が父の買いこんだ油絵だらけだった。家の壁という壁をできるだけびっしり油絵だらけにすることが当時の流行であった。その一枚はわたしに譲られた――海を描いた大きな絵で、作り笑いをした若い女が網で少年をふざけて捕まえている図だった。これは子供心に最高に美しいと思っていた物だったのだが、売りに出さねばならなくなって絵を類別したときに、何と自分はつまらない物に感心していたものかと悲しくなってしまった。わたしはただの感傷からでも、絵は持っていない。絵についての父の趣味は首尾一貫してよくないものだったと考えざるを得ない。ところが一方、父の買った家具のすべてが珠玉だった。父は骨董家具にひどく凝っていて、シェラトン様式のデスクやチッペンデール様式の椅子など、当時は竹製品のほうが大流行していたせいで、よく安い値で買い入れ、使っても持っていても楽しく、そしてまた父の死後は値段もたいへんよくなって、母は生活のために最上品の多くを売ったものであった。

父、母そして祖母もみんな陶磁器集めに凝っていた。後年祖母がわたしたちと一緒に住むことになったとき、祖母はドレスデン焼きやカポ・ディ・モンテ磁器などの収集品を持ってきたものだから、アッシュフィールドの数多い食器戸棚がそれでいっぱいになってしまった。事実、その収容のために新しく食器戸棚を作らなければならなかった。わたしたちはまさに収集家一家で、わたしはたしかにその特質を受け継いでいる。ただひとつ残念なことは、陶磁器や家具のりっぱな収集を受け継ぐとなると、自分自身の収集を始める口実が立たないことである。しかし、収集家としての情熱は満たされなくてはならないのであって、わたしの場合は相当りっぱな紙張子の家具と、父母の収集品の中にはいっていなかった細かな物などを集めた。

さてその当日となると、わたしは興奮でもって胸が苦しくなり、完全に物がいえなくなってしまった。何かで本当に感動すると、いつもわたしは言語能力を喪失してしまうようだった。外国へ行くという最初のはっきりした記憶は、フォークストンでわたしたちが船へ乗り込んだときのことである。母と姉のマッジは英国海峡横断を極度の真剣さで受けとめていた。二人は船に弱いので、早々に婦人用船室に引きさがると横になって目をつぶり、フランスまでのあいだの海を最悪のことがおきずに渡れることを願っていた。わたしは遊び用の小舟に乗った経験しかなかったくせにどういうわけか船に強いという確信があった。

父がこの信念を励ましてくれるので、わたしは父と一緒に甲板にとどまっていた。渡航は静穏なものであったようだが、わたしはそれを海のせいにはせずに、自分が海の動揺に耐える力のせいとした。船がブーローニュに着くと父が、「アガサは本当に船に強いよ」といってくれたのがうれしかった。

次のスリルは列車の中で寝ることだった。わたしは母の個室で一緒に寝ることになって上段の寝棚に押し上げられた。母はいつも新鮮な空気を渇望していて、寝台車のスチームの熱が苦痛だった。その夜中ずっと、わたしは母が窓を押し開けては首を突きだして夜気をあえぐようにして大きく吸い込んでいるのを見つづけていたような気がする。

その翌朝早くポーに着いた。ボーゼジュール・ホテルの乗合馬車が待っていたので、それにわたしたちはどやどや乗り込み、やがてホテルへ着いた。十八個の荷物は別途で来ることになっていた。ホテルの外側にはピレネー山脈に面して大きなテラスがあった。

「ほらね！」父がいった。「見えるかね？　あれがピレネー山脈だよ。雪のある山々だ」

わたしは見た。それはわたしの生涯の大幻滅の一つであった——絶対忘れることのできない幻滅だった。わたしの頭の上はるか高く、高く、高く空にそびえ、予期と理解とをはるかに超えるはずの山はどこへ行ってしまったのか？　それに反してわたしが見たのは、地平線のかなた、かなり遠いところに歯の列のような物があって、下の平原から一インチか二インチぐらいの高さしかないようだった。あれ《い》？　あれが山であろうか？　わたしは何もいわなかったが、今でもあのひどい失望を感じることができる。

II

わたしたち一家はポーで六カ月ぐらい過ごしていたにちがいない。わたしにとってそれはまったく新しい生活だった。父と母と姉のマッジは間もなくばたばた活動を始めた。父にはこの地にすでに前から滞在している何人かの友人があったし、またホテルで多くの知り合いも作った――またわたしたち一家はあちこちのホテルや下宿にいる人たちへの紹介状も持ってきていた。

　わたしの世話をするために、母は一種の通いの保母兼家庭教師を雇った――実際には若い英国人の女の人であったが、生まれて以来ずっとポーに住んでいて、英語同様にすらすらフランス語が話せるというより、むしろフランス語のほうがうまかった。わたしが彼女からフランス語を学べれば、という考えであった。この計画は期待どおりの結果にはならなかった。ミス・マーカムは毎朝わたしのところにきて、わたしを散歩に連れだす。その途中彼女はいろいろな物に注意をむけさせ、その名をフランス語で繰り返す。「犬《アン・シエン》」「家《ユンヌ・メゾン》」「憲兵《アン・ジャンダルム》」「パン屋《ル・ブーランジエ》」わたしはそれらを忠実に繰り返すわけだが、わたしが何か質問するとなると当然英語できくし、ミス・マーカムは英語でそれに答えるのである。わたしの記憶ではミス・マーカムと一緒の果てしない散歩は少々うんざりだった。彼女はやさしくて親切、誠実で退屈だった。

　母はやがてわたしがミス・マーカムからフランス語を学習できないと見きりをつけ、毎日午後にフランス人女性に来てもらって、規則立ったフランス語の学習を受けさせることになった。この新しい雇い人はマドモアゼル・モーウラットという人だった。丸ぽちゃの大女で、茶色のいろんな形のケープを着ていた。

　当時はどこの部屋も物の詰め込みすぎであったことはいうまでもない。家具が多すぎるし、飾り物その他も多すぎた。マドモアゼル・モーウラットは身をもがくようにして歩く人だった。肩を突きだし、両手とひじとで身ぶり豊かに部屋の中をもがくようにして歩きまわるものだから、やがてはきまって何かの飾り物をテーブルの上からたたき落としてこわしてしまうことになった。それが家中の冗談になった。父がいうのだった、「アガサ、あの人はおまえが持っていたあの小鳥を思い出させる。ダフニだ。えらく大きくて不器用で、いつも餌箱をひっくり返していたっけね」

　マドモアゼル・モーウラットは特別大げさなおしゃべりをする人で、そのおしゃべりがわたしには閉口だった。ネコなで声でこんなふうなことをいわれると、わたしはますますどう答えていいかわからなくなった――「あらまあ、ほんとおかわいらしい《オ ラ・シェール・ミニョンヌ》！　なんてお《ケ・レ・ジェ》かわいいんでしょうね《ンティール・セット・プティト》！　ああ《オ》、ほんとにおかわいらしい《ラ・シェール・ミニョンヌ》！　あたしたちとっても楽しく《ヌ・ザロン・ブランドル・デ・ルソン・トレ》お勉強しましたね《・アミユザント・ネ・ス・パ》？」わたしは丁重な様子で彼女を見ていたが、じつは冷たい目だった。するとと母がきつい目つきでわたしを見ているので、仕方なしにわたしはもそもそいった、「はい《ウイ》、ありがとう《メルシー》」当時わたしのフランス語はそれが限度だった。

フランス語の勉強は親切につづけられていった。わたしはいつもどおり素直だったが、これまたいつもどおりどう見てもへまだった。結果が早く出ることの好きな母は、わたしの進歩ぶりに不満足だった。「あの子は思ったように進歩しませんよ、フレッド」と母は父にむかって不平をいった。

いつも心やさしい父は、こういうのだった、「ああ、もう少し時間を与えなくちゃね、クララ、時間を与えることだよ。あの女の人はまだここへ来てくれるようになってから十日になるだけじゃないか」

しかし母は人に時間の余裕を与えるような人ではない。わたしがちょっとした子供の病気になったとき、極点が来た。病気はこの地方に流行していた風邪に始まって、鼻カタルまで引きおこしてしまった。熱があって、気分が悪く、回復期にあってまだ微熱の状態ではとてもマドモアゼル・モーウラットに会う気はしなかった。

「ねえ、お願い」わたしは懇願した、「今日の午後はお勉強しなくてもいいでしょう。わたし、やりたくないの」

母は何か本当に理由があればいつもやさしかった。母が賛成してくれた。やがてマドモアゼル・モーウラットが、ケープともどもやってきた。母はわたしに熱があって家に引きこもっていたのだから、今日はお勉強はなしにしていただいたほうがいいようですと説明した。マドモアゼル・モーウラットはたちまちわたしのほうへとんできて、ひじを突っぱってケープをひらひらさせ、わたしの首のところまで頭を下げて、「まあ《オ》、おかわいそう《ラ・ポーヴレ》なかわい子ちゃん《・ミニヨンヌ》、おかわいそうにかわいらしい人《ラ・ポーヴレ・プティト・ミニヨンヌ》」そして、本を読んであげましょう、お話をしてあげましょう、といった。〝おかわいそうなお嬢ちゃん《ラ・ポーヴレ・プティト》〟を慰めてあげようというわけ。

わたしは母のほうを、最高にいやな目つきで見た。とても我慢できない。もう一刻も我慢できない！　マドモアゼル・モーウラットの声がつづいていた――甲高い、きいきい声、声の中でわたしのいちばんきらいな声。わたしは目で哀願していた、「この人、あっちへ連れてって。お願いだから連れてって」母は断固としてマドモアゼル・モーウラットをドアのほうへ引っぱっていった。

「アガサはこの午後は静かにしてやったほうがいいと思いますので」と母がいった。マドモアゼル・モーウラットを外まで見送って戻ってくると、母は首を横に振りながらわたしにむかって、「さあこれでよろしいわね」といった、「でも、あなたね、あんないやなしかめっつらをするもんじゃありませんよ」

「しかめっつら?」わたしがいった。

「ええ。あんなに顔をしかめてわたしを見るの。モーウラットさんには、あなたがあっちへ行ってもらいたいと思ってることがはっきりわかるのよ」

わたしはびっくりしてしまった。わたしには全然ぶしつけなことをしたつもりなんかなかった。

「でも、マミー」わたしがいった、「わたしがしたのはフ、フ、フランス語のしかめっつらじゃなくて、英語のしかめっつらだったのよ」

母はとてもおもしろがって、説明してくれた――しかめっつらをするということは一種の国際語であって、どこの国の人にもみなよくわかるものだ、と。しかし、母は父にマドモアゼル・モーウラットはあまり成功ではなかったので、またべつの人を探そうといっていた。父はそれも結構、陶磁器の飾り物をこれ以上たくさんこわされなくていいよ、といった。そしてつけ加えた、「わたしがアガサの立場だったら、やはりアガサと同じようにわたしもあの女はやりきれなくなったにちがいないよ」

ミス・マーカムやマドモアゼル・モーウラットの支配から解放されて、わたしは愉快に過ごすことができるようになった。同じホテルの滞在客に、未亡人で、たぶんセルウィン司教の子息の妻だったセルウィン夫人という人がいて、その二人の娘ドロシーとメアリがいた。ドロシー(ダール)はわたしより一歳年上で、メアリは一歳年下だった。間もなくわたしたちは親友になった。

　わたしは一人にされると、行儀のいいすなおないい子だけれど、他の子供と一緒になると、すぐさまいたずらの仲間へはいってしまう。とくにわたしたち三人は食卓係の運の悪いウェイターたちをとことん苦しめた。ある夜のこと、わたしたちは食卓の塩入れの中身を全部砂糖と換えてしまった。またある日には、オレンジの皮をブタの形に切って、食事を知らせる鐘の鳴る直前に全員の皿の上にそれを載せておいた。

　このフランス人のウェイターたちのようにおとなしい人たちをわたしは知らない。わたしたちのテーブルのウェイター、ヴィクトルはとくにそうだった。彼は背の低い、がっしりした体格の男で、鼻が突き出したように長かった。鼻がもげるほど彼はくさかった（わたしがニンニクというものに出会ったこれが最初だった）。わたしたちがいろんないたずらをしたにもかかわらず、彼は全然うらみに思うようなふうがなかったし、実際、気にもしないでわたしたちにやさしく親切にしてくれた。大根ですばらしいネズミの彫刻をしてわたしたちによくくれた。わたしたちがしたことが重大な問題にされなかったのは、この忠節なヴィクトルがホテルの経営者や両親たちに絶対に苦情を持ちこまなかったからだった。

　ダールとメアリとの友情はわたしにとってはそれまでのどの仲よしよりも深いものとなっていた。おそらくわたしはもう一人でするよりも協同で何かするほうがはるかにおもしろい年ごろになっていたのだろう。わたしたちは一緒に数多くのいたずらを考えて、その冬の何カ月かを大いに楽しんだ。もちろんわたしたちはやったいたずらのためにしばしば面倒をおこしたが、わたしたちの上に降りかかってきた非難に対して、たった一度だが本当に憤慨したことがあった。

わたしの母とセルウィン夫人とが腰を落ち着けておしゃべりを楽しんでいるところへ部屋係のメイドが伝言をもってきた。「ホテルの別棟に住んでおられるベルギー人のご婦人からの伝言です。セルウィン夫人とミラー夫人は、子供さんたちが四階の欄干の上を歩きまわっているのをご存じでしょうか?」

中庭へとびだしていって見上げ、幅一フィートほどの欄干の上を一列になって歩いている三人の楽しそうな姿をみつけたときの二人の母親の驚きようを想像していただきたい。わたしたちの頭には、危険だなどという考えは毛頭なかった。わたしたちは部屋係のメイドの一人をちょっとからかいすぎて、彼女はわたしたちをうまくだまして掃除用具入れの押入れに誘い込むと、外からドアを閉めて、それみよといわんばかりに鍵をかけてしまった。わたしたちは大憤慨。どうしたものか? 小さな窓が一つあったので、ダールがそこから首を突きだしてみて、何とかこの窓から無理して抜けだせば、欄干の上を歩いて角をまわり、それにつづいている窓の一つから部屋へはいり込むことができそうだといった。いうなりもう決行していた。ダールがまず初めに小さな窓から無理に身体を押しだし、次にわたしがつづき、それからメアリが出た。うれしいことには、欄干の上を歩くのはまったく容易だった。わたしたちが四階下を見たのかどうかはわからないが、たとえ見ていたとしても目まいをおぼえるとか、墜落しそうになることはなかったと思う。わたしはいつも崖の端などに立っている子供を見るとぞっとする——崖の端に爪先をかけて下をのぞき、目まいとかその他大人のような不安感などまったく感じていない様子なのだが。

このとき、わたしたちはあまり遠くまで行かなくてすんだ。わたしの記憶では、初めの三つの窓は閉まっていたが、その次のはトイレに通じる窓で、それが開いていたのでそこから中へはいると、驚いたことにこんな命令に出会った——「すぐセルウィン夫人の居間へ降りてきなさい」どちらの母親もひどく怒っていた。わたしたちにしてみれば、わけがわからなかった。わたしたちは残るその日をみな寝室へ追放されてしまった。弁解はまったく受けつけてもらえなかった。わたしたちの言い分は真実であったのに。

「でもわたしたち、いわれてなかったわ」とわたしたちはこもごもいった、「欄干の上を歩いちゃいけないっていわれてなかったんですもの」

わたしたちは不公正な扱いを受けたと思いながら寝室へ引きさがった。

ところで一方、母はやはりわたしの教育の問題を考えていた。母と姉は町のドレスメーカーの一つで服を仕立ててもらっていたのだが、ある日母はそのドレスメーカーで、仕立て助手の若い女性に目をとめた。彼女は仕立てた服を着せたり脱がせたり、上級仕立て師に止めピンを手渡すことなどを主な仕事としていた。仕立て師のほうはきつい気性の中年女性で、母は若い女性の我慢強くて気さくな態度が目について、この人のことをもう少しくわしく知りたいと思った。母は二度目、三度目の仮縫いのときも彼女をよく見ていて、やっとしまいに言葉を交わすようになった。彼女の名はマリー・シジェ、年は二十二歳。父親は小さなコーヒー店主で、彼女には同じくドレスメーカーに勤めている姉と、二人の兄、小さい妹があった。で、わたしの母は彼女に英国へ行ってみる気はないか、と何げない調子できいて、彼女を驚かせた。マリーは息が止まるほどびっくりし、また喜んだ。

「もちろんこのことはあなたのお母さんに話さなくてはなりませんけれどね」母がいった、「あなたのお母さんは自分の娘がそんな遠いところへ行くのを喜ばれないかもしれませんからね」

約束ができて母はマダム・シジェを訪ね、この問題をよく話し合った。すぐさま母は父に会ってこのことを話した。

「しかしね、クララ」と父が反対した、「この女性は家庭教師とかなんとかいった人じゃ全然ないじゃないか」

母はマリーこそわたしたちが求めている人物だと思うと答えた。「彼女はまったく英語がわからないんです、一言もね。アガサはフランス語の勉強をしなければなりません。彼女はやさしくて、気さくな人です。家族もりっぱな人たちですよ。彼女は英国へ行っていいといってますし、縫い物や服の仕立てなどわたしたちのためにうんとやってくれますよ」

「だがね、おまえ確信があるのかね？」父は疑わしそうにきいた。

わたしの母は、いつでも確信を持っている。

「まちがいありません」母がいった。

これまでにもしばしばあったことだけれど、母のまことに不思議な気まぐれは、こんども実現した。わたしは目をつぶれば、愛するマリーを今日でも当時のまま目に見ることができる。血色のいい丸顔、天井をむいた鼻、後頭部に丸めた黒い髪。彼女が後日話してくれたところによると、彼女はわたしへのあいさつの言葉を一生懸命英語で覚えこんで、最初の朝、恐る恐るわたしの寝室へはいってきたというのである——「おはようございます、お嬢さん。おげんきとぞんじます」あいにくマリーのアクセントのせいで、わたしには一語もわからなかった。わたしは不審そうに彼女を見つめているばかりだった。最初の日わたしたちはまるで初めて顔を合わせた二匹の犬みたいだった。ほとんど何もいわず、たがいに不安そうに相手をちらちら見ていた。マリーがわたしの髪にブラシをかけてくれたが——たいへん薄い色の金髪でいつもソーセージ形のカールにしていた——わたしに痛い目をさせまいと恐れるあまり、髪にほとんどブラシが通っていなかった。わたしはもっと強くブラシをかけてくれるようにと説明しようと思うのだが、もちろんわたしには言葉がわからないのでそれは不可能だった。

マリーとわたしが一週間としないうちにどうやって会話を交わせるようになったものか、わたしにはわからない。使っていた言葉はフランス語だった。こっちで一語、あっちで一語といったふうにわたしは言葉を覚えていった。そのうえ、一週間の終わりごろにはわたしたちはもうすっかり友だちになっていた。マリーと一緒に外出するのが楽しかった。マリーと一緒なら何をやっても楽しかった。楽しい相互関係の始まりであった。

初夏になるとポーでは暑くなってきたので、わたしたち一家はポーを出てアルジェルに行き、またルルドへ行って一週間を過ごし、それからピレネー山脈の中のコートレへと移った。ここは山のふもとにあって、すばらしいところだった(わたしはもう山に対する失望を卒業していた。コートレからの位置はずっと満足すべきものではあったものの、はるか高く高く見上げるというわけにはいかなかったが)。毎朝わたしたちは鉱泉へ通じる山道を散歩して、まず鉱泉の水を飲んだ。これで健康増進をはかったわたしたちは、次にあめを買うのであった。母の好きなのはアニスの香料だったが、わたしはきらいだった。ホテルのわきのくねくね折れ曲がった小道で、わたしは間もなくおもしろいスポーツを発見した。それはパンツのお尻で松の木のあいだを滑り降りることだった。マリーはこれに賛成しかねる考えであったが、遺憾ながらマリーは最初からわたしに対して権威をもって事を押しつけることができなかった。わたしたちは友だち同士、遊び仲間ではあったが、彼女がわたしに何かをするようにいった覚えが全然ない。

権威というものは非常に特別なものである。母はこれを充分に持っていた。母はめったに不機嫌になることはなかったし、どなるようなこともなかったが、ただおだやかに命令を発すると、それがただちに実行された。他の人たちがこの天性を持っていないのが母にはいつもふしぎのようであった。後年、わたしが最初の結婚をして自分の子供を持ってから母がわたしの家に滞在したときのこと、わたしは隣りの男の子どもがいつも垣根越しにやってきて始末が悪いとこぼしたことがあった。いくらわたしがあっちへ行ってくれと命令しても、男の子どもは行ってくれなかった。

「でも、おかしいわね」と母がいうのであった、「なぜあなた、あっちへ行ってちょうだいっていいわないの？」

わたしは母にいってやった、「じゃ、お母さんやってごらんなさい」ちょうどそのとき男の子が二人やってきて、いつものように、〝へえ、ブー、あっちへなんか行かねえぞ〟という構えで芝生へ小石を投げた。一人の子は植木に小石を投げつけはじめて、大声で叫んだりブーといったりしだした。

母はふりむくと、「ロナルド」といった、「これ、あんたの名前ね？」

ロナルドがそうだと認めた。

「お願いだからこんな近くで遊ばないでちょうだいね。わたし、うるさいのはきらいなの」母がいった。「もうちょっとむこうへ行ってね」

ロナルドは母を見ていたが、弟に口笛で合図すると、すぐ出ていった。

「ねえごらんなさい」母がいった、「まったく簡単でしょう」

たしかに母にとってはそうだった。母なら何の苦もなく非行少年のクラスでもうまく取り扱うことができただろうと、心からわたしは信じている。

コートレのホテルにはわたしより年上のシビル・パタースンという娘がいたが、その母親がセルウィンさんの友だちだった。シビルはわたしの崇拝の的《まと》だった。彼女は美人だとわたしは思っていたし、中でもわたしが感心していたのは彼女の発達した身体つきだった。当時大きな胸が流行だった。誰でも多少の差はあっても突き出していた。わたしの伯母ちゃん・おばあちゃんもBおばあちゃんも突き出した巨大な胸を持っていて、親しいあいさつを交わすのに、まず胸がぶつかり合わずにはキスをするのが困難であった。大人の人たちの胸の大きさは当然のことと思っていたが、シビルがそうであるのはわたしの嫉妬心を大いにかき立てた。シビルは十四歳だった。いったいどれくらい待てば、わたしもあのようにすばらしく発達するのだろう？　八年？　八年ものあいだ、ぺちゃんこ？　わたしはこの女性の成熟のしるしにあこがれた。まあま、辛抱が何より。辛抱しなければなるまい。そうすれば、八年間あるいは幸運なら七年で、このわたしのぺちゃんこの身体に二個の大きな丸いふくらみが奇跡的に突き出してくるのだ。ただ待つだけである。

セルウィン一家はわたしたち一家ほど長くはコートレにいなかった。彼らは帰っていってしまい、わたしはやがて二人のべつの友だちを選んだ——小さなアメリカ人の少女マーガリット・プレストリーに、もう一人はマーガレット・ホームという英国人の少女。わたしの父と母はもうそのころにはマーガレットの両親とたいへん仲よくなっていたので、当然わたしとマーガレットが一緒にどこかへ行くとか何かすることを希望していた。しかし、こんな場合によくあることだが、わたしとしてはこれまで聞いたこともない異様な文句や変な言葉を使うマーガリット・プレストリーのほうとのつきあいが好ましかった。わたしたちはおたがいたくさんお話をし合ったが、マーガリットのお話の中でわたしがスリルをおぼえたのは、〝スカラピン〟に出会っていろいろな危険にさらされた話だった。

「でも、スカラピンって何なの？」わたしは何度もたずねた。

マーガリットにはファニーという保母がついていたが、そのアメリカ南部独特ののろのろと話すしゃべり方がわたしには何をいっているのかほとんどわからないまま、この恐るべき生物の簡単な説明をしてくれた。わたしはマリーに問い合わせてみたが、マリーはスカラピンなどというものは聞いたこともないという。とうとうしまいにわたしは父にあたってみた。父も初めはわけがわからなそうだったが、やっとどうやら見当がついた模様で、

「おまえがいっているのは、たぶんスコーピオン（サソリ）のことだと思うよ」といった。

それで魔力はどこかへ行ってしまった。スコーピオンは想像上のスカラピンが恐ろしい

のにくらべてさほどこわくなさそうだった。

マーガリットとわたしはある問題についてまことに真剣な議論をやった――それは、赤ん坊はどうやってくるかということだった。わたしはマーガリットにはっきりいってやった、赤ん坊は天使が持ってくるものだ、と。これはわたしが前にばあやから聞いていた話であった。一方マーガリットははっきりこういった――赤ん坊はお医者さんの家にある必要品の一部で、お医者さんが黒いカバンに入れて持ってくるものだ、と。この問題についてわたしたちの論争が白熱してくると、ファニーがこれをみごとに手際よくぴしゃりと片づけてくれた。

「ええ、そのとおりよ」と彼女がいうのだった、「アメリカの赤ちゃんはお医者さんの黒いカバンにはいってやってくるし、英国の赤ちゃんは天使が持ってくるんですよ。ね、とても簡単でしょう」

納得してわたしたちは戦いをやめた。

父と姉のマッジはかなり頻繁に乗馬の遠乗りをしていたが、ある日、わたしの懇願がいれられて翌日二人と一緒に行くことを許すと申し渡された。わたしにはスリルだった。母は少々不安を持っていたが、父がその不安を間もなく打ち消した。

「一緒に〝ガイド〟も行くんだよ」父がいった、「その男は子供にはよく慣れていて、落馬しないように気をつけてくれるんだ」

次の日の朝、三頭の馬が連れてこられ、わたしたちは出発した。わたしたちはけわしい小道をジグザグに登っていったが、わたしには巨大な馬の背にとまっているようで、すごく楽しかった。ガイドが先導していき、ときどき草花をつんでは束にしてわたしの帽子のバンドにさすようにと手渡してくれた。そこまでは万事うまくいっていたのだが、山の上に着いて昼食を食べる用意をしていると、ガイドは一人で先へ行ってしまった。駆け戻ってきた彼はすばらしくきれいなチョウを捕まえて持っていた。「かわいいお嬢さんに《プール・ラ・プティト・マドモアゼル》」と彼は大声でいった。上着のえりからピンを取るとチョウに突き刺しておいて、それをわたしの帽子に刺し止めた！　その瞬間の恐ろしかったことったら！　かわいそうなチョウが帽子の上でピンに抵抗してもがきバタバタやっているその感じ。わたしはバタバタもがいているチョウと同じような苦痛をおぼえた。そして、口がきけなくなったのももちろんだった。心中にはあまりにも多くのぶつかり合う誠実さがあった。ガイドとしては、親切でやってくれたことなのである。わざわざわたしにチョウを持ってきてくれた。きらいだなどといってどうして彼の気持ちを傷つけることができよう？　取りのけてくれなどと、どうしていえよう？　そのあいだもずっと、チョウはバタバタもがいて死にかけている。羽が帽子にあたる恐ろしい音。このような場合、子供にできることといえば、ただ一つ。わたしは泣きだした。

誰がか何かを聞けば聞くほどわたしは答えることができなくなった。

「いったい、どうしたんだ？」父が強くきいた。「どこか痛みでもするのか？」

姉がいった、「きっと馬に乗ったのがこわかったんだわ」

わたしは、ちがう、ちがう、といった。わたしはこわがってもいなかったし、どこか痛いのでもなかった。

「疲れたんだ」父がいった。

「ちがう」わたしがいった。

「それじゃ、いったいどうしたんだ？」

しかし、わたしはいえなかった。もちろんいえるものではなかった。ガイドはすぐそこに立って注意深く当惑した顔つきでじっとわたしを見ているのだから。父がちょっと不機嫌にいった――「この子はまだあまり幼すぎたんだ。遠乗りに連れてくるんじゃなかったよ」

わたしはさらに泣き方を強めた。わたしは父と姉の一日をめちゃめちゃにしているのにちがいないし、自分でそれがわかっていたのだけれど、わたしは泣くのをやめられなかった。わたしが願い祈っていることといえば、ただ父かまたは姉でもいい、すぐにわたしがどうしたのか推測してほしかっただけである。父や姉があのチョウを見てくれれば、「帽子の上のチョウが気に入らないんじゃないかな」というだろう。そういってくれればいいのだ。でも、わたしからはいえない。恐ろしい一日だった。わたしは全然昼食もとらなかった。ただ座りこんで泣いていて、チョウはばたばたしつづけていた。しまいにとうとうチョウはばたつかなくなった。それでわたしは気持ちがなおるはずなのだ。だが、もうそのころになると、どんなことをしても気分が晴れないほどのみじめな状態になってしまっていた。

わたしたちはまた馬に乗って山を降りたが、父は明確に怒っていたし姉は困り、ガイドは相変わらずやさしく親切で、当惑の様子であった。わたしたちはひどくみじめな一行になって帰り着き、母のいる居間へはいっていった。

「おやおや」母がいった、「どうしたの？　アガサはけがでもしたの？」

「それがわからん」と父が不機嫌にいった。「この子、いったいどうしたのかわからんのだ。どこか痛いかなんからしいんだがね。昼食のときからずっと泣きどおしで、物も食べようとしない」

「いったいどうしたの、アガサ？」母がきいた。

わたしは話せなかった。涙がほおを流れ落ちるままにして、わたしは黙りこんで母を見ているばかりだった。母は数分間しげしげとわたしを見ていたが、やがて、「あんなチョウをアガサの帽子につけたのは誰？」といった。

姉がそれはガイドがしたのだと説明した。

「わかったわ」と母がいった。それからわたしにむかって、「それがいやだったのね、そうでしょう？　チョウが生きていて、チョウが苦しんでいると思ったのね？」

ああ、輝かんばかりの安堵、すばらしい安心――誰かが自分の心の中にあるものをいってくれて、長い沈黙のきずなから解放されたときの気持ち。わたしは狂ったように母にとびついて、両手で母の首を抱くと、「そう、そう、そうなの。チョウがばたばたしてたのよ。チョウがばたばたしてたのよ。でもガイドさんはとても親切で、親切でしたつもりだったのよ。だからわたし何もいえなかった」

母はよくわかってくれて、やさしくわたしを軽くたたいていた。急にすべてのことが遠くへと遠のいていってしまった。

「あなたが感じたこと、お母さんにはよくわかります」母がいった。「わかってますよ。でももう終わったことよ、だからもうこのことにふれるのはやめましょう」


ちょうどこのころ、姉が自分のまわりの若い男たちに特別の魅力を持ちだしたのにわたしは気づいた。姉はたいへん魅力的な娘で、厳密な意味での美人ではないがきれいで、父親譲りの機知に富んだところがあって、話をすると楽しかった。そのうえに、性的魅力も大いに持っていた。若い男たちはみんな姉に参っていた。間もなくマリーとわたしは競馬用語でいういろいろな崇拝者たちの〝賭け帳〟をこしらえた。その人たちの確率をわたしたちは話し合った。

「わたしはパーマーさんだと思うわ。マリーはどう思う?」

「ありそう《セ・ポシーブル》。ですけどあの人若すぎますわ《メ・イレ・トロ・ジューヌ》」

わたしは答える。あの人はマッジと同年ぐらいよ、でもマリーは、「とても若すぎます《ボクー・トロ・ジューヌ》」と確言した。

「わたし思います、アンブローズ卿です」マリーがいった。

わたしは反論する、「あの人はお姉さんより何歳も何歳も年上よ、マリー」かもしれないけど、とマリーはいうのだ、妻よりも夫のほうがずっと年をとっているほうが安定するものだ、と。マリーはまたつけ加えて、アンブローズ卿はきっと、どこの家庭でも歓迎されるとてもいい連れ合い《パルティ》になる、ともいった。

「昨日のこと」とわたしがいった、「お姉さんはバーナードの上着のボタン穴に花をさしてやってたわよ」だがマリーは若いバーナードを重視しなかった。まじめな青年《ギャルソン・セリュー》でないというのだ。

わたしはマリーの家庭のことをいろいろたくさん知った。彼らの家のネコの習癖がどんなかもわかった——コーヒー店内のガラスのコップのあいだをうまく歩くことができ、けっしてコップを割ったりしないで、その中で丸くなって寝ることができる。マリーの姉のベルトはたいへんまじめな娘で、妹のアンジェルは家中のかわい子ちゃんだということも知った。二人の男の子たちのいたずらのすべて、そして二人がどんな面倒をおこしたかも知った。またマリーはその家柄の誇り高い秘密も打ち明けてくれた——それは彼女の姓はSijéではなくて元はShijéだったということだった。もっとも、わたしにはいったいどこが誇りなのかわからなかったし、じつはいまだにわからないのだが、わたしはマリーに全面的に同意して、彼女が結構な先祖を持っていることを喜んだ。

　マリーはわたしの母がしてくれたようにときどきフランス語の本を読んでくれた。だが、自分で『ロバ物語《メモワール・ダン・アヌ》』を取り上げてページをめくり、みんながわたしに読んでくれるのと同じように自分だけで読めることを発見した日、それはうれしかった。つづいて大祝福を受け、それに劣らず母からも喜ばれた。いろんな困難の末ついにわたしはフランス語を覚えた。読むことができる。ときには説明の必要なむずかしい文句もあったが、およそのところ完成だった。

　八月の末わたしたち一家はコートレをたってパリへむかった。この夏はわたしの経験したもっとも楽しい夏の一つとしてつねに思い出す。この年ごろの子供にとっては、あらゆることがあった。新奇なことの刺激。樹木は、わたしの生涯を通じて繰り返される楽しみの要素である（わたしの最初の想像上の友だちがツリー、〝木〟という名だったのは象徴的かもしれない）。新しくて好ましい伴侶、わたしの愛する天井向き鼻のマリー。ロバに乗って遠くへ行ったこと。けわしい坂道を探検したこと。家族とたわむれ遊んだこと。アメリカの友だちマーガリット。知らない土地の異国的な刺激。「珍しく異様なもの……」

シェークスピアはよく知っている。だが、それはわたしの記憶の中にひっかかっている寄せ集めの項目ではない。それはコートレという土地のこと――ほとんど鉄道もない森の斜面をもつ長い谷、そして高い山々である。

わたしは二度とそこへ戻ったことがない。そのことをわたしはうれしく思っている。一、二年前のこと、わたしたちはそこで夏の休暇を過ごそうと計画したことがあった。わたしはよく考えもせずに、「もう一度行ってみたいわ」といった。それは本当の気持ちであった。だがやがて、ふたたび行くべきではないことがわかってきた。思い出の中に生きている土地へは、けっして戻っていくべきではない。そこを人は同じ目で見ることはできないのだ――たとえその土地が信じられないほど元と同じままに残っているとしてもである。むかし見たものはむかし見たものなのだ。「わが通いし楽しき大道、されどふたたび行くまじ……」

あなたが楽しい思いをした土地へは二度と行くものではない。あなたの心の中にそれが生きつづけているあいだは。そこへ戻ったら、楽しさはこわれてしまうにちがいない。

わたしはもう一度行ってみたい気持ちを抑えている土地がいくつかある。その一つは北部イラクにあるシーク・アディ神殿である。わたしが初めてモースルの町へ行ったときにわたしたちはそこへ行った。当時そこを拝観するのはなかなか困難だった――許可を受けなくてはならなかったし、ジェベル・マクラブの岩の下のアイン・シフニの警察派出所で止まらなくてはならなかった。

そこから警官付添いでわたしたちは曲がりくねった小道を歩いて登った。ときは春で、途中いたるところ野生の花と緑とで生き生きとしていた。渓流があった。ときどきヤギや子供たちのそばを通った。やがて、エジディ族のその神殿に到着した。その静寂が思い出される——石畳の中庭、神殿の壁に彫られた黒いヘビ。すると階段が出入口にはなく、小さな暗い神殿の内陣へとうまくしつらえてあった。さらさらと木々の葉の鳴る中庭にわたしたちは座った。エジディ族の一人がわたしたちにコーヒーを持ってきてくれたが、まず汚れたテーブルクロスを丁寧にひろげた（これはヨーロッパ風の要求を心得ていることを自慢げに示すため）。わたしたちはそこに長いこと座りこんでいた。誰も押しつけがましい説明などしてくれるものはなかった。わたしは漠然とだが、エジディ族の人たちが魔神信心者で、クジャクを神の使者として、また魔王サタンをその礼拝の対象としていることを知っていた。この地方の種々の宗派の中でもこのサタンの崇拝者たちがもっとも平和的だということ、これはまことにふしぎなことに思える。太陽が落ちるころ、わたしたちはそこを出た。まったくの静寂であった。

今はきっとあそこへは観光旅行がなされていると思う。〝春のお祭り〟は観光客のいい見せ物なのだ。でもわたしは汚されていないころを知っている。絶対わたしは忘れない。

ピレネー山脈からわたしたちはパリへ行き、それからディナールへと行った。わたしがパリについて覚えていることといえば、ホテルのわたしの寝室の壁が濃いチョコレート色に塗られていて、その上にとまっている蚊をみつけることが不可能だったということぐらいのもので、まことに腹立たしい。

部屋には無数の蚊がいた。蚊は一晩中ブンブンワンワンとびまわって、わたしたちの顔や手は食われた痕だらけになった（とくにかわいそうだったのは姉のマッジで、肌のことが大いに気になる年ごろだった）。パリには一週間しかいなかったのだが、そのあいだじゅう、わたしたちは蚊を殺すことばかりに時間を潰していたようである——変なにおいのするいろんな油を身体に塗りつけたり、ベッドのわきに香をたいたり、食われた痕をかいたり、蚊に熱い蠟涙を落としたりなどして。とうとうホテル内には蚊など全然いないと強情に主張するホテル側に激しい抗議をした結果、残されている最良の方法は蚊帳の中で寝るという珍妙なこととなった。ときは八月、うだるような暑さで、網の中にはいるなどはよけいに暑かったにちがいない。

わたしはパリでいくつかの名所を見物させられたにちがいないのだが、わたしの頭には何の痕跡も残っていない。覚えているのは、もてなしとしてエッフェル塔へ連れていかれたことだったが、初めて山々を見たときのわたしのように、全然期待に添わなかったようである。じつのところパリ滞在の唯一のおみやげは、わたしにつけられた新しいあだ名だった。〝ムスティク〟（フランス語で蚊のこと）、まさにそのとおりであった。

いや、これはわたしがまちがっていた。そのときのパリ行でわたしは大機械時代の先駆と初めて近づきになったのだった。パリの街々はこの〝自動車〟といわれる新しい乗り物でいっぱいだった。自動車は猛然と突っ走っていた（今日の標準からすればおそらくずいぶん遅かったのであろうが、当時は競争相手は馬しかいなかった）。くさいにおいを発し、ぶうぶう音を立て、前びさしの帽子やゴーグルやいろんな装備で身を固めた人たちが運転していた。何とも妙なものであった。父はこれが今にどこにでも走るようになるといっていた。父の言葉はわたしたちには信じられなかった。べつに興味があったわけではないが、わたしはよく自動車を観察してみたが、やはりわたしはいろいろな種類の汽車のほうに忠誠を誓いたかった。

母が残念そうに大きな声でいった、「モンティがここにいないのが気の毒ね。彼ならきっと大好きになるわ」

わたしの生涯のこの段階を今思い返してみると、どうも妙である。兄が完全にそこから姿を消してしまっているようなのだ。おそらく兄は休暇にはハロー校から自宅へ帰ってきていたはずなのに、一人の人物として存在していないのである。その答えは、たぶんこの段階では兄がわたしにほとんど注意をむけていなかったせいであろう。後年わかったことだが、当時父は兄のことで心を痛めていた。兄は試験をパスできなくて、ハロー校から退学を求められていた。たしか初めにダートマスの造船所に行って、その後北部イングランドのリンカンシャーに行ったらしい。兄の進歩ぶりについての報告は望みなしだった。父は率直な忠言を受けた。「全然上達の見込みなしです。何しろ数学がおできになりませんからね。何か実地のものを見せればうまくやります、実地の労働者としては結構です。しかし、機械工学の分野では、それが精いっぱいでしょう」

どんな家庭でもたいてい問題と心配の種になる家族の一員があるものである。兄のモンティがわたしたちの家庭ではそうであった。兄は死ぬまでいつも誰かの頭痛のもとになっていた。わたしは過去を振り返ってみて、しばしば、どこか兄モンティがはまり込めるような適所がなかったものだろうかと考える。かりに兄がバイエルンのルードヴィヒ二世として生まれていたら、りっぱだったろうと思われる。からっぽの劇場で彼一人のために歌われるオペラを鑑賞している彼が、わたしには見える気がする。彼はたいへんな音楽好きだった——いいバスの声だったし、耳で覚えて、一ペニーのおもちゃの笛からピッコロ、そしてフリュートなどいろいろな楽器の演奏ができた。もっとも、兄は職業人になるための申し込みなど全然したことがなかったし、おそらくそんなことは考えもしなかったと思われる。彼は態度ふるまいもよかったし、たいへん人を引きつける魅力もあって、一生を通じて悩みや心配から彼を救ってやろうという人たちに取り巻かれていた。いつも誰かが兄に金を貸してあげよう、そして雑用をしてやろうといった。六歳のころ、姉と彼がお小遣いをもらうといつも同じことがおきた。兄モンティは自分の小遣いを最初の日に使ってしまう。週の後半になると兄は突然姉を店へと押し込んでいって、すばやく自分の好きなキャンデーを三ペンス分注文して、姉を見て払わなくてもいいよという顔をする。姉マッジは一般の人の評判をたいへん気にするたちなので、かならずいつでも払うのだった。当然姉は後でひどく怒って兄とけんかになった。モンティはただおだやかに笑って姉を見ているだけで、キャンデーの一つを姉に差し出すのだった。

これが兄が生涯を通じて取っていた態度であった。彼のために献身してしまう感性を持った一群の人々がいるかのようだった。何度も何度もいろいろな女性がわたしにむかっていったことがある、「あなたってモンティ兄さんをほんとに理解してらっしゃらないんだわ。あの人には同情が必要よ」本当のところは、わたしたちはあまりにも兄のことを知りすぎていたのだが。断わっておきたいのは、彼に対して情愛を感ずることができなかったのではない。兄は自分の欠点をじつに率直に認めていて、将来かならずどれも直してみせるといっていた。ハロー校で白いハツカネズミを飼うことを許されていた少年はおそらく彼一人であったろうと思う。寄宿舎の舎監がこのことをわたしの父にこう説明している――「彼はご存じのように博物学に深い愛情を持っているので、この特権を許されてしかるべきものと考えたわけです」家族の見解としては、兄モンティは全然博物学など愛してはいなかった。ただ兄はハツカネズミを飼いたかっただけのことである！

振り返ってみると、モンティはたいへんに興味のある人物だったとわたしは考える。ちょっと因子の配列を変えれば彼は偉大な人になっていたかもしれない。ただ彼には何かが欠けていた。調和か？　釣り合いか？　総合か？　わたしにはわからない。

彼の進むべき道は自然にきまった。ボーア戦争が勃発した。わたしたちの知っていた若者という若者はほとんど義勇兵に志願した――モンティも、当然その中にあった（兄はどうかするとわたしにおべっかを使って、わたしの持っていたおもちゃの兵隊で遊んでいたことがある――兵隊を戦闘隊形に並べて、その司令将校をダッシュウッド大尉などと命名していた。後になって、いつものきまったやり方を変え、わたしが泣いているにもかかわらずダッシュウッド大尉の首を反逆の罪で切ってしまった）。ある意味で父はほっとしたにちがいない――軍隊が彼に出世の道を与えるかもしれない――ことにちょうど、兄の機械工学への見込みは疑わしいとわかったところでもあった。

ボーア戦争は〝昔の戦争〟とでもいうべき最後の戦争であったかとわたしは思う――自分の国や生命に影響を与えない戦争であった。勇敢な兵士や雄々しい若者によって戦われた英雄物語の出来事だった。戦闘中、彼らは殺されるにしてもはなばなしく殺された。戦場での雄々しい功績にふさわしい数々の勲章をつけて、しばしば彼らは本国へ帰ってきたりもした。キプリングの詩のように、彼らは〝帝国〟の前哨、地図の上のピンク色の〝イングランド〟の一小部分に縛りつけられた者たちだった。今日からするとまことに奇妙に思えることかもしれないけれど、人々――とくに若い女――がそこらを歩きまわって、国のために死んで義務を果たすのをしりごみしていると思われる若者に、臆病者のしるしの白い羽を渡していた。

わたしにはこの南アフリカの戦争の記憶はほとんどない。重大な戦争などとは考えられていなかった――〝クルーガー（ボーア人政治家）をいましめてやる〟程度のものであった。英国人のいつもの楽天主義から〝数週間のうちにはすべて片づく〟ものとされていた。一九一四年（第一次世界大戦のおきた年）にもわたしたちは同じ文句を聞いた。〝クリスマスまでにはすべて片づく〟。一九四〇年（第二次世界大戦勃発の翌年）、〝じゅうたんを防虫剤入りでしまい込むほどのこともない〟というのがわたしの家を海軍省が接収したときのことである。〝冬を越してまではつづくまい〟であった。

そんなわけでわたしが覚えているのは陽気な雰囲気と、調子のいい歌〈うっかり者のこじき〉、それにプリマスから数日の休暇を得てやってくる元気のいい若者たちであった。わたしは英国軍ウェールズ連隊の第三大隊が南アフリカへ出航する数日前の家での一場面を思い出すことができる。兄モンティは当時駐留していたプリマスから友だちを一人連れてきた。この友だち、アーネスト・マッキントッシュは、どういうわけかわたしたちからいつも〝ビリー〟と呼ばれていたが、その後ずっと、わたしの本当の兄よりもはるかに兄として、わたしの生涯つづいた友だちである。彼はたいへん陽気で魅力ある若者だった。まわりの若者の多くがそうだったように彼も多少わたしの姉に恋心を持っていた。二人の若者は軍隊にはいったばかりで、それまでは見たこともなかった巻きゲートルをおもしろがっていた。二人は巻きゲートルを首に巻いてみたり、頭に巻きつけたりしていろんなふざけ方をしていた。この二人がうちの温室の中で首に巻きゲートルをつけて座っている写真をわたしは持っている。わたしは乙女心の英雄崇拝をビリー・マッキントッシュに捧げていた。わたしのベッドのわきには額縁入りの彼の写真が立ててあって、その上に忘れな草が載せてあった。

パリからわたしたちはブリタニーのディナールへ行った。

ディナールについて思い出す主なことは、ここで泳ぎを覚えたことである。人手を借りずに一人でバタバタと手足で水を六回かいて、水中に沈むことなく泳げたときの信じられないような誇りとうれしさをわたしは思い出す。

もう一つ思い出すのはブラックベリーである——あんなに大きくて丸々とふとった汁気の多いブラックベリーを見たことがない。マリーとわたしはよく摘みに出かけてバスケットいっぱいに取ったが、同時にまたうんと食べたものだった。なぜこんなに豊富にあったのかというと、この地方の人たちはブラックベリーは猛毒だと信じているからだった。「彼らはクワの実も食べないんです《イル・ネ・マンジェ・パ・デ・ミュレ》」マリーがふしぎそうにいうのだった、「あの人たちはわたしにいうんです、毒に当てられるよって《ヴ・ザレ・ヴ・ザンポアゾネ》」マリーとわたしはそんな禁制を持っていないので、毎日午後わたしたちは楽しく毒をみずから盛っていた。

このディナールでわたしは初めてお芝居をすることに夢中になった。父と母はすごく大きな円形張り出し窓のある寝室にダブルベッドをおいていたが、この張り出し窓は実際には小さな一つの部屋ぐらいあって、カーテンが引いてあった。そこはお芝居の舞台にぴったりだった。前の年のクリスマスに見たパントマイムに感動していたわたしは、マリーを無理に手伝わせて夜ごとにいろんなおとぎ話を上演した。わたしは自分のやりたい役を選び、マリーは他の何の役でもさせられた。

顧みてわたしは父と母の特別な思いやりに対して感謝の念でいっぱいになる。夜ごとに夕食後に、マリーとわたしが即席の扮装でもったいぶった歩き方をしたり気取った様子をしたりするのを、半時間も見せられ、拍手かっさいしなければならないくらいやりきれないことはなかったと思う。わたしたちは〈眠り姫〉〈シンデレラ〉〈美女と野獣〉などをやった。わたしがもっとも好きだったのは主役の男役で、姉のストッキングを借りて男のタイツのつもりにし、堂々と歩きまわり、せりふをわめいた。お芝居はもちろんいつもフランス語だった、というのはマリーは英語がしゃべれなかったからである。彼女は何とおとなしい、いい人だったことか。たった一度だけ彼女がさからったことがあったが、そのわけがわたしにはどうしてもわからなかった。彼女はシンデレラを演ずることになっていて、髪を下げるようにわたしは彼女に強要した。シンデレラが頭のてっぺんにまげをこしらえていてはいけない。マリーはいつも、文句一ついわずに〝野獣〟の役を演じたし、赤ずきんのおばあさんも演じた。よい妖精や悪い妖精、悪婆《あくば》もやったし、ある街頭場面では隠語で、「うまくつばをひっかけてやる！」といってどぶへ真に迫るようにつばをはいて、父をえらく喜ばせた、そのマリーが突然涙を流してシンデレラ役を断わるのだった。「だけど《メ》、どうしていやなの《プルクワ・パ》、マリー！」わたしがきつくきいた。「とてもいい役よ。女主人公よ。お芝居全体がシンデレラのことなのよ」

　絶対だめ、とマリーがいった。そんな役をやるのは絶対だめだというのだった。髪を下げて、ほどいた髪を肩まで垂らして、だんな様の前に現われるなんて！　それが難点だった。マリーにとっては、だんな様の前に髪を垂らした姿で現われるなど考えられない、ショックなことだった。わたしは降参し、困った。わたしたちは一種のずきんをでっちあげてシンデレラの束ねた髪の上にかぶせることにして、万事うまくいった。

しかし、タブーというものはなんとたいへんなものか。わたしは友人の子供のことを思い出す――ジョアンという四歳ぐらいの気持ちのいい、おとなしい女の子だった。フランス人の保母、マドレーヌがジョアンの世話をするためにやってきた。子供が保母とうまくやっていけるかどうか、当然不安があったけれど、万事満足にいっているようだった。ジョアンはマドレーヌと一緒に散歩に出たし、おしゃべりもし、自分のおもちゃを見せたりもした。万事完璧にいっているようだった。ただ寝る時間になって、マドレーヌが入浴させようとするとジョアンは涙を浮かべてそれを強く拒んだ。母親は困って、まだ子供が知らない相手とすっかりなじめないせいなのだろうと、第一日は降参した。だが、この拒絶は二日も三日もつづいた。何事もおだやかに、何事も楽しく親しくいっていたが、就寝と入浴の時間になるといけなかった。四日目になるとジョアンはひどく泣いて母親の首に頭を埋めて、いうのだった、「マミーはあたしのことわかってないのよ。わかってないみたい。あたし、外国人にあたしの身体見せられるわけないでしょう？」

マリーも同じことだった。ズボンをはいて大またに歩いたり、たくさんの役の中で足をむきだしにするようなことも多くあったのに、だんな様の前では髪を垂らしておけないのであった。

わたしたちの演じたお芝居はきわめて妙なものだったにちがいないから、すくなくとも最初は父も大いに楽しかったと思う。でも、後になって両親はどんなに退屈したことだろう！　なのにわたしの両親は、毎晩はとてもわざわざ見にいけないよなどと率直にいえないほど思いやり深かった。ときたま両親は友だちが食事に来ているので二階へ行けないと断わって欠席することはあったが、だいたいにおいてよく我慢してくれた――そして、すくなくともわたしは両親の前でお芝居をしているのがとても楽しかった。

九月中わたしはディナールに滞在していたが、そのあいだに父は昔の友人をみつけて楽しんでいた――マーティン・ピーリーと奥さんと二人の息子たちで、休暇をもう終えるところだった。マーティン・ピーリーと父とはヴェヴィー校で一緒で、それ以来の親友だった。マーティン氏の夫人、リリアン・ピーリーはわたしの知るかぎりでももっとも傑出した人物の一人だと今も思っている。サックヴィル・ウェストが『使い果たした情熱』の中でみごとに描いている人物が、ピーリー夫人にちょっと似ているといつもわたしは思いあたる。夫人には何かかすかに畏敬の念をおこさせるようなものがあり、またちょっと超然としたところがあった。夫人は美しいはっきりした声をしていて、目鼻だちは繊細、非常に青い目をしていた。彼女の手の動きがいつも美しかった。最初夫人に会ったのはディナールだったと思うが、それから間をおいてしばしば会い、夫人が亡くなった八十歳のときまでつきあっていた。その間ずっと夫人に対するわたしの賛美と尊敬とは増していった。

夫人はわたしが会った中でも本当に興味深い精神の持ち主と思われる数少ない一人であ

った。夫人の家のどれもが目を見はるような独創的な装飾になっていた。夫人はまことに美しい刺しゅうの絵を作っていたし、本でも演劇でも読んだり見なかったというものはなく、そのうえそれらについてかならず何か一言いうべきものを持っていた。今日だったらおそらく夫人はその方面に乗り出してりっぱに成功したであろうと思われるけれど、かりに夫人がそうしたにしても夫人の個性の影響は実際ほど偉大になったかどうか、わたしは疑問に思う。

夫人の家には、いつも若者たちが集まり、夫人と話をすることを楽しみにしていた。夫人が七十歳をはるかに超えていたころでも、夫人と半日を過ごすことはすばらしい心身の清涼剤となった。夫人はわたしの知っている誰よりも余暇を使う術を完璧に心得ている人だったと思う。夫人はそのみごとな部屋で背もたれの高い椅子に腰かけ、たいてい夫人自身のデザインになる縫い物をしていたが、手もとには何か興味深い本を一、二冊置いていた。夫人は人と一日中でも一晩中でも、ひと月ぶっ続けにでも話をしている時間があるような様子をしていた。夫人の批判は痛烈で明快であった。世の中のあらゆる抽象的な問題についてよく話をしたが、人物批判はめったにしなかった。しかし、わたしがもっとも引かれたのは夫人の話し声の美しさだった。それはめったにはないものだった。わたしは声についてはつねに敏感だった。醜い顔よりも汚い声のほうがずっといやである。

父は友人マーティンとの再会を喜んでいた。母とピーリー夫人とはよく話が合って、わたしの記憶に誤りがなければ、たちまち日本の美術について熱のこもった論議をやっていた。マーティン家の二人の男の子も同地に来ていた――イートン校に行っているハロルドと、海軍に行くことになっていたウィルフレッドはダートマス海軍兵学校に行っていたにちがいないと思う。ウィルフレッドは後年わたしの親友の一人になったのだが、ディナールで記憶に残っていることといえば、彼がバナナを見さえすれば、かならず大声で笑いだすといううわさがあったことだけである。このことからわたしはいつもまじまじと彼を見ていた。この二人の男の子たちがまったくわたしに目もくれなかったのは当然であった。イートン校や海軍兵学校の生徒が七歳の小娘に注意をむけるような品のないことをするわけがなかった。

ディナールからわたしたちはガーンジー島（英国海峡、チャンネル諸島の小島）へと移り、そこで冬の大部分を過ごした。わたしは誕生日の贈り物として思いもかけない三羽の異国風な羽と羽色をした小鳥をもらっていた。三羽の小鳥はキキ、トゥトゥ、それからべべという名がつけられていた。ガーンジー島に着いて間もなく、ずっとひ弱だったキキが死んでしまった。キキはわたしの手にはいってからあまり長くなかったので、彼が死んでもそれほどの深い悲しみは引きおこさなかった――いずれにしてもわたしがいちばん好きだったのはとても魅力的な小鳥べべだった――しかし、わたしはキキの葬式を勝手な気持ちで楽しんだのはたしかだった。母からもらったサテンのリボンで裏打ちしたボール箱にきれいに納めてやった。

それからセント・ピーター・ポートの町を出て高台へと出かけていった――そこで葬儀の場所を選び、例のボール箱には大きな花束を載せて、りっぱに葬った。

すべてはもちろんまことに満足なものであったが、それで終わりではなかった。〝キキ《ヴィジテ》のお墓参り《・ラ・トンブ・ド・キキ》〟がわたしの好きな散歩の一つになった。

セント・ピーター・ポートの町で気をそそられるものは花の市場であった。あらゆる種類の美しい花があり、そしてたいへん安かった。マリーによれば、いちばん寒くていちばん風の強い日にきまって、彼女が「今日はどちらへ散歩へ行きましょうか、お嬢さん？」ときくと、そのお嬢さんはひどくうれしそうに答えたという、「キキのお墓参りに行くの《ヌ・ザロン・ヴィジテ・ラ・トンブ・ド・》よ《キキ》」マリーから大きなため息がもれる。二マイルも歩かねばならず、ひどく寒いというのに！　でも、わたしは鉄のようにがんとしていた。わたしはマリーを市場へ引っぱっていくと、きれいなツバキやその他の花を買って、それから二マイルの道を風に吹きさらされ、しばしば雨にたたかれて歩き、適当な儀式をして花束をキキの墓の上に供えた。人には葬式を行ない、儀式の習慣を守る血が流れているのにちがいない。人間性の中にこの特性がもしなかったら、いったい考古学というものはどうなるか？　若いころわたしは、保母以外の――たとえば使用人の一人――誰かが散歩に連れていってくれる場合、かならず墓地へ行った。

パリのペール・ラシェーズで家族全員がその家の墓参をして万霊祭（カトリックの祭り。十一月二日）のために墓をきれいにしている情景は何とも幸せなものである。死者を尊崇することは神聖な祭儀である。その裏には、悲しみを避ける何か本能的なものがあり、儀式や祭典に興味を持つことで、別れ去った愛する者を忘れようとするのではあるまいか？　これはわたしも知っている——どんなに貧しい家庭であっても、まず貯金をするのは葬儀のためなのだ。わたしのために一時働いていてくれたたいへん親切なある老人がいったものだった、「ああ、ほんとに苦しい生活でした、みんな苦しい生活でした。でも、どんなにわたしが、またわたしたち家族みんなが貧乏しても、とにかく、わたしを見苦しくない葬り方をしてもらうためのお金だけは貯めてありますし、これには絶対に手を触れません。いいえ、幾日も食べずにいても、手をつけません！」と。

Ⅳ

もしも生まれ変わり説というものが正しいなら、わたしの前世での姿はきっと犬であったにちがいないとときどき考える。わたしには犬の習性がずいぶんたくさんある。誰かが何かしようとしているとか、どこかへ行こうとしていると、わたしはかならずその人たちに連れていってもらって、同じことをしたいと思うのである。同じようなわけで、長いことわが家を離れていて帰ってくると、まったく犬と同じような行動をする。犬はかならず家中を駆けまわって、何でも検査してみる——あちこちかぎまわって、その鼻でもってどんなことがあったか探すし、〝いちばんお気に入りの場所〟のすべてに行ってみる。わたしはそれとまったく同じことをした。家中をまわり歩いて、それから庭へ出ると大好きな場所へ行ってみる——小舟、シーソー、表の道を見おろせる塀際の秘密の隠れ場所など。輪回しの輪をみつけてその調子を試してみたり、すべてが前とまったく同じだということが納得できるまで一時間ぐらいかかった。

わたしの犬のトニーには大変化がおきていた。わたしたちがフランスへ出かけたときには、トニーはすっきりした小さなヨークシャーテリアだった。今や彼はフラウディーの愛情深い世話とたえまない食事とで、まるで風船のように肥っていた。彼女は完全にトニーの奴隷になっていて、母とわたしがトニーを家へ連れて帰ろうと受け取りにいくと、フラウディーはわたしたちに長々と論述を試みるのだった――トニーがどんなふうに眠るのが好きかとか、寝かごの中ではどんなふうに包んだらいいとか、食べ物の好みとか、散歩はどんな時間にするのが好きかとか。ときどき彼女は話を途中で切るとトニーに話しかけるのである。「ママのかわいい子」彼女がいうのだ、「ママのハンサムな坊や」トニーはそういわれて、うれしそうだったが、その評価を受けて当然だといったふうでもあった。

「それから、彼、全然一口も食べようとしないのよ」とフラウディーが得々といった、「手で取ってやらないとね。ええもうあたし一口一口ちゃんと取って食べさせてやったの」

わたしは母の表情に気づいていた、それはトニーはうちではこんな待遇を受けさせるものじゃありません、といってることがわかった。わたしたちはわざわざ辻馬車を雇って、トニーと、寝道具やその他の持ち物も一緒に持ち帰った。もちろんトニーは私たちを見ると喜んで、わたしの身体中をなめまわした。トニーの夕食が用意されてくると、なるほどフラウディーの警告が本当だということが証明された。トニーは食事を見てから、母とわたしを見上げ、数歩さがると座りこんで、殿様みたいに一口ずつ食べさせてくれるのを待っているのである。わたしが一口取ってやるとトニーはそれを上品に受けたが、母がそれを止めた。

「そんなことはよくありません」というのである、「前にやっていたようにちゃんと行儀正しく食べることを覚えさせなくちゃいけません。トニーの食事はそこの下へおいときなさい。自分で行って、やがて自分で食べますよ」

だがトニーは行って食べなかった。座りこんだままでいた。道理ある憤りにこれほど圧倒されている犬をわたしは見たことがなかった。トニーの大きい悲しそうな茶色の目がまわりに集まっている家族たちを見まわすと、もう一度皿のほうへむけられた。はっきりこういっているのだ――「ぼく、食べたいよ。わかんないの？　食事がほしいんだ。食べさせてください」しかし、母は断固としていた。

「今日食べなくても、明日は食べますよ」というのだった。

「飢え死にすると思わない？」わたしが強くきいた。

母はすごく幅広くなったトニーの背をしみじみ見ていたが、「少しぐらい飢えたほうが彼の身体のためにずっといいのよ」といった。

トニーが降参するのには次の日の夕方まではかからなかった。そして部屋に誰もいないときに食事をして自尊心を守ったのであった。その後はもう面倒はおきなかった。大公殿下みたいに待遇された時代は終わり、現実を受け入れた。それでもなお、人の家で溺愛されたことをトニーは完全に丸一年間忘れずにいた。叱られるとか、面倒なことになるとかすると、たちまち彼はこっそり家を抜け出してフラウディーの家へとことこ行って、自分は適正な評価を受けていないといいつけているにちがいなかった。この癖は長いことつづいていた。

マリーは今や他の役目に加えてトニーの付添い保育係であった。わたしたちが夕方階下で遊んでいると、腰のまわりにエプロンを巻いたマリーがやってくる。それはおもしろい見ものであった。彼女が丁寧にいう、「トニーちゃん《ムッシュ・トニ》、おふろですよ《プール・ル・バン》」そのムッシュ・トニーはたちまち腹ばいになるとソファの下へもぐり込むのである——週に一度の入浴が苦手なのだった。引っぱりだされると、尾を垂らし、耳も垂らして連れていかれる。終るとマリーは洗った後の除虫剤の上に浮いていたノミの量を得々と報告するのだった。

今の犬たちはわたしの若いころのようにたくさんのノミがたかっていないようである。入浴、ブラシかけ、くしを通すことをやっても、除虫剤をうんと使っても、わたしたちの犬はいつもノミがいっぱいだったようだ。おそらく今とはちがって馬小屋などへよく出入りしたし、ノミを持っているよその犬たちと遊んでいたせいであろう。他方、甘やかされぜいたくすることが少なく、今日のように獣医の世話になることも少なかったと思う。わたしにはトニーがひどい病気をしたという記憶がない——いつもりっぱな毛並をしていたし、食事もちゃんと食べた。その食事もわたしたちの食事の残り物で、トニーの健康を心配したことはまずなかった。

また今日では当時よりも子供のことでよけい人が心配している。体温なども高熱でないかぎり、あまり気にしなかった。三十九度の体温が二十四時間もつづけばおそらく医者の来診を乞うということになったが、それ以下の熱には人は気を使わなかった。ときには熟していない青リンゴを食べすぎて胆汁症の発作といわれるのになった。何も食べず二十四時間寝ていれば、これはまず簡単に治った。食物は新鮮で変化があった。昔は幼児をミルクと澱粉で長く育てるきらいがあったようだが、わたしは幼いころからばあやの夜食でステーキの味を覚え、レアのロースト・ビーフが大好きだった。それからデヴォンシャー・クリームもたっぷり食べた――肝油などよりもずっと栄養がある、と母がよくいっていた。パンに載せて食べたり、スプーンでそのまま食べたりした。ところが！　今日ではデヴォンでも昔のようなデヴォンシャー・クリームにお目にかかれなくなってしまった――陶器のボールの中でミルクを煮立て、黄色い上ずみが浮くのを層にして取りだした、本当のクリーム。わたしの大好きなものは、昔も今も、そしておそらくこれからもずっと、クリームであることにまちがいない。

母は何事にも変化を求めたように食事の変化にも熱心で、ときどき新しいことに夢中になった。あるときは〝卵にはきわめて豊富な栄養がある〟だった。この標語にもとづいてわたしたちはほとんど毎食卵を食べさせられ、しまいにとうとう父が反発した。それから魚時代もあった――カレイやタラばかり食べさせられたのは頭がよくなるからということだった。だが、いろいろな食養生をまわりまわると普通食へと戻った――ちょうど母が父を神知学やユニテリアン派からもう少しでローマ・カトリック教会へ、そして仏教にも色気をみせたりして引っぱりまわしたあげく、最後には英国国教会へと戻ってきたのと同じである。

わが家へ帰って何事も元どおりとわかるくらい、ありがたいことはない。ただ一つだけ変わったことがあったが、それはよいほうへの変わり方だった。わたしには今、忠実なマリーがあった。

わたしはこんど記憶のバッグの中へ手を突っ込んでみるまで、実際にマリーのことをあれこれ考えてみたことはなかった――彼女は単にマリーであって、わたしの人生の一部だった。子供にとっての世界というものは、単に彼または彼女に今おきつつあることにすぎず、その中に人間が含まれているにすぎない――好きな人、きらいな人、自分を楽しくしてくれる人、みじめにする人。マリーは元気で、機嫌よく、にこにこと、いつも気持ちよく、家族の一員として高く評価されていた。

今わたしはいったい彼女にとってはどうであったろうかと考える。わたしたちがフランスからチャンネル諸島へと旅をしながら暮らしていた秋から冬のあいだ、彼女はとても幸せそうだった。名所の見物もしたし、ホテル暮らしも快適だったし、またたいへん珍しいことに彼女は子供の世話が好きだった。わたしとしては、このわたしがわたしであったために好いてくれたと思いたいのだけれど。マリーは心《しん》から子供が好きで、自分の世話をしている子供は、ときに出会う怪獣のような子供はべつとして、どんな子供でも好きになっただろう。わたしはとくに彼女に対してすなおにいうことをきく子ではなかった――フランス人が従順さを押しつける力があるともわたしは思っていない。多くの点でわたしは面目ないふるまいをした。とくに、寝るのがいやで、あらゆる家具の上をとびまわるというとんでもない遊びをわたしは発明した――衣裳戸棚へよじ登る、用だんすのてっぺんから降りる、といった具合に全然床へ降りることなしに部屋をひとまわりするのである。マリーは出入口のところに立っていて、うめくようにいう、「ああ、お嬢《メ》さん、お嬢《メ》さん。お母様はけっしてお喜びになりませんよ《マダム・ヴォートル・メール・ヌ・スレ・パ・コンタント》！」お母様《マダム・マ・メール》はどんなことがおきているのか知ってるわけがなかった。もし不意にやってきたら母は眉根をつり上げていったにちがいない、「アガサ！　どうしてベッドにはいっていないの？」そして三分とはたたないあいだに、それ以上の警告の文句などなくともわたしは大急ぎでベッドへもぐり込んだにちがいない。しかしマリーは絶対にわたしを権威をもって非難したことがなく、嘆願し、ため息をつき、けっして母へいいつけることもしなかった。一方、わたしは彼女にすなおではなかったが、たしかに愛を与えた。わたしは彼女が大好きだった。

ただ一度だけ、彼女の気持ちをひどくめちゃめちゃにしたことをはっきり覚えているが、それはまったくの不注意からのことだった。わたしたちが英国へ帰ってきてからのことで、あれこれ何かのことで仲よく議論をしている最中のことであった。しまいに、じれったくなってわたしは自分の見解の正しさを証明するつもりで、こういった——「まあ《メ》、かわい《マ・ポーヴ》そうな娘ね《ル・フィーユ》、あんたは知らないのよ《ヴ・ヌ・サヴェ・ドン・パ》、鉄道っていうのはね《レ・シュマン・ド・フェル・ソン》……」ここで本当にびっくりしたことには、マリーが突然わっと泣きだしたことだった。わたしはじっと彼女を見つめていた。いったいどうしたのかわたしには見当もつかなかった。するとしゃくり上げながら言葉が出てきた。そう……彼女は実際に貧乏娘《ポーヴル・フィーユ》だったのだ。彼女の両親は〝お嬢さん〟の両親のようにお金持ちではなかった。両親はコーヒー店を出していて、息子も娘たちもみんなそこで働いていた。彼女の貧乏をとがめるなどは、やさしい《ジャンティーユ》ことでないし、愛する〝お嬢さん〟としては育ちのいい《ビアン・エルヴェ》ことではない、というのだった。

「でもね、マリー」わたしは忠告した、「マリー、わたしは全然そんなつもりでいったんじゃないのよ」わたしの頭には貧乏という考えなどなかったこと、〝かわいそう《ポーヴル》〟は単にじれったさの表現であったことを説明するのは不可能のようだった。気の毒にマリーはすっかり気を悪くしてしまっていて、機嫌が直るまでにすくなくとも三十分ぐらいは抗議、愛撫、そして愛情の確認を繰り返さねばならなかった。その後はわたしたちのあいだは万事仲直りができた。それから先はわたしはあの特別な表現を絶対に使わないようにひどく気をくばった。

マリーはトーキイのわたしたちの家に落ち着くと、初めてさびしさとホームシックをおぼえた。いうまでもなく、わたしたちが滞在したホテルには、他のメイド、保母、家庭教師など——世界各国の——がいて、彼女は自分の家族と離れたことを感じていなかった。だが、ここ英国では、自分の年と同じくらい、またはともかく年上でも自分とあまり変わらない年ごろの若い娘たちと接触することになったのだ。当時わたしたちの家にはやや若い部屋係のメイドに、たぶん三十歳見当の食卓係のメイドがいたのだと思う。だが彼女らの物の考え方はマリーの考え方とはかなり異なっていて、彼女は自分がまったくのよそ者に感じられたにちがいない。彼らはマリーの服装の質素なことを批判した——実際に彼女は美しい服やリボン類や手袋その他いろいろな物に、けっして金を使わなかった。

マリーは、彼女にしてみれば夢のようにいい給料をもらっていた。毎月彼女は〝だんな様〟に給料のほとんど全額をポーにいる母に送金してくださいと頼んでいた。彼女自身はほんのわずかな額しか手にしていなかった。彼女にとって、それは自然でまた妥当なことであった——持参金《ドット》のために貯金していたのだ——当時（そして今日でもそうらしいが、はっきりとは知らない）フランス娘はみんな結婚の際の持参金として一生懸命にかなりの額を貯めこんでいたものだった——将来のため必要欠くべからざるものであって、これなくしては結婚できないかもしれなかった。これは英国でいう〝だんすの底（へそくり）〟に相応するものらしいが、それよりはるかに重大なものである。これはなかなかいい、賢明な考えで、今日では英国でも流行しているらしい、というのは若者たちは住宅を買いたがっていて、そのために男も女もともに金を貯めている。しかし、わたしが今話している時代には、英国の娘たちは結婚のために金を貯めるようなことはしなかった——それは男の仕事であった。男は住宅を用意し、衣食に必要な金を持ち、妻の面倒をみるべきものとなっていた。したがって〝いい仕事についている娘たち〟や女店員などは、自分たちの得た金は生活に必要でもないどうでもいい物に使うものだと考えていたわけである。新しい帽子とか、色もののブラウスとか、ときにはネックレスとかブローチなどを買うのだった。人によっては、彼女らはその給料を愛を得るために、つまり適当な男性を引きつけるために使っているのだといえるかもしれない。だが、マリーはそうではなかった、きちんとした小さな黒い上着にスカート、小さなトーク帽（つばなしの帽子）に飾りのないブラウス、それ以上はけっして衣裳戸棚に物を加えないし、不必要な物もけっして買わない。みんなは彼女に対して非情であったわけではないと思うが、彼女を笑い、軽蔑した。彼女はそれをとても悲しんだ。

初めの四、五カ月を彼女がうまく切り抜けられたのは、わたしの母の洞察と思いやりとのおかげだった。彼女はホームシックになり、うちへ帰りたがった。だが、母はマリーによく話して聞かせ、慰め、彼女が賢い女でりっぱなことをしていること、英国娘は、フランス娘ほど先見の明がなくて分別もないことを話してやった。そしてまた母は、使用人たちゃ料理人のジェーンに、みんながこのフランス娘にみじめな思いをさせているということを伝えたようだった。彼女は遠く故郷を離れてきている、もしみんなが外国へ行ったらどんなことになるか考えてみるがよい、と。そんなわけで一、二カ月後にはマリーも元気を取り戻した。

ここでわたしは、これまで辛抱して読んできてくださった人の中にはこう叫ばれる方があるのではないかと思う、「だが、あなたは何か学習はしなかったのですか？」

答えは、「いいえ、しませんでした」である。

そのころわたしは九歳だったと思うが、わたしの年ごろの子供はたいてい女性の家庭教師《ガヴァネ》を持っていた――もっとも、これら家庭教師は主に子供の世話、運動、監督のために雇《ス》われていたようである。いわゆる〝学習〟という意味で彼女らが教えたものは、個々の家庭教師の好みによるものだった。

わたしは友だちの家の家庭教師のことをぼんやり覚えている。一人はブリューワー博士の『子供の知識ガイド』――現代の〝クイズ〟によく似たもの――の信奉者だった。こうして得た知識の断片をわたしはまだ記憶している――「小麦の三つの病気は何ですか？」「さび病、うどんこ病、すす病」こんな知識は一生わたしについてまわっている、しかし残念ながら一度も実際に役に立ったことがない。「レディッチの町の主な産物は何ですか？」「針」「ヘイスティングズの戦いの年代は？」「一〇六六年」

もう一人の家庭教師は自分の生徒に博物学ばかり教え込んでいた。植物の葉や実や野生の花を大量に収集し――そしてその解剖。とてもやりきれないほど退屈なのだ。「いろんなものをみんなばらばらにしちゃうなんて、あたし大きらい」とわたしの小さい友だちは洩らしていた。わたしもまったく同意見で、〝植物学〟という言葉だけでわたしは一生、神経過敏な馬みたいに尻ごみするようになった。

わたしの母は若いころ、チェシャの学校に通った。母は姉のマッジを寄宿制の学校へやったが、今ではまったく変心して、若い娘を教育する最良の方法は、できるだけ自然のままにしておき、よい食物、新鮮な空気を与え、どんな方法にしろ知識を押しつけないという考えになっていた（もちろん、こんなことは男の子には適用しなかった。男の子は型にはまった厳格な教育をしなければならない）。

すでに言及したように、母は子供が八歳になるまでは本を読ませるべきではないという説を持っていた。これは失敗に終わって、わたしは好きなだけ読むことを許され、あらゆる機会に本を読んでいた。〝教室《スクール・ルーム》〟と呼ばれていた部屋は家のいちばん上にあった大きな部屋で、ほとんど部屋いっぱいに本が並んでいた。子供向きの本の棚があって『不思議の国のアリス』や『鏡の国のアリス』、それより前の、すでに触れたセンチメンタルなヴィクトリア朝風物語、『わたしたちの白スミレ』や『ひなぎくの首飾り』などのシャーロット・ヨングの作品、ヘンティの全集もあったと思う。そのうえに学校の教科書、小説などがあった。わたしは興味のむくままに手当たり次第に取って読んだ——理解できない物もずいぶんたくさん読んだが、でもわたしの気持ちを引きつけた。

わたしがフランス語の劇をみつけて読んでいると、父はそれをみとがめて、「そんなもの、どうして手に入れた？」といってびっくりして取りあげた。それはフランスの劇と小説を集めたシリーズの一冊で、いつもは大人たちだけが読むように喫煙室にしまい込んであった。

「教室にあったの」わたしがいった。

「あんなところにあるわけがない」父がいった、「わしの戸棚にはいっとったはずだ」

わたしは喜んで手離した。じつをいうと、その本はいささか理解に困難だったのだ。わたしはまた楽しく『ロバ物語』や『家なき子』その他無害なフランスの児童文学に戻った。

わたしもある種の学習は受けたにちがいないらしいが、家庭教師はいなかった。わたしは父と一緒に算数の勉強をつづけていたが、りっぱに分数を卒業して小数へと進んでいた。やがて、牛何頭がこれこれの草を食べ、これこれの時間でタンクがいっぱいになるうんぬんというところまで達していた——すごくおもしろかった。

姉は今やもう社交界にデビューしていた——それはパーティとか服を仕立てるとかロンドン行きとかその他を意味していた。そのために母は多忙になって、わたしのための時間が少なくなった。ときどき、わたしは姉マッジばかりが世話されているのがうらやましくなった。母はおもしろくない少女時代を過ごした人だった。母の育ての親である伯母（伯母ちゃん・おばあちゃん）はお金持ちで、母をつれて大西洋をあちこちと渡ってはいたが、母を社交界へ出す気はなかった。わたしは母が社交心のある人とは思わないけれど、どんな若い娘でも同じことだが、今よりももっときれいな服をもっとたくさん持ちたいと母も思いこがれたにちがいない。伯母ちゃん・おばあちゃんはパリで最高のドレスメーカーのところでたいへん高価な流行の服を注文していたのに、母のことはいつも子供だと思っていて、子供っぽい服装をさせていた。またまたいやな縫い女の登場だ！　母は決心していた――自分の娘たちにはどんな安ぴか物でもつまらない物でも、自分の持てなかった物は何でも持たせてやるんだ、と。そんなわけで、母は姉のマッジの、後にはわたしの服のことに興味と喜びを抱いていた。

念を押すようだが、当時、衣服はやはり衣服であった！　衣服の量も多く、材料も職人も豊富だった。フリルやひだ飾り、すそひだ、レース飾り、複雑な縫い合わせやまちづけ――服が地面を引きずるので歩くときには片手で優雅に持ち上げなくてはならないばかりか、その上に小さなケープやコートや毛皮か羽毛のえり巻きも持っていた。

また調髪もあった――そのころの調髪とは髪にくしを通すことではなく、これまた文字どおりの調髪であった。髪をカールする、縮らせる、ウェーブをつける、一晩中カーラーをはめる、熱いこてでウェーブをつける——若い女がダンスに行くとなると、すくなくとも二時間前には調髪に取りかかり、約一時間を要した。残る三十分で服を着て、ストッキングや靴その他を身につけなくてはならない。

　これはもちろんわたしの世界ではなかった。それは大人の世界であって、わたしはそこから遠くに離されていた。でもやはり、わたしは影響されていた。マリーとわたしは〝お嬢さん連〟の化粧《トワレット》について、また自分たちのいちばんの好みを話し合った。

　わたしたちの家のある通りには、たまたまわたしぐらいの年ごろの子供のいるお隣りさんがなかった。で、わたしはもっと幼いころにやったように、もう一度、〝プードル〟〝リス〟そして〝木〟、なつかしい〝子ネコちゃんたち〟という仲間をととのえた。こんどはわたしは学校を考えだした。といってもこれはわたしが学校へ行きたかったからでも何でもない。いや、〝学校〟は種々様々な年齢と姿の七人の女の子を都合よくはめ込む一つの背景を構成しようというもので、一つの仲間にまとまる代わりにそれぞれの背景を与えようというだけのことであった。〝学校〟には名前がなかった。ただ〝学校〟だった。

　まず来たのはエセル・スミスとアニー・グレーという女の子だった。エセル・スミスは十一歳で、アニーは九歳だった。エセルは肌も白くなく、すごく濃い髪をしていた。頭がよくて、いろんな遊びがうまく、声は低くて太く、外見も男っぽかった。その大親友のアニー・グレーはまるでその反対だった。薄い亜麻色の髪をしていて、目は青、そして内気で神経質、すぐ泣きだした。エセルにひっついていて、またエセルは何かにつけ彼女を守ってやっていた。わたしは二人とも好きだったが、どっちかといえばものおじしなくて力強いエセルのほうが好きだった。

エセルとアニーの後に、わたしはもう二人を加えた――イザベラ・サリヴァン、たっぷりした金髪に茶色の目、美人だった。彼女は十一歳だった。イザベラがわたしは好きでなかった――本当はすごくきらいだった。彼女は〝俗物的《ワールドリー》〟だった（〝俗物的〟という言葉は当時の物語の中では重大な言葉だった――『ひなぎくの首飾り』ではフローラの俗物的なことがメイ一家の悩みの種として多くのページが与えられていた）。イザベラはまさにその俗物的なことの典型だった。気取っておすまし屋、金持ちであることを鼻にかけ、彼女にしてはあまりにも高価すぎ、また彼女の年ごろにしては豪華すぎる服を持っていた。

エルシー・グリーンは彼女のいとこだった。エルシーはアイルランド系で、カールした黒い髪、青い目、陽気でよく笑った。イザベラとはうまくやっていたが、ときにはやっつけていた。エルシーは貧しくて、イザベラのお下がりを着ていて、それでいやな思いをするときもあったが、もともとエルシーはのんきなほうなので、それほど気にもしていなかった。

この四人とわたしはしばらくうまくやっていた。彼女たちは庭の〝環状線〟に乗ったり、木馬に乗ったり、庭いじりをしたり、またクローケーのゲームもずんぶんやっていた。わたしはよくトーナメントや特別試合を組んだ。わたしの大きな望みはイザベラが勝たないことだった。わたしはずるに近いようなあらゆることをして彼女が勝てないようにした。つまり、わたしは彼女の打球槌をいいかげんに持って、ほとんどねらいなどもつけずに、すばやくプレーした——なのに、いいかげんにプレーすればするほどイザベラには運がついているようだった。不可能なほどむずかしい小門を通したり、球を芝生のむこうまでまっすぐとばしたりして、ほとんどいつも優勝者か次点になるのであった。まったくいらいらさせられた。

しばらくして、もっと若い女の子を〝学校〟に入れたらいいと思うようになった。わたしは二人の六歳児を加えた——エラ・ホワイトとスー・デ・ヴァート。エラは誠実で勤勉、退屈だった。ぼさぼさの髪をしていたが、学課はよくできた。ブリューワー博士の『子供の知識ガイド』などよくできたし、クローケーの勝負も公正だった。スー・デ・ヴァートは奇妙に無色で、容姿（白い肌に金髪、淡い青い目だった）ばかりでなく性格もそうだった。何となくわたしはスーのことを見たりまたは感じたりできなかった。彼女とエラは大の仲よしで、わたしはエラのことはよくわかっていたのに、スーは捕らえどころがなかった。これはたぶんスーがわたし自身だったからだろうと思う。わたしが他の者と話をしているとき、わたしはアガサとしてではなく、いつもスーとしてみんなと話をしているのだった。だから、スーとアガサは同一人物の二つの面になっていて、スーは観察者で登場人物の一人ではなかった。この集団に加えられることになった第七番目の女の子は、スーの腹違いの姉、ヴィラ・デ・ヴァートだった。ヴィラはうんと年をとっていた――十三歳なのだ。今はきれいではないが、将来ものすごい美人になる女だった。それからまた彼女の生まれもわからないところがあった。わたしはヴィラの将来について高度にロマンチックないろいろなことを半ば考えたことがあった。彼女の髪は麦わら色で、目は忘れな草の青い色だった。

〝女の子たち〟に役立ったものは、イーリングの祖母が持っていた王立美術院の絵の複製を製本したものだった。祖母はそのうちこれはわたしにくれると約束していたが、わたしは雨の日など、この画集を何時間も眺めて過ごした――芸術的な満足のためというより〝女の子〟向きの絵を探すためだった。それから前にクリスマス・プレゼントにもらったウォルター・クレーンのイラスト入りの本『花の祭典』というのがあったが、これは花を人の形に表現したものだった。その中でもとくにきれいな絵があったが、それは忘れな草がヴィラ・デ・ヴァートとそっくりの人物にからみついている絵であった。チョーサーデイジーはエラで、美しいユリが歩いているのはエセルだった。

〝女の子たち〟とのつきあいは長くつづいたが、わたしが成長していくにつれてその性格も当然変わっていった。彼女たちは音楽に加わり、オペラを演じ、劇やミュージカル・コメディにも役が与えられた。わたしが大人になってからもときどき彼女たちのことに思いをはせて、わたしの衣裳戸棚にあるいろいろなドレスを彼女たちに当てはめてみた。またわたしは心の中でガウンのひな型を彼女たちにデザインしてみたこともあった。エセルにはダーク・ブルーのチュールで作ったドレスの肩のところにオランダカイウの花をあしらったのがすごくきれいに見えたことを覚えている。気の毒にアニーにはあまり着るものが当てがわれなかった。わたしはイザベラにだって公正に、最高に美しいガウンを割り当てた——刺繍した錦織りや、いつもはサテンの。今でもときどきわたしは戸棚へドレスをしまい込むとき、ひとりごとをいう、「ええ、これはきっとエルシーによく似合うわ、彼女にはいつもグリーンがぴったりだから」とか、「エラはきっとあの三つ揃いのジャージー・スーツを着るとすてきになるわ」とか。そういっては笑いだしてしまうのだが、〝女の子たち〟はまだちゃんといるのだ。わたしとちがって彼女たちはちっとも年をとっていない。二十三歳以上の彼女たちをわたしは想像することができない。

　そのあいだにもわたしはさらに四人の人物を加えた——いちばん年上で背が高く、金髪碧眼、ちょっと横柄なアデレイド、みんなの中でいちばん若く、陽気で、とびはねている小さな妖精ビアトリス、それにローズとアイリスのリード姉妹。この二人についてはわたしはちょっとロマンチックになっていた。アイリスには彼女に詩を書いてやって彼女のことを〝沼のあやめ《アイリス》〟と呼ぶ青年がいた。そしてローズはとてもお茶目、誰にでもいたずらをするし、若い男たちにはみんな色目をつかった。それぞれ、適当な時期に結婚するか、または未婚のままでいた。エセルは全然結婚せずにやさしいアニーと小さな家に住んでいた——まことにふさわしいことと、今わたしは思っている——実生活でもそうしたろうと思われることとぴったりであった。

海外から帰って間もなくのこと、わたしはフロイライン・ウーデルによって音楽の世界の楽しみを開眼された。フロイライン・ウーデルは背の低い、ごつごつした、いかめしい小柄なドイツ女だった。彼女がどうしてトーキイの町で音楽を教えていたのかわたしは知らないし、また彼女の私生活についてはまったく聞いたことがない。母がある日フロイライン・ウーデルを従えて、例の〝教室〟へ現われると、アガサにピアノの練習を始めさせてほしいと説明した。

「あは！」とフロイライン・ウーデルはきついドイツなまりでいった。でも、英語は完全に話した。「では、さっそくピアノのところへ行きましょう」で、わたしたちはピアノのところへ行った……といっても応接室のグランドピアノのところにではなく、その部屋のピアノのところだった。

「そこに立っていなさい」フロイライン・ウーデルが命令した。わたしはきめられたピアノの左側に立っていた。「これは」と彼女がいってすごく強くキーをたたいたので、わたしはピアノがどうかなってしまうんじゃないかと思った。「ハ長調。わかりますね？　これがハ音。これがハ長調の音階」と彼女はピアノを演奏した。「ではもとへもどって、こんなふうにハ調の和音を弾奏しますよ。さ、もう一度、音階。音調は、ハ調、ニ調、ホ調、ヘ調、ト調、イ調、ロ調、ハ調とあります。わかりますね?」

わたしは、はいといった。じつはそれくらいのことはすでに知っていた。

「では」とフロイライン・ウーデルがいって、「あなたはピアノのキーが見えないところに立っていなさい、そしてわたしが初めにハ音を弾奏してそれからべつの音調を弾じますから、その二番目のが何かをいってください」

彼女がハ調を弾じ、それから同じ強さでべつの音を弾じた。

「今のは何です? 答えなさい」

「ホ調です」わたしがいった。

「そのとおり。よろしい。もう一度やってみますよ」

もう一度ハ調をたたいて、それからべつのをたたいた。「これは?」

「イ調」わたしは当てずっぽうをいった。

「あは、これは第一級。よろしい。この子は音楽的です。あなたはいい耳をしている。あは、きっとすばらしい進歩をします」

わたしはまさにいいスタートをした。じつをいうと、彼女が弾《ひ》いたもう一つの音調が何か全然わからなかったのだ。どうやら霊感による当てずっぽうであったと思うしかない。

しかしとにかくこんな線から出発したわたしたちは双方とも善意いっぱいで先へ進んでいった。間もなく家中に音階、アルペジオ、そしてやがて〈たのしき農夫〉の調べが鳴りひびくこととなった。わたしは音楽のけいこがとても楽しかった。父も母もともにピアノを弾いた。母はメンデルスゾーンの〈無言歌〉や若いころに習ったいろいろな曲を弾いた。弾奏は上手だったが、熱烈な音楽愛好家ではなかったように思う。父は生まれつきの音楽好きだった。耳で覚えて何でも演奏した——楽しいアメリカの歌や黒人霊歌なども弾いた。フロイライン・ウーデルとわたしは〈たのしき農夫〉に〈トロイメライ〉やシューマンの繊細な小曲を加えた。わたしは一日に一時間か二時間熱心に練習した。シューマンからグリーグへとわたしは進んだ。グリーグはわたしの熱愛するもので、〈恋の曲〉や〈春のささやき〉はわたしの大好きな曲だった。やがて組曲〈ペール・ギュント〉の〈朝〉を弾奏できるまでに進歩したとき、わたしは狂喜した。フロイライン・ウーデルは多くのドイツ人のように、すばらしい教師だった。歌曲の弾奏ばかりではなく『チェルニーの教則本』の練習がうんとあって、これにはあまり熱中できなかったが、フロイライン・ウーデルにはくだらないことなどなかった。「あなた、よい基礎を身につけなければなりません」というのである、「このような練習は現実です、必要です。歌曲は、そう、きれいな小さな刺しゅう、花のようなもの、美しく咲いて落ちる、しかしあなたは根を持たなければいけない、強い根と葉を」というわけで、わたしは大いに強い根や葉をつけ、たまには一つ二つ花をつけたが、練習量の多さにいささか憂鬱になっている家人たちよりも、わたしはその結果にかなり満足していた。

それからまたダンス教室もあった――これは一週一回、菓子屋の二階にある、ちょっと大げさな名の〈アテナ神殿室〉で行なわれた。わたしがダンス教室に通いはじめたのはずっと幼いころ、五つか六つのときからだったと思う――というのは、ばあやがまだ家にいて、一週に一度わたしを連れていってくれたことを覚えているからだ。幼年組はまずポルカから始めた。その始まりは足を三度踏み鳴らすことからだった――右、左、右……左、右、左……ドシン、ドシン、ドシン……ドシン、ドシン。階下の菓子屋の店でお茶を飲んでいる人たちにとっては、おもしろくないことであったにちがいない。うちへ帰ったわたしはマッジにちょっと驚かされた。というのはポルカはそんなふうに踊るものではないというのである。「片方の足をすべらせ、そこへもう一方の足を引きつけ、それから最初の足をこんなふうに……」と姉はいうのだった。わたしは当惑してしまったが、でもこれはダンスの先生ミス・ヒッキーの考えで、ステップを踏む前にポルカのリズムを覚えることだった。

ミス・ヒッキーは、わたしの記憶では、ちょっとびっくりするようなところはあったが、すてきな個性の人だった。背が高くて堂々としていて、白髪まじりの髪をきれいに束髪に結い上げ、長い流れるようなスカートをはき、一緒にワルツを踊ると――もちろんこれはもっとずっと後のことだけれど——こわいような経験だった。彼女には十八か九のお弟子先生と、もう一人エイリーンという十三歳ぐらいのがいた。エイリーンはかわいらしい少女で、よく働き、わたしたちみんなからとても好かれていた。年上の人はヘレンといい、ちょっとこわくて、上手な生徒にしか注意を払わなかった。

ダンス教室の手順は次のようなものだった。まずエキスパンダーと呼ばれる、胸と腕の運動から始まる。これはハンドルのついた青い伸び縮みする帯のようなものだった。これを三十分ぐらい強く引き伸ばす。それからポルカだが、ドシン、ドシン、ドシンを卒業した者全員で踊る——クラスの中の年上の者と年下の者とで踊る。「あたしがポルカ踊るのを見た？　上衣のすそがはね上がるの見た？」ポルカは楽しいけれど人目を引かない。それから大行進をやる——二人組で、部屋の中央を歩いて、わきをまわり、8の字形に上級の者が先導して下級の者がその後を追う。行進の相手は予約するのだが、これが嫉《ねた》みのもとになった。誰でも当然相手にはヘレンかエイリーンを望んでいるわけだが、ヒッキー先生は誰かが一人占めすることのないように気をつけていた。行進の後は、小さい者たちは年少組の部屋へ移されて、そこでポルカかそれとも後ではワルツか、または好みのダンスでとくに不得手なステップを練習した。年長組は大きな部屋でヒッキー先生の監督の下に好みのダンスをした。これはタンバリン・ダンスかスペインのカスタネット・ダンスかそれともファン・ダンスのどれかだった。

ファン・ダンスといえば、わたしはかつて娘のロザリンドとその友だちのスーザン・ノースが十八か十九のころに、わたしの若いころにはよくファン・ダンスをやっていたという話をしたことがあった。二人が軽蔑の笑いを浮かべたのにわたしはとまどった。

「お母さん、ほんとにそんなことやったの、え？　ファン・ダンスなんか！　ねえスーザン、お母さんたらファン・ダンスやったんですって！」

「あら」とスーザンがいうのだった、「あたし、ヴィクトリア朝の人たちっていつもとても厳格だって思ってたんですけれどね」

でも間もなくわたしたちには、ファン・ダンスといっても同じものを意味してはいないことがわかった。

その後は年長組は座って休み、年少組がダンスをした——それは〈船乗りの笛〉だったり、陽気な短い民族舞踊であまりむずかしくないものだった。最後には複雑なランサーズ（四人一組で踊るカドリールの一種）にはいった。またわたしたちはスウェーデンの踊りや〈ロジャー・ド・カヴァーリー卿〉（架空の人物だが、英国の十八世紀前半の典型的地主紳士。それを曲にしたもの）も習った。この最後のものなどはとくに役に立つもので、パーティなどへ行ったときは、こうした社交行動を知っていたおかげで恥をかかずにすんだ。

トーキイの町ではダンス教室へ来ているのは、ほとんどみな女の子たちばかりだった。イーリングの町でわたしがダンス教室へ行ったときには、かなり男の子もいた。これはわたしが九歳ごろのことだったと思うのだが、たいへんはにかみ屋で、ダンスもまだうまくなかった。とても魅力のある男の子――わたしより一つか二つ年上のようだった――がわたしのところへきて、ランサーズのパートナーになってくださいといった。あわてて目を伏せ、わたしはランサーズは踊れないといった。わたしにはとてもむずかしくてやれそうになかった――こんなにハンサムな男の子を見たことがなかったからだ。黒い髪をしていて、陽気な目つき、わたしはすぐさま、心からの友だちになれると思った。ランサーズが始まって、わたしが元気なく座っていると、ほとんどすぐに先生であるワーズワース夫人がやってきて、「さあアガサ、誰も座りこんでいてはいけないのよ」

「わたし、ランサーズの踊り方、知らないんです、先生」

「でもね、すぐ覚えるわよ。お相手を探してあげなくちゃ」

彼女はそばかすだらけで、しし鼻、砂色の髪をした少年をつかまえてきた。この子はアデノイド症もあった。「さあ連れてきましたよ。こちらウィリアム君」ランサーズを踊っていて、訪問のしぐさのところで、わたしはあの初恋の男の子とその相手のところへやってきてしまった。彼はすっかり怒ってわたしにささやいた、「ぼくと踊ってくれなかったくせに、よくやってきたね。ひどい人だね、きみは」わたしは仕方がなかったのだといおうとした、ランサーズは踊れないと思っていたんだけど、無理に踊れといわれて……あなたがランサーズを踊っているので説明する時間がなかった、といおうとした。彼はダンス教習の終わりまでわたしをとがめるように見つづけていた。次の週にまた会えることを望んでいたのだけれど、何と二度とわたしは彼を見なかった――生涯の悲しい恋物語の一つである。

ワルツは習ったダンスのうちでわたしの一生を通じて役に立った唯一のダンスであったが、じつはわたしはワルツを好きになったことがない。あのリズムが好きでないし、いつもひどく目まいがしそうになる――とくにミス・ヒッキーと踊る栄誉を与えられると。先生はワルツの中で勢いよく回転するのがすばらしく、実際に人を宙吊りにしてしまうくらいで、ダンスの終わりには目がまわって立っていられないくらいにされてしまう。でも、見ている分にはまことにきれいな光景と認めざるを得ない。

フロイライン・ウーデルはわたしの生活から消えてなくなってしまった。いつ、どこでだかわからない。たぶんドイツへ帰ったのだろう。少し後で彼女の代わりとして、わたしの覚えているところではトロッターという名の若い男の人が来た。この人は教会のオルガン奏者で、ちょっと陰気な先生で、今までとはまったくちがった演奏方法をとらされた。実際に床の上に座らされて、手を上へ差し伸べてピアノのキーに置き、何でも手首から弾奏させられた。フロイライン・ウーデルのやり方は高々と腰かけてひじから弾奏しなければならないことになっていたと思う。ピアノの上に多少のしかかるような形だから、力いっぱいキーをたたくことができる。たいへん具合がいい！

V

あれはたしかわたしたちがチャンネル諸島から帰って間もなくのころだったと思う、父に病気の影が見えはじめた。海外にいるときも父はあまり身体の具合がよくなくて、二度も医者に診《み》てもらっていた。二度目の医師は多少心配性の見解を提示した。すなわち、父は腎臓病を患っているというのだった。英国へ帰ると、父はかかりつけの医師に診てもらったが、先の診断には同意できないといって、父を専門医のところへ送った。その後、影がさした。かすかだけれど、子供にのみ感じられる不安の影。雷雨が近づきつつあるのを肌で感じるように、わたしは不安な雰囲気を心で感じとっていた。

医学というものはあまり役に立たないもののようであった。父は二人か三人の専門医のところへ行った。初めの医者は、これは心臓の状態に問題があると明言した。今わたしはその詳細なことを覚えてはいないが、ただ母や姉が話しているのをじっと聞いていたことを覚えている——その言葉は、〝心臓を取りまいている神経の炎症〟というのであったが、わたしには何だかひどくこわいことのように聞こえた。もう一人診察をしてくれた医師は、これは胃の障害だと診断した。

次第に、夜中に激痛と息切れの発作をおこす周期が短くなり、いちばん最近にかかった医師の指示のもとに母は寝ずに父の身体の位置をかえてやったり、薬剤を与えたりなどしていた。

いつでもそうだが、わたしたちは診察を受けている医師に感情的に信頼を寄せ、また最新の療法を信頼する。信頼というものは大きな働きをする。信頼、新しいもの、医師の力強い性格が肝要だ。だが、窮極においてはその根底にある真の肉体的な苦痛を処理することはできない。

たいていの場合、父はいつもの元気のいい父であったが、わたしたちの家庭の雰囲気は変わってきた。父はまだクラブへも行っていたし、夏の日々をクリケット場で過ごし、おもしろい話を持って帰る――いつもと同じやさしい人柄であった。父は不機嫌になったり怒ったりしたことはなかったが、不安の影がそこにあった。もちろん母もそれを感じていたにちがいない、だから父を安心させるために、父の様子がだんだんよくなるように見え、よくなってると思えるし、たしかによくなってきたと勇敢にもいっていた。

これと同時に財政的な心配の影が濃くなってきた。祖父の遺産はニューヨークの家屋所有として投資されていたのだが、それは借地保有権であって、不動産自由保有権ではなかった。現在ではその建物は地価の高騰が見込まれるニューヨーク市の一部分になっているが、建物そのものはほとんど無価値だった。その土地の所有主はどうやら非協力的な七十歳余のおばあさんのようで、拘束権を持っていて、建物の開発または改良工事をこばんでいた。建物からの収益はいつも修理費や税金に吸い取られてしまっていたようだ。

わたしにとっては、耳にはさんだ会話の断片が劇的な重大なことに思えて、二階へ駆け上がると、ヴィクトリア朝風の最高の物語調になってマリーにむかって、わたしたちは破産したのだと知らせた。マリーはわたしが当然心配すると思ったほどは気にしないようだったけれど、たぶん母に慰めと悔みの言葉を述べたらしく、困った様子で母がわたしのところへやってきた。

「アガサ、物事を大げさに人にいうもんじゃありませんよ。うちは破産なんかしていませい。ちょっと今困っているだけで、節約しなければならないだけです」

「破産してないの？」わたしはひどく残念そうにいった。

「破産していません」母が断固といいきった。

わたしはがっかりしたことを認めざるを得ない。わたしの読んだ多くの本の中ではしばしば破産がおこり、まことに真剣に処理されている。誰かが頭を銃で撃ちぬくとか、物語の女主人公が豪華なお屋敷からぼろを着て出ていくとか……

「お母さんはあなたがまだ部屋にいたことをうっかり忘れていました」母がいった、「でもわかりましたね、もれ聞いたことを人にいうもんじゃありません」

わたしは、もうしませんといったが、じつは感情を害していた、というのはその少し前に、べつのことでわたしがもれ聞いたことを話さなかったことで非難されたからだった。トニーとわたしはある晩、夕食の少し前に食堂のテーブルの下に座りこんでいた。ここはわたしたちのお気に入りの場所で、納骨堂や地下牢獄なんかの冒険遊びをするのに具合がよかった。わたしたちは、ここにわたしたちを閉じこめた盗賊どもに聞きつけられないように息をひそめていた――これは肥ってフーフー息をしているトニーについてはあてはまらなかった――すると、食卓係のメイドを手伝っている部屋係のバーターが、ふた付きのスープ入れを持ってはいってきて、食器台の保温器の上に置いた。彼女はふたを上げると、大きなスープ用おたまを突っ込んだ。いっぱいにすくいあげると、二口三口ぐいと飲んだ。食卓係のルイスがはいってきて、「あたし、もう合図のゴングを鳴らすわよ……」といいかけて、大きな声になると、「まあルーイ、あんた何やってんの？」

「元気づけの飲み物をやってるのよ」とバーターはばか笑いして、「うーん、まずくないスープね」とまたぐいと飲んだ。

「さあ、それひっこめて、ふたをして」ルイスがびっくりしていった、「ほんとにもう！」

バーターはまぬけなお人好しらしいクスクス笑いをして、おたまを引っこめ、ふたをもどして、スープ皿を取りに台所のほうへ行った、そこへわたしとトニーが出てきた。

「おいしいスープだった?」とわたしは出ていきかけて、おもしろそうにきいた。

「あら、ミス・アガサ!　ほんとにびっくりしたわ」

わたしもちょっと驚かされたのだが、そのことは二年ばかり後のある日まで誰にもしゃべらなかった。母が姉のマッジと話していて、前の部屋係のバーターのことをいった。わたしはいきなりその話へ口を突っ込んで、「わたし、バーターのことを覚えてるわ。あの人、いつもみんなが夕食へ来る前の食堂で、スープ入れからスープを飲んでたのよ」といった。

これが母や姉のマッジの大きな関心を招いた。「だけど、なぜわたしに話さなかったの?」母がきいた。わたしは母をじっと見つめていた。その要点がわたしにはわからなかった。

「それはその……」とわたしは口ごもり、威厳をいっぱいにつけて宣言した。「わたし、秘密を手放すのは、いやですもの」

それからというもの、いつもわたしは冗談のタネにされた。「アガサは秘密を手放すのが好きじゃないからね」と。それはまったく本当だった。わたしは秘密を手放さなかった。適切かおもしろいと思えないかぎり、自分がつかんだどんな秘密の断片でもわたしはそのまま頭の中のファイルへしまい込んでおいた。これは他の家族たちには不可解なことだった、というのはみんなおしゃべりだったからだ。わたしが秘密にしておいてと頼んでも、みんなは万が一にもそうしてくれることはなかった！　おかげで、みんなのほうがわたしよりはるかにおもしろい人たちだった。

姉のマッジがダンスかガーデン・パーティに行ったとすると、うんとおもしろい話を持って帰ってきた。わたしの姉はあらゆる点でおもしろい人物だった——どこへ行っても姉には何か事がおきるのだった。もっと後年になって、ちょっと村へ買い物に出かけても姉は何か特別なことがおきたとか、何か誰かが話したといった話題を持って帰ってきた。いずれもけっして本当でないわけではないが——事実の基はちゃんとあって、それをマッジがよりおもしろい話に作り上げるのである。

反対に、わたしはこの点ではたぶん父に似たのであろう、何かおもしろいことはなかったかときかれると、すぐ、「べつに、何も」といった。「誰それさんの奥様はパーティでどんなもの着ていらした？」「わたし、覚えてないわ」「Sの奥様はまた応接室の改装をなさったという話だけど、こんどはどんな色だったの？」「わたし、見なかった」「ああ、アガサったらほんとにだめね、何にも気がついてないんだから」

わたしはだいたいのところ自分の胸中を明かさずにいた。何も隠しだてをするつもりではない。ただたいていのことはどうでもいいことであって——いちいち話すこともないと思っていただけであった。さもなければ、わたしは例の〝女の子たち〟と率先しておしゃべりやけんかをしたり、トニーとわたしの冒険を発明したりするのに忙しくて、自分の身のまわりにおきている細かなことに注意をむけることができなかったのだ。破産のうわさのようなのが、わたしにとっては本当に目をさまさせられることだった。わたしはたしかに鈍い子で、どう見ても大きくなったら仲間にうまくはまり込むことが苦手な人物になりそうだった。

わたしはパーティがまったく苦手だった――あまり楽しい思いをしたことがない。子供連のパーティがあったようだが、今日ほどたくさんあったとは思えない。友だちと一緒にお茶のパーティへ行ったし、友だちがわたしのところへお茶のパーティに来たことを覚えている。これは楽しかったし、このごろでもそうである。わたしの若いころは〝正式のパーティ〟はクリスマス時期にだけあったものだったと思う。わたしは一、二の仮装パーティに奇術師が出たことをぼんやり覚えている。

母はパーティに反対だったと思う――それは子供たちが夢中になりすぎるし、興奮しすぎるし、食べすぎるという考えからで、この三つの原因で、家へ帰るとよく気持ち悪くなって吐き気を催すというのだった。おそらくそのとおりであったろう。わたしの行ったパーティは規模はどうあれ、子供たちのすくなくとも三分の一は本当に楽しんでなんかいない。それがわたしの結論だった。

二十人までの人数のパーティは統御できる――それ以上になると、トイレ強迫症に支配される！　子供たちはトイレに行きたいのだが、そんなことはいい出したくない、そして最後の最後までトイレに行かなかったあげくに——もしトイレが一度に使用しようとするおおぜいの子供たちを処理するのに不充分な場合、その結果として混乱とまことに遺憾な事態がおきることになる。わたしはわずか二歳の小さい女の子がお母さんをくどいて、経験豊富な保母の忠告もきかず、パーティに連れてきてもらったのを覚えている。「アンネットはとてもかわいいから、行かなくちゃ。きっとパーティを喜ぶわ。わたしたちはみんなでよく気をつけてやらなくてはね」パーティの場所へ着くとすぐ、母親は用心にその子をトイレへ連れていった。アンネットは興奮していて、おしっこが出なかった。

「まあ、今は出ないのね、きっと」お母さんは頼もしそうにいった。階下へ降りてくると、奇術師が耳やら鼻からいろんな物を取り出して子供たちを笑わせているところで、みんなが立ち上がって手をたたき、声をかけているその最中に、最悪事がおきた。

「ほんとにもう」と祖母が、これを母にくわしく話して聞かせていた、「あんなところを見たことありませんよ……気の毒な子。部屋の真ん中でね。まるで馬みたいにでしたよ、ほんと！」


マリーは、父が死ぬかなり前、たぶん一、二年前にはいなくなっていた。彼女は英国に二年いるという契約で来たのだが、さらにすくなくとも一年は残っていた。家族恋しさと、それから賢くて実際的な彼女だったから真剣にフランス流に結婚のことを考慮するときだと思ったのだろう。彼女はお給金の中から相当の持参金を貯めていた。マリーは涙とともに彼女の〝愛するお嬢さん〟をやさしく抱きしめてから行ってしまい、わたしはひどくさびしくなってしまった。

しかし彼女が去る前にわたしたちは姉の将来の夫の問題について意見の一致をみていた。これは前にもいったように、ずっとわたしたちの当てっこの最大関心事だった。マリーの選択は断固〝あの金髪さん《ル・ムッシュ・ブロン》〟であった。

母は、少女のころチェシャの伯母のところにいたのだが、母が心から愛していた学校友だちがあった。そのアニー・ブラウンがジェームズ・ワッツと結婚し、母が義理のいとこ、フレデリック・ミラーと結婚したとき、この二人の娘たちはけっしておたがいに忘れるようなことはしないし、つねに手紙を交換し、消息を伝えあおうと申し合わせた。母は伯母とともにチェシャを離れてロンドンへ移ったけれど、二人の娘たちはずっと連絡を保ちつづけていた。アニー・ワッツには五人の子供があった――男四人、女一人――わたしの母にはもちろん三人。二人は自分の子供たちの、いろいろな年ごろの写真を交換したり、クリスマスにはプレゼントを送ったりしていた。

で、わたしの姉が彼女との結婚を熱望しているある青年と婚約すべきかどうかの決心をつけるために、アイルランドへ行くことになったとき、母はマッジにアニー・ワッツのところへ立ち寄るようにいい、またアニーからもホリーヘッド（ウェールズの港町）からの帰途、チェシャの〝アブニー邸〟へ来て滞在するようにとの懇願があった。アニーはわたしの母の子の一人にぜひ会いたがっていた。

そこで、マッジはアイルランドで楽しいときを過ごし、結局チャーリー・Pとは結婚しないと決心がついて、帰り道にワッツ家に寄った。長男のジェームズは当時二十一か二で、まだオックスフォード大学に在学中だったが、おとなしい金髪青年だった。低い柔らかな声で、あまりおしゃべりもせず、多くの若者たちにくらべると姉にあまり注意をむけなかった。姉にとってはこれがたいへん異様に感じられて、彼女の関心をかき立てた。姉は相当うるさくジェームズにいろいろと試みてみたが、どれだけの効果があったかはわからなかった。とにかく姉が家へ帰ってきてからは、二人のあいだにはとりとめのない通信が交わされていた。

実際にはジェームズは姉が現われた最初の瞬間からすっかり彼女に参っていたのだが、彼の性質としてそのような感情をあらわに示せなかったのだった。内気で控え目な男だった。彼は次の年の夏、わたしたちの家へ滞在にやってきた。わたしはすぐ彼が大好きになった。彼はわたしに親切にしてくれ、いつもまじめに扱ってくれ、けっしてばかな冗談をいうとか小さな女の子に対するような話し方はしなかった。わたしを一人前に扱ってくれるので、わたしはすっかり彼に深い愛情を感ずるようになった。マリーも彼に好意を持っていた。で、〝あの金髪さん《ル・ムッシュ・ブロン》〟は縫い物室でわたしたちのあいだでたえず論議されていた。

「わたしにはあの二人、そんなにおたがい愛し合ってるとは思えないわ、マリー」

「ああ、でもそう《メ・ウィ》、彼すごく彼女のこと思ってます、彼女見てないとき、彼は彼女のことじっとよく見てます。ええもう、彼うんとのぼせてる《イレ・ビアン・エプリ》。きっといい結婚になるでしょう、とても分別のあるね。彼、とてもいい将来があるとわたし聞きました、そして、彼とても《トゥ・タ・フェ》まじめな青年《・タン・ギャルソン・セリュー》です。きっといいだんな様になります。そしてお嬢さんは陽気で才気あっておもしろいことと笑いがいっぱい。おとなしいまじめなだんな様が彼女にはぴったりです、そして自分ととてもちがうところが彼はよいと思うでしょう」

　わたしの父は彼のことが好きでなかったと思うが、魅力的なはなやかな娘を持っている父親としては、全然ありえもしないような、もっともっとりっぱな男を望むのはまずやむを得ないところであろう。母親というものもその息子の妻については同様のことを思うものであろう。わたしの兄は結婚をしなかったので、そういうふうにはならなかった。

　母は自分たちの娘たちの夫が娘たちにふさわしいとはけっして考えていなかったけれど、それは彼らに落度があるからではなく、自分の側に問題があるためだと自覚していたことは、書いておく必要があるだろう。「もちろん」と母はいった、「どんな人が現われても、わたしの二人の娘に本当にふさわしいとはわたしには思えませんわ」

　世の中で大きな楽しみの一つは、地方の劇場である。わたしの家族の者はみな劇場好きであった。姉のマッジと兄のモンティは実際に毎週行っていて、わたしもよく連れていってもらった。わたしが大きくなるにつれてだんだんと回数をました。わたしたちはいつも平土間一等席（一階正面の舞台近くの席）へ行った、平土間そのものは〝粗末〟と思われていた。平土間の値段は一シリングで、平土間一等席というのは前方二列の席で、その後ろには席が十列あったが、その前方席にミラー一家は陣取って、あらゆる種類の観劇を楽しんだ。

わたしの見た最初の劇であるかどうかはわからないけれど、初期の一つに、〈ハートが切札〉という最低タイプの大メロドラマがあった。その中には悪漢がいて、レディ・ウィニフレッドという悪い女がいて、財産をだまし取られた美しい若い女の人がいた。拳銃が乱射され、わたしははっきり最後の場面を覚えている――アルプスの山から一人の青年がロープでぶらさがっていて、彼が愛している女とその女が愛している男とを救うために青年はロープを切断して雄々しい最期をとげるのである。わたしはその物語の筋の要点要点をよく考えてみたことを覚えている。「ほんとに悪いのはスペードね」とわたしがいった――父はホイストの大家で、わたしはよくカードの話を聞いていた――「それから、それほど悪くないのはクラブね。きっとレディ・ウィニフレッドがクラブだと思うわ……だって後で後悔してるんだもの……それから山でロープを切った男もね。それからダイヤは……」わたしはよく考えて、「ただの通俗ね」とヴィクトリア朝風の非難のことばを口にした。

大きな年中行事といえば、八月の最後の月曜と火曜に催される〝トーキイ・レガッタ〟だった。そのためにわたしは五月から貯金を始めた。わたしがレガッタのことを覚えているといっても、ヨット・レースよりもそれに伴って催される〝定期市〟のことをよりよく覚えているという意味だ。マッジはもちろんいつも父と一緒に帆走見物にホルデン桟橋まで出かけたものだったが、夜の〝レガッタ舞踏会〟のために滞在している客のために家ではパーティを開いた。父と母とマッジは午後にはいつもレガッタ・ヨット・クラブのお茶に、また帆走に関連したいろんな会にもみんな行っていた。マッジは自分に我慢できる以上の帆走はけっしてやらなかった、というのは姉は生涯、治らない船酔い性だった。しかし友人のヨットにはたいへんな興味を抱いていた。ピクニックありパーティありだったが、これはわたしがまだ若くて参加できないレガッタの社交的な一面であった。

わたしが首を長くして待っていた楽しみは定期市だった。たてがみのある馬に乗ってぐるぐるまわる回転木馬、それから坂をすごい勢いで登ったり降りたりするローラーコースターの一種。二つの機械が音楽を鳴りひびかせていて、回転木馬の馬やローラーコースターでひとまわりしてくると、音楽の曲がまざり合ってすごい騒音になった。それからいろんな見せ物があった——巨大な女、未来のことを予言するマダム・アレンスキー、見るも恐ろしい人間グモ、マッジとモンティがいつも時間とお金をうんと使っていた射的場。それから、ヤシの実落としというのがあって、それで兄のモンティはよくたくさんヤシの実を取ってきて、わたしにくれた。わたしはヤシの実がすごく好きだった。わたしもヤシの実落としのボールをいくつか当てがわれて、係の人が特別にずっと前へ出してくれ、たまには一つぐらいヤシの実を打ち落とすことができた。そのころのヤシの実落としは本物のヤシの実落としだった。今でもヤシの実落としはあるけれど、何やら受け皿のような物の中にうまく置いてあって、すごい力と運とが合いでもしなければ打ち落とせなくなっている。そのころは、誰にもやれるチャンスがあった。六発投げればふつう一つは取れたし、兄のモンティなど五つも取ったことがあった。

輪投げ、キューピー人形取り、ポインターなどといった遊びはまだそのころはなかった。いろんな物を売っているいろいろな露店があった。わたしがとくに好きだったのはペニー・モンキーという物だった。値段は一個一ペニーで、ふわふわした綿毛でできた小さなサルが長いピンの上についており、上着にそのピンで刺してとめるようになっていた。毎年わたしはそれを六つから八つぐらい買ってわたしのコレクションをふやした――ピンク、グリーン、茶色、赤、黄など。年がたつにつれ、ちがった色や形のものを探すのがだんだんむずかしくなっていった。

それからまた、定期市にしか出ない有名なヌガーがあった。テーブルのむこうに男が立っていて、目の前の巨大なピンクと白の塊《かたまり》からヌガーをたたき切っていた。男はどなったりわめいたりして、ヌガーの小片をせり売りにかけるのである。「さあさ、みなさんお友だち、このすごくでっかい一個が六ペンスだよ！　よしきた、じゃ半分に切るよ。さあさ、こいつを四ペンスじゃどうだね？」などといった具合。初めから袋に入れてあるのもあって、それは二ペンスで買えるのだが、せり売りに加わるのがおもしろかった。「そら、そこのかわいいお嬢ちゃんにだ。そう、二ペンス半で持ってってくれ」

金魚はまだ珍しいもので、わたしが十二ぐらいのころまではレガッタには姿を現わさなかった。それが登場したときにはたいへんな騒ぎだった。露店の売台が金魚鉢でいっぱいになって、それぞれに金魚が一尾ずつはいっている。そこへピンポン玉を投げる。そのピンポン玉が鉢の口へうまくはいれば、その金魚がもらえる。これは、ちょうどヤシの実落としと同じように、もともとやさしいものだった。この金魚が現われた最初のレガッタではわたしたちだけで十一尾も手に入れ、勝ち誇って家へ持って帰り、たらいの中で飼うことにした。でも、その値段が間もなくピンポン玉一個一ペニーだったのが一個六ペンスに上がった。

夜には花火があった。家からは見えないので、というかうんと高く上がった打ち上げ花火しか見えないので、わたしたちはいつも港の上に住んでいる友だちの家で夜を過ごした。それは〝九時のパーティ〟といって、レモネードが出て、アイスクリームとビスケットがまわされた。当時の楽しいことの一つだった。アルコールの出ないガーデン・パーティだったが、なくなってしまってたいへんさびしい。

一九一四年以前のガーデン・パーティは記憶しておいてしかるべきものである。みんな完全に正装する――靴はハイヒール、モスリンのドレスにブルーの飾り帯をつけ、バラの花を垂らした麦わら帽子。すばらしくおいしいアイスクリームがあった――たいていはストロベリー、バニラ、ピスタチオ、オレンジ、木イチゴなど――それにいろんな種類のシュークリーム、サンドイッチ、エクレア、そしてモモ、マスカットにネクタリン。このことから推理すると、ガーデン・パーティはいつも八月にあったことになる。イチゴやクリームは全然思い出せない。

港の上まで行くのはもちろん相当な苦痛だった。馬車を持たない年寄りとか弱い人は辻馬車を雇っていったが、若い人たちはみなトーキイの町の各方面から一マイル半から二マイル歩いた。近くに住んでいる人は好運というものだが、他の人たちは相当な道のりをやってこなくてはならなかった、というのはトーキイの町は七つの丘の上にあったからだ。左手ではロングスカートをたくし上げて持ち、右手にはパラソルを持ってハイヒールをはいて丘を登るのだから、たしかに相当きつい体験であった。でも、ガーデン・パーティにはたどり着くだけの価値があった。

父はわたしが十一のときに亡くなった。父の健康は徐々に悪化していったが、その病気はついに的確には診断されなかったようである。たえまない財政上の心配がどんな病気にも抵抗する力を弱めていたのにちがいない。

　父はイーリングの祖母の家に一週間ばかり滞在していて、仕事を世話してくれる助けになりそうな友人をいろいろとロンドンに訪ね歩いていた。仕事をみつけるということはあの時代にはなかなか容易でなかった。弁護士だとか医者か財産管理をやったことがあるとか、どこかの役所にいたことがあるとかでもなければ、わたしたちが今日期待するような生計の道を与えてくれるビジネスの大きな世界はなかった。モルガンのような大銀行やその他、父の知り合いのいる銀行などもあったのだが、いずれもみなもちろん専門家で、少年のころからずっと銀行にいたという人たちばかりである。わたしの父は、同時代の多くの人たちのように何らかの訓練や教育を受けていなかった。父はずいぶん多くの慈善的な仕事などをしていたから、今日なら当然有給の地位を与えられていただろうが、当時は全然事情がちがっていた。

　財政状態は父にとって錯綜していたし、また父の死後、遺言執行者たちにとってもまことに混乱をきわめていた。それは祖父が残した金がどこへ行ってしまったかという疑問だった。父はあるべきはずの収入以内でりっぱに暮らしていた。書類上ではたしかにあるのだが、現実には存在していなかったし、そのことについてはつねにもっともらしい言い訳や、この義務怠慢はほんの一時的なもので、単純に賠償されるものと説明されていた。あきらかに財産管理人とその後任者の処理誤りであったのだが、もはや取り返しがつかなかった。

父は思い悩み、気候は寒冷、すっかり冷え込んで急性肺炎に発展した。母がイーリングへ呼ばれていき、間もなくマッジとわたしもつづいていった。そのときには、もうたいへん病状が悪化していた。母は昼も夜も父のそばを離れずにいた。看護婦も二人ついていた。わたしはみじめな気持ちとこわいような気持ちでうろうろ歩きまわり、父がもう一度元気になるよう熱心にお祈りをした。

一つの絵がわたしの心に刻み込まれて残っている。午後のことである。わたしは階段の途中の踊り場に立っていた。いきなり父と母の寝室がぱっと開いた。母は突進するように出てきたが、両手を目の上にかざしていた。駆け出してきたと思うと隣りの部屋へと駆け込んでドアを閉め切った。看護婦が出てきて、ちょうど階段をのぼりかけていた祖母にむかっていった、「もうだめです」それでわたしは父が死んだのだとわかった。

子供はもちろん葬儀には連れていかれなかった。わたしは家の中を妙に混乱した気持ちでうろうろしていた。何か恐るべきことがおきたのだ、今までに直面したことのないことがおきたのだ。家中のよろい戸がおろされ、ランプがともされた。食堂で、祖母は自分の大きな椅子に腰をおろして、祖母独特の字体で、次々に手紙を書きつづけていた。ときどき元気なく首を横に振っていた。

葬式へ行くために起き上がった以外、母は自分の部屋で寝こんでいた。母は二日間何も食べなかった、というのはハンナがそのことを人に話しているのを聞いたからわかった。わたしは感謝の気持ちでハンナを覚えている。愛するハンナ、年老いて、しわの多かったその顔。ハンナはわたしを台所へ呼び込むと、小麦粉をねる手伝いがほしかったといった。「あのお二人はとても愛し合っておられましたね」とハンナは繰り返し繰り返しいった、「りっぱなご夫婦でした」

そう、本当にりっぱな夫婦だった。わたしはいろんな古い物の中から父が母へ書いた手紙をみつけた。おそらく父の死のわずか三、四日前のことらしい。父は書いている――どんなにトーキイの母のもとへ帰りたいと切望しているか……ロンドンでは何も満足にいっていない、しかし、と父は書いている、私の最愛のクララのもとへふたたび帰ればそんなことはすべて忘れてしまえる、と。父はさらにつづけて書いている、前にもしばしばいったことだけれど、もう一度いっておきたい、どんなにわたしにとっておまえが大切であったかということ。「おまえがわたしの人生のすべてを変えてくれた」と父は書いている、「おまえのような妻を持った男はかつていないよ。おまえと結婚して以来、毎年わたしはさらに強くおまえを愛するようになった。おまえの愛情と同情とに感謝する。神よ、わたしの最愛の人に恵みを垂れ給え、間もなくわたしたちはふたたび一緒になれる」

この手紙は刺しゅうのある札入れの中でわたしがみつけた。これは母が若いころに父のためにこしらえて、アメリカにいた父のもとへ送った札入れであった。父はいつもこの札入れを持っていて、母が父のために書いた二篇の詩もその中に入れて持っていた。母がそのうえにこの手紙も加えていたのだ。

このころイーリングの家には、いささか気味の悪いような特徴があった。ひそひそ話の親類たちでいっぱいだった——Bおばあちゃん、叔母たち、叔父の妻たち、親戚の女たち、祖母の古い女の友だち——みんな半分ひそひそ、ため息をついて、首を振るのである。そして誰もみんな重苦しく黒い服を着ていた。わたしも黒い服を着ていた。そのころ、この喪服がわたしにとっては唯一の慰めであった。偉そうで、りっぱで、重要なものの一部であるという感じがした——黒い服を着込むと。

ひそひそ声でいう、「ほんとに、クララは元気を出さなくてはね」ときどき間をおいては、祖母がいうのだ、「B氏（またはC夫人）からわたしに来たこの手紙を読んでみないかね？　とてもりっぱなお悔み状でね、きっとおまえもたいへんに感動をおぼえると思いますよ」母は激しい調子で、こういう、「そんなもの見たくありません」

母は自分あてに来た手紙を開封するのだが、ほとんどすぐにわきへ放りだしてしまった。一つだけ母がちがう扱いをしたのがあった。「それはキャシーからのかね？」祖母がきいた。「ええ、伯母さん、キャシーからのです」と母はその手紙を折りたたむとバッグの中へ入れて、「あの人はよくわかっていてくれるわ」といって、部屋から出ていった。

キャシーはサリヴァン夫人といい、アメリカ人でわたしの名付け親だった。小さいころには会ってるのだろうが、その一年ばかり後にロンドンへ来たときの夫人しかわたしは覚えていない。とてもすてきな人であった——白髪の小柄な婦人で、およそ想像できる最高に陽気で最高に愛嬌のある顔を活気いっぱいにほころばせて笑い、どことなく身体全体にふしぎな楽しさがあった——なのに、夫人にはあらんかぎりもっとも悲しい人生があった。熱愛していた夫は、まだ若いうちに亡くなった。二人のかわいい男の子があったのだが、その二人も麻痺症で死んでしまった。祖母はいっていた、「きっと保母か誰かが子供たちを湿っぽい芝生の上に座らせたのね」小児麻痺ではなかったかとわたしは思う——当時はまだ未確認の病気で、湿気によるリューマチ熱といわれていて、歩行麻痺をおこした。とにかく二人の子供は死んでしまった。同じ家で暮らしていた成人したおいの一人がやはり麻痺症を患って生涯身体障害者になった。こんなに失うものがあり、こんなにいろんなことがあったにもかかわらず、キャシーはわたしの知っている誰よりも陽気で明るく、人間らしい同情心いっぱいであった。この人こそ母がこのときに会いたがっていた人だった。「あの人はわかっていてくれてるわ……人に慰めの文句を並べるのはいいことじゃないってこと」

わたしは家族の者から密使として使われたことを覚えている——誰かが、たぶん祖母かそれとも叔母たちのうちの一人と思うが、わたしをわきへ呼んで、こうささやいた——おまえはお母さんの小さい慰め人にならなければいけない、そしてお母さんが寝こんでいる部屋へ行って、こういいなさい、「もうお父さんは幸せになってる、お父さんは天国に行ってるんだから心安らかにしている」と。わたしは喜んでそれに応じた——それはわたし自身そう信じていたことだし、誰でもそう信じていることだったからだ。わたしは部屋へはいっていった、ちょっとおずおずと気おくれしていた、これは子供がいわれたことは正しいことで、わかっていることも正しいことだけれど、自分ではわからない理由から、何となくまちがっていることをしているのではあるまいかと感じているときの漠然とした感じであった。わたしはおずおずと母に近づいてさわった。「マミー、お父さんはもう安らかよ。幸せになってる。帰ってきてほしいなんてマミーは思わないわね？」

突然母はベッドの上に激しい身ぶりで起き上がったので、わたしは後ろへとびさがるほどびっくりした。「いえ、わたしは望みますよ」母は低い声で叫んだ、「ええ、わたしはそう望みます。お父さんが戻ってくるんだったら、わたしはこの世でどんなことでもします……どんなこと、どんなことだって何でも。できるものならお父さんを力ずくでも引き戻したい。わたしはお父さんがほしい、ここへ戻ってきてほしい、今、この世に、わたしのところへ」

わたしは、ちょっとこわくなってしりごみした。母がすかさずいった、「ああ、大丈夫よ。大丈夫。わたしは……今、ちょっと具合がよくないだけなのよ。来てくれて、ありがとう」そしてわたしにキスをしてくれ、わたしは慰められて部屋を出た。

第三部　成長する

I

人生は父の死後まったくちがった肌あいをみせてきた。わたしは子供の世界から一歩外へ踏みだした。安全を保障された、思慮分別なしの世界から現実の世界の縁へとはいるところだった。家庭の安定というものは、家族の中の男性から来るものとわたしは考えて疑わない。わたしたちは、「あなたのお父さんがいちばんよく知っている」という文句が出るとみな笑うが、この文句こそ後期ヴィクトリア朝の生活の特色を顕著に表わしている。父親——家庭がその上に築かれている岩。父親は定刻どおりの食事を好むものである。父親には夕食の後までも心配をかけてはいけないものである。父親はあなたと二部合唱をしたがるものである。これらのすべてをみんなは何の疑いもなく受け入れていた。父親は食事を提供する。父親は家がきちんと機能しているのを監督する。父親は音楽のレッスン料を出してくれる。

父は姉マッジが成長すると、彼女と一緒にいることを喜びと誇りにしていた。父は姉の才気と人目を引く美しさとを楽しみ味わっていて、二人はおたがいにすてきな相手であった。父は姉の中に、母にはおそらく欠けていた陽気さとユーモアとをみつけていたのだろう。だが、後で考えると、父は自分の小さい娘、小さいアガサにことさら弱かったのだと思う。わたしたちには大好きな詩があった——

アガサ・パガサ、わたしの黒メンドリ
紳士のために卵を産むよ
六つ産んだり七つ産んだり
そしてある日十一も産んじゃった！

父とわたしはこの冗談がとても好きだった。
でも、父は本当は兄のモンティがもっとも好きだったようである。息子に対する愛情はどの娘よりも大きかった。モンティは愛情深い男の子で、父に対して大きな愛情を持っていた。ところが何とも、世の中をうまく渡っていくという点になると不満足な兄であり、父はこのことでたえず気をもんでいた。父がモンティのことについてどうやらまず安心していたのは、ボーア戦争後だったと思う。モンティはイースト・サリー正規連隊に任官して、南アフリカから連隊とともにインドへまっすぐ赴いた。兄は無事に勤め、軍隊生活に落ち着くように見えた。父の財政上の苦慮はあるとしても、モンティの問題だけはすくなくともさし当たり除かれた。

マッジは父の死後九ヵ月ほどして、ジェームズ・ワッツと結婚したが、母を残していくのがちょっと心残りのようだった。母自身は早く結婚するよう、あまり長く待たないようにと切に望んでいた。母はこういっていた――ときがたつにつれ、母と姉の仲が緊密になればなるほど別れるのがつらくなる、と。わたしもそう思う。ジェームズの父親は彼が若いうちに結婚するようしきりに望んでいた。彼はオックスフォード大学の卒業も間近で、すぐ就職することになっていたし、父親は彼がマッジと結婚して父母の家に落ち着いてくれればこんなうれしいことはないといっていた。ワッツは自分の息子のために屋敷の一部に、若い夫婦の落ち着ける家を建ててやるつもりでいた。そう、万事手筈が整えられた。

父のアメリカでの財産管理人オーガスト・モンタントがニューヨークからやってきて、わたしたちの家に一週間滞在した。でっぷりした大柄な人で、おとなしくて、たいへん魅力的、わたしの母に対して誰よりも親切にしてくれた。率直に父の財政問題は窮地に陥っていると母にいった――父の代理を務めているはずの弁護士その他から父は極度に悪い助言をされていたのだという。多額のりっぱに役立つ金がいい加減な方法で用いられ、ニューヨークの財産の増殖を図るために、むだに投棄されていた。また彼は、税金を免れるために財産の相当な部分をまとめて処分したほうがいいともいった。そうすると残された収入はたいそう少なくなる。祖父が残してくれた大きな財産はどこかへわけもわからず消滅していたのだった。祖父が共同出資者だったH・B・チャフリン商会は、共同経営者の未亡人としての祖母（伯母ちゃん・おばあちゃん）にはまだ収入を与えるであろうし、たいした額ではないが母にも一定の収入を与えてくれるはず。わたしたち三人の子供は、祖父の遺言で毎年英国貨で百ポンドが与えられる。また莫大なドル貨も財産のうちにはいっていたのだが、次第に価値が下がって放棄されるか、過去にうんと安値で売却されてしまっていた。

当面の問題は、母がアッシュフィールドの屋敷で暮らしつづけていける余裕があるかどうかだった。ここで、母自身の判断が他の誰よりもよかったとわたしは思う。このままとどまっているのはよくない、と母ははっきり考えたのだった。やがて家は修理が必要になってくるし、少ない収入ではそれをまかなうのは困難、できるけれど困難である。家を売って、どこかデヴォンシャーあたりの、まずはエクセター（英国南西部、デヴォンシャーの州都）近くにべつの小さな家を買ったほうがいい——維持費がかからないし、またこの家の交換で相当額の金が収入にも加えられる、というのであった。母は商売の修業も知識もなかったのだけれど、常識はたっぷり持ち合わせていた。

しかし、ここで母は子供たちの反対に出会うことになった。マッジもわたしも、そしてインドから手紙をよこした兄も、アッシュフィールドの家を売ることに強く抗議して、母に家を持ちつづけることを懇願した。わたしたちは、ここがわが家であって、それと別れるに忍びないのだといった。姉の夫は、母の収入に少額ではあるが一定の援助をさし加えるといってくれた。マッジと彼が夏にここへ来られたら当座の出費が助けられもするというわけだった。最後に、わたしのアッシュフィールドへの激しい愛着に感動して、とわたしは思うのだが、母は降参した。とにかく、どう暮らしていくか、やってみようと母はいった。

今にしてわたしは思うのだが、母自身は暮らしていくところとしてはトーキイの町をけっして好きでなかったのではなかろうか。母は大聖堂のある町が大好きで、ずっとエクセターの町を愛していた。母と父はときどき休暇旅行にあちこちの大聖堂のある町を訪れていたが、これは父ではなく母を喜ばせるためだったとわたしは思う。そして母はエクセター近くのもっと小さな家に住む考えを楽しんでいたのだと信ずる。しかし母は自分本位の人でなかったし、家そのものは愛していたのだから、アッシュフィールドはひきつづきわたしたちの家として残り、またわたしもここを愛しつづけることとなった。

この家を持ちつづけたことは、けっして賢明ではなかったと今わたしにはわかる。ここを売ってもっと扱いやすい家を買うべきだった。だが母は当時そのことを知っていて、そしてまたその後もっとよくわかったにちがいないにもかかわらず、なお母はこの家を持っていることに満足していたのだと思われる。というのは、アッシュフィールドの家は多年にわたってわたしにとって大切な意味を持っていたからだ。わたしの背景、わたしの避難所、真にわたしが属している場所であった。根なしということで悩まされたこともなかった。この家にしがみついているのは愚かなことかもしれなかったが、わたしが高く評価しているものを与えてくれた——それは記憶の宝庫である。それと同時に多くの面倒、心配、出費そして困難ももたらした——だが、何でも愛するもののためにはやはり相当な代価を支払うべきではあるまいか？

わたしの父は十一月に死去し、姉の結婚は次の年の九月にとり行なわれた。まだ父の喪に服していたために、式は内々、披露宴もなしだった。きれいな結婚式で、トアの古い教会でとり行なわれた。わたしは第一番目の花嫁付添いの重大な役目とともに、式のすべてを大いに楽しんだ。花嫁の付添い娘はみんな白い服を着て、頭には白い花輪を載せていた。

結婚式は朝十一時にあり、わたしたちはアッシュフィールドで結婚の朝食をとった。幸せな夫婦はすてきなたくさんのプレゼントで祝福もされたが、いとこのジェラルドとわたしの、思いつくかぎりのあらゆる意地悪にも祝福された。新婚旅行中、二人がスーツケースからあらゆる服を取りだすたびに祝福の米がこぼれ落ちた。二人が乗っていった馬車にはサテン靴がしばりつけてあったし、そんなことのないようにあらかじめ調べておいたにもかかわらず、馬車の後ろにはチョークでこう書かれていた、「ジミー・ワッツ夫人って最高の名です」というわけで二人はイタリアへと新婚旅行に出かけていった。

母はすっかり疲れてベッドに引きさがって泣いていたし、ワッツ夫妻はホテルへむかったが、新郎の母もきっと泣いていたにちがいない。母親たちには結婚の効果はこんなふうに現われるものらしい。若いワッツたち、いとこのジェラルドとわたしは見知らぬ犬同士のような不審顔でおたがいを観察したまま残され、おたがい好きになろうかどうしようかと決しかねていた。ナン・ワッツとわたしのあいだには初め敵対感があった。具合の悪いことに、習慣にしたがって、当日わたしたちはそれぞれの家族によって相手のことを長々と聞かされていた。陽気で騒々しいおてんば娘のナンは、アガサはいつも〝とてもおとなしくて上品に〟お行儀よくしている、などとうまい具合に聞かされていた。ナンがわたしの行儀作法やまじめなことをほめて聞かされている一方、わたしはナンのことを警告されていた——〝絶対にはにかまない、話しかけられたらいつも答え、けっして顔を赤らめることがないし、ぼそぼそと物をいうこともないし、だまりこんで座っていることもない〟というのである。わたしたちは、だから相方悪意いっぱいで見合っていたのである。

とてもいやな三十分間がつづいた後、やがてうまく活気が出てきた。しまいにはわたしたちは〝教室〟のまわりに一種の障害物競走みたいなものを作って、積み上げた椅子の上から、大きくて少々古びたソファの上へ乱暴に飛びおりた。みんな笑ったり叫んだり悲鳴をあげたり、すごくおもしろいときを過ごした。ナンはわたしについての見解を訂正していた――おとなしくしているどころか、あらんかぎりの大声でわめく子がここにいたのだ。わたしもナンについての見解を訂正していた――おすましで、おしゃべりで、大人と〝仲よし〟などという誤解を。わたしたちはすてきに楽しくなって、おたがい好きになって、ソファのスプリングは永遠にこわれてしまったのであった。その後軽食をして、わたしたちは劇場へ行って、〈ペンザンスの海賊〉を見た。そのころになると、もはや友情は後戻りをすることがなく、ときどき途切れることはあっても、ずっと一生つづいた。友情を落としてしまっては拾い上げ、ふたたび会うと万事前と同じになるのであった。ナンは今は亡くなったが、わたしが失ってもっともさびしい友だちの一人である。ほかには数人しかないが、彼女とならアブニーやアッシュフィールド、そして昔のこと、犬たちのこと、やったいたずらのこと、若い男たちのこと、そしてわたしたちが作った劇、そしてその演技などが話し合えた。

姉のマッジが出ていった後、わたしの人生の第二段階が始まった。わたしはまだ子供ではあったが、幼年時代の第一局面は終わっていた。光り輝く喜び、絶望の悲しみ、人生の毎日に訪れるゆゆしい重大さ――これらのことは幼年時代の証明である。これらのことで安全が保障され、明日のことを完全に思いわずらわないですむことになる。わたしたちはもはやミラー一家ではなくなっていた。二人の人間が一緒に住んでいるにすぎなかった―

—中年の女と、世間知らずのうぶな少女。状態は同じようでも雰囲気がちがっていた。

母は父の死以来、たちのよくない心臓発作をときどきおこしていた。発作はまったく予告なしにやってきて、医者が与える物は一つも何の役にも立たなかった。わたしは生まれて初めて、人のことを心配するということがどんなことかわかったが、それと同時にまだやはり子供であって、わたしの心配はおのずから大げさになっていた。よくわたしは夜中に目がさめると、心臓がどきどきしていて、母がきっと死んでいると思った。十二、三歳という年ごろは本来心配しがちな時期である。わたしは自分が愚かで誇張された感情に負けているとわかっていながら、やはり心配だった。わたしは起き上がると、そっと廊下を忍び足で歩き、母の部屋のドアのところでひざをつくと、ドアのちょうつがいに頭を押しつけて母が息をしている音を聞こうとした。たいていは、すぐに安心させられた——うれしいいびきがわたしに答えてくれた。母は特殊なタイプのいびきをかいた——上品に、ピアニッシモで始まり、やがてものすごく爆発的になった後、寝返りを打って、すくなくともそれから四十五分間ぐらいはいびきはなくなる。

で、いびきさえ聞けば、わたしはうれしくなってベッドへ戻って眠ったが、もしいびきがないとなると、そのままそこにいて、たまらない心配をしながらうずくまっていた。ドアを開けてはいってたしかめて安心するほうがはるかに利口なわけだったが、どういうわけかわたしにはその考えがおきなかったし、おそらくは母はいつも夜は部屋のドアに鍵をかけていたのだろう。

わたしはこの発作的な心配のことは母に話さなかったし、母も全然察知していなかったと思う。それからまたわたしはよく恐怖にも襲われた──母が町へ出かけていったときなど、車にひかれはしないかと。今から思うとすべてばかばかしく、無益なことだった。これも次第に消え去り、一年か二年しかつづかなかったと思う。後で、わたしは母の寝室につながる父の化粧室で寝ることにして、ドアを細目に開けておいた──そうしておけば母が夜中に発作をおこしても母の部屋へはいっていって頭を持ち上げ、ブランデーと炭酸アンモニウム（気つけ薬）を持ってきてやれる。いったん駆けつける用意ができていると思ったら、もはやあの恐ろしい心配の苦しみから逃《のが》れた。わたしはどうもいつも想像の荷を負いすぎているように思われる。これはわたしの職業にとってたいへん役に立っている──実際にこれが小説家としての職業の基本にちがいない──が、他の点でずいぶんつらい時期をもたらすことがある。

父の死後わたしたちの生活状態は変わった。社交の機会などはほとんどなくなった。母は数少ない古い友だちとは会ったが、その他の人とは会わなかった。困窮がひどくて、あらゆる面で節約しなければならなかった。いうまでもなく、これがわたしたちがアッシュフィールドの家を維持していく方法だった。母はもう昼食会やディナー・パーティをやらなくなった。母は三人いた使用人を二人にした。母はジェーンに次のようなことを懸命にいった――わたしたちは今たいへん困っているので、あまり給料の高くない若いメイド二人で何とかやっていくことにしたが、――と、ここでジェーンにこう強調した――ジェーンはそのすばらしい料理の腕で高給が取れるのだから、そうすべきである。母はジェーンがいい給料と下働きの女も使えるようなふさわしい場所を探してあげよう。「あなたにはそれだけの値打ちがあるのよ」母がいった。

ジェーンはまったく何の感情も表わさず、いつものように何かを食べていた。ゆっくりうなずくと、もぐもぐ物をかみながらいった、「かしこまりました、奥様。おっしゃるとおりにいたしましょう。奥様がいちばんよくご存じですから」

しかし、明朝彼女はふたたび現われた。「ちょっと奥様に話があるんです。いろいろわたし考えましたですがね、ここにこのままいたほうがよろしいです。奥様のおっしゃったことはよくわかってますので、お給金はもっと少なくてもよいのです。でもわたしここにはもう長いことおりましたのでね。いずれにしても、わたしの兄がきつくいいつづけているんです、うちへ来て家の世話をしてくれと。で、わたしは兄が仕事から引退したらそうしましょうと約束してますんです……これは四年か五年ぐらい先のことになりましょう。それまではこちらにいさせてもらいます」

「それは、ほんとに、ほんとによかった」と母は感激していった。ジェーンは感激ぎらいなので、「このほうが都合いいでしょう」といって、堂々たる様子で部屋を出ていった。

この取りきめには一つだけ弱点があった。多年一つのやり方で料理をしてきたジェーンは同じ調子で料理することをやめられなかった。骨つきの大きな肉があったとすると、かならず巨大なローストになった。大きなビーフ・ステーキ・パイ、うんと大きな果実入りパイやばかでかい蒸しプディングなどが食卓へ載せられる。母がいう、「二人分だけでたくさんよ、ジェーン」とか、「四人分だけでたくさんよ」と。だがジェーンは全然わかってくれない。ジェーンのもてなしの尺度は世帯にとってはたいへん高くつくのであった——一週中毎日、ジェーンの友だち七人か八人がお茶の時間にやってくるのがならわしで、ペストリー、甘い菓子パン、スコーン、ロックケーキ、ジャム・タルトなどを食べる。しまいに、家計簿がかさむのを見てやりきれなくなった母は、やんわりとジェーンに、今ではいろいろ事情がちがっているので、友だちに来てもらうのは一週に一度にしてはくれまいか、といった。たくさん料理をこしらえても人がやってこないとなれば、相当むだが省けることになる。それ以来ジェーンの会見日は水曜日だけになった。

わたしたちの食事はそれまでふつうだった三、四コースのご馳走とはたいそう変わった。夕食はまったくカットしてしまって、母とわたしは夜はマカロニ・チーズとかライス・プディングとかいったものですませた。このことはジェーンをひどく悲しませたことと思う。父のまた母は、前はジェーンの仕事だった材料の注文を何とか少しずつ取り戻していた。父の友人たちが滞在していたときに、彼らはジェーンが電話でデヴォンシャーなまりのある太い低音で注文しているのを大いに楽しみにしていたものだった――「それにね、イセエビ六四持ってきて、メスのイセエビよ、そしてクルマエビも……同じくね……」この文句はわたしたち家族のあいだでも大いに好まれた。〝同じくね〟はジェーンが使っていたばかりではなく、後で来た料理人のポッター夫人もよく使っていた。そのころ出入りの小売り商人たちにとっては何とすばらしい時代だったろう！

「でも奥さん、いつもわたしはヒラメの切り身は十二注文していたんですよ」とジェーンは困ったような顔でいったものだった。ヒラメの切り身を十二もむさぼり食うような口はないのが事実だった――たとえ台所の二人を数のうちに入れても――だが、そのことは全然ジェーンの頭には通じないようだった。

　これらの変化はわたしにとっては特別に目につくことではなかった。ぜいたくや節約というようなことは若いときにはあまり重大には感じられないものである。チョコレートの代わりに練りあめを買ったにしても、その差異には気づかない。ヒラメよりもわたしはいつもサバのほうが好きだったし、自分の尾ひれをくわえたタラなど見た目にもっともいい魚だと思う。

　わたしの個人的な生活はあまり変えられなかった。わたしはたいへんな量の本を読んでいた。読み残しのヘンティの作品はみな読んだし、それからスタンリー・ウェイマンの作品へとはいっていった（じつにすばらしい歴史小説だった。つい先ごろ『城旅館』を読んだがまことにりっぱだと思った)。

『ゼンダ城の虜』がわたしの伝奇小説への入口で、その他多くへと進んだ。わたしはこれを再読三読した。わたしは、予想に反して、ルドルフ・ラッセンディルにではなく、自分の城塔に幽閉されて嘆息している本当の王に深い愛をおぼえた。王を救出して、わたし――もちろんフラヴィア――はルドルフ・ラッセンディルではなく彼を愛しているといって安心させてやることを熱望した。またわたしはジュール・ヴェルヌの全作品もフランス語で読んだ。『地底旅行』は数ヵ月にわたってわたしの愛読書だった。わたしは細心なおいとうぬぼれの強い叔父との対照が好きだった。好きな本はどんな本でもわたしはひと月おきの間隔をおいて読み返し、それから一年ぐらいすると気が変わってべつの好きな本を選びだした。

それから少女向きのL・T・ミードの本もあったが、これは母が大きらいだった――この本の中の少女たちは野卑で、ただ金持ちになりたがったり、きれいな服を持ちたがったりしているだけ、と母はいうのだった。わたしはやはりひそかに好きだったが、自分の趣味が野卑といううしろめたい気持ちがしていた。ヘンティの作品のある物は母がわたしに朗読してくれたけれど、描写の長いのにはちょっと母も閉口していた。母はまた『ブルースの最期』という本を読んでくれたが、これは母もわたしもともに心から同感した。学習としてわたしは『歴史上の大事件』という本を読まされ、一章読んでは質問に答え、しまいにそれをノートにまとめさせられた。これはたいへんいい本であった。それはヨーロッパその他のところでおきた多くの主要な事件を教えてくれ、その事件とアーサー王以来の英国の王たちの歴史を結びつけられるようになっていた。誰それは悪い王であったと明確にいってあるのがじつに気持ちがよかった――聖書のような一種のきっぱりしたところがあった。英国の諸王の年代とその全部の王妃の名を覚えたが、これはわたしにとって全然役に立つことのなかった知識であった。

毎日わたしは数ページ分の単語の綴りを学習しなければならなかった。この学習は相当わたしのためになったように思われるけれど、やはりわたしは綴りまちがいが多く、現在までそのままである。

わたしの主な楽しみは音楽その他の活動だったが、これはハックスリーという家庭とのつきあいではいった世界だった。ハックスリー医師の夫人はどこか捕らえどころのない、しかし賢い人だった。五人の娘たちがいた――ミルドレッド、シビル、ミュリエル、フィリス、そしてイーニッド。わたしはミュリエルとフィリスのあいだぐらいの年齢で、ミュリエルはわたしの特別な友だちになった。彼女は長い顔をしていたが、長い顔の人には珍しい笑《え》くぼがあった。色の薄い金髪で、よく笑った。最初わたしは彼女たちと一週一回の歌の教室で一緒になった。歌の先生クロー氏の指導で十人ほどの女の子が合唱曲やオラトリオなどを歌っていた。また〝オーケストラ〟なるものもあって、ミュリエルとわたしはマンドリンを演奏し、シビルとコニー・スティーヴンズという女の子がバイオリンを、ミルドレッドがチェロを演奏した。

そのオーケストラのころのことを思い返してみると、ハックスリー一家は進取的な家庭だったと思う。トーキイの町の古くからの住人たちは〝あのハックスリーの娘たち〟とちょっと冷たい目で見ていた、というのは主に十二時から一時のあいだ、町の中心街ストランド通りのあちこちを、初めに娘三人が手を組んで、それから娘二人と家庭教師とが腕を振り振り笑ったり冗談をいい合ったりして歩きまわっていたのと、基本的にエチケット違反とされている手袋もはめずにいたからであった。これらのことは当時、社会的な非行とされていた。しかし、ハックスリー医師はトーキイの町でたいへんはやっている医者であったし、またハックスリー夫人が〝親類筋のいい人〟として知られていたので、娘たちもまずは社会的に受け入れられていたわけだった。

振り返ってみると、これは奇妙な社会的規範だった。これ自体が紳士気取りの社会的規範だったと思うが、その一方で、あるタイプの紳士気取りはひどく軽蔑された。自分の話の中であまり貴族を引き合いに出すような人は非難され、笑われた。わたしの短い人生で体験した中でも、人の評価は三つの段階を経るものだった。まず最初の質問は――「でもね、あの人いったい何者なの？　彼女の家の人にはどんな人がいるの？　彼女、ずるいヨークシャー人なの？　もちろんあの人たち貧乏よ、とても貧乏だけど、彼女はウィルモット家一族なのよ」これは順次こうつづく。「ええ、もちろんあの人たちはとてもいやな人たちよ、でも、すごいお金持ちなのよ」「ラーチス家を継いだ家って、お金があるの？」「あ、じゃ呼んでやったほうがいいわね」第三の段階はまたちがってくるのである。「うん、でもあの人たち、おもしろいの？」「ええまあ、あの人たちあんまり裕福じゃないし、どこから来た人たちかもわからないけど、でもとてもおもしろい人たちね」話が社会的評価のほうへ脱線してしまったので、オーケストラへ戻すことにしよう。

　わたしたちはそんなにひどい音を出していただろうか？　かもしれない。ともかくとてもおもしろかったし、音楽の知識を増やしてくれた。もっとすばらしいこと、それはギルバートとサリヴァンの演目（劇作家ウィリアム・ギルバートと作曲家アーサー・サリヴァンが共作したオペラ）へと進みつつあることだった。

　ハックスリー一家とその友人たちはすでに〈ペイシェンス〉を演じたことがあった。わたしがまだ仲間にはいる前のことである。次の演目は〈英国王親衛隊〉が計画されていた——ちょっと野心的な企画だった。本当のところ、わたしは親たちが子供の邪魔をしなかったのに驚かされた。しかしハックスリー夫人は超然たる態度のすばらしい見本であって、わたしは夫人をそれで尊敬していたのだが、両親たちが当時まだそれほどお高くとまっていなかったせいもある。夫人は子供たちが好きになりそうなことがあれば何事であれ、励ましてやり、助けを求めれば助けてやり、そうでなければ自由にさせておいた。〈英国王親衛隊〉はとどこおりなく配役された。わたしの声は細くて強いソプラノで、みんなの中でソプラノはわたし一人だったし、フェアファックス大佐役に選ばれ当然有頂天になった。

わたしは母とのあいだにちょっとした面倒をおこした。というのは母は女の子が公衆の面前に出るときは、足につける物はこうあるべし、こうあるべからずという古くさい考えを持っていたからだった。足は足、けっして上品なものではない。わたしがももまでのゆったりした半ズボン姿またはそのようなものを身につけて現われるということは、たいへんに無作法だと母はいうのである。そのころわたしは十三か四で、すでにもう背丈が五フィート七インチになっていた。コートレにいたころに夢みた豊かな胸のふくらみは、その兆しさえなかった。でも〈英国王親衛隊〉の制服は特別にぶかぶかのニッカーボッカー風にアレンジされることになったのだが、それだけでは了承されなかった。今日から見ればばかばかしいことのようだが、当時としては重大問題であった。ともかくもわたしの母の提案で乗り越えられることになった――ズボンはそれでよいとして、片方の肩にマントをひっかけてそれでズボンを隠すようにしなければいけないというのである。そこで、祖母の〝布きれ〟の中から青緑色のビロード布をみつけだしてマントを作ることになった（祖母の布きれはいろんなトランクやたんすの中にしまい込まれていて、いろんな豪華な美しい織物類を含んでいた――祖母があちこちの安売りでもう二十五年もの昔から買い集めた端布類だったが、今はもうどうやら忘れられていた）。一方の肩にひっかけたマントをもう一方の肩へと投げかけながら演技するのは並たいていの苦労ではなかったが、こうすることによって観客の目から足のぶざまさをどうやら隠すことができた。

わたしは自分で覚えているかぎり、舞台負けを感じたことがない。ひどいはにかみ屋で、どうかすると店へはいる勇気さえなかったり、大きなパーティに到着する前に歯をくいしばらなければならないようなわたしが、全然気おくれや〝あがる〟ことのなかった行動が一つあった――それは歌を歌うことだった。後年、パリでピアノと歌と両方の勉強をしていたころ、わたしは学校内のコンサートでピアノ演奏をしたとき、完全に気おくれしてしまったのに、歌を歌うとなると全然あがらなかった。たぶんこれは小さいころに〈人生は愉快事か？〉やその他のフェアファックス大佐演目で訓練したことによるかと思う。〈英国王親衛隊〉はたしかにわたしにとって目ざましい出来事の一つであった。しかし、わたしたちがそれ以上オペラをやらなかったこともよかったと考えざるを得ない――本当に楽しかった経験は二度と繰り返すものではない。

昔を振り返ったときにふしぎなのは、あることがあったとか来たのは覚えているのに、いったいそれがどうやって、またなぜ消滅したか、打ち切られたかを全然覚えていないことである。そのとき以後わたしがハックスリーの娘たちと一緒だった場面はほとんど思い出すことができない。友情にひびがはいったのではない。ひところわたしたちは毎日のように会っていたが、その次に思い出すのはスコットランドにいるミュリエルに手紙を書いているわたしなのだ。おそらく、ハックスリー医師はどこかよそで開業するために行ってしまったのか、それとも引退したのだったろうか？　はっきりしたお別れなども思い出すことができない。わたしはミュリエルの友情条件がはっきりきめられていたことを思い出す。「あなたはね、わたしのいちばんの仲よしにはなれないのよ」と彼女が説明した、「というのはマックラケンというスコットランドの女の子たちがいるからなの。この人たちはずっとわたしたちのいちばんの仲よしだったのよ。ブレンダがわたしのいちばん仲よしで、ジャネットはフィリスのいちばん仲よし、でもあなたはわたしの二番目のいちばん仲よしにはなれるのよ」というわけで、わたしはミュリエルの二番目のいちばん仲よしで満足していたし、この取りきめはうまくいっていた――それは〝いちばん仲よし〟のマックラケンたちはざっと二年おきぐらいにしかハックスリー一家とは会っていなかったからであった。

II

たしかそれは三月のあるときのことだったと思うが、母がマッジに赤ん坊ができるといった。わたしは母をじっとにらむように見て、「マッジに、赤ちゃんが？」わたしはぽかんとして開いた口がふさがらなかった。マッジに赤ん坊ができると考えていなかったわけはどうしてもわからない――どこにもあることなのに――でも、自分の家族におこるとびっくりさせられるのがつねである。わたしは義兄のジェームズ（いつもジミーと呼んでいた）を心から受け入れ、またたいへん愛してもいた。ところがこんどのことは全然何かちがうのである。

いつものことだけれど、そのことをのみ込むまでにはちょっと時間がかかった。おそらくたっぷり二分間かもっとわたしは口をぽかんと開いたまま座っていたらしい。それからいった、「ああ……それはすばらしいわ。いつ生まれるの？　来週？」

「そんなに早くじゃありません」母がいった。十月ごろの日取りを母はほのめかした。

「十月なの？」とわたしはひどく残念に思った。そんなに長いこと待つなんてと思った。

そのころ、わたしは十二歳と十三歳のあいだごろだったはずだが、セックスに対する考え方がどうであったか、はっきりとは思い出せない。でも、赤ん坊は医者が黒いカバンに入れて持ってくるとか、天から羽のはえたものが持ってくるとかいう説はもはや受け入れてはいなかったと思う。そのころには赤ん坊は肉体的な過程のものとは知っていたが、べつに好奇心や興味など持っていなかった。しかし、ちょっとした甘い推論はしていた。赤ん坊はまず体内にいて、ときがたつと体外へ出る、と――その仕組みをいろいろよく考えてみた末に、へそがその焦点という結論に達した。おなかの真ん中にある丸い穴は何のためのものなのかわからない、べつに何かの用をしているようにも思えない。すると、これが何か赤ん坊の生まれることと関係があるのにちがいない。

　姉がその数年後に話してくれたことだったが、たいへん明確な考えを持っていたという――それは、へそは鍵穴だと思っていて、それに合う鍵があるのだが、それは母親が保管していて、娘の夫に手渡し、夫は結婚当夜その鍵を開ける、というのである。これはたいへん合理的に思えたから、姉はこの説を確信していたにちがいなかった。

　わたしはその考えを庭へ持ちだして、何かといろいろ考えてみた。マッジには赤ん坊ができる。それはすばらしい考えで、考えれば考えるほど好意が持ててきた。わたしは叔母になるのだ――とても成人したような、またえらくなったような気持ちだった。わたしは赤ん坊におもちゃを買ってやろう、赤ん坊にわたしの人形の家で遊ばせてやろう、またわたしの子ネコのクリストファが誤って赤ん坊を引っかいたりしないように気をつけてやろう。一週間ほどすると、わたしはそのことを考えるのをやめた――毎日のいろんな出来事の中へ吸収されてしまった。十月まで待つというのは長い話だった。

八月のあるとき、一通の電報が母を家から連れ去った。母はチェシャにいる姉のところへ行って泊まるといった。祖母がそのときはうちへ来て泊まっていた。母の突然の出発はたいしてわたしを驚かさなかったし、べつにわたしも何だろうと推測することもしなかった、というのは母は何をするにもはっきり先を見ておくとか、用意をしておくとかしないで、突然にやるのがつねであった。わたしは覚えている――わたしは庭に出てテニス・コートの芝生の上にいて、ナシの木を見上げ、熟している実がみつからないものかと望みをかけて見ていた。そこへアリスがわたしを呼びにきた。「もうお昼の時間ですから、お家へはいりなさいね、ミス・アガサ。お知らせがひとつ待ってますよ」

「そう？　どんなお知らせ？」

「あなたには小さいおいいがができたんですよ」アリスがいった。

おいい？

「でも、十月にならなくちゃ、わたしにおいいはできないのよ！」わたしは異議を唱えた。

「まあ、ですけど、物事っていつも思ったようにはいかないものなんですからね」アリスがいった。「さあ、おうちへはいりましょう」

わたしが家へはいっていくと、祖母が台所で手に電報を持っていた。わたしは質問の爆撃を加えた。赤ちゃんはどんな顔をしてるの？　どうして赤ちゃんは十月じゃなくて今来たの？　祖母はこれらの質問に対して、ヴィクトリア朝の人にお馴染みの逃げ口上でもって答えた。わたしがはいってきたときには祖母はジェーンとお産のことを話し合っていた最中だったらしく、声を落とすと、何やらこんなことをひそひそいっていた――「もう一人のお医者さんは、陣痛が来るのを待つようにいったんだけど、専門のお医者さんはきかなかったそうよ」何かわけがありそうで、興味があった。わたしの頭は新しいおいのことですっかりいっぱいになった。祖母が羊肉の足のところを切っているとき、わたしがいった――

「だけど、赤ちゃん、どんな顔しているかしら？　髪の色はどんなかしら？」

「髪の毛はまだないわ、きっと。すぐには髪がないのよ」

「はげなの」わたしはがっかりしていった、「赤ちゃんの顔、うんと赤いの？」

「たぶんね」

「赤ちゃんはどれくらい大きいの？」

祖母は考えこんで、肉切りをやめ、肉切り包丁をちょっと離して見て寸法を計っていた。

「ちょうどこれくらい」祖母がいった。よく心得ている人だけがいえる絶対確実な様子でいった。わたしにはちょっと小さく思われた。ともあれこの表現はわたしに強い印象を与え、もし精神科医が連想質問として〝赤ん坊〟という手がかりとなる言葉を出したら、わたしは直ちに〝肉切り包丁〟と答えると思われるほどだ。この答えに対して精神科医はフロイト精神分析的にどんな解釈を下すだろうかと思う。

　わたしはおいを大喜びで迎えた。マッジは一カ月ほどするとアッシュフィールドに滞在しに赤ん坊を連れてきたが、赤ん坊が二カ月になると古いトアの教会で洗礼命名された。名付け親のノラ・ヒューイット夫人が出席できなかったので、その代理としてわたしが赤ん坊をかかえ持つことを許された。わたしは洗礼盤の近くに重々しい気持ちでいっぱいになって立っている。そのすぐわきのところを姉はわたしが赤ん坊を取り落としはしないかとそわそわ歩きまわっていた。教区牧師ジェーコブ氏とはお馴染みだった。わたしの堅信礼（幼児洗礼を受けた者が成人に達したとき、その信仰をたしかめて正式に教会員にする儀式）の準備をしてくれていたからだが、彼は幼児の洗礼にはすばらしい手際をみせる――赤ん坊の額にほどよくきちんと水を軽くつけて、ちょっと身体をゆするような動きを見せ、それがたいてい赤ちゃんが泣きだすのをくい止めるのである。彼は、父親や祖父と同じくジェームズ・ワッツと命名された。家庭ではジャックと呼ばれることになる。何しろ彼の主な仕事といえば眠っていることのようで、わたしとしては彼に早くわたしと遊べる年齢になってもらいたいとじりじりせざるをえなかった。

　マッジが長く滞在してくれるのはうれしかった。わたしに話をして、生活に慰みを与えてくれたのは姉だった。わたしに最初にシャーロック・ホームズ物語の「青いガーネット」の話をしてくれたのはマッジだったし、その後わたしはもっと話してくれとうるさくねだった。「青いガーネット」「赤毛連盟」「五つのオレンジの種」などがはっきり大好きだったが、その他みんな楽しかった。マッジはとてもすばらしい話し手であった。

姉は結婚前、小説を書きはじめていた。姉の多くの短篇小説が《ヴァニティ・フェア》誌に採用された。当時、《ヴァニティ・フェア》に作品が載るということは文学的にりっぱな成功とされたもので、父は姉のことをたいへん誇りにしていた。姉はみんなスポーツに関係のある一連の小説を書いていた——「投球六球目」「グリーンの障害物」「キャシー、クローケー競技をする」など。おもしろくて機知に富んだものだった。二十年ほど前にわたしはこれらを再読してみたが、ずいぶんよく書けていると思った。もし姉が結婚しなかったら、著作をつづけていたのではないかと思われる。姉は真剣に作家になろうなどと考えていなかっただろう。むしろ画家になることを望んでいたようである。姉はやろうと思えば何でもやれる性質の人であった。わたしの記憶では、姉は結婚後はもう短篇小説を書かなくなったが、十年か十五年後になって舞台劇を書くようになった。〈債権者〉は王立劇場のバージル・ディーンの演出で、レオン・クォーターメインやフェイ・コムプトンが出演した。姉はもう一、二の劇を書いたがロンドンで上演されることはなかった。また姉は彼女自身りっぱなアマチュア俳優で、マンチェスター・アマチュア劇団と共演したこともあった。マッジはまさにわが家族中のタレントであった。

わたし自身は大きな望みなど持っていなかった。わたしはどんなこともあまりうまくできないことを知っていた。テニスやクローケーはよくやって楽しんでいたが、けっしてうまくはなかった。もしわたしがそのころからずっと作家たらんことを熱望していて、いつの日にかかならず成功してみせると決意でもしていたといえばたいそうおもしろいのだけれど、正直いって、そんな考えなど毛頭思い浮かばなかった。

ところがたまたま、十一歳のとき、わたしの書いたものが印刷物になったのである。それはこんな次第からであった。市街電車がイーリングの町にやってきた——そして地方の意見がたちまち猛然たる怒りを爆発させた。ひどいことがイーリングにおきた——こんなりっぱな住宅地域に、こんな広々とした街路に、こんな美しい家々があるところに、市街電車ががたごと往来するとは！　〝進歩と発展〟という言葉が使われたが、非難の声で沈黙させられた。みんなが新聞に投書したし、国会議員にも手紙を書き送り、どんな人に対しても、手紙が書ける相手にはみな書いてよこした。市街電車はくだらない……騒音がひどい……みんなの健康を害する。大きな文字で〈イーリング〉と書かれたぴかぴかの赤い乗合馬車のすばらしいサービスがあるではないか……イーリング大通りからシェパード・ブッシュへ行ってるし、その他にもきわめて便利な乗合馬車がある……いささか見かけは悪いけれどハンウェルからアクトンへ行くのもある。それにりっぱで古風な大西部鉄道だってあるし、地方鉄道はいうまでもない。

市街電車など全然必要なかった。なのに、やってきた。情け容赦なくやってきて、泣いてくやしがる者、歯ぎしりして残念がる者が抗議の声をあげていた。そしてアガサはその最初の文学的力作が印刷されることになる――それはわたしが市街電車の走った最初の日に書いた一篇の詩であった。四節の詩だったが、祖母を取り巻くやさしい親衛老紳士たち、陸軍大将や陸軍中佐、海軍大将などを祖母が説得して地方新聞社を訪ねさせ、この詩を掲載するようにと提案させた。その詩は――今もその最初の一節を、わたしは覚えている――

初めて電車がすっかり
得意で走ったとき
なかなかよかった、けど
その日が終わらないうちに
ぺしゃんこになっちゃった

その後、つづけて〝つぶれた靴〟を嘲笑した（〝靴《シュー》〟とか呼ばれる電車へ電気を送る装置に故障がおきて、電車は数時間走った後、動かなくなったのだった）。わたしは自分の詩が印刷されたのを見て大いに得意だったが、文学の道へ進むことなど考えてもみなかった。

じつは、よく考えていたことはただ一つ、幸せな結婚のことだった。そのことについてはわたしは自信があった――わたしの友だちもみなそうだったが。わたしたちには幸せのすべてが待っていてくれるという意識があった――わたしたちは恋愛を楽しみにして待っていたし、面倒をみてもらったり、はぐくみ慕われることを待ち望んでいた。またわたしたちにとって重大な事柄については自分の思うがままに行動し、同時に自分たちの夫の生涯、経歴、成功を自分たちの誇らしい義務として前へ押しだしたいと思っていた。わたしたちには元気づけの錠剤かまたは鎮静剤など必要なく、人生に信念と喜びを持っていた。不運なときに個人的な失望はしても、全体として人生は愉快だった。今の若い女の人たちにとっても人生は愉快なのかもしれないけれど、どうもそのようには見えない。しかし、今ちょうど思いついたことだが、彼女たちは陰気を楽しみ味わっているのかもしれない。いつも頭から押しひしごうとかかってくる、感情的な危機を楽しみ味わっているのかもしれない。彼女たちはまた心配事さえも味わい楽しんでいるのかもしれない。今日わたしたちにはたしかに心配事がある。わたしの同時代人たちはよく暮らしに困って、ほしいものの四分の一も手に入れることができずにいたものだった。なのに、どうしてわたしたちはあんなに多くの楽しみを持っていたのだろうか？　今日ではなくなっている、樹液が立ちのぼってくるような活気がわたしたちの身体の中にわき上がっていたのだろうか？　わたしたちはその活気を教育というもので窒息させてしまったか、切り捨ててしまい、そしてさらに悪いことには教育について心配している──心配事とは、いったいあなたにとって何なのか？

わたしたちは手におえない始末の悪い花のようなものだ。雑草かもしれないが、ともあれわたしたちはみな旺盛に伸び育つ。鋪道や敷石の割れ目や不都合な場所に猛烈な勢いで押し上がり、生命感にあふれ、生きていることを楽しみ、日光のもとへ突きだし、しまいに誰かが来て踏みつぶすまでつづく。しばらくは傷つき苦しんでいても、やがてはふたたび頭を持ち上げる。今日では、ああ、人生は（選抜性の）除草剤を適用されているように思われる──わたしたちには二度と頭を持ち上げるチャンスはない。世の中には〝生きる資格のない〟者がいるといわれる。わたしたちのころは生きる資格なしという人は誰もいなかった。いったとしても、わたしたちは信じなかったろう。ただ人殺しだけが生きる資格がなかった。今日では、殺人犯だけが生きる資格がないといってはいけない人間になっている。

少女であること──つまり未成育の女性──の本当のおもしろさは、人生がすばらしい賭けだということである。何がおこるかまったくわからない。それが女であることのおもしろさである。何をやるべきか、何になるべきかなど一切心配しなくてもいい──〝環境〟がきめてくれる。〝男の人〟を待っていればいいし、その男がやってきたら彼があなたの全人生を変えてくれる。どんなことでも好きなことがいえる——これは生涯の入口で持てる見解としてはおもしろいものである。いったいどういうことになるか？「たぶんわたしは外交官と結婚することになるわ……わたし、そんなのが好きなの、海外へ行っていろんなところが見られて……」とか、「わたしは船乗りとは結婚したくないと思うわ、海岸の下宿屋なんかで長いこと暮らさなくちゃならないなんて」とか、「たぶんわたしは橋の建築家かそれとも探検家と結婚するわ」全世界があなたのために開放されている——あなたの選択のためではなく、〝運命〟があなたに何を持ってきてくれるかのために開放されている。あなたは誰とでも結婚できる——もちろん大酒飲みと結婚してひどく不幸になるかもしれないけれど、その可能性もまたおもしろみを高めるではないか。そしてまた職業と結婚するわけではなく、相手はその男なのだ。年をとった乳母や保母や料理人やメイドたちの言葉でいえば、「いつかそのうちに〝ちょうどぴったりさん《ミスター・ライト》〟がやってきます」

わたしがまだずっと小さかったころのことを思い出す——母の美しい友人がダンス・パーティへ行くために服を着込むのを、年寄りの料理人ハンナが手伝っているところをわたしは見ていた。窮屈なコルセットを締めてもらうところだった。「さあそれじゃ、フィリスお嬢様」とハンナがいった、「足をベッドに突っぱって寄りかかってくださいましよ……わたしがぐっと引っぱりますからね。息をつめてください」

「ああハンナ、あたし、我慢できない、ほんとにできないわ。息ができないわ」

「そうふらふらしちゃいけませんよ、大丈夫、息はできます。夕食はあまり食べられなくなりますね、でもそのほうがよろしいですよ、お若いご婦人ががつがつ食べてるところを見せるもんじゃありませんからね、品よくありません。りっぱな若いレディとしてのふるまいをなさらなくちゃいけません。さあよろしいですよ。ちょっと巻尺を取ってまいりますからね。さてと……十九インチ半ですね。十九インチまで締め上げましょう……」

「十九インチ半で結構よ」と受難の人はあえいでいた。

「むこうへおいでになったらきっとあなた喜ばれますよ。今晩、〝ちょうどぴったりさん〟に出会われるかもしれないじゃありませんか？　ぼてぼてのウエストでおいでになっちゃいけませんですよね、そしてその人にそんなありさまをお見せするなんて？」

〝ちょうどぴったりさん〟。それはもっと優雅に〝あなたの運命《ユア・フェイト》〟といわれることもあった。

「あたし、もうこのダンス・パーティに行きたくなくなっちゃった」

「いえいえ、おいでにならなくちゃいけません。お考えになって！　〝あなたの運命〟にお会いになるかもしれませんよ」

そしてもちろんそういうことが実際に世の中にはある。若い女たちは行きたいと思うところへ行くくし、行きたくないところへも行く、そんなことはどっちでもいい——そこには彼女たちの〝運命〟がいるのである。

　もちろん、中には、ある高貴な理由のために結婚しないことを宣言する者がかならずいた。おそらくそういう人たちは修道女になるとか、難病患者の看護をするとか、何か偉大なまた重要な、とくに献身的なことをしようというのであろう。これは必然の局面とわたしは考える。修道女になろうという熱烈な願望はカトリックよりもプロテスタントの若い女性のほうがはるかに多いようである。カトリックの若い女性にとっては自己犠牲はむしろ天職であり日常生活の一部と考えられているのだが、一方プロテスタントではそれに何か宗教的な神秘性の香気があって、望ましいものとされているのである。病院看護婦もまた、ナイチンゲールの威信を背景に持つ英雄的な生き方と考えられている。だが、大きな主題は結婚であり、誰と結婚するかは人生の大問題であった。

　わたしは十三か十四のころには、年よりもずっとませており、経験においても先へ行っていたと思う。自分はもう人から保護されてはいないんだと思っていた。自分のことは自分で守っているという感じを持っていた。母に対して責任を果たし得ると感じていた。わたしはまた、自分自身のこと、自分がどんな種類の人間であるか、どんなことをしたらうまくやっていけるか、それともだめなのかなどを知ろうと試みはじめていたし、むだな時間を費やさないようにつとめはじめていた。わたしは自分が勘のいい機敏な人間でないことを知っていた——だから問題をどう処理するか決定する前に、よくよく観察するための時間を持たなくてはいけないと思っていた。

わたしは時間の価値を認めはじめていた。人生の中で、時間を持っているほどすばらしいことはない。今日では人が充分に時間を持っているとは信じられない。わたしの幼年時代、青春時代はたいへんに幸せであった、ただ時間をたくさん持っていたという意味において。朝、あなたは目をさます、はっきり目がさめる前にあなたはもう心の中でこういっている――「さて、今日はどういうふうにするかな？」あなたに選択の自由がある。目の前にある一日を思うように計画することができる。わたしは、しなければならないこと（これをわたしたちは義務といっている）がたくさんないとはいわない――もちろんある。家の中にもなすべき仕事がある――写真入れの銀の額縁を磨く日、ストッキングを繕う日、『歴史上の大事件』を勉強する日、町へ出て小売り商へ勘定をみんな支払う日。手紙や覚え書きを書くこと、体重を計ったり運動すること、そして刺しゅう――でもこれはみんなわたしの考えどおりに手筈をきめ、わたしの選択に任されていることである。わたしは自分の一日を計画して、こういえる、「今日の午後までストッキングはそのままにしておいて、今朝は下町へ出かけ、べつの道を通って帰る途中、あの木が花を咲かせているかどうか見てみましょう」

わたしは目がさめるといつでも、きっと誰でも自然に感じるにちがいない気持ち、生きている喜びを感じる。意識的に感じるわけではないが、あなたはそこにいる、あなたは生きている、そして目を開けばまた新しい日がここにある、いうなれば、未知のところへの旅のまた新しい一歩がある。人生というすばらしくおもしろい旅である。かならずしも人生としておもしろいものとなるわけではないけれど、それはあなたの人生だから、あなたにとっておもしろいものとなるにちがいない。それは生存の大きな秘密の一つであり、あなたに与えられた命の賜物を味わい楽しむことである。

　もちろん何も毎日がかならずしも味わい楽しめるものではない。「また新しい日！　何とすばらしいことか！」と感じた後、あなたは十時半に歯医者へ行かねばならないことを思い出す、そしてそれはあまりうれしいことではない。だが、目ざめたときの最初の感じがあって、それが効果的な後押し役として働いてくれる。当然、その人の気質が大いに関係する。陽気な性質《たち》か、それとも陰気な性質《たち》か。それはどうしようもないことと思う。そのように作られているのであって——何事かがあってあなたをみじめにするまではあなたは陽気にしていられるか、それとも何かがあなたから陰気さを取りのけるまではあなたは陰気なのだ。当然ながら陽気な人が落ちこむこともあれば、陰気な人が心浮かれることもある。しかし、子供の命名式にわたしが贈り物を持っていくとすると、いうまでもなくわたしは楽しい気分を選んだことになる。

　どうもわたしには、働くことは何か感心なほむべきことである、とする説はおかしい気がしてならない。どうしてだろう？　昔、男は自分で食べるため、生きていくために獣を狩りに出かけた。後世になると、男は農作に骨を折って働き、同様の理由で土地を耕し、種をまいた。今日では男は早く起き出して八時十五分の電車をつかまえ、一日中オフィスに座っている。これまたやはり同じ理由による。そうするのは自分で食べ、頭の上に屋根を作るためで——また、腕があって幸運であったらもう少しそれ以上に進めて、安楽さと楽しみも得られる。

それは実用であり、必要なのだ。なのに、なぜそれをほむべき感心なことというのか？昔からある育児のことわざに、〝悪魔は怠け者の手にもできる禍《わざわい》をみつけてくれる〟。おそらく少年ジョージ・スティーヴンソンがやかんのふたが持ち上がったり落ちたりしているのを見ていたのは、何もすることがないのを楽しんでいたときではなかろうか。何もすることがないそのとき、彼は考えごとを始めていた……

わたしは、〝必要は発明の母〟とは考えない。発明は、わたしの考えでは、直接に怠惰から、おそらく不精からも生まれると思っている。〝面倒、骨折りを省く〟これが数百年数千年にわたってわたしたちに火打ち石から電気洗濯機までをもたらした秘訣なのである。

女性の地位は年を重ねるごとにはっきり悪いほうへと変わっている。わたしたち女性はまるであほうみたいなふるまいをしてきた。わたしたちは男たちが働くように働かせてくれと叫びつづけてきた。男たちはけっしてばか者ではない。親切にもその考えに賛同する——なぜ妻を扶養しなければならない？　妻が自分自身の生活を支えて何がいけない？

女はそうしたがっている。どうぞ、ずっとそうしてくれたまえ！

わたしたちがいったんは〝力弱き女性〟という地位を賢明にも確立しておきながら、今や原始部族の女たちとまったく同格となって、一日中野良で骨折り仕事をし、焚き物にするいばらを拾いに何マイルも歩き、頭の上にいろんなつぼやら鍋やら世帯道具の一切を載せてとことこと運ぶ、その一方、豪華な飾りつけをした男性はみんなの先をしゃなりしゃなりと歩き、持っている荷物といえばただ一つ、自分たちの女たちを守るための人殺し武器だけという状態にいたっているのは、悲しむべきことだろう。

いやでもヴィクトリア朝の女の勝ちを認めざるを得まい――彼女たちは自分たちの望みどおりに男どもを手に入れていた。彼女たちはそのもろさ、しなやかさ、敏感なこと……つねに守られ大切にされることを確実に打ち立てた。女たちがみじめな奴隷のような踏みつけられ打ちひしがれた生活をしていただろうか？　そんなことはなかったというのがわたしの記憶である。わたしの祖母の友人たちすべてが、わたしの追憶の中では異常に快活で、ほとんどつねに自分の思うままのことをするのに成功していた。そのうえ頑強、わがまま、そして驚くほど博学多識であった。

念のためいえば、女たちは男たちを非常に尊敬していた。男たちを本当にすばらしい人たちと考えていた――勇ましくて、悪に傾きやすく、簡単に堕落する。日常生活では女たちは自分の思うままに行動している一方、男性優位に口先だけの適当な奉仕をして、その夫が顔をつぶさないようにしていた。
「お父さんがいちばんよくご存じよ」というのが公然のきまり文句であった。本当の交渉は内々にやってくるのである。「あなたのおっしゃることはたしかにそのとおりですよ、ジョン、ですけどね、あなた、よくお考えになったのかしらと思いますわ……」

ある点では男は最高である。男は〝家の長〟である。女が結婚したとき自分の宿命として世の中における彼の地位と彼の生き方とを受け入れる。これは健全な感覚であり、また幸せの基盤とわたしには思える。もし女が男の暮らし方に正面から取り組むことができなければ、その仕事を受け入れないこと――べつの言葉でいうなら、その男と結婚しないことである。ここに衣料卸し商人がいるとする――ローマ・カトリック教徒であり、郊外に住むのが好き、ゴルフが好きで、休暇には海へ行くのが好き。それとあなたは結婚するのである。それに対応して好きになるよう決意すべきである。けっしてそうむずかしいことではない。

驚くほど、あなたはほとんどあらゆることが楽しめるのである。受け入れる者、楽しめる者になることほど好ましいものはまずない。あなたはほとんどどのような食べ物でも、暮らし方でも、好きになり楽しむことができる。あなたは田園生活、犬、泥んこ道を楽しむことができる――町、騒音、人間、うるさいおしゃべりも楽しむことができる。一方には休息がある。神経が安まり、読書の時間があり、編み物、刺しゅう、そして木や草を育てる楽しみがある。もう一方には、劇場、画廊、いいコンサート、めったに会えない友人にも会える。わたしはほとんどあらゆることを楽しむことができるといえて幸せである。

かつてわたしはわたしがシリアへ汽車旅行をしていたときのこと、道連れの人の胃についての持説を大いに楽しんだことを思い出す。

その女の人がいうのである、「けっして自分の胃袋に負けてはいけません。何かあなたの身体に合わない食べ物があったら、自分にいい聞かせなさい、〝いったい誰が主人になるのかね、わたしかそれとも胃袋かね？〟って」

「でも実際にはどうやるんです？」わたしは好奇心をそそられてきいた。

「どんな胃袋だって訓練できますよ。最初はほんの少量食べます。どんな食べ物でもかまいません。たとえば卵ですけれどね、これはいつもわたし吐き気を催しました。それから焼きチーズを食べるとひどい胃痛をおこしました。でも、ほんのスプーン一杯か二杯のゆで卵を一週に二、三回、それからいり卵をちょっと多めにというふうにつづけます。そして今わたしは卵ならいくらでも食べることができます。焼きチーズについてもまったく同じですね。これを覚えておいてください——あなたの胃袋はりっぱな召使いだが、よくない主人である、と」

わたしはたいへん深い印象を受け、その人の忠告に従うことを約束して、それを実行した……でもあまり苦労はなかった、というのはわたしの胃袋はあきらかにいやしい奴隷根性だったのである。

Ⅲ

父の死後、母が姉のマッジと一緒に南フランスへ出かけていった後、わたしはジェーンのおだやかな監視下で、一人でアッシュフィールドの家に残っていた。そのころ、わたしは新しいスポーツと新しい友だちをみつけた。

桟橋の上でローラー・スケートをすることがそのころたいへん流行していた。桟橋の表面はひどくざらざらでよく転倒したが、それでもおもしろかった。桟橋の端に音楽堂のような物があったが、もちろん冬には使われていなかったので、室内リンクとして開放されていた。もう一つ〝集会所〟とか〝大浴場〟とか大げさな呼び方をされていて、大きなダンス・パーティなどの催されるところもスケートが可能だった。こっちのほうはちょっと高級で、わたしたちの多くは桟橋のほうを好んだ。自分のスケートを持っていて、入場料二ペンスを払って桟橋にはいりさえすれば滑れた！　ハックスリー姉妹は、朝のうちに家庭教師について勉強しなければならないので、一緒にできなかったし、オードリーもそうだった。桟橋でよく会ったのはルーシー姉妹だった。彼らはもう大人だったのだが、わたしにたいへん親切にしてくれた、というのは母が医者の命令で気分転換と休養のため海外旅行に出ていて、わたし一人でアッシュフィールドにいることを知っていたからだった。一人で勝手にしていられることがちょっと偉くなったような気持ちだったが、そんな気持ちにはすぐ飽きる。わたしは食事の注文をするのが楽しかった——というか、食事の注文をしていると思っていた。実際には、ジェーンがあらかじめ食べようときめていた昼食をいつもわたしたちは食べていたわけだが、ジェーンはわたしの勝手な注文を考慮したようなふりをうまくやっていたのだった。「アヒルのローストにメレンゲ・ケーキ食べられる？」わたしがきくと、ジェーンは「はい、でも肉屋にアヒルがあるかどうかわからないし、メレンゲ・ケーキは今材料の卵の白身がないから、そのうち何かに黄身を使うまで待ったほうがいいでしょう」という。そしてしまいに食料品室にあるものを食べることになるのであった。だが愛するジェーンはなかなか如才なかった。わたしのことをいつも〝ミス・アガサ〟と呼んで、わたしが重要な地位にあることを感じさせるようにしていたものだった。

ちょうどそのころ、ルーシー姉妹が桟橋で一緒にスケートをやろうと誘ってくれた。彼女たちはわたしが何とかスケートをはいて立ち上がれるように教えてくれたし、わたしはうれしかった。この人たちはわたしが知り合った家族の中でも最高にりっぱな人たちだった。ウォーリックシャーから来た人たちで、〝チャールコート〟と呼ばれる美しい家にい

の家族の手に渡ってしまった。チャールコートの家は、バークリー・ルーシーの叔父の持ち物だった。バークリー・ルーシーはこの家は自分のものになると、ずっと思っていたのだったが、そうはならず、叔父の娘の夫がフェアファックス・ルーシーを名乗っているところから、そっちへ行ってしまった。チャールコートの家が彼女たちの物にならなかったことは家族みんなたいそう残念に思っているらしかったが、けっして口にしなかった、自分たちのあいだでだけはべつとして。いちばん上の娘ブランチは特別に美しい人だった——わたしの姉よりもちょっと年上で、姉よりも先に結婚していた。長男はレジーといって軍隊に行っていたが、次男は家にいた——わたしの兄と同年ぐらい——そしてその次の二人の娘たち、マーガリットとミュリエルはみんなにはマージーとヌーニーとして知られ、やはり大人だった。二人は言葉をつづけてちょっとのろい言い方をしたが、それがわたしには魅力的だった。時間などはべつに彼女たちにはたいした意味もなかった。

しばらくスケートをした後、ヌーニーが時計を見て、「あら、もうこんなよ、時計見て。もう一時半よ」といった。

「あらたいへん」わたしがいった。「うちまで歩いて帰るのに早くて二十分かかるわ」

「あ、うちへなんか帰らなくてもいいわよ、アギー。あたしたちのうちへいらっしゃい、そして一緒にお昼を食べましょう。アッシュフィールドにはあたしたちから電話すればいいわ」

そこでわたしは一緒に二人の家へ行って、二時半ごろ着くと、犬のサムに迎えられた——ヌーニーがいつもいっている表現によれば、〝胴体はたるみたい、排水管みたいな息をする〟——それからどこかに温かくしておいてあった食事をみんなで食べた。すると二人は、ねえアギー、まだ帰っちゃいやよといって、二人の〝教室〟へ行ってピアノを弾いたり歌を歌ったりした。ときには〝荒野〟へ遠出することもあった。乗る列車をきめて、トアの駅で落ちあう約束をする。ルーシー姉妹はいつも遅れてくるので、いつも列車に間に合わなかった、姉妹は列車に間に合わない、市街電車に間に合わない、何にでも間に合わなかったが、けっしてあわてたり騒いだりしなかった。「ああ、いいのよ」というのである。「どうでもいいじゃない、そんなこと？　次のがすぐに来るわよ。気をもんだっていいことないわ、ね？」何か好ましい雰囲気であった。

わたしの生活の中でご機嫌だったのは、姉マッジの来訪だった。毎年夏にやってきた。ジミーも来たが仕事のために数日で帰り、マッジはジャックと一緒に九月の終わりごろまで滞在した。

ジャックはわたしにとって果てしない楽しさの根源だった。バラ色のほおをした、金色の髪の男の子で、食べてしまいたいほどかわいい顔をしていた——実際わたしたちは彼のことを〝かわいいパン《ル・プティ・ブリオシュ》〟とも呼んでいた。まったく天真らんまん、のびのびした性質で、沈黙ということを知らない。ジャックをしゃべらせるのはわけない、黙らせるのがむずかしい。かんしゃく持ちで、わたしたちが〝破裂〟と呼んでいたことをよくやった――最初、顔が真っ赤になってきて、それから紫色になり、ぐっと息をつめる、これは破裂するんじゃないかと思っていると、大嵐がおこる！

彼の乳母は次々に変わった。みな個性豊かな乳母たちだった。一人とくに気むずかしいのをわたしは覚えている。おばあさんで、ふさふさとした白髪まじりの髪をばさばさにしていた。乳母経験の豊富な人で、ジャックが怒りだしたときにそれを押さえることのできた唯一の人であったろう。ある日彼はまったく手におえなくなって、「このバカ、このバカ」と何がこのバカなのかわけもなくわめきながら、次々人へ突っかかっていった。乳母がとうとう彼をたしなめた――これ以上そんなことをいったら罰を与えますよ、と。「これからぼくがやることといっといてやるぞ」ジャックがいった。「ぼくが死んじゃって天国へ行ったら、まっすぐ神様んとこへ行って、ぼくはいってやるんだ―― 〝このバカ、このバカ、このバカ〟って」といい終わると、かたずをのんでこの不敵な言葉がどんな結果になるか見守っていた。乳母は仕事の手を休め、眼鏡越しにジャックを見ると、たいして関心もないようにいった、「それで、あなた、全能の神様があなたみたいなバカ少年のいったことを気になさるとでも思ってるんですか？」ジャックは完全にぺしゃんこだった。

乳母は次にイザベルという若い女に変わった。どういうわけかこの女は窓から物を放りなげる妙な癖があった。「ああ、このいやなはさみ」などと突然つぶやくと、芝生へそれを投げだすのである。ジャックはその手伝いをしようとした、「ぼくが投げてやろうか、イザベル？」とたいへんおもしろそうにきくのだった。子供はみんなそうだったが、彼もわたしの母が大好きだった。朝早く彼は母のベッドへやってきて、わたしはその話を壁越しに自分の部屋で聞くことができた。ときには人生を語っていたり、またときにはお話を聞かせたりしていた——一種のつづき物語で、みな母の親指の話だった。一つはベッチー・ジェーンでもう一方はサリー・アンだった。一つは善良、もう一方はよくないもので、彼女たちがすることということがいつもジャックを大笑いさせていた。ジャックはまたいつも人の話の仲間へはいろうとした。ある日教区牧師が昼食に来たときのこと、ちょっと話がとぎれてしまったことがあった。ジャックが突然口を出した、「ぼく、司教さんのとてもおかしな話知ってるよ」といった。あわてて親類たちからだまらされてしまったが、耳にはさんだ話をどんなふうにジャックがいい出すかわからなかったからだった。

クリスマスは、チェシャのワッツ一家のところでよく過ごした。ジミーは毎年の休暇をそのころに取って、マッジと一緒に三週間サン・モリッツへ行くのがならわしだった。ジミーはとてもスケートが上手だったので、これが彼のいちばん好きな休暇だった。母とわたしはよくチードルへ行ったが、新しい〝メーナー・ロッジ〟はまだ出来上がっていなかったので、わたしたちはアブニー邸で老ワッツ夫妻とその四人の子供やジャックたちと一緒にクリスマスを過ごした。子供だったらこんな家でクリスマスを過ごすぐらいすばらしいことはなかったと思う。ヴィクトリア朝風の巨大なゴシック建築で、多数の部屋、廊下、思いがけない出入口、裏口階段、表階段、入り込んだ壁、壁のくぼみ、など子供のおもしろがりそうなものがあるばかりでなく、ちゃんと演奏できるピアノが三台にオルガンも一台あった。欠けているものといえば昼間の日光だった――ひどく暗くて、例外は大きな窓があり、サテンのような光沢のある緑色の壁紙で張った大応接室だけだった。

ナン・ワッツとわたしはもうそのころには親友になっていた。友だちというだけではなしに、飲み物仲間であった――わたしたちは同じ飲み物、ふつうのあっさりしたクリームが好きだった。デヴォンシャーに住むようになって以来、わたしはたいへんな量のクリームを飲んでいるのだけれど、ただの生クリームはやはりそれにも増してご馳走なのである。ナンがトーキイのわたしの家に泊まっているときには、よく町の乳製品製造所へ行って、ミルクとクリームを半分ずつにして何杯も飲んだものだった。わたしがナンのうちに泊まっているときには、よくわたしたちは自家農場へ出かけていって半パイントのクリームを飲んだ。わたしたちはこの飲みくらべを生涯つづけた。わたしは今でも覚えているが、サニングデールで一カートンのクリームを買い込むと、ゴルフ・コースへやってきて、クラブハウスの外で、各自の夫がゴルフのラウンドを終わるのを待ちながら一パイントのクリームを飲んだものだった。

アブニー邸はまさに大食家の天国だった。ワッツ夫人は館の外に貯蔵室といわれているものを持っていた。祖母の貯蔵室なんかとはちがって、固く錠のかかった宝物貯蔵庫みたいなもので、そこからいろんな物が取りだされた。そこへは自由な出入口があって、四方の壁いっぱいに棚があり、あらゆるおいしい物で満杯になっていた。一方の側は全部チョコレートばかり——箱入りのがたくさん、みな種類のちがうチョコレート、チョコレート・クリームはラベルのついた箱にはいっていた。ビスケットもあれば、ジンジャーブレッドもあり、保存用の果物、ジャムなどなど。

クリスマスは最高のお祭りで、忘れられないものだった。朝起きると、枕元にクリスマス・ストッキング。朝食のときには、それぞれみんなに、山のようにプレゼントが載った椅子が一つずつ。それから教会へとんでいって、帰ってきてまたプレゼント開きをつづける。二時にはクリスマス・ディナー——ブラインドがおろされ、飾りつけや灯火が光り輝く。最初に、カキのスープ（わたしはあまり賞味できない）、ヒラメ、ゆで七面鳥、七面鳥のロースト、そして大きなサーロインのロースト。これにつづいて、プラム・プディング、ひき肉パイ、そして六ペンス銀貨の指輪やいろんな形のビスケットその他いろいろを埋め込んだトライフル菓子。その後にまた、数々の種類のデザート。わたしは「クリスマス・プディングの冒険」という短篇の中でちょうどこれとそっくりのご馳走のことを書いている。こんなご馳走は今日ではお目にかかれないものの一つだとわたしは確信しているし、また今の人たちがこのご馳走の消化に立ちむかえるかどうか疑問に思う。ところが、当時のわたしたちの消化力はりっぱにこれに立ちむかうだけの力があった。

わたしはいつもハンフリー・ワッツと食べくらべの腕前を競ったものだった——彼はワッツ家でジェームズにつぐ年齢の息子だった。そのころ彼は二十一か二、わたしが十二か十三であったろう。すてきにハンサムな青年というだけでなく、りっぱな俳優だったし、すばらしい芸人で、また話し上手だった。わたしはすぐ人に恋する性質《たち》なのだが、彼にはは恋心を持たなかったと思う。これはなぜなのか、われながらふしぎである。たぶんわたしはまだロマンチックで不可能な恋愛を夢みる段階にあったのであろうと思う——公人、つまりロンドン司教とかスペインのアルフォンソ国王とか、もちろんいろんな俳優などに関心を持っていた。わたしは〈奴隷〉の舞台を見てからというもの、俳優のヘンリー・エインリーにひどく恋してしまっていたし、きっとそのころどんな女の子も熱をあげていた〈ムッシュ・ボーケール〉のルイス・ウォーラーのファンに成熟中ぐらいのところであったのだろう。

ハンフリーとわたしはクリスマス・ディナーをがっちりたくましく食べた。彼はカキのスープではわたしより上手《うわて》だったが、その他では肩を並べていた。わたしたちは、ともにまず七面鳥のローストを食べ、それからゆで七面鳥を、そしてしまいにサーロインのローストの大きな片を四つ五つ食べた。年上の人たちはこのコースではただ一種類の七面鳥料理で満足していたようだったが、老ワッツ氏だけは七面鳥も牛肉もともに平らげていたことをわたしは覚えている。それからわたしたちはプラム・プディング、ひき肉パイやトライフルを食べたが、トライフルはわたしとしては控え目にいただいた、というのはわたしはワインの味が好きでない。その後はクラッカーが出て、ブドウ、オレンジ、エルヴァス・プラムにカールスバッド・プラム、それに貯蔵果物類。最後に、午後中わたしたちそれぞれの好みに応じたチョコレート類が例の貯蔵室から持ち出されて手にいっぱい配られた。翌日吐き気をおぼえたりしなかったか？　おなかをこわさなかったか？　いえ、全然。わたしが腹下しを覚えているのはただ一度だけ、九月にまだ熟していないリンゴを食べた後ぐらいのものであった。わたしはまだ熟していないリンゴを毎日のように食べていたものだが、ときにはちょっと食べすぎたのかもしれない。

　わたしがはっきり覚えているのは、六歳か七歳ごろキノコを食べたときのこと。夜の十一時ごろ痛みをおぼえて目がさめ、父と母がお客様をもてなしていた応接室へ駆けおりてきて、芝居がかりでいった、「わたし死んじゃう！　わたしキノコの毒にやられた！」母はすぐわたしを押しなだめて、イペカクアナ酒（吐剤・下剤として用いる）を飲ませ――当時はかならず薬剤戸棚に備えられていた――大丈夫、死なないわと安心させてくれた。

　ともかくわたしはクリスマスに病気になったことなど覚えがない。ナン・ワッツもわたし同様、なかなかすばらしい胃袋を持っていた。そのころを思いおこしてみると、実際みんなが本当にりっぱな胃袋を持っていたと思う。胃潰瘍や十二指腸潰瘍の人もあったであろうが、誰も魚とミルクだけの食餌療法などやっていた人を知らない。粗野で大食いの時代？　そう、でも風趣と享楽の時代でもあった。若いころ食べた量のことを考えてみると（わたしはいつも腹を減らしていた）どうしてあんなにやせていたのかわからない――本当に、〝骨ばったやせヒヨコ〟だった。

クリスマスの午後の気持ちのいいけだるさのあとは――といっても年上の人たちにとってのことで、若い者たちは本を読んだり、自分のプレゼントを見たり、もっとチョコレートを食べたり――すばらしいお茶の時間になった。すごく大きな冷たいクリスマス・ケーキ、その他いろんなケーキ、そしてしまいに、七面鳥の冷肉と温かいひき肉パイの夕食。九時ごろになると、さらにプレゼントを吊るしたクリスマス・ツリーが披露される。すばらしい一日、次の年またクリスマスが来るまで忘れられない一日だった。

わたしはまた一年のべつの時期に母と一緒にアブニー邸に滞在したことがあったが、いつも楽しかった。庭の車寄せの下にトンネルがあって、わたしがそのころ考えていた歴史上の物語とか劇を一人演じるのに、ここが役に立った。わたしは大仰な足どりで歩きまわり、ひとりごとをいいながら手ぶり足ぶりをやっていた。庭師たちはきっとわたしのことを頭がおかしいと思っていたにちがいないが、わたしとしてはただその役の心に徹していた。何か書きつけておくことも全然考えなかったし、庭師たちがどう思おうとまったく関係なかった。わたしは今でもときどきひとりごとをいいながらそこらを歩きまわる、どうもうまく書けない章をうまく書こうと思って。

わたしの創作能力はソファのクッションに刺しゅうすることにも現われた。そのころ、クッションはたいへんよく使われていて、刺しゅうしたクッション・カバーも喜ばれた。秋の季節、わたしは厖大な量の刺しゅうと取り組んだ。初めわたしは転写画を買ってきて、それをサテンの四角い布の上にアイロンがけして転写して、それを絹糸で刺しゅうしていた。しまいには転写画がみな同じなのでおもしろくなくなり、それからは陶磁器から花の絵を写しはじめた。家には大きなベルリンやドレスデン焼きの花びんがあって、それには美しい花束が描かれていたので、わたしはそれを敷写して描き上げ、できるだけ色も元どおりに忠実に模写した。Bおばあちゃんは、わたしがこんなことをしていると聞いてたいそう喜んでくれた——Bおばあちゃんは一生の多くを刺しゅうに費やしていたくらいだから、その孫娘がその方面で似たのがうれしかったのだろう。でもわたしはBおばあちゃんのような細密な刺しゅうの域にまでは上達することができなかったし、またBおばあちゃんがしていたように、風景や人物は実際に一つも刺しゅうしたことがなかった。わたしは今もBおばあちゃんの作った暖炉わきにおく火熱よけのつい立てを二つ持っている——一つは女の羊飼いの図柄で、もう一つは男と女の羊飼いが一本の木の下にいて、その樹皮にハートのしるしを書いている図で、じつに精巧な仕上がりである。ベイユーの壁掛け（ラフンス北西部の町ベイユーに保存されている有名な壁掛け。彩色毛糸の縫い取りでウィリアム王の一生を絵巻物風に織り出している。長さ約七十メートル。幅五十センチ。王妃マチルダの作と伝えられる）時代の貴婦人たちは長い冬のあいだ、さぞ楽しいことであったろう。

ジミーの父親のワッツ氏はいつでもわたしをどうしようもなく恥ずかしがらせる人だった。わたしのことをいつも〝夢見る子〟などと呼ぶので、わたしは何とも苦しいほど困ってしまって身をよじるようなことになった。「われらの夢見る子はどう考えているのかね？」などとよくいった。わたしは顔が真っ赤になった。よくわたしにセンチメンタルな歌を歌ったり演奏させたりもした。わたしは楽譜が読めたので、ワッツ氏はわたしをピアノのところへ連れていって、彼の好きな歌を歌わされた。わたしはその歌が好きではなかったけれど、すくなくともワッツ氏との会話よりはましだった。彼は美術好きで、荒地や日没の絵など描いていた。また家具の大収集家で、とくに古いカシ材のものを集めていた。そのうえに、友人のフレッチャー・モスとなかなかりっぱな写真も写していて、有名な家の写真を何冊かの本にして出版もしていた。わたしはあんなにばかみたいに恥ずかしがったりしなければよかったと思うが、年齢的にとくに自意識の強いときであったのだ。

わたしはワッツ夫人のほうがはるかに好きだった――きびきびしていて、にこやかで、完璧に実際的な人だった。ナンはわたしより二歳年上だったが、〝厄介な子供《アンファン・テリーブル》〟を目指していて、大声でわめいたり、乱暴なまねをしたり、汚い言葉をつかうのを特別おもしろがっていた。ワッツ夫人は自分の娘が、〝くそ〟だとか〝畜生〟などと吐きだすようにいったとき、本当に肝をつぶした。またナンが母親にくってかかって、「バカじゃないの、母さんは！」というのもひどくきらった。自分の娘がこんなことを自分にむかっていおうなどと考えてもみないことだったが、世の中は今やちょうど率直に物をいう時代へとはいりかけているときだった。ナンは自分の演じている役柄にすっかり酔っていたが、本当はとても母親を愛していたのだとわたしは信じている。いや、たいていの母親はどちらにしても娘たちから一度は苦労させられる時期を通過しなければならないものなのだ。

ボクシング・デー（クリスマス後のウィークデー最初の日、郵便配達、ごみ掃除人、使用人などにクリスマスの心づけをやる習慣がある）にはわたしたちはいつもマンチェスターのパントマイム見物に連れていってもらった——とてもりっぱなパントマイムだった。わたしたちは帰りの汽車の中で歌の総ざらいをした。ワッツ連はコメディアンの歌をランカシャーなまり丸だしで歌った。みんな大声で歌ったのを覚えている——おれは金曜日に生まれたよ、おれは金曜日に生まれたよ、おれは金曜日に生まれたよ（次第に強く！）おれのおっ母さんが留守のとき《ゴー・アウト》！——それからまたこんなのもあった——汽車がはいってくるのを見ていたよ、汽車が出ていくのを見ていたよ、汽車がみんなはいってくるのを見ていたら、汽車が消えてなくなった《ゴー・アウト》——いちばん人気の歌はハンフリーが、悲しげに独唱した——窓よ、窓よ、おれは窓を突き抜けてとびだした、おっ母さん、おれにはもう苦しみはないよ、おれは窓ガラスを突き抜けてとびだした。

わたしがパントマイム見物に連れていってもらった初めはマンチェスターではなかった。

最初に見たのはドルリー・レーン（十七世紀以来のロンドンの大劇場）で、祖母に連れられていった。ダン・リノが〈マザー・グース〉をやっていた。わたしは今でもそのパントマイムを思い出すことができる。その後何週間もわたしはダン・リノのことを夢見ていた——これまで見た最高のすばらしい人だと思っていた。そしてその夜、ちょっとはっとするような出来事があった。二人の小さな王子が高い貴賓席にいた。エディ王子が、貴賓席の端からプログラムとオペラ・グラスを取り落とした。それが、平土間の前方観覧席のわたしたちのすぐ近くに落ちたのだが、なんとうれしいことに、王室侍従武官ではなしにエディ王子自身が取りに降りてきて、どなたもけがなどなかったでしょうかと、非常に丁重にあやまられたことだった。

その夜わたしはいつの日かエディ王子と結婚する幻想にひたりながら眠った。たぶんわたしは王子が溺れかかっているのを助けることができるだろう……感謝でいっぱいの女王がきっと結婚に同意を与えてくださるだろう。それとも、事故がおきるかもしれない……王子は出血多量で瀕死、わたしが輸血を申してる。わたしは伯爵夫人の位を与えられる……トービー伯爵夫人のように……そして〝貴賤相婚〟（王族と身分の低い婦人との結婚。妻子は位階、財産をつげない）になる。だが、いかに六歳の幻想とはいえ、あまりにもとりとめがなく、長くはつづかなかった。

おいのジャックは四歳ごろに自分が王室との縁者になるというとてもいい考えを思いついたことがあった。「お母さんがね」と彼がいうのだ、「もしエドワード王と結婚するとしたら、ぼくも王族になれるでしょう」わたしの姉が、女王様のことを考えなくてはいけないし、ジャックのお父さんのこともある、といった。ジャックは考えを直した。「女王様が死んでしまったとするよ、そしてねお父さんはね……」とうまくいうためにちょっと言葉を切って「……お父さんはここにいなかったとすると、そしてねエドワード王がね、お母さんにちょっと会いにきたとするよ……」ここで話をやめて、あとは想像に任せた。エドワード王がとたんにぞっこん参ってしまうのはあきらかで、ジャックはたちまち王様の義理の息子になるというわけだった。

「ぼくね、お説教中にね、祈禱書を見てたんだよ」ジャックがその後一年ぐらいしてからのこと、わたしにいった、「ぼく、大きくなったらね、きみと結婚しようと思ってたんだけどね、祈禱書を見てたらその真ん中のところにね、いろんなことの表があったの、そしてね、神様はお許しにならないことがわかったんだ」とジャックはため息をついた。そんなことを考えてうれしがらせるのね、とわたしはいってやった。

人の好みというものはけっして変わらない。それは驚くばかりである。わたしのおいのジャックは子守り女に連れられて外へ出ていたころから、教会に関連した物に取りつかれていた。ちょっとそこらから見えなくなったら、いつも教会に行けば、祭壇をほれぼれと見上げている彼がみつかった。彼に色つきの細工粘土をあてがえば、作るものはかならず教会聖壇背後の三聖像か十字架上のキリスト像か、それとも何か教会の装飾品であった。

彼の趣味は変わることがなく、教会の歴史を彼ほどたくさん読んでいる人をわたしは知らない。三十歳のころ、とうとう彼はローマ・カトリック教会へはいった。わたしの義兄にとっては大きな打撃であった、というのは、彼こそ〝がんこなプロテスタント〟の見本としかいいようのない人だったからである。彼はあのやさしい声でよくいっていた、「わたしは毛ぎらいしているわけじゃない、けっして毛ぎらいしているんじゃない。ローマ・カトリックはみんな恐るべき大うそつきといわざるを得ないだけのことだ。けっしてこれは毛ぎらいじゃない、事実がそうなんだ」

　祖母もがんこなプロテスタントのいい見本で、カトリック教徒のよこしまなことを取り上げては楽しんでいたものだった。声を小さくしていうのであった、「女子修道院へ姿を消すあの美しい娘たちはみんな……二度とお目にかかれないからね」カトリックの司祭たちはみんな美しい女のいる特別の女子修道院から自分の愛人を選ぶのだと信じこんでいた。

　ワッツ家は英国国教徒ではなく、メソジスト派（プロテスタントの一宗派）だと思うが、この傾向になったのはたぶんローマ・カトリック教徒はバビロンの赤衣の女（聖書に赤衣の淫婦という言葉があり、後にローマ・カトリックを軽蔑する意味になった）を表わすと考えられたことからであろう。ジャックがどういうところからローマ・カトリック教会に熱情をおぼえるようになったのかわたしには考え及ばない。彼の家系の誰からか受け継いだとも思えないが、ちゃんと彼の若いころからその情熱は彼の中にあったのだ。わたしの若いころは誰でも宗教に大きな関心を持った。宗教論議も盛んではなやか、ときには激論になることもあった。おいの友人の一人が後年彼にいった、「ねえジャック、なぜきみはみんなみたいににこやかな異端者になれないんだ、そのほうがずっと無事平穏じゃないか」と。

　ジャックがこの地上でいちばん考えにくいことは、平穏ということだろう。彼の子守り女は、ジャックを探しだすのにかなり時間がかかると、こういっていた、「どうしてジャック坊ちゃんは、教会なんかへはいりたがるんでしょう、わたしにはわかりませんわ。子供がそんなことをするなんてちょっとおかしいことじゃないでしょうか」わたしはひそかに思うのだが、彼は中世の英国国教会の牧師の生まれ変わりにちがいない。彼は年をとってくると、わたしにいわせるなら国教会牧師の顔つきをしていた……修道士の顔でなく、けっして空想家の顔でもない……教会儀式に精通していて、トレント会議（中世カトリック教会が開いた改革派否定の会議）でもりっぱなふるまいのできるような牧師……正規の九天使が針の頭でダンスができるほど安定した心の人であろう。

Ⅳ

　水泳はわたしの生涯の楽しみの一つだったし、また現在の年齢に至るまでもそれは変わっていない——実際のところ、今でも従来どおりに楽しめると思う。ただしリューマチのある人間が水に入るときの障害さえ出なければだが。

　わたしが十三歳ごろのこと、大きな社会変革が来た。わたしの最初の記憶の中の水泳は厳重に隔離されたものだった。特別婦人用海水浴入江なるものが、海水浴休憩所の左方、せまい石ころだらけの浜辺にあった。浜は急な傾斜になっているところで、そこには八個の脱衣車があって、少々怒りっぽい老人が管理していた。その老人の仕事というのはたえまなく脱衣車を海へ入れたり出したりすることだった。そのはでなしま模様に塗られた脱衣車にはいると、まず両方のドアがまちがいなく止め金がかかっているかをたしかめてから、充分に気をつけながら服をぬぎはじめる。というのは、例の老人がいよいよおまえが水へはいる番だといつ判定するかわからないからである。その瞬間、ものすごい動揺があって脱衣車はごろた石の上をゆっくりがらがらと動きだし、車内の人間はあっちこっちへぶっつけられる。実際、この動き方は現在のジープかランド・ローバーで砂漠の岩石地帯を通過するときにまことによく似ている。

脱衣車は動きだしたときと同じく突然に止まる。そのときには、海水着に着替えている。この海水着なるものがまことに非審美的衣服で、ふつう濃紺か黒のアルパカ地でできていて、やたらとひだひだの多いスカートがついていて、ひざまでも達し、上はひじまでもある。すっかり装いがととのったら、海側のドアの止め金をはずす。例の老人が気をきかせてくれれば、出入口のステップのいちばん上段を水面と同じ高さにしてくれる。脱衣車から降りれば、つまり礼儀よろしく腰まで水につかっていることになる。そこで泳ぎだす。あまり遠くないところにいかだが浮かべてあるので、そこまで泳いでいってはい上がり、座っていられる。干潮のときにはいかだはすぐ近くにあり、満潮のときになるとそこまで相当泳ぐことになるが、まず一人だけでいられる。わたしの場合は付添いの大人から罰をくわされそうになるまで相当長く泳いでいたものだが、好きなだけ泳いだら浜へ戻る合図をすればいい……だが、いったん難なくいかだへ乗れたら、もうみんなから手が届かないので、わたしは反対方向へ泳いでいって、泳ぐ時間を好きなだけ引きのばしたものだった。

もちろん浜辺で日光浴などしなかった。水から出たら脱衣車へはいり、海へ降ろしてもらったときと同じように唐突に動かされ、引っぱり上げられる。やっと車から出たときには顔は青ざめ、全身ががたがた震え、手やほおは無感覚になるほどしびれているということになる。これでわたしは身体の調子が悪くなったことなど一度もない、十五分もするとトーストみたいにほかほかに戻った。そこで浜辺に座りこんで、わたしは菓子パンをかじりながら、なかなか海から上がってこなかった悪い行状についての訓戒を聞かされるのである。祖母はいつも訓話のつづきものを持っていて、わたしに話して聞かせる――フォックス夫人の小さい坊や（とてもかわいい子だった）がどうして肺炎にかかって死んでしまったか、年上の人のいうことをきかずにあんまり長いこと海にはいっていたせいである、と。わたしは乾ブドウ入りの菓子パンか何か軽い物を食べながら、おとなしく答える、「はい、伯母ちゃん・おばあちゃん、こんどからはもうそんなに長いこと海ん中にいないことにします。でもね、伯母ちゃん・おばあちゃん、ほんとのこといって海の水は暖かいのよ」「ほんとに暖かいって？　じゃ、なぜおまえ、頭のてっぺんから足の先までがたがた震えていたの？　なぜ指があんなに青くなっていたの？」

大人の付添いがいると良いことは、とくに祖母の場合、海岸から一マイル半も歩かずに辻馬車で家へ帰れることであった。トーベイ・ヨット・クラブは婦人用海水浴入江のちょうど上、灯台台地《ビーコン・テラス》の上にあった。浜辺はクラブの窓からはうまく見えないようになっていたが、いいかだの周囲の海はそうなっていなくて、わたしの父によれば、多くの紳士どもがオペラ・グラスを手にして、女体が裸の状態近くなるのに望みをかけながら眺めを楽しんでいたという！　あんなぶかっこうな物を着ていた女たちが性的魅力を発揮していたとも思えない。

紳士用海水浴入江はずっと離れた海岸にあった。そこで紳士たちは肌もあらわに好きなように遊びたわむれていても、どこからも女性の目に触れることがなかった。しかし、時代は変わりつつあり、英国中に男女混合の海水浴が導入されはじめていた。

男女混合の海水浴が最初にもたらしたものは以前よりもっと着る物が多くなったことであった。フランスの婦人たちでさえ、道徳的に邪悪な裸足を見せないために、ストッキングをはいて海水浴をするのがつねであった。生来粋なフランス人は、首から手首まですっかり隠し、美しい足を薄いきれいな絹のストッキングで覆ってそのきれいな線を見せた。それは、短いひだスカートつきの古い英国式海水着よりもはるかに誘惑的に見えた。わたしには、足がどうしてそんなにみだらなものと考えられるのか本当にわからない――ディケンズの作品のいたるところに、婦人が自分の足首を見られたと思うと悲鳴をあげるところが出てくる。その足首という言葉そのものさえ大胆なものと考えられていた。もし身体の一部のことをいったとすると、かならず古い子供教育のことわざが持ちだされたものだった――「忘れてはいけませんよ、スペインの女王様には足《レッグ》がありません」「じゃ、何があるの、ばあや？」「四肢《リム》ですよ、そういうふうにいうものです、手や足のことが四肢です」

どちらにしても、どうもこんなふうにいうのはおかしい気がする――「わたし、四肢のひざのちょっと下のところにあざができかかってるの」などと。

それでわたしはおいの友だちのことを思い出した——彼女が少女だったころの経験を話してくれた。彼女の名付け親が彼女に会いにくると聞かされた。前にそんな人のことを聞いたことがなかったので彼女はその考えにひどく感動していた。その夜、午前一時ごろ、目をさましてしばらくそのことを考えてから暗やみへむかっていった。

「ばあや、あたしには名付け親がいるのよ」

「ウーアー」何かわけのわからない声が返ってきた。

「ばあや」ちょっと大きな声になって、「あたしには名付け親がいるのよ」

「はいはい、そうですよ、結構ですね」

「でもばあや、あたしにはね……」——強く——「名付け親がいるのよ」

「はいはい、寝返りして、さ、おやすみなさいよ」

「でも、ばあや」——きわめて強く——「あたしには名付け親がいるのよ！」

「じゃ、さすっておきなさい、さすって」

海水着はわたしが最初の結婚をしたころまでずっと清純さを保っていた。当時、男女混合の海水浴は一般に受け入れられてはいたものの、年寄りの婦人連や保守的な家庭からはいかがわしいものと考えられていた。だが、時代の進行はあまりにも強力で、わたしの母さえ負けていた。わたしたちは男女が混じり合うままにされている海浜にしばしば出かけていった。まず最初に許されたのが、トア寺院の浜とコービン岬の浜だった。どちらも町の主要な浜辺であった。でもわたしたちはそこではあまり人が混んでいるというので泳ぐがなかった。それから、もっと貴族的なミードフットの浜も男女混合の水泳が許された。ここはさらに二十分ぐらい離れていて、泳ぐために二マイルもよけいに歩かねばならなかった。しかしミードフットは婦人用海水浴入江よりずっと魅力があった――大きくて広くて、接近しやすい岩などがちょっと沖にあって、強い泳ぎ手なら泳いでいけた。もっとも婦人用海水浴入江は聖なる隔離のまま残っていたし、また男たちはあのはつらつたる三角地帯に安らかに残されていた。わたしの記憶するかぎりでは、男たちは男女混合の海水浴にとくに乗じようとはしないで、自分たちの領分に立てこもっていた。こんな人たちがミードフットへやってくると、自分の妹の友人たちの、ヌードに近いような状態（いまだに彼らはそう思っている）を見て、当惑してしまうのだった。

初めの規則は、わたしは海水浴をするときストッキングをつけなくてはならないということだった。フランスの女たちがどうやってストッキングをはいたままでいられるのか、わたしには見当がつかなかった――わたしにはとてもそんなことはできなかったからだ。泳いでいて、三回か四回強く水を蹴ると、ストッキングはずるずると爪先までずってしまい、すっかりぬげてしまうか、それとも水から出るときに足かせみたいに足首にまつわりついてしまった。ファッション図版の中でフランスの娘たちがスマートに泳いでいる様子は、実際にはけっして泳がないところから来ているのだと思う——ただ優雅に歩いて海へ入り、上がって浜辺をしゃなりしゃなりと歩くだけ。

男女混合海水浴の問題が市議会で最後に認可されることになったときの感動的な話が伝わっている。たいへんお年寄りで猛烈な反対者であったある市会議員が最後に敗れたとき声を震わせて最後の抗弁をした。

「何としてもわたしがいいたいことは、市長どの、この男女混合海水浴なるものが実施されました場合、いかに低くとも、脱衣車内には適当なる仕切りをば設置してもらいたいことであります」

姉のマッジが毎夏ジャックを連れてトーキイへ来ると、わたしたちはほとんど毎日泳ぎにいった。雨が降ろうが強い風が吹こうが、わたしたちはやはり泳ぎにいったように思う。事実、わたしは荒れた日の海がよけいにおもしろかった。

間もなく市街電車という大発明が現われた。バートン街のはずれで電車に乗って港へ行くと、そこからミードフットまではわずか歩いて二十分である。ジャックがまだ五歳のころ、不平をいいだした。「電車んとこから辻馬車に乗って浜へ行ったらどう？」「絶対だめ」と姉がこわそうにいった、「わたしたち、ずっと電車で来たでしょう？　これからは浜まで歩かなくちゃ」

わたしのおいはため息をついて、口の中でぶつぶつ、「ママはまたけちになっちゃった！」

その報復として、丘を登っていく途中、その両側にはイタリア風の別荘がずらりと並んでいるのだが、おいは、その年ごろ一時もしゃべることをやめなかったものだが、自己流のグレゴリオ聖歌風に通りすがりの家々の名を反復するのである——「ランカ、ペントリーヴ、ザ・エルムズ、ヴィラ・マーゲリタ、ハートリー・セント・ジョージ」ときがたつにつれて、その家々の住人の知っている名を加えるのである。こんなふうに、まず、「ランカはG・リーフォード博士、ペントリーヴはクィック博士、ヴィラ・マーゲリタはマダム・カヴァレン、ザ・ローレルズは、ぼく知らない」などなど。しまいに姉かわたしが怒って、おだまりという。

「どうして？」

「わたしたちは話がしたいのよ、でもあんたがのべつしゃべっていてわたしたちの邪魔してるんで、お話ができないわ」

「ああ、わかった」ジャックは黙りこんだ。でも唇は動いていて、かすかな息の中にこう聞こえる、「ランカ、ペントリーヴ、修道院、トーベイ・ホール……」マッジとわたしは顔を見合わせて、何といおうかと考えていた。

ある夏のこと、ジャックとわたしは危うく溺れそうになった。荒れた日だったのでわたしたちはミードフットまでは行かず、代わりに婦人用海水浴入江へ行ったが、ジャックはまだ女性の胸に震えをおこさせるような年齢でなかった。そのころ、まだ彼は泳げなくて、というかほんの少し手足をばたばたさせるくらいだったので、わたしはいつも背におぶっていかだのところまで連れていくことにしていた。この朝もわたしたちはいつものように泳ぎだしたが、海の様子がおかしかった――うねりと三角波とが一緒になったようなふうだった――そのうえ、わたしは肩によけいな重さを背負っているものだから、水面上に口と鼻とをほとんど出していられない。わたしは泳いでいるのだが、息がつけない。潮はそれほど引いていないので、いかだはすぐ近くにあるのだけれど、わたしの身体はちっとも進まないし、三回水をかいてやっと一回しか息ができない。

　これはもうとてもいかだまで泳ぎつけない、わたしははっと気がついた。今にも息が止まりそうだった。「ジャック」わたしはあえぎながら、「わたしから離れて、いかだまで泳ぎなさい。岸へ行くよりいかだのほうが近いから」「どうして？」ジャックがいった。「ぼく、いやだ」「お願い……やって……」わたしはぶくぶくと頭が水中へ沈んでしまった。それが幸いして、わたしにしがみついていたジャックは、振り離されて自分で泳ぎだした。わたしたちはいかだのすぐ近くまで来ていたので、ジャックは難なく泳ぎつくことができた。もうそのころにはわたしは人が何をしているのか気づく余裕はなかった。ただ感じているのは大憤慨だった。わたしはいつも、人が溺れるときには過去のすべてが目の前に現われるし、人が死ぬときには美しい音楽が聞こえてくると聞かされていた。美しい音楽も聞こえてこないし、過去のことなど全然考えることもできなかった——実際のところ、何も考えることができなくて、ただ肺の中へ少しでも息を吸い込みたいと思うだけだった。何もかも真っ暗になって……そして……その次にわかったことは、どこかに身体をぶつけた痛みと、荒っぽくボートの中へ放り込まれたことだった。わたしたちがいつも、気まぐれで役に立たないと思っていた例の脱衣車の〝海馬老人〟(海の王の車を引く怪物)が、いち早く溺れかかっていることに気づいて、救急用のボートをこぎ出してきてくれたのだった。わたしをボートへ放り込むと、老人はもう幾こぎかしていかだへ着くとジャックをつかまえたが、彼は大声を出して、それを拒んだ、「まだボートに乗りたくない。今ここへ来たばかりだよ。いかだの上で遊ぶんだ。いやだよ、ボートに乗るの！」荷の揃ったボートが岸へ着くと、姉が大笑いしながら浜へやってきていった、「あんた、何やってたのよ？　いったいこの騒ぎは何よ？」

「妹さんが危うく溺れるところだったんですよ」老人が不機嫌にいった、「さあ、あなたのお子さんを受け取ってください。妹さんはそこへ寝かして、ちょっと活を入れたほうがいいかどうか見ましょう」

ちょっとわたしは活を入れられたようだったが、べつにわたしは気を失ってはいなかった。「あなた、この子が溺れかかってるのがどうしてわかったんです？　助けを求めて叫ぶとか、どうしてしなかったんでしょう？」

「わたしは、警戒しとったんですよ。一度水ん中へ沈んだら、叫ぶなどできません……水が口へはいり込んできますからな……」

その後はわたしたちは〝海馬老人〟のことを大いに尊敬した。

外部の世界との接触は父の時代よりはるかに減った。わたしにも友だちがあり、母にもよく会っていた一、二の親しい友だちがあったのだが、社交的な交際はほとんどなくなった。まず第一に、母は生活に困っていたことだ――もてなしをするお金の余裕がなかったし、昼食や夕食に出かける辻馬車に払う料金さえ節約しなければならなかった。母はもともと足の強いほうではなかったし、今や心臓の発作があるし、ほとんど外出しなくなった――トーキイの町では、どこへ行くにもすぐに坂を登るか降りるかしなければならなかったからである。わたしは夏には海水浴、冬にはローラー・スケート、そして読む本が山ほどあった。もちろんわたしはたえまなく新しい発見をしていた。このころ、母はわたしにディケンズの作品を朗読してくれ、母もわたしもともに楽しかった。

朗読は、サー・ウォルター・スコットの作品から始められた。その中でわたしが好きだったのは『魔よけ』だった。また『マーミオン』や『湖上の佳人』も読んだが、母もわたしもサー・ウォルター・スコットからディケンズへと移ってさらに楽しかった。母はいつもの気短さから、気分次第で途中をさっさととばしてしまった。サー・ウォルター・スコットの作品のあちこちで、母はよくいった、「これらの描写はみんなたいへん結構、そして文学的だけれど、あんまり多すぎます」また母はディケンズの作からも、とくに〝ネル君〟の話でお涙ちょうだい的なところは相当ごまかしてはぶいていたようだった。

わたしたちが最初に読んだディケンズは『ニコラス・ニックルビー』だったが、わたしの大好きな人物は、ニックルビー夫人に求愛して、塀越しにカボチャを放り込む老紳士だった。これが、わたしがエルキュール・ポアロを引退させてカボチャを作らせることになった理由の一つだろうか？ ディケンズの全作品中わたしがいちばん好きなのは『荒涼館』であったし、今もそうである。

わたしたちはときどき気分転換にサッカレーを読んだ。『虚栄の市』は無事通読したが、『ニューカム家』には閉口させられた――「わたしたちも好きにならなくちゃいけないわ」と母がいった、「みんながそういってるわ、これがいちばんの傑作だって」姉は『エズモンド』が好きだったが、これもわたしたちには散漫で難解だった――サッカレーはとうとうわたしには充分に鑑賞することができなかった。

わたし自身の読書としては、フランス語で読んだアレクサンドル・デュマの作品に夢中になった。『三銃士』『二十年後』中でも最高は『モンテ・クリスト伯』だった。わたしは第一巻の「ディフの館《ル・シャトー・ディフ》」が好きだった。他の五巻もときにはちょっと当惑するところもあったけれど、はなやかな物語全体の美しさにはうっとりさせられた。わたしはまたモーリス・ヒューリットにもロマンチックな愛着を持っていた――『森林賛美者』『女王の疑問』『賛否のリチャード』など。すぐれた歴史小説である。

ときどき母は突然何かを思いつくことがあった。ある日、わたしが風で木から落とされたリンゴのいいのを拾っていると、母が家からつむじ風みたいにとびだしてきた。「早く」と母がいった、「これからエクセターへ行くのよ」

わたしはびっくりして、「エクセターへ。どうして？」

「それはね、サー・ヘンリー・アーヴィング（シェークスピア劇の演出で有名。俳優）が〈ベケット〉に出ているからよ。あの方、もうあまり長くは生きてらっしゃらないかもしれないから、あなたぜひ見ておかなくちゃいけないわ。名優よ。ちょうど汽車に間に合う時間があります。ホテルの部屋を予約しといたわ」

わたしたちは滞りなくエクセターへ着いた。〈ベケット〉の舞台はすばらしく、いつまでも忘れられないものがあった。

劇場行きはつねにわたしの生活の中の一定部分を占めていた。イーリングに滞在しているときには、祖母がすくなくとも週に一度、ときには二度劇場へ連れていってくれた。ミュージカル・コメディには全部行って、祖母が後でいつもその総譜を買ってくれた。これらの総譜を演奏するのがどんなに楽しかったことか！

イーリングの家ではピアノが応接室にあったので、何時間もぶっつづけに演奏していても人の邪魔にならないのがよかった。

イーリングの家の応接室はすばらしい時代ものだった。歩きまわる余地はまったくなかった。床にはまずすばらしいトルコじゅうたんがあり、錦織り張りのいろいろなタイプの椅子——どれも座り心地がよくない。中国の寄せ木細工の飾り戸棚が二つ、三つ、大きな中央燭台、石油ランプ台、たいへんな量の小物類、不時の場合のテーブル類、そしてフランス帝国時代の家具。窓からの日光は草花用の温室でさえぎられていたが、これは自尊心の強いヴィクトリア時代の住宅には欠くことのできない威信のシンボルだった。たいへんに寒い部屋だった——パーティのとき以外は暖炉に火を入れないし、通例わたししかこの部屋へははいらなかった。わたしはピアノのランプ台のランプに火をともし、腰掛けを調節して、指にうんと息を吹きかけてから〈田舎娘〉か〈われらのミス・ギブズ〉を弾きはじめる。ときには例の〝女の子たち〟に役をふりあてて、自分で歌った。新しい、知られざるスターである。

わたしは自分の楽譜類をアッシュフィールドへ持っていって、〝教室〟（ここも冬はすごく冷え込む部屋だった）でよく夜にピアノを弾いた。ピアノを弾き、そして歌った。母は軽い夕食をとってから八時ごろには早々にベッドにはいるのがつねだった。二時間半ぐらいわたしが母の頭上でピアノをたたき、いちばん高い声で歌うと、もはや母はこれ以上我慢できなくなって、窓を押し上げたり下げたりするのに使う長い棒を手にすると、それで天井をやけにとんとんたたくのである。残念だがわたしはピアノをあきらめる。

それからまた、わたしは〈マージョリー〉というオペレッタを自作した。ちゃんと作曲したわけではなかったが、わたしは庭で試しにその一くさりを歌ってみた。そのうち詞を書いて作曲できるような気がしてならなかった。わたしはオペラの歌詞までは作ったが、そこで行き詰まってしまった。今、その話の全体は思い出せないが、ちょっと悲劇的なものだったと思う。すばらしいテノールの声を持った若い美男がマージョリーという名の女を熱愛するが、彼女はその愛を当然返さない。しまいに男はべつの女と結婚するが、結婚式のすんだ日に遠い国にいるマージョリーから手紙が届き、それに今死に瀕していてやっと彼女も彼を愛していることに気づいたとあった。彼は花嫁を置き去りにして、ただちに彼女のもとへ駆けつける。彼が到着したとき、彼女は死の直前で、ひじをついて身を起こし、すばらしい死の恋歌を歌うだけの力は残っていた。そこへ花嫁の父が捨てられた娘の恨みを晴らすべくやってくるが、二人の恋人たちの嘆きに感動して、バリトンで二人の声に合わせるというわけで、もっともすばらしい最高に有名な三重唱がこのオペラをしめくくる。

わたしはまた、『アグネス』という題の小説を書けたらという感じも持っていた。こちらの記憶はもっと少ない。この小説には四人姉妹が登場した――長女がクイニー、金髪で美人、次が髪の黒いきりりとした双子、最後がアグネスで、十人並の器量、内気、そして

（もちろん）身体が悪くてじっと辛抱強くソファに寝ている。もっと話の筋があるはずなのだけれど、今はもうすべて忘れてしまった。ただ思い出せるのは、しまいにアグネスの真価が、多年彼女がひそかに思いを寄せていた黒い口ひげのすばらしい人に認められるということである。

　母の次の突然の思いつきは、やはり何といってもわたしが充分な教育を受けていなかったからのことであろう、少し学校教育を受けさせたほうがよかろうというものだった。トーキイの町にミス・ガイヤーという人が経営している女学校があったが、母はわたしがそこへ一週間に二日間通って若干の学科の勉強をするよう手配した。その一つは算数で、それに文法と作文もあったと思う。わたしは前から算数が楽しかったし、この学校で代数も始めた。文法はまるでわからなかった――ある物をなぜ前置詞というのか、また動詞はどんな用い方をするものであるかとか、わたしにはさっぱりわけがわからなかった。作文には喜んで取り組んだが、うまくはいかなかった。批評はいつも同じだった――わたしの作文はあまりに空想的というのだった。課題に忠実でないときびしく批判された。とくに、わたしは「秋」という題の作文を覚えている。最初のほうはうまく、金色や茶色になった木の葉などが出てくるが、突如として、どういうわけかブタがそこへ現われる――たぶん、森の中にドングリをほじくり出しにブタがやってきたというのだったろうと思う。とにかくわたしはそのブタがすっかりおもしろくなって、秋のことなどすっかり忘れ、作文は

〝縮れしっぽのブタ君の大冒険〟となり、ブタ君が友だちのためにすごいブナの実パーティを催すということになってしまった。

わたしはその学校の先生を一人、思い浮かべることができる——名前は思い出せない。その女教師は小柄でやせ形、ぐっと突き出したあごが記憶に残っている。ある日、まったく不意に（たしか算数の時間の途中と思う）先生は、人生と宗教についての講話を始めた。

「みなさん方の誰もが絶望に立ちむかい、そこを通過することがあるにちがいありません。もし絶望に直面することがなければ、キリスト教徒に面とむかうことも、キリスト教徒になることもできないし、キリスト教徒の生活も知ることができないでしょう。キリスト教徒であるには、キリストが立ちむかい、そして生きた人生を、受け入れ、立ちむかわなければなりません。キリストが喜ばれたことをあなた方も喜ばなければなりません。カナでの結婚式でキリストが楽しそうになさったように、あなた方も楽しくしなければならない、神と神の意思との調和を意味する平和と幸せとをおぼえなさい。けれどもまた同時に、キリストが経験されたように、ゲッセマネの園でひとりぼっちにされ、すべての友に見捨てられ、愛し頼りにしていた者にそむかれ、そして神自身にも見捨てられるということがどんなことかを知らなければなりません。そしたら、これが終わりではないという信仰にしっかりとつかまっていることです。愛すれば苦しみがあり、愛することがなければ、あなたはキリスト教徒としての生活の意味がわからないのです」

先生はそれから、もとの複利計算の問題にいつもの元気さで戻ったが、これらのわずかな言葉が、わたしが聞いたどんな説教よりもふしぎにわたしの頭に残っていた。後年この言葉が返ってきて、わたしが絶望の手にがっしりつかまえられているときに、希望を与えてくれた。この女教師はたいへん力強い人柄で、またりっぱな教師であったとわたしは思っている。この先生にもっと長く教えていてもらいたかったとも思う。

わたしはときどき、この学校教育をつづけて受けていたら、わたしはどういうことになっていたろうかと考える。だんだんに進歩していっただろうし、またすっかり算数のとりこになっていたろう――いつもわたしを魅了していた科目だったのだから。とすると、わたしの人生は確実にちがったものとなっていただろう。きっとわたしは三流か四流ぐらいの数学者になって、まことに幸せな暮らしをしていたかもしれない。おそらく本など一つも書くことはなかったであろう。数学と音楽さえあればわたしは充分に満足だった。この二つにわたしはすっかり専心して、空想の世界などは閉めだしてしまっていただろう。

もっとも、よく考えてみると、人はなろうとしているものになっていると思う。人は幻想にふけって、「もしこれこれのことがあったら、自分はこれこれのことをしただろう」とか、「もし自分が誰それと結婚していたら、自分の一生はまったくちがったものとなっていたと思う」などという。だが、人はつねに何とかして、自分の道を自分の型に当てはめてみつけだすものである。というのは、ある型、自分の人生の自分の型に従っていることはたしかなのだから。人は自分の型を飾りたてることもできれば、ぞんざいにすることもできるが、それは自分の型であって、それに従っているかぎり調和というものがわかり、心の安らぎが自然に得られるものである。

わたしがミス・ガイヤーの学校に行っていたのは一年半にもならなかった。その後、母はまたべつのことを思いついた。いつものように出し抜けに、あなたはパリへ行くことになったわよ、と母は説明した。アッシュフィールドの家は冬のあいだ貸家にして、わたしたちはパリへ行き、前に姉が滞在していた同じ寄宿学校から始めてみて、わたしの気に入るかどうか試してみるというのである。

すべては計画どおりに進められた――母の手筈はいつものとおりだった。母はきわめて能率的なやり方で物事を取り運び、誰もが母の意志どおりに屈服させられた。家の借り手はりっぱな人がみつかって、母とわたしはトランク全部に荷を詰め（かつてわたしたちが南フランスへ行ったときほど、たくさんの頭の丸い化け物トランクはなかったが、それでもまだ相当数あった）、そしてたちまちわたしたちはパリのイエナ街のホテル・イエナに落ち着いた。

母は紹介状や諸種の寄宿学校や普通学校、先生やあらゆる種類の入学指導者たちの住所など山ほど持ってきていた。間もなく母はあれこれ選別していた。姉のマッジが行っていた寄宿学校はその特徴を変え、年がたつにつれ具合が悪くなっていた――母はT女史自身もうやめたか、やめようとしていると聞いてきて、まあちょっと試しに様子を見ることにしましょう、といっただけだった。学校教育に対するこのような態度は今日ではまず賛成されないところなのだが、わたしの母にとっては、学校を試してみることは、ちょうど新しいレストランを試してみるのと同じようなものであったのだ。中をのぞいてみてもどういうところかよくわからなければ、ちょっと試してみる、そして気に入らなければすぐ出るがよろしい、というわけ。もちろん当時は卒業証明書とか、O級とかA級とか将来のことを真剣に考え悩む必要などなかった。

わたしはT女史の学校にはいって、その学期の終わりまで二カ月ほど寄宿した。わたしは十五歳だった。わたしの姉がここへ来たときには、着いてすぐに目立ってしまったという、それは他の少女たちに窓から外へとび降りてみなさいとけしかけられたからだった。姉はすぐそれをやってのけたのだが——ちょうど外ではT女史やその他の親たちが、お茶のテーブルを囲んでいるところで、そのテーブルの真ん中へ姉はぺしゃんと落ちた。「なんてまあこの英国の娘たちはおてんばでしょう！」とT女史はたいへんな腹立ちで叫んだという。姉をそそのかした少女たちは意地悪く喜んだが、その離れわざのおかげで姉は敬愛された。

わたしの入校は少しもセンセーショナルなところなどなかった。わたしはただのおとなしい小ネズミだった。三日目にはもうわたしはホームシックになって哀れしょんぼりだった。四年か五年のあいだ、わたしは母にべったりで、ほとんど離れたことがなく、こんど初めて家から本当に遠く離れたのだからホームシックになるのもけっして異常ではなかったのだ。奇妙な話だが、わたしは自分がいったいどうしたのかわからなかった。ただ何も食べたくなかった。母のことを考えるたびに、涙が出てきてほおを流れ落ちるのである。わたしは母が手縫いで作ってくれたブラウスを見ていると――たいへん下手な仕立てで、ぴったり身に合っていないし、ひだ取りも不揃いだった――そのまずい仕立てがわたしをよけいに泣かせるのだった。この感情をわたしは表へ出さないようにしていて、ただ夜になって枕に涙した。次の日曜に母がわたしを連れだしにくると、いつものようにわたしは母を迎えたが、ホテルへ帰るとわっと泣きだして母の首へしがみついた。連れて帰ってくれなどといわなかったのがせめてもの幸いであった――学校にとどまっていなければならないことはよくわかっていた。それに、母の顔を見たらもうこれ以上ホームシックにはならないこともわかった――自分がどうしたのか、わかってきた。

わたしのホームシックは再発しなかった。T女史のもとでの日々を今やわたしは楽しんでいた。学校にはフランス、アメリカ、そして相当たくさんのスペインやイタリアの娘たちがいた、イギリス人は多くなかった。わたしはアメリカ人とつきあうのが好きだった。アメリカ娘たちは何か生き生きしたおもしろい話し方をするし、コートレでのわたしの友人マーガリット・プレストリーを思いおこさせた。

わたしは勉強のことはあまり記憶していない――あまりおもしろかったとは思えない。歴史ではフロンド党時代の勉強をしていたようだったが、わたしは歴史小説を読んでいたからよく知っていた――また地理では、現在のフランスの各県よりもさらにフロンド党時代の各県のことを習ったおかげで、生涯まどわされることになった。またフランス革命中の各月の名称も教わった。フランス語の書取りのわたしの誤りには担当の女教師が信じられないというほどびっくりしていた。「ほんとうに、こんなことあり得ない《ヴレマンセ・タンポシーブル》」と女教師がいうのである。「フランス語を話すのはうまいあなたが、一つの書取りで二十五ものまちがいをするとは《ヴ・キ・パルレ・シ・ビアン・ル・フランセヴザヴェ・フェ・ヴァンサンク・フォートザン・ディクテ》、二十五もですよ《ヴァンサンク》」

五つ以上のまちがいをする者は一人もなかった。このまちがいのせいで、わたしはまことに珍しい人物にされた。わたしがフランス語を知ったのは、まったく話すことだけからであったという事情からしてみれば、これは当然すぎることであったのだ。口では話せるのだが、もちろんすべて耳で覚えたのだから、t も tait もまったく同じにわたしには聞こえる――で、わたしは何とか当てずっぽうにその綴りを、どうかうまく当たりますようにと書く。フランス語の学科のうち、文学、暗誦その他ではわたしはトップ・クラスだったが、フランス語の文法と綴り字となるとまったくの最低クラスだった。気の毒に先生方にとっては厄介者、わたしの恥となっていたろうと思う――ただわたしはちっとも気にしていなかった。

ピアノはマダム・ルグランという老婦人に教わった。この学校にもう長年いる人だった。彼女の好きなピアノ教授法は、生徒と一緒に連弾することだった。彼女は生徒たちに楽譜を読めるようになることを強要した。わたしは楽譜読みはまずくなかったが、マダム・ルグランと一緒に演奏するのはちょっとした苦しい試練だった。わたしたちは一緒にベンチみたいなピアノ用の腰掛けに座るのだが、マダム・ルグランはひどく着ぶくれしているものだから、腰掛けの大部分を占領して、わたしをピアノの中央からひじで押しのけるのである。先生は両ひじをちょっと両側へ張るようにして、そのひじから力を入れて勢いよく演奏する、その結果、他の二本の手で演奏している哀れな人物はそのわき腹にひじをきつく突きつけられた形で演奏しなければならない。

この事情に応じた自然の狡猾さで、わたしはほとんどいつでも合奏のとき低音パートを演奏するようにうまくやっていた。マダム・ルグランは自分の演奏のほうに夢中になっているものだから、こうしたことに容易に引きずりこまれたし、また高音パートが音楽に魂を打ちこむのにははるかにチャンスがあったわけだった。何しろ先生は力をこめ音楽に熱中して演奏しているので、わたしが低音パートをはずしてしまっているのに、ときには長いこと気づかなかった。やがてわたしはキーの上でうろうろ、遅れたところを追いつこうと思うが、どこかわからないので、マダム・ルグランが演奏中の音に調和するような音を演奏しようとする。しかし、わたしたちは音譜を読みながら演奏しているのだから、うまくわたしは先まわりができない。ひどい不協和音が出ていることに気づくと、突然先生は演奏をやめ、両手を高く上げてどなるのである、「これ《メ》、何を弾いているの《ケスク・ヴ・ジュエ・ラ》、あなた《プティット》？　な《ク・》んてひどい《セ・ホリーブル》！」もはや先生についてはいけない——まさにひどいのであった。そこでまた始めからやり直し。もちろん、わたしが高音パートを演奏すると、たちまち音がはずれていることに気づかれてしまった。しかし、全体としてはまずまずわたしたちはうまくいっていた。マダム・ルグランは演奏中にやたらとフーといったり、鼻を鳴らしたりした。胸がぐっと上がったり下がったり、ときにはうなり声さえ立てた——ものすごいけれど、魅力的だった。また彼女は体臭が強かったが、このほうはあまり魅力的でなかった。

学期の終わりには演奏会があって、わたしは二曲演奏する予定で、ベートーヴェンのピアノ・ソナタ〈悲愴〉の第三楽章ともう一つの曲は〈アルゴナのセレナーデ〉とかいうのだった。わたしはこの〈アルゴナのセレナーデ〉がたちまち大きらいになった。どういうわけなのか、演奏が特別にむずかしかった、ベートーヴェンよりもずっとやさしいのに。ベートーヴェンの演奏はうまくいくのに、〈アルゴナのセレナーデ〉はいつまでもまずい演奏にしかならなかった。熱心に練習するのだけれど、ますます気が落ち着かなくなるばかりだった。夜中に目がさめて、演奏しているところを考えていると、いろいろなことが持ちあがってくる。ピアノのキーが動かなくなるとか、ピアノではなくてオルガンを弾いているのに気がついたり、時刻に遅れてしまったり、演奏会は前の晩にすんでしまっていたり——思い出してもばかばかしいことばかりだった。

演奏会の二日前、わたしは高熱を出してしまい、母が呼ばれた。医者にも原因がわからなかった。しかし、医者は自分の意見として、演奏会で演奏をしないほうがいいのではないか、できれば演奏会が終わるまで二、三日学校から離れていたほうがいいのではないか、といった。わたしは感謝の念で言葉がないほどだったが、同時にやりとげるときめていたことに失敗した敗残者の気持ちを抱いてもいた。

今思い出したことだが、ミス・ガイヤーの学校での算数の試験に、わたしはその前の週中ずっとクラスの最優秀であったのに、びりになってしまった。どういうものか、試験の問題を読むと頭がすっかり働かなくなって考えることができなくなった。クラスではほとんどいつもびりだけれど試験は好成績でパスしたり、練習のときよりも聴衆の前でずっとうまく演奏できる人がいる、そしてそれとはまったく反対の人もある。わたしは後者の一人であった。わたしは自分に合った暮らし方を選んだと思う。作家であることの最大の幸せは、一人で自分の好むときに仕事ができることである。その仕事はあなたを悩まし苦しめ、頭痛をおこさせる——小説の筋をああだこうだと整えるのに気が狂いそうにもなる。だけれど、公衆の前で突っ立って物笑いにされることはない。

わたしは気が楽になって、寄宿学校へ元気に戻った。すぐわたしは〈アルゴナのセレナーデ〉がこんどは演奏できるかどうか試してみることにした。これまでよりも上手に演奏できたが、やはりその演奏はまだ下手だった。わたしはベートーヴェンのソナタの残りをマダム・ルグランについて引きつづき教えてもらった——先生のほまれとなるはずだったわたしに失望しはしたものの、やはり親切にしてくれ、励まし、わたしには独自の音楽のセンスがあるともいってくれた。

二つの冬と一つの夏を過ごしたパリは、わたしの経験したもっとも幸せな日々であった。いつもいろんな楽しいことがあった。祖父のアメリカ人の友だちがパリに住んでいて、その人の娘がオペラ座で歌っていた。この人が〈ファウスト〉にマルガレーテの役で出ているのをわたしは聞きにいった。寄宿学校では〈ファウスト〉を聞きに先生が女生徒たちを連れていくことはなかった——その主題が若い娘《レ・ジュヌ・フィーユ》たちには適当《コンヴナーブル》でないと考えられていた。一般の人たちは若い娘たちが堕落しやすいということを、もっと楽観的に考えていてもよかったと思う。マルガレーテの窓で何かみだらなことが行なわれているとわかるためには、当時の若い娘たちはもっともっといろんなことを知っていなければならなかった。わたしもパリにいるときには、なぜマルガレーテが突然監獄に入れられたのか全然わけがわからなかった。宝石でも盗んだのかしらとわたしは思った。妊娠や子供の死などということは夢にも思わなかった。

わたしたちは主に〝オペラ・コミーク〟に連れていかれた。〈タイース〉〈ウェルテル〉〈カルメン〉〈ラ・ボエーム〉〈マノン〉など。わたしの好きなのは〈ウェルテル〉

だった。オペラ座大劇場では〈ファウスト〉と同じく〈タンホイザー〉も聞いた。

母はわたしをドレスメーカーへ連れていってくれ、初めて衣服の楽しみを覚えはじめた。わたしは薄いグレーのクレープ・デシンのセミ・イヴニング・ドレスを作ってもらって、うれしさでいっぱいになった——それまでは大人っぽい服を一つも持っていなかった。残念なのはわたしの胸がまだ年相応でなかったことで、クレープ・デシンのひだの多くを服の胴まわりへたくしこまなければならなかったが、いつの日にかしっかりした丸くて大きな本当に女らしい二個のふくらみが自分のものになるという希望を持っていた。このような希望を将来に対して抱けるということはまことに幸いなことである。でなかったら、わたしは三十五になっても丸々とよく発達した女らしい胸を見ることはできなかったことだろう。そのような希望を抱かない人たちは、まるで板みたいに平べったい胸をしてそこらを歩いていた、大きな胸を不幸と思いしっかり締めつけて見えないようにしていたのかもしれないが。

母が持ってきていた紹介状の数々で、わたしたちはフランスの社交界へはいれた。アメリカ娘はサン・ジェルマンあたりの郊外人にいつも歓迎されていたし、またフランス上流社会人の息子たちが金持ちのアメリカ人と結婚することも喜ばれていた。といってもわたしは金持ちどころではなかったけれど、わたしの父はアメリカに住んでいたことが知られていて、アメリカ人はみな相当なお金を持っているものと思われていた。

珍しい、上品な、旧世界の社会であった。わたしの会ったフランス人は丁寧で、まことに申し分なし《コム・イル・フォー》——そして、若い女の側から見ればこんな退屈なものはなかった。しかし、わたしは最高に丁重なフランス語の言葉使いを覚えた。また、ワシントン・ロブという人(本名とは信じがたいけれど)にダンスや立ち居ふるまいも教わった。ワシントン・ロブ氏は、わたしの想像できる範囲内では『荒涼館』のターベイドロップ氏にもっとも似ていた。ワシントン・ポストとかボストンといったダンスを教わったし、また、世界的な社交界の慣習もいろいろと教わった。「今、あなたは初老の既婚婦人のそばへ腰をおろそうとしていると思ってください。どういうふうに座りますか?」わたしはワシントン・ロブ氏の顔をぽかんと見ながら、「ええと……す、座ります」とわけがわからずにいった。

「やってごらんなさい」

金ぴかの椅子があったので、わたしはその金ぴか椅子に、できるだけ足を椅子の下へ隠れるようにして座った。

「いやいや、それはまずい。それはいけない」ワシントン・ロブ氏がいうのである。「身体をちょっと斜めにまわすようにする、それでよろしい、それ以上はいけない……それから腰をおろすとき、ちょっと身体を右へ傾け、そして左のひざを軽くまげる、すると座るときにちょっとお辞儀をするような形になる」これをわたしはうんと練習させられた。

一つどうにもいやでしようがなかったのは、絵の勉強だった。母はこの学習に固執していて、わたしを許してくれなかった。「女の子は水彩画ぐらい描けなくてはいけません」で、まことにしつこくも週に二回、付添いの女性がやってきて（パリでは若い女は一人歩きしなかったので）地下鉄かバスに乗せられ、花市場近くのどこかのアトリエへ連れていかれた。そこでわたしは若い婦人連のクラスに加わって、水のはいったコップにさされたスミレとか、びんにさしたユリとか、黒い花びんに入れられたスイセンなんかを描いていた。担当の女教師がまわってきて、すごいため息をもらすと、「ね《メ》、あなたには見えな《ヴ・ヌ・ヴォワイエ・》いの？《リアン》」とわたしにむかっていうのである。「まず影から始めなくてはいけません、あなたには見えないんですか？　ここ、それからここ、そしてここ、影があるでしょう」

　でも、わたしには影なんか見えない。見えるのはコップにはいったスミレのいくつかだけである。スミレは赤味がかった藤色である――わたしはパレットの上で、藤色の濃淡をくらべることができる、それからスミレを平板な藤色に塗る。水のはいったコップの中のスミレ一束とはどう見ても見えない結果にわたしは同意するが、でも、どうして影が水の中の一束のスミレのように見えるようにできるのか、どうしてもわたしにはわからないし、かつてわかったこともない。ときにわたしはうっとうしさをやわらげるために、テーブルの足とか椅子とかを遠近法で描いてみて、少し元気づくのだが、女教師はこれも受け入れてはくれなかった。

　わたしはすてきなフランスの男とずいぶん会ったのだけれど、まことにふしぎなことには、どの人とも恋に落ちることがなかった。そういう人ではなしに、わたしはホテルの受付係ムッシュ・ストリーに情熱を抱いた。背が高くてやせていて、どっちかというとサナダムシみたいで、薄い色の金髪、にきび性だった。なぜ彼のことが気に入ったのか自分でもわけがわからない。わたしには彼に話しかける勇気がなかったが、彼はわたしがホールを通りぬけるとき、たまに「ボンジュール、マドモアゼル」と声をかけた。ムッシュ・ストリーについて幻想を描くことはむずかしい。わたしは彼が仏領インドシナで悪疫に冒されているのを看病しているところを想像してみたが、この幻想を描きつづけるには努力を要した。最後の息を引き取るとき彼はこうつぶやく、「マドモアゼル、ぼくはホテルにいたころ、あなたのことを愛していたんです」と――それはそれでいいのだが、翌日、ムッシュ・ストリーがデスクのむこうでせっせと何か書いているのを見ると、こんなことはとてもたとえ臨終の際でもいいそうにないと思う。

わたしたちは復活祭の休暇でヴェルサイユ宮殿やフォンテンブロー宮殿その他の遊覧に出かけていたが、母は例の持ち前の唐突さで、わたしはもうT女史の学校へは戻らなくていいといった。

「どうもあそこは気に入りません」母がいった、「教え方がおもしろくありません。マッジが行っていた時分にはああじゃなかったんですがね。わたしは英国へ帰りますから、あなたはオートイユにある、ミス・ホッグのマロニエという学校へ通うように手配しておきました」

わたしはちょっと驚いただけで、べつに何の感情もなかったことしか覚えていない。わたしはT女史の学校で結構楽しかったのだが、といってとくに戻りたくもなかった。実際のところ、新しいところへ行くほうがもっとおもしろそうに思えた。これはわたしがのろまのせいなのか、それともおとなしいせいなのかわからない。もちろん、わたしとしては後者のほうと考えたいが——わたしにはいつも次にやってくるものを喜ぶ心構えがあるのだ。

そんなわけでわたしはマロニエ校へ行った。なかなかいい学校だったけれど、きわめて英国的だった。楽しくもあったが、退屈でもあった。いい音楽の先生もいたけれど、マダム・ルグランほどのおもしろさはなかった。厳禁されているにもかかわらず、みんないつも英語で話し、フランス語を熱心に勉強する者はなかった。

マロニエ校では外部活動は奨励されておらず、事実許されてもいなかったので、わたしは大きらいな絵の勉強から解放された。ただ残念だったのは、すばらしい花市場の中が通れなくなったことだった。夏休みの終わりに、母がアッシュフィールドの自宅で、突然マロニエ校には戻らなくていいといったときも、わたしは驚きもしなかった。わたしの教育について母はまた新しい考えを思いついたのだった。

V

祖母のかかりつけの医師、バーウッド医師の義妹にあたる人がパリで、若い女性の〝教養仕上げ〟のための小さな学園をやっていた。十二人か十五人の若い娘しか預からず、それもみな音楽の勉強をしていて、パリ国立音楽演劇学校《コンセルヴァトワール》かソルボンヌ大学の講座に通っていた。「この考えをあなたはどう思う？」母がきいた。前にも述べたように、わたしは新しい考えを歓迎した。実際のところ、わたしのモットー〝何でも一度はやってみること〟は、このころにでき上がったのではないかと思う。そんなわけで、秋にはわたしは凱旋門からちょっと離れたボア街のミス・ドライデンの学園へ行った。

ミス・ドライデンのところはすっかりわたしの性に合っていた。わたしは初めて自分たちのしていることに興味を持った。わたしたちの仲間は十二人いた。ミス・ドライデンその人は背が高くてちょっとこわいような顔をしていて、白い髪をみごとにととのえ、りっぱな容姿、そして鼻が赤かったが、怒るとこの鼻をやけにこする癖があった。女史はびっくりさせられるような刺激的でそっけない皮肉な話し方をする人だった。女史を助けているフランス人の補佐役マダム・プティがいた。マダム・プティはまさにフランス人らしいフランス人で、気分屋、ひどく感情的で、とんでもなく不公正なのだが、わたしたちはみんなこの人が好きだった――でもミス・ドライデンほど畏敬してはいなかったが。

もちろん家庭に住んでいるようなものではあったけれど、わたしたちの勉学については真剣な態度がとられた。音楽は強調されたが、いろいろなおもしろい課目がたくさんあった。コメディ・フランセーズの人が来て、モリエールやラシーヌ、コルネイユなどの話をしてくれたし、パリ国立音楽演劇学校から歌手が来て、リュリーやグルックのアリアなど歌ってくれた。演劇のクラスもあって、わたしたちはみなせりふをしゃべった。幸い、ここではあまりフランス語の書取り《ディクテ》がないので、わたしの綴り字の欠陥はあまり目立たず、フランス語を話すのは他の人たちよりもわたしのほうが上手なので、得意になって立ち上がり、ギリシャ神話に出てくるアンドロマクのせりふを悲劇のヒロインになったような気持ちで暗誦したものだった――「殿下《セニョール》、これら栄耀栄華とても、わたしの心を動かすもの《トゥート・セ・グランドゥール・ヌ・ム・トゥシュ》ではありません《・プリュ・ゲール》」

わたしたちはみな演劇クラスではおもしろがっていたと思う。コメディ・フランセーズへ連れていかれ、古典劇とともに現代劇もいくつか見た。わたしはサラ・ベルナールの最後の一つといわれている、ロスタンの〈東天紅〉の中の金色のキジを見た。年老いて、足が不自由で、弱々しくなっていて、いわゆるその黄金の声もつぶれていたが、やはりまさしく大女優だった——その熱烈な情熱に引き込まれる。サラ・ベルナール以上に興奮させられたのはレジャーンだった。現代劇〈光の道《ラ・クールス・オ・フランボー》〉に出ている彼女を見た。彼女は抑制した演技の中で、けっして表面へは出さない感情と情緒の潮の存在を人に感じさせるすばらしい力を持っていた。わたしは今でも目を閉じて静かに一、二分座っていれば、彼女の声を聞き、劇の最後のせりふをいう彼女の顔が見えてくる——「娘を救うため《プール・ソーヴェ・マ・フィーユ》、わたしはわたしの母を殺した《ジェ・チュエ・マ・メール》」そして幕が降りると、深い感動が人の心を打った。教えるということは人の胸に何らかの感動を呼びおこさなくては満足すべきものとはいえないとわたしは思う。単に知識を与えるだけなら意味がない、人がそれまでに持っていたものに何も加えはしない。女優たちから劇について話して聞かされ、また話し方や言葉を繰り返してもらい、本物の歌手から〈くらい森〉とか、グルックの〈オルフェ〉の中のアリアとかを歌ってもらうと、自分が聞いている芸術への情熱的な愛情がよみがえってくる。それがわたしに新しい世界を開いてくれた——それ以来ずっとわたしが住んでいられた世界である。

　わたし自身、本気で学習していたのは、もちろん歌とピアノであった。わたしはオーストリア人のシャルル・フュルスターについてピアノを習った。彼はときどきロンドンに来てリサイタルを開いていた。りっぱないい先生だったが、こわい先生だった。その教え方は、人に演奏させておいて、自分は部屋の中をぶらぶらと歩きまわっているのである。聞いていないような様子をして窓の外など眺めたり、花の香をかいだりしているのだが、まちがった音を出すとか、何か悪い表現をするとかすると、途端にまるでとびかかってくるトラみたいな敏捷さでくるりと振りかえり、どなりたてる、「ええ《エイン》、きみ、いったい何を《ケスク・ヴ・ジュエ・》演奏しとるんだね《ラ・プティト》、ええ《エイン》？　最低だ《セ・タトロース》」初めは神経がめちゃめちゃになりそうであったが、やがて慣れてくる。先生はショパンの熱狂的な崇拝者だったものだから、わたしはショパンのエチュードやワルツ、幻想即興曲《ファンタジ・アンプロンプテュ》やバラードなどを主に習わされた。先生の指導のもとでわたしは順調に進歩していき、楽しかった。ベートーヴェンのソナタも教わったし、同時にまた、先生のいう応接室向きの曲――フォーレの〈ロマンス〉、チャイコフスキーの〈舟歌〉なども教わった。わたしは本当に一生懸命勉強した、たいてい一日に七時間は練習した。わたしの心中に、とてつもない希望が頭をもたげだしたようだった――それを意識したわけではなかったが、背後に隠れていた――ひょっとすると、わたしはピアニストになって、演奏会で演奏できるようになるかもしれない。長い時間と厳しい努力を要するだろうが、わたしは急速に上達しつつあるのが自分でもわかっていた。

　わたしの声楽のレッスンはこれより前に始まっていた。先生はムッシュ・ブーエ。この人とジャン・ド・レスクが当時パリでの二人の一流声楽教師とされていた。ジャン・ド・レスクはかつての有名なテノール歌手で、ブーエはオペラのバリトン歌手だった。ムッシュ・ブーエはエレベーターのないアパートの五階に住んでいた。いつもわたしはその五階に息を切らせてのぼっていったが、まずこれは当たり前のことである。アパートはどこも同じようなので、自分がのぼってきた階数がわからなくなってしまうのだが、ムッシュ・ブーエの階に来たことは階段の壁紙でわかる。階段の最後の曲がり角のところに、大きなあぶらのしみがあって、それがケルンテリアの頭にどこか似ていた。

部屋へ着くと頭から小言に迎えられるのである。そんなに速く息をしているのはどういうことなのか？　何で息切れしてる？　あなたの年ごろの者は階段を駆け上がってきても息一つ切らさないものだ。呼吸がすべてなのだ。「呼吸が声楽の全部である。もうわかってもらわなくちゃいかんよ」と先生は、いつも手もとに置いてある巻尺を取る。これをわたしの横隔膜のあたりに巻いて、息を吸い込みなさいと強要する、そしてじっと息をつめ、それからできるかぎり完全に息を吐きだしなさいという。計ったこの二つの長さの差を見て、先生はうなずきながらいうのである。「よろしい《セ・ビアン》、よろしい《セ・ビアン》、向上しておる。あなたはいい胸をしている。たいへんにりっぱな胸だ。すばらしい広がりがある、そのうえに大切なことをいっておこう、あなたは絶対に肺病にはならないよ。歌手たちの一部にはまことに悲しいことに肺病にかかる者があるが、あなたはかからない。呼吸の練習をしているかぎり、あなたは万事うまくなる。あなた、ステーキ好き？」わたしは、好きだという、わたしはステーキが大好物なのである。「それもよろしい、あれは歌手にとって最高の食べ物です、大量の食事をしたり、たびたび食べてはいけない、わたしはつねづねオペラ歌手にいうのです、午後三時に大きなステーキと一杯の黒ビールをとりなさい、その後九時に歌を歌うまで何も食べるな、と」

それから本筋のレッスンに取りかかるというわけだった。最高声域《ヴォワ・ド・テート》はたいへんよろしい、と先生がいう、完璧だ、妥当に、自然に出ている、そしてわたしの胸の声調もけっして悪くない、しかし中声域《メディオム》はきわめて弱い。そこでまずその中音を発達させるためにメゾ・ソプラノの歌を歌いなさい、ということになった。ときどき先生はわたしのイギリス人の顔なるものに腹を立てるのである。「イギリス人の顔には表情がない！」と先生はいう、「顔が動かない。口のまわりの皮膚が動かない、そして声、言葉、何もかもみんなのどの奥から出てくる。これはたいへん悪い。フランス語は口蓋《こうがい》から出さなくてはいけない、口の屋根からだ。口の屋根、鼻梁、そこから中声域《メディオム》の声は出さなければならない。あなたはフランス語がたいへんよく話せる、たいへん流暢だ、しかし、まずいことにあなたは英語なまりではなくて、南フランスのなまりがある。どうして南フランスのなまりがあるのですか？」

わたしはちょっと考えてから、たぶんそれはポーから来たフランス人のメイドから習ったからでしょうといった。

「ああ、それでわかった」と先生がいう、「そう、それだ。あなたのなまりはフランス南部地方のなまりだ。先にもいったように、あなたはフランス語を流暢に話すが、のどの奥から声を出すので、英語を話すように話すことになってしまう。唇を動かさねばならない。歯、歯をきっちり合わせておいて、唇だけ動かしなさい。ああ、こうするとよろしい」

　そして先生は、わたしに口の端に鉛筆を差し込んでおいて歌うときにできるだけ明瞭に発音して、鉛筆が落ちないようにしてみなさいというのである。これは初めはむずかしかったが、しまいにはちゃんとできるようになった。歯で鉛筆をきっちりかんでいるので、物をいうには唇をうんと動かさなくてはならない。

　ある日、ブーエ先生が激怒されたことがあった——わたしが〈サムソンとデリラ〉の中のアリア、〈きみがみ声にわが心ひらく《モン・クール・スーヴル・ア・タ・ヴォア》〉を持ってきて先生に、オペラが大好きなので、これを教えていただけないでしょうか、とたずねたときだった。

「いったいこれは何かね、きみが持ってきたこれは？」と楽譜を見ながら、先生は、「これは何だね？　これは何調のものかね？　移調したものだね」

　わたしは、ソプラノのために改変された版を買ったのですといった。

　先生は猛烈に怒ってどなりだした。「だがデリラはソプラノのパートじゃない。メゾのパートだ。オペラのアリアを歌うんだったら、かならずその曲が書かれた元の調で歌わねばいかんことを知っとるかね？　メゾの声のために書かれた曲をソプラノに移調してはいかんのだ……全体の強さをめちゃめちゃにしてしまう。これは片づけなさい。ちゃんとメゾの調になっているものを持ってきたら、うん、そう、教えてあげよう」

わたしは二度と移調された歌を歌おうとしなかった。

わたしはおびただしい数のフランスの歌を習ったし、またケルビーニの美しい〈アヴェ・マリア〉も習った。わたしたちは、それのラテン語をどういうふうに発音するかについてしばらく討論を交わした。「イギリス人はラテン語をイタリア語風に発音する、フランス人はフランス語風にラテン語を発音する。あなたはイギリス人なのだから、イタリア語風な発音にしたほうがいいと思う」

わたしはまた、ドイツ語でシューベルトの歌をずいぶん多く歌った。これはドイツ語を知らないにもかかわらず、あまりむずかしくなかった――また、わたしはもちろんイタリア語の歌も歌った。だいたいにおいてあまり野心的な高望みは許されなかったが、約六カ月ぐらいの勉強の後、〈ラ・ボエーム〉の中の有名なアリア〈冷たい手〉と〈トスカ〉の中のアリア〈歌に生き恋に生き〉を歌うことを許された。

本当に楽しい時期であった。ときには、ルーヴル美術館を見学した後で、ランペルメイエへお茶を飲みに連れてもいってもらった。食いしん坊の若い娘にとってランペルメイエでのお茶のひとときほどうれしいものはなかった。わたしの好物は、クリームとほかほかのクリのはいった豪華なケーキ、これは他にくらべるものがない。

もちろん〝森《ボア》〟（ブーローニュの森）にも散歩に連れていってもらった――すごく魅惑的なところだった。ある日のことをわたしは覚えている――わたしたちがきちんと二列縦隊に並んで、茂った木のあいだの小道を通っていると、木陰から一人の男が出てきた――昔からある見苦しい露出症だった。わたしたちみんながその男を見ていたにちがいないのだが、わたしたちは何も異常なものなど見なかったかのようにみんな行儀のいい態度をしていた――おそらくわたしたちは自分たちの見たものが何であったか、よくわかっていなかったのかもしれない。ミス・ドライデンその人は、当日のわたしたちの担当だったのだが、まるで交戦中びくともしない戦艦のように堂々とすまし返って歩いていた。わたしたちはその先生の後からついていった。この男は、上半身はまことに端正で、黒い髪に黒いぴんととがったロひげに、スマートなネクタイをきちんと結んでいたのだが、たぶん森の中の暗いところを歩きまわっていて、寄宿学校から出てきて二列縦隊で歩いている行儀正しい若い女性たちに、パリ生活の一面を知らせてやろうと望んでいたのかもしれない。つけ加えていえば、わたしの知っているかぎりでは、誰もこの出来事を他の女の子には話さなかった――クスクス笑いすらしなかった。当時のわたしたちはみなすばらしく慎み深かった。

わたしたちはときどきミス・ドライデン宅でパーティをやった――あるとき、女史の以前の生徒だった、今はフランスの子爵と結婚しているアメリカ婦人が、息子のラディを連れてやってきたことがあった。ラディはフランス貴族なのだろうが、見かけはまったくアメリカの大学生だった。十二人の適齢期の若い女たちに興味と賞賛とおそらくは恋心のこもった目で見つめられ、彼は少々たじろいだのにちがいない。

「ひとまわり握手するのは骨折りだからやめますよ」と彼は元気のいい声で宣言した。次の日、わたしたちはまたラディとガラス宮《パレ・ド・グラス》で会った——わたしたちのうち、ある者はスケートをしていたし、ある者はまだ練習中だった。ラディはここでもきわめて親切で、母親が転倒しないように一生懸命つとめていた。わたしたちの中で立っていられる者とは一緒に何回もリンクを回っていた。わたしは、こういうときにはいつも運が悪い。わたしはまだほんの習い始めたばかりで、最初の午後などスケート指導員を転倒させてしまって、ひどく怒らせてしまった。彼は笑い者にされながら同僚に引きおこされていた。彼はどんな人でも、たとえ肥満体のアメリカ婦人だって引きおこすことができると誇りにしていたにちがいないのに、やせっぽちの背の高い少女に転倒させられたのだからひどく腹立たしかったにちがいない。それからはめったにわたしの相手をしてはくれなかった。とにかく、ラディに手をひいてもらってリンクを回ろうなどとは考えもしなかった——彼も転倒させてしまうだろうから、それでは彼を困らすことになるばかりである。

ラディを見て以来、何かがわたしにおきていた。数回しか顔を合わせていなかったのに、それが転換点となった。そのとき以来、わたしは英雄崇拝の領域から一歩踏みだしたのだ。わたしが感じていた現実や非現実の男性——本の登場人物、公人、家へ来た実際の人——に対するロマンチックな恋心はこのときをもって終わった。もはやわたしは無欲の恋とか、その人のために自分を犠牲にさえするという気はなくなっていた。その日からわたしは若い男は単に若い男として考えはじめた――会うのがうれしくなるような興味深い人々、そしてその中からいつの日か、わたしは自分の夫〝ちょうどぴったりさん〟をみつけるだろう。わたしはラディには恋をしなかった――もっと会っていればおそらく恋していたであろうが――ただ突然に気持ちが変わったのだった。獲物を狙う女性世界の中の一人になったのだ！　その瞬間から、わたしの最後の英雄崇拝の対象であったロンドン司教のイメージも心から消え去ってしまった。わたしは現実の若者と会いたい、たくさんの若者たちと――実際のところ、多すぎるということはない。

わたしは今、ミス・ドライデンの学校にどれぐらいいたのかちょっとあいまいになっている――一年か、それとも十八カ月、二年にはならないと思う。心の移りやすいわたしの母はもはや教育計画の変更を申し出ることもなくなった――たぶんもう興味をおぼえるようなことを耳にしなかったのであろう。しかし、母は直感的にわたしが満足しているということを知ったのが本当のところだと思う。わたしは人生で問題にすべきこと、わたしの中に築きあげられつつある重要なものは何かを学びつつあった。

わたしの夢の一つが、パリを去る前に消えた。ミス・ドライデンは昔の彼女の生徒で、すぐれたピアニストであり、シャルル・フュルスターの生徒でもあったリメリック伯爵夫人の来訪を待ち受けていた。いつも、このような場合にはピアノを習っている二、三の少女が非公式のコンサートをすることになっていた。わたしもその中の一人だった。その結果は大破局であった。わたしはもう前から落ち着きをなくしていたが、それほどひどくはなかった。まず当然あるぐらいの落ち着きのなさだったのだが、ピアノの前に座った途端、潮のような無能さに圧倒されてしまった。旋律はまちがえる、テンポははずれる、句節法《フレイジング》はまったくの素人技で、大へまだった――わたしはもうまったくのしどろもどろだった。

リメリック伯爵夫人ほど思いやりのある人はなかった。あとでわたしに話しかけてくれ、わたしが落ち着きをなくしていた気持ちがよくわかるといってくれ、こういうのを舞台負けというものだといってくれた。もっと聴衆の前で演奏する経験を積んでくれれば、大丈夫乗り越えられる、ともいってくれた。これらの親切な言葉にわたしは感謝したが、それよりもっと大事なことがあったのだ。

わたしは勉強をつづけていたが、最後にイギリス本国へ帰る前、シャルル・フュルスターに率直にきいてみた――一生懸命たゆまず勉強していけば、わたしはいつの日かプロのピアニストになれるでしょうか、と。この人も親切であったが、うそはいわなかった。彼はわたしが聴衆の前で演奏する気質を持っていないと思うといった、そしてわたしもそのとおりだと思った。本当のことをいってくださってありがとうとわたしはいった。そのことでわたしはしばらくみじめだったが、もうくよくよしまいと一生懸命に努力した。

望むことが達せられなければ、そのことをはっきりと認めて、愛惜と望みとにくよくよする代わりに前へ進むことである。こうしたすげない拒絶が早くやってきたことがわたしの将来のためになった——わたしが人前で何かをしてみせるような気質の人間でないことを教えてくれた。わたしは自分の肉体的な反応を制御できなかった、そんないい方もできると思う。

第四部　恋愛遊戯、求婚、結婚予告、結婚

（ヴィクトリア朝時代の人気ゲーム）

I

わたしがパリから帰国して間もなくのこと、母が重い病気になった。医者たちは例の調子で、盲腸炎だとかパラチフスだとか胆石だとか、その他さらに数種類の診断をした。何度か手術台へと運び込まれそうになった。だが治療のかいもなく母の容態はいっこうに快方へむかってくれない——再発を繰り返し、種々のちがった手術が討議された。母自身、素人医者であった。母は兄のアーネストが医学生として勉強しているとき、たいへん熱心にその手伝いをしていたことがあったのだ。母はその兄よりもずっといい医者になっていたかもしれなかった。兄のほうは医者になる考えを結局捨てざるを得なくなった、というのは血を見ることにどうしても耐えられなかったからだった。そのころには母はもう実際上兄と同じくらい充分に医者としての訓練を積んでいて、血も、負傷も、その他見て不快を感じるような肉体的なものにも平気になっていた。わたしと母が一緒に歯医者へ行った場合など、母は《クイーン》とか《ザ・タトラー》といったふつうの雑誌類には見向きもしないで、テーブルの上に《ザ・ランセット》とか《英国医学界》などがあれば、すぐにそれを手にしたものだった。

とうとう母はかかりつけの医者たちに愛想をつかして、いった、「あの人たちにはわかっていないと思いますね……わたしにもわからない」

でも、やはりまた、こんどは俗にいうところのいいなりになる医者をみつけて、間もなく、その医者が日光と乾燥した温暖な気候をすすめていると宣言した。「冬はエジプトへ行くことにしますからね」母がわたしに宣告した。

またわたしたちは自宅を貸すことに取りかかった。幸いなことに当時の旅費はたいへん安かったとみえて、アッシュフィールドの屋敷の高い家賃で海外生活の費用が容易にまかなえたらしい。トーキイの町はそのころはまだもちろん冬期の保養地であった。夏には誰もこの町へやってくるような人はなかったし、この町に住んでいる人たちは〝ひどい暑さ〟を避けてよそへ出かけていくのがつねだった（このひどい暑さなるものがわたしにはわからない。今わたしは南デヴォンは夏でさえとても寒いと思う）。ふつう、高原の荒地へ行って家を借りるのである。父と母も一度それをやったことがあったが、荒地のほうはえらく暑くて、父は実際毎日の午後には二輪馬車を借りてトーキイへ駆け戻って自宅の庭で過ごしていた。それはともかく、当時のトーキイの町は英国のリヴィエラといってよく、家具付きの別荘などには人々が高額の賃貸料を払い、華やかな冬のシーズン中には、午後のコンサート、講演会、ときたまのダンス・パーティ、その他数多くの社交的な行事があった。

わたしはもうすっかり〝出る〟用意ができていた。髪もアップにしていた――これは当時古代ギリシャ風の結髪をしているという意味で、頭の後ろのほうに高々と大きなカールを束ね、そのまわりにテープを結んだものだった。しとやかな髪型で、とくにイヴニング・ドレスによく似合った。わたしの髪はとても長く、その上に楽に座れるほどだった。これはどういうわけか、女としての誇りのように考えられていたものだが、本当のところは扱いにくくて、垂れ下がって困るのであった。これを防ぐためにヘアドレッサーは〝ポスティシュ〟なるものを作り出した――これは大きなカール束のつけ毛で、自分の髪は頭にぴったりピンでとめ、その上にこのポスティシュをピンどめするのである。

〝社交界にデビューする〟ということは、若い女性の人生では重大なことであった。裕福な家であったら、母親が娘のためにダンス・パーティを開いてくれる。ロンドンの社交季節（五月から七月まで）に出ていくものとされている。もちろんこの社交季節はまったくの営利的なもので、この二、三十年間に高度に組織化された社交界のから騒ぎになってきていた。当時ダンスに招く人、招かれていく人は個人的な友人であった。だから充分な人をかき集めるにはちょっとした困難があったが、ダンス・パーティはだいたい非公式なものか、でなければおおぜいを集める慈善ダンス・パーティであった。

もちろん、わたしの生活にこんなものは全然ありっこなかった。姉のマッジはニューヨークで社交界へデビューして、パーティやダンス・パーティへ行っているのだが、父は姉をロンドンの社交季節に出すだけの余裕はもうなかったし、今わたしがそのことをやるなどはもってのほかだった。だがわたしの母は、わたしが若い娘生得の権利を行使すべきだとしきりに望むのだった――つまり、チョウがサナギから出るようでなくてはならない、女学生から広い世界の若き婦人として、他の若い女性や多くの若い男性とも会って、率直にいうなら、適当な配偶者をみつけるチャンスが与えられなくてはならない、というわけだった。

誰もが若い女性には親切にすべきものとしていた。みんなはハウス・パーティに若い女性を招いたし、若い女性のために一晩の観劇を楽しむよう手配もしてくれた。若い女性は周囲にはせ参じてくれることを全面的に友だちに期待していればよかった。フランス流に娘たちを覆い隠しておいて、みなりっぱな夫となりうるような者、若気のばかな放埒《ほうらつ》を終えた者、または妻を養うに充分な金か財産を持ち合わせている者といった、限られた相手を選んで会わせるやり方とは似ても似つかなかった。このやり方はなかなかいい方法だと思う――きっと幸せな結婚になるパーセンテージが高いにちがいない。若いフランスの女性は金持ちの老人と無理に結婚させられるという英国での俗説は真実でない。若いフランスの若い女性は選択することができるけれど、それは明確に限定された選択なのだ。騒ぎ好きの気ままな暮らしをしている若い男、女が好む魅力的な不良《モーヴェ・シュジェ》などは絶対に女の軌道内へは入れてもらえない。

英国では、そうでなかった。若い娘たちはダンスへ出かけていろんな青年と会う。娘たちの母親も同席し、付添いとしてうんざり座っているが、まったく何の力もなかった。いうまでもなく、自分の娘に交際を許している青年については充分に注意をしてはいるものの、やはり選択の余地は広く残っていたし、また娘たちは好ましくない青年を選り出したり、またはいわゆる〝気心〟まで達するとか婚約するとかについては、なかなかの腕ききなのだった。〝気心を通じる〟という言葉はまことに便利な言葉であった――この言葉によって両親は娘の選択を拒否するときの摩擦を避けることができた。「おまえはね、まだ若いし、たしかにヒュー君はたいそう魅力がある、けれどね、彼もまた若いし、まだ一人前にはなっていない。おまえが〝気心〟を通じてはいけないわけはないのだけれどね、ときどき会ってもいいけれど、手紙のやり取りや正式な婚約はいけないよ」そして両親は陰で工作をして適当な青年を持ちだし、娘の心を第一の青年からわきへむけさせるようにする。これはしばしばおきていた。正面からの反対は、いうまでもなく若い女を最初に選んだ男に懸命にすがりつかせることになるが、正当と認めてやればその魅力のいくらかを失わせることになり、たいていの若い女は分別がついて、しばしば心を変えることにもなる。

生活が楽ではなかったために、母はわたしがふつうの条件では社交界へはいることが困難と判断した。母がカイロを自分の病気回復の地として選んだのは、じつは主としてこのわたしのためであったと思うし、またなかなかいい考えだったとも思う。わたしは内気な娘で、社交的ではなかったから、ダンスとか若い男と話をするとか、その他いろいろのことを日常のこととして慣れることができれば、それこそたいへん価値ある経験を得る最上の道となるにちがいないというわけだった。

カイロは、若い女の観点からは楽しい夢だった。わたしたちは三ヵ月滞在していて、毎週五回ダンスに行った。それぞれかわるがわる大ホテルで催された。カイロにはイギリス軍の連隊が三つか四つ駐留していて、毎日ポロ競技があり、中ぐらいの費用のホテルに我慢して住みさえすれば、これらすべてがまかなえた。ずいぶん多くの人たちが冬には英国からここへ出かけてきていて、それも多くは母親たちと娘たちだった。わたしははじめ内気で引っ込み思案で、いろんな点でうじうじしていたが、ダンスは大好きで、また上手でもあった。また若い男の人たちも好きで、やがて若い男の人たちもわたしを好いていてくれることがわかり、万事うまくいくようになった。わたしはちょうど十七歳であった。カイロとしてのカイロはわたしにとってまったく何の意味もなかった——十八から二十一までの若い女はめったに若い男以外のことは考えないものである、そしてそれはまた当然でもあり、本来至当なことでもある！

恋愛遊戯の技術は今はもうなくなってしまったが、当時は全盛であって、中世南仏の叙《トル》情吟遊詩人《バドゥール》たちがいっていた愛の故郷《ル・ペ・ドュ・タンドル》によく似ているとわたしは思う。人生へのよき手引きであり、今老齢のわたしから見ると少年と少女とのあいだに半分センチメンタルな半分ロマンチックな愛着を育てるものであったと思う。人生についての何かを教え、あまり強烈すぎず高価な幻滅もなくおたがいを知り合わせた。わたしの記憶ではわたしの友人やその家族の中に、正規の生まれでない赤ん坊はいなかった。いや、これはわたしのまちがいだ。きれいな話ではないが、わたしたちの知っていた少女がその学校友だちのところで一緒に休暇を過ごしていて、その友だちの、よくないうわさのある中年の父親にだまされたことがあった。

性的な接触にはいるということは困難であった。というのは、若い男たちは若い女を信用していたし、世論にさからえば自分たちにも若い女たちにも悪い影響があることをよく心得ていたからだった。男たちは、結婚している女と性的な遊びをしていた。たいていは自分たちよりずっと年上の者か、さもなければロンドンの〝ちょっとした友だち〟といって、誰も知らない友だちが相手であった。後年、アイルランドのあるハウス・パーティでの出来事をわたしは覚えている。他に二人か三人の若い女性と若い男たち、主に兵士が同じ家に滞在していたのだが、ある朝、その兵士の一人がいきなり帰ってしまった。イングランドから電話が来たものだからということだった。あきらかにこれは本当ではなかった。

誰もそのわけは知らなかったが、彼は親しくしていたずっと年上の女性に秘密を打ち明けていた。彼女なら自分の困った状態をわかってくれると思ったのだ。じつは一人の娘がちょっと離れたところのダンス・パーティに、一緒に行くよう彼に頼んだのだった。それには他の者は招待されていなかった。彼女を馬車に乗せていく途中、娘はホテルへ行って部屋を取ろうといいだした。「ダンスには少し遅れていきましょう」と彼女がいう、「誰にもわかりっこないわ……だって、あたしよくやってるんだから」若者はすっかりこわくなってしまい、その申し出を断わったが、明くる日とても彼女に会う気などもなくなってしまった。そんなわけで、突然去ることにしたのだった。

「ぼくは自分の耳が信じられませんでした……あんなきちんと育てられた、ほんとにまだ若い娘、りっぱな両親も何もかもそろっている娘が。ほんとに結婚したいと思うような、そんな娘なのに」

そのころはまだ若い娘たちの純潔にとってはすばらしい時代であった。だからといってわたしたちは少しも抑圧された感じなど持っていなかった。ロマンチックな交遊――わずかにセックスやセックスの可能性を加味したつきあいでわたしたちはりっぱに満足していた。求愛という段階はすべての動物に認められることである。男性は気取り返って求愛し、女性は全然気がつかないふりをしているが、内心では満足をおぼえている。これはまだ本物ではなくて見習いのような期間であることを人は知っている。中世の叙情吟遊詩人《トルバドゥール》たちが愛の故郷について歌を作ったのはまことに当を得ていた。わたしはいつでも『オーカッサンとニコレット』をその美しさ、その自然さ、その純粋さのゆえに再読する。青春時代の後では絶対に二度と味わえない特殊な感情――男性との交遊の興奮、親しみ合う感覚、同じ物事を好むこと、相手があなたの今考えていることをちゃんといい当てること、この特殊な感情。その大部分はもちろん幻影なのだが、これはすばらしい幻影であって、あらゆる女性の人生の中にその役割を持つべきものとわたしは考える。後年になって自分自身にほほえみかけてあなたはいえばいい、「わたしはほんとに若いおばかさんだったわ」と。

しかし、カイロではわたしはほんのかすかにさえ恋心をおぼえたことがなかった。わたしにはあまりにもなすべきことが多すぎた。あまりにもいろいろなことがあり、あまりにも多くのハンサムな、風采のりっぱな若い男たちがいた。わたしの心をゆさぶる人はあったが、それは四十歳ぐらいの人たちで、まあたまには子供ともダンスをしてあげようという親切心からで、きれいな娘としてからかうぐらいのものであった。社交界では、ダンスの番組表を組むときに一晩に同じ男と二度以上踊ってはいけないといううきまりがあった。ときには、これを三度にすることも可能ではあったが、そうなると付添いの目がきびしくなるのであった。

初めてのイヴニング・ドレスは、いうまでもなくたいへんうれしいものだった。わたしは薄いグリーンの、小さいレースのフリルのついたシフォンのと、白絹のと、もう一つは祖母の端切れの秘密箱から探し出した濃い青緑色のちょっと豪華な感じのタフタ地のとを持っていた。これはすばらしい服地だったが、何しろ長年しまい込んであったものだから、エジプトの気候には耐えられず、ある夜ダンスの途中でスカートのところと、そでと首まわりとに裂け目ができて、わたしはあわてて婦人トイレへ引きさがらねばならなかった。

翌日、わたしたちはカイロ市内のレヴァント人のドレスメーカーへ行った。その店の物は高価だった――わたしのドレスは英国で買った物で安物だった。でも、わたしはとてもきれいなドレスを手に入れた――薄いピンクのサテンで、見ようによって色が変化し、片方の肩にはピンクのバラのつぼみの束の模様があった。わたしが本当にほしかったのは、もちろん、黒のイヴニング・ドレスだった――若い女はみんな黒のイヴニング・ドレスをほしがっていた、というのは大人に見えるからだった。母親たちはみな娘がそんなドレスを持つことを許さなかった。

若いコーンウォール地方人でトレローニーという人とその友人、いずれも第六十ライフル連隊所属だったが、これがわたしの主なダンスの相手だった。ちょっと年上の、クレイク大尉という人、この人はきれいなアメリカ娘と婚約していたが、ある晩ダンスの後で、わたしを母のもとへ送ってきてくれたことがあった。そしていうには、「はい、お嬢さんをお届けしますよ。すっかりダンスを覚えられましたね。いや、なかなかおみごとです。

お母様としては、こんどは話をすることをお教えになることとですね」と、まさにこれは正当な非難だった。わたしは、なんと、まだ、うまく会話ができなかったのである。

　わたしは器量がよかった。もちろんわたしの家族は、わたしがきれいな娘だったというと、いつでも大笑いする。わたしの娘やその友だちはとくにそうで、こういう、「でもお母さん、そんなはずないわ。あの昔のひどい写真見てみるといい！」そのとおり、そのころの写真の中には相当ひどいのがあるけれど、それは服装のせいだと思う。というのは服自体まだ現代的になりきっていないからだと思う。当時わたしたちは途方もなく大きな帽子などかぶっていた——麦わら製で、リボンや花や大きなヴェールなどで差し渡し一ヤードほどもあった。写真館の肖像写真はしばしばこういうのを取り入れて、ときにはリボンであごの下へ結びつけたり、あるいはまたひどく髪をもじゃもじゃにして、ばか大きいバラの花束などを受話器みたいなふうに耳の上のところあたりで持たされたりした。わたしがまだ社交界に出る前の古い写真、長いおさげ髪を二本垂らして座って、どういうわけか全然わけがわからないが、紡ぎ車をまわしている写真があるが、これはなかなか美しい。かつてある青年がこういってくれたことがあった、「グレッチェンふうのがぼくはすごく好きだな」と。たぶん〈ファウスト〉の中のマルガレーテに似ているということだったのだろう。もう一枚、カイロにいたときの、わりとあっさりした帽子、といっても濃紺の大きな麦わら帽でピンクのバラが一つついているのをかぶった一枚はすてきである。顔のまわりの角度が美しく見えるし、やたらとリボン飾りがないのもいい。ドレスはだいたいにおいて飾りやひだが多かった。

やがて、わたしはポロ競技に夢中になり、毎日、午後に見物に行くようになっていた。母はわたしの教養を広めるというわけで博物館へ連れていったり、また、ナイル河上流のルクソール遺跡の壮大さを見にいこうともいった。わたしはそれに、目に涙さえたたえて強く抗弁したものだった、「いやよ、お母さん、いや、今出かけちゃだめ。月曜日には仮装舞踏会があるし、火曜日にはサッカラへピクニックに行く約束があるし……」それから、あれもこれも。古代遺跡のすばらしさなどは、わたしとしては見たくもないものだった、母が連れていかなかったのがうれしかった。二十年後、ルクソールやカルナック、エジプトの美は、すばらしい衝撃としてわたしの前に現われた。もしそのとき、まったくその価値を認めない目で見ていたら、エジプト遺跡をどんなに台なしにしていたかわからない。

世の中で、適切でないとき何かを見たり聞いたりするくらい大きな過ちはあるまい。シェークスピアは多くの人が学校で学習することにより損なわれている——見物し、舞台で演じられるように書かれた物としてシェークスピアは見るべきである。舞台でなら、ごく若いときでも、言葉や詩の美しさを理解できるずっと以前に、シェークスピア劇を鑑賞することができる。わたしは、孫のマシューをたしか十一か十二歳のころにストラットフォードで〈マクベス〉と〈ウィンザーの陽気な女房たち〉を見に連れていったことがある。

この両方とも孫はたいへん喜んで見ていたが、その批評は予想外だった。劇場を出るとき、孫は何か畏敬の念に打たれたような声でいった、「あのね、もしぼくがあれがシェークスピアってこと前もって知らずに見たんだったらね、きっとぼく、絶対そうとは信じられなかったと思うよ」これこそまさにシェークスピア賞賛の証明書というべきであって、そのとおりだと思う。

〈マクベス〉がマシューに受けたので、次には〈ウィンザーの陽気な女房たち〉をつづけて見ることにした。当時、この劇は古きよき英国流のどたばた喜劇として、何ら繊細さをみせることもなく演出されていたが、わたしはそうあるべきだと確信する。わたしが最後に見た——一九六五年——〈ウィンザーの陽気な女房たち〉の上演は、たいへんに芸術家ぶった演出で、ウィンザーの古い公園のわずかな日射しからはずいぶんと遠くへ離れた感じを受けた。洗濯物かごでさえもはや汚れ物いっぱいの洗濯物かごではなくなっていて、単なるラフィア編み製の象徴になっていた。どたばた喜劇を象徴化したらもはや楽しいものとはなり得ない。古きよきパントマイムのパイ投げは、実際に顔へパイがぶつけられるかぎり、ぜったいに大爆笑をひきおこす！　カスタード粉などと書かれた小さなボール箱を持ちだして、そっとほおを軽くたたく——まあ象徴的意味はあるかもしれないが、もはやそこに道化芝居はない。〈ウィンザーの陽気な女房たち〉は、うれしいことに、マシューにすっかり受け入れられた——とくにウェールズの先生が引きつがれたことがうれしかったようだった。

自分が長いこと親しんでいることを若い人に紹介して、それが受け入れられることぐらいうれしいものはない。夫のマックスとわたし、わたしの娘のロザリンドとその友だちの一人と一緒にロアールの城めぐりの自動車旅行をしたことがあった。その友だちは見物したどの城もみな一つの基準だけで評価した——老練な目つきでそこらを見まわしていうのである、「ここなら昔の人たちほんとにばか騒ぎができたでしょうね？」と。ロアールの城を、ばか騒ぎするところなどと表現しようとはまったく思いも及ばないことだったが、考え直してみると、これは鋭い観察である。昔のフランスの王様や貴族たちはたしかに自分たちの城をばか騒ぎの場所として使っていたのだ。このことから得られる教訓は（どうもわたしは何かというと教訓をみつけるように育てられたようだ）、学ぶのに年をとりすぎということはないということだ。新しい物の考え方をひょっこり示されることがよくある。

どうもこれは、話がエジプトからえらく遠いところへ行ってしまったようである。あることが他のことへとつながる、が、それでもよいのではあるまいか？　その冬エジプトで、わたしたちの生活に山積みしていた問題をかなり解決していたとわたしは今にして思う。母は、ほとんどお金もないのに自分の若い娘に社交界生活をつづけさせていく困難を解決する方策をみつけだしたたし、わたしはきまり悪がることを克服した。わたしの時代の言葉でいうと、〝どうふるまったらよいかわかった〟。わたしたちの暮らし方はちょっと説明できないほど変わってきた。

困るのは今の若い女の人たちが恋愛遊戯の術を何も知らない点である。前にも述べたように、恋愛遊戯はわたしたち世代の若い女性が入念に身につけた技術であった。わたしたちはそのルールを表から裏まで心得ていた。フランスでは絶対に若い娘は一人だけで若い男と一緒においておかれることはなかったが、英国ではそうではなかった。男性と散歩に行く、男性と乗馬に出かける。だが、ダンスには一人では行かなかった——母親かうるさい未亡人が一緒であるか、それともパーティの中にあなたの出席を承知している既婚の女性がいなければならなかった。だが、そのルールを守ってさえいれば、若い男とダンスをした後、月光のもとへぶらりと出るとか、温室の中へぶらぶらはいるとか、楽しい二人きりの密話も、世間の目から見て礼儀作法に反することなくできた。

ダンス相手の予定をうまく組むのはなかなかむずかしい技巧で、わたしの苦手とするところだった。あるパーティへ出かけていったとする——A、B、C三人は若い女性、D、E、Fは三人の若い男性。この三人の男性それぞれとすくなくとも二度はダンスをしなければならない——おそらくそのうちの一人と、どちらかがそれを避けたがらないかぎり、一緒に夕食に行くことになるだろう。残りの予定は自分の好きなように組む自由がある。そこにはおおぜいの若い男たちが待ち構えていて、たちまちその中の何人かが——あまり顔を合わせたくない者たちが押しかけてくる。そこできわどいことが始まる。自分の予定がまだいっぱいになっていないことを彼らにさとられないようにしながら、十四番目なら何とかなるとあやふやなことをいう。むずかしいのは、うまく釣り合いをとることである。自分が組んでダンスをしたいと思っている若い男性がこの場のどこかにいるはずなのだが、彼らのやってくるのが遅いと、ダンスの予定は満員になってしまう。逆に、初めにやってきた男性たちにあんまり多くうそをつきすぎると、予定に穴があいてしまい、そこは望みの若い男たちも埋めてはくれなくなるだろう。するといくつかのダンスを座って見ていなくてはならなくなり、相手のない〝壁の花〟になってしまう。自分がひそかに待っていた若い男が、あちこち見当ちがいのところを探し求めたあげくに突然やってきたときのせつなさ！　しおしおと答えなければならない、「番外の二番と十番しか残っていないのよ」と。

「ああもっといい順番を取ってくれてもいいだろう？」彼が嘆願する。

自分のダンスの予定を見て、あなたは考え込む。ダンスの相手を断わることはけっして好ましいことでない。女主人や母親たちからばかりでなく、若い男たちからも非難される。その返報として若い男たちからダンスの相手を断わられることもある。自分のダンスの予定を見てみると、おそらくその中にはあなたに対してよくないふるまいをした若い男の名前があるにちがいない、遅く来たとか、夕食のときにあなたよりは他の女の子とよく話をしていたとか。そうだったら、その男を当然切り捨てる。ときには、足が痛みだすほどひどい踊り方をした男も怒って切り捨てることもある。でも、こうしたことはわたしはめったにしたくなかった。というのはわたしは情にもろいほうなので、こういう若い男は誰からもよく扱われていないにちがいないので、それにつらく当たるのは気の毒だったからである。こういうことはすべて、ダンスのステップのようにまことにこみ入っていた。一方からいえばたいへんおもしろいことだったし、また他方からするとしんの疲れることであった。ともかく、経験することによって人のマナーはよくなっていく。

エジプトへ行ったことがわたしにとっては大きな助けになった。他のことではわたしの生まれつきの内気《ゴーシュリー》は取り除けなかったと思う。一少女にとってこの三ヵ月はじつにすばらしいものであった。すくなくともわたしは二十人か三十人の若い男を充分によく知ることができた。おそらく五十から六十のダンス・パーティに行った――しかし、ダンスを楽しむのに夢中で誰とも恋に落ちることがなかったのは、幸運であった。わたしは赤銅色に日焼けした中年の大佐数人にあこがれの目をむけていたものだが、これらの人たちの多くは美しい既婚婦人――他人の奥さん――に目をつけていて、若くておもしろみのない少女などには興味を持たなかった。わたしはすごくきまじめなオーストリアの伯爵で、わたしに真剣な注意を払っている若者にいささか悩まされた。避ければ避けるほど彼はわたしを探しだして、ワルツの約束をさせられた。前にもいったようにわたしはワルツがきらいで、またこの伯爵のワルツときたらすごく優秀なもので――ということは、大ざっぱにいって、最高のスピードで逆回りするので、わたしはいつも目まいがして倒れやしないかと心配になった。逆回りはミス・ヒッキーのダンス教室ではよくないこととされていたので、わたしはあまりその練習をしていなかった。

やがて伯爵はわたしの母とちょっとお話をさせていただきたいといいだした。これは彼の心づかいが正しいものであることをみせるためだとわたしは思った。もちろん、わたしは彼を母のところへ連れていかざるを得ない――その母は壁に背を寄せて夜の苦行に耐えているところだった――母にとってはまさに苦行にちがいなかった。伯爵は母のわきへ腰をおろして、すくなくとも二十分間ぐらいじつに厳粛な様子で母にあれこれと話をしていたようだった。後で、家へ帰ると母はわたしに不機嫌にいった。「いったい何であんなオーストリア人なんかをわたしのところへ話しによこしたの？　追い払えなくて困りましたよ」あの人が無理にそういうので仕方なかった、とわたしがいった。

「もっとうまくちゃんとやるものよ、こういうことは、アガサ」母がいった。「わたしのところへ話しにくる若い男の人はお断わりですよ。そういう人はただ丁寧なところをみせようとか、いい印象を与えようとするだけなんですから」あの人はいやな人なんです、とわたしがいった。「あの人はハンサムで、育ちはいいし、ダンスもうまいけど」と母がいった、「ほんとにうんざりさせられる人ね」

わたしの友だちの多くは若い下級将校たちで、おたがいの友人関係はとても愉快なものではあったが、真剣なものではなかった。彼らがポロ競技をやっているのを見物しながら、わたしはまずいプレーにはやじをとばし、うまくやったときには喝采し、彼らもわたしの前で一生懸命いいとこを見せようとした。わたしは年上の人にはどうも話をするのが苦手だった。今ではかなりたくさんの人の名前を忘れてしまったが、ヒバート大佐という人がよくわたしとダンスをした。わたしはカイロからヴェニスへの帰りの船の中で、母からのんきそうにいわれたことで、びっくりしてしまった。「ヒバート大佐があなたと結婚したがっていたこと、知っているでしょうね？」

「何ですって？」わたしはとび上がるほどびっくりした。「わたしに結婚の申し込みをしたこともないし、何にも聞いてないわ」

「いえ、わたしにそういわれたんです」母が答えた。

「お母さんに？」わたしはびっくりしたままだった。

「ええ。あの人、あなたをたいへん愛してるっていうの、そしてあなたがまだ若すぎると思うかってわたしにきくのよ。だからあなたには直接いわないほうがいいと思ったというわけ」

「それで、お母さんは何といったんですか？」わたしが詰め寄った。

「あなたがあの人を愛していないことは確実ですから、どうぞもうそのお考えはお捨てくださいってわたしはいいましたよ」

「まあ、お母さん!」わたしは憤然となって大きな声を出した、「そんなことといったの!」

母はひどくびっくりしてわたしを見ながら、「あなた、あの人を好きだったの?」と迫るようにきいた。「あの人と結婚することを考えていたの?」

「いいえ、もちろんそうじゃないわ」わたしがいった。「あの人と結婚しようなんて全然思ってもいなかったし、あの人に恋してもいないわ。でもお母さん、わたしへの結婚の申し込みはわたし自身が受けさせてもらいたいわ」

母はちょっとびっくりした様子でわたしを見ていたが、やがてあっさり自分がまちがっていたことを認めて、「いえね、わたしが少女だったのはもうずいぶんと昔のことになってしまいました」と母がいった。「でも、あなたの考えはよくわかります。そう、自分への結婚の申し込みは自分で受けたいわね」

わたしはそのことでしばらく考え悩んでいた。結婚の申し込みをされるのはどんな気持ちのするものか知りたかった。ヒバート大佐はハンサムで、退屈な人でもなく、ダンスは上手、裕福であった――あの人との結婚をよく考慮できなかったのは残念だった。わたしは思うのだが、またよくあることだけれど、ある青年に魅力を感じていないのにむこうではこちらに引きつけられている、そんなとき、その男性は一顧の価値もなく、直ちに除外されてしまう——というのは、男というものは恋しているとまるで病気の羊みたいな様子になるものなのだ。もし若い女がその男に好意を寄せていれば、そのような姿を見てうれしく思うが、好意を感じていなければその逆だ。彼女が関心すら持っていなければ、彼のことを念頭から追い払ってしまう。これは人生の不公平の一つである。女は恋するといつもより十倍も美しくなる——目は美しく輝き、ほおは晴れ晴れと明るく、髪も特別のつやを持ち、その会話もずっと機知ゆたかに才気に富んでくる。他方、男はそんな様子を今まで見たこともないので、あらためて見直すようになる。

わたしのこれが最初のまったく意に満たない結婚の申し込みであった。その次のは、身の丈六フィート五インチの青年からであった。わたしは彼がたいへん好きだったし、わたしたちは仲のいい友だちだった。彼が母を通じて申し入れるようなことをしなかったのは、うれしいことだった。それよりもっと考えがよかった。彼は何とか手を打ってわたしの乗った船に乗り込み、アレキサンドリアからヴェニス、そして本国へと帰った。気の毒だけれど、わたしはそれほど彼のことを思ってはいなかった。しばらくわたしたちは文通していたが、彼はインドへ赴任させられたようだった。もしわたしがもう少し年をとっていたら、きっと彼に関心を持ったろうと思う。

ところで今結婚の申し込みについて書いていて思うのだが、わたしの若いころ、男たちは本当に熱を入れて結婚の申し込みをしていたのだろうかと考える。わたしやわたしの友だちが受けた結婚の申し込みのあるものは、まるで現実性のないものだったと思わざるを得ない。もしわたしがその申し込みを受け入れていたら、彼らのほうがめんくらったのではないかとさえ疑いたくなる。かつてわたしはある若い海軍大尉と渡り合ったことがあった。わたしたちはトーキイでのあるパーティから家へ歩いて帰るところだったが、突然彼が結婚を申し込んだ。わたしはありがとうといってからお断わりをいい、つけ加えた、

「ところで、本気で結婚したいと思ってるとは、わたし信じられないんですけど」

「いや本気です、本気ですよ」

「わたしは信じられないわ」わたしがいった、「わたしたち、お知り合いになってからほんのまだ十日ぐらいだし、また、どちらにしてもどうしてこんなに若くて結婚なさりたいのか、わたしにはわからないわ。あなたの軍人としての出世の道にとってもよくないんじゃない」

「ええ、まあ、もちろん、そのとおりです、ある意味で」

「だったら、こんなふうに結婚の申し込みをなさるなんて、すごく不都合なことね。あなた自身そう認めてるでしょう。どうして、こんなことなさったの？」

「ひょいとその気になったんです」若者がいった、「あなたを見ているうちにふとそんな気になっちゃって」

「じゃ」とわたしがいった、「もう二度とこんなこと誰にむかってもなさらないほうがい

いと思うわ。もう少し慎重にしていただきたいわ」
　おだやかだがロマンチックとはいいがたい気分でわたしたちは別れた。

II

生涯について書いていて、ふと思い当たったのだけれど、わたしもその他の人たちもみなたいへんお金持ちのように聞こえているのではないかということ。実際のところ、わたしの友人のをするためにはお金持ちでなくてはならないであろうが、実際のところ、わたしの友人のほとんどすべてが、まあまあの収入の家庭の者であった。その両親もほとんど馬車や馬など持っている者はなかったし、また新時代の自動車など手に入れている者もまだなかった。そうするためにはお金持ちでなくてはならなかった。

若い女たちはふつうイヴニング・ドレスは三着以上は持っていなかったし、それを何年かもたせた。帽子なども、帽子用の一びん一シリングのペンキで毎シーズン塗り直したものだった。パーティにも、テニス会にも、そしてガーデン・パーティにもわたしたちは歩いていったが、夜の地方でのダンス・パーティにはもちろん辻馬車を雇っていった。トーキイの町では、クリスマスか復活祭以外には個人のダンス・パーティはあまり多くなかった。みんな八月のレガッタ舞踏会には泊まり客を招いて一団となって行きたがったし、またずっと大きな家での田舎のダンス・パーティへも行きたがった。わたしは六月と七月にロンドンでのダンス・パーティのいくつかに出た——たくさん行かなかったのは、わたしたちはロンドンにいくらも知り合いがなかったからである。だが、ときにはいわゆる会費制のダンス・パーティに六人一組になって行くこともあった。いずれもたいした出費にはならなかった。

それから地方大地主のハウス・パーティがあった。わたしは初めてそわそわしながら、ウォーリックシャーのある友人の家に行った。この家族はたいへんキツネ狩りの好きな人たちだった。夫人のコンスタンス・ロルストン・パトリックは自分自身では狩猟をしなかったが、キツネ狩猟会にはいつも小馬の馬車を走らせていくので、わたしはそれに同乗した。わたしの母は乗馬のさそいは絶対に受けてはならないと厳しく禁じていた。「あなたはまだ乗馬のことをあまりよく知らないのだから」と母は注意した、「どなたかの貴重な馬に乗って、けがをさせるようなことにでもなったら重大ですからね」しかし、誰もわたしに乗馬をすすめる者はなかった——それでちょうどよかった。

わたしの乗馬とキツネ狩りとはもっぱらデヴォンシャーに限られていた、ということはちょうどアイルランド流キツネ狩りみたいに高い土手の上を探しまわることだった——わたしの場合は、貸し馬屋の馬に乗るわけだが、この馬は相当下手な乗り手を乗せつけている馬だった。わたしの乗りつけのクラウディ号は少々くたびれ気味の赤地葦毛《あしげ》馬だが、わたしよりちゃんと心得ていて、うまくデヴォンの土手を乗り越えてくれた。当然のことだがわたしは横鞍に乗っていた――当時はまずどんな人でも女性は馬の背にまたがっては乗らなかったものである。横鞍は、両足を鞍頭《くらがしら》にぴったりそろえて乗るので、すばらしい安定感がある。初めて馬にまたがって乗ったときには思ったよりもずっと不安定な感じを受けた。

ロルストン・パトリック家の人たちはみなわたしにとても親切にしてくれた。どういうわけかみんなはわたしのことを〝ピンクリング〟と呼んでいた――たぶん、わたしがよくピンクのイヴニング・ドレスを着ていたせいらしかった。ロビンはよくその〝ピンクリング〟をからかったりしたが、コンスタンスはいつもいたずらっぽくちょっと目を輝かせながらいかにも年配の主婦らしい助言をよくしてくれた。夫妻にはとても愉快な二人の小さな娘があった。わたしが初めてこの家を訪ねたころ三歳か四歳で、この子たちとずいぶん長い時間わたしは遊んでいたものだった。コンスタンスは生来の仲人好きで、今にしてさとったことだが、わたしがこの家を訪ねるたびに何人ものいわゆる適齢期のりっぱな男性を引き合わせてくれた。わたしは正式でない乗馬に出かけたこともあった。ある日、わたしはロビンの友人二、三と野原を馬で駆けまわっていた記憶がある。この乗馬行は予定外だったので、わたしは乗馬服さえ着ていないで普段のプリント服を着ていて、髪も乗馬に適するようにしっかり結っていなかった。若い女性がみなつけていたつけ毛《ポスティシュ》をわたしもまだつけていた。村の道を家へ帰る途中、わたしの髪は完全に崩れてしまって、巻毛が途中あちこちに落ちてしまった。それを拾うためにわたしは来た道を歩いて戻らねばならなかった。これが意外にもわたしにとっていい反応を作りだした。後でロビンから聞いたのだが、ウォーリックシャーでも指折りのキツネ狩りの名人の一人が彼に賛辞を呈したというのであった。「お宅にはすてきな若い娘さんが滞在してますね、つけ毛がみんな落ちてしまったときの彼女のふるまいが気に入った、ちっとも気にしないところがね。元へ戻ってみんな拾い集めて大笑いしていた。すてきにさっぱりしたいい娘さんだ！」と。人にいい印象を与えるということは、まことに妙なものである。

ロルストン・パトリック家滞在のもう一つの楽しみは、この家には自動車があったことだった。この一九〇九年製自動車の胸の躍るような興奮はどう書いていいかわからない。これはロビン得意の宝物で、気むずかしくて始終故障したけれど、それがまた彼の情熱をよけいにかき立てた。ある日わたしたちはバンベリーまでの遠乗りに出かけた。その出発準備はまるで北極探検もかくやであった。大きな厚手のひざ掛け、頭を包むための予備のスカーフ、バスケット一杯の食料品など。コンスタンスの弟のビル、ロビンにわたしは探検隊なのだ。わたしたちはコンスタンスに心やさしいお別れの言葉をかけ、彼女はわたしたちみんなにキスして、気をつけてと念を押し、わたしたちが帰ってきたら、熱いスープをたっぷり、それから心地よい部屋を用意しておきますからね、といった。バンベリーはこの家からまず二十五マイルぐらいのところなのだが、まるで地の果てに行くような騒ぎであった。

わたしたちは慎重に時速二十五マイルぐらいで、何事もなく、まことに楽しく七マイルほど進行した。しかし、これはほんの事の始まりにすぎなかった。わたしたちは何とかしてバンベリーへたどり着きはしたものの、車輪を一つ取り替えたり、どこかにガレージはないものかと探しまわったりした。当時ガレージなどは数えるほどしかなく、またあっても遠く離れていた。やっとのことで夕方の七時ごろ家へ帰り着いた……くたくたに疲れ、骨の髄まで冷えこみ、持っていった食料はとっくになくなって、気が狂いそうに腹を減らしていた。今でもわたしはこのときのことを生涯で最高の冒険の一つと思っている！　このドライブの大部分をわたしは道路わきの土手に座りこんで、冷たい風の中、ロビンとビルを励ましつづけていた……そして彼らはわきへ取扱い説明書をひろげて、タイヤやら予備の車輪、ジャッキその他、まるで知識のなかった種々の機械工具類と格闘していた。

ある日、母とわたしはバーテロット家の昼食にサセックスへ出かけた。レディ・バーテロットの兄アンカテル氏も一緒に昼食をすることになっていた。この人は、わたしの記憶だと長さ百フィートもありそうな大型で強力な自動車を持っていて、何やら車の外いっぱいに大きな管のようなものがぶらさがっていた。熱烈な自動車ファンで、わたしたちがロンドンへ帰るのを車で送ってあげようという。「汽車なんかに乗ることはない……あんなひどいものはないですよ、汽車なんて。わたしが自動車でお送りします」わたしはもう天にも昇る気持ちだった。レディ・バーテロットが新型の自動車用帽子を貸してくださった――ひさしのついた、ヨット用帽子とドイツ皇帝付武官がかぶっているのとの中間ぐらいの平たいもので、ドライブ用のヴェールでしっかりと頭へ結びつけるのだった。わたしたちはその怪物に乗り込み、余分のひざ掛けで身体をかこむと、まるで疾風のように怪物は走りだした。当時は、自動車は全部屋根なしのオープンであった。ドライブを楽しむには人は相当な苦難に耐えなければならなかった。当時人は苦難に耐えるのに慣れていた……真冬でも火の気のない部屋でピアノの練習をして、凍るような風にも慣れていた。

アンカテル氏は、〝安全〟スピードの二十マイルでは満足できなくて、おそらく時速四十から五十マイルでサセックスの道路をとばしていたと思う。すると突然、氏は運転席から立ち上がってどなったのである、「うしろを見て！　うしろを見て！　あの生け垣の陰を見て！　あそこに隠れているやつが見えたろう？　あの野郎め！　悪党！　あれは警察のわななんだ。そう、悪党だよ、あいつらのやることは……生け垣の陰に隠れていて、出てきて速度を計るんだ」車は時速五十マイルからとたんにのろのろの十マイルにスピードを落とした。アンカテル氏はえらくクスクス笑って、「これでやつをだしぬいてやったぞ！」

アンカテル氏はちょっと人騒がせな人に思えたが、わたしはその自動車がすごく好きになった。それはぴかぴかに明るい赤で、びっくりさせられるような怪物であった。

また後日わたしはグッドウッド競馬レースの日にバーテロット家へ泊まりに行ったことがあった。地方地主邸を訪れて楽しくなかったのはこのときだけだった。屋敷に泊まっている人たちはみな競馬好きの人たちで、わたしは競馬用語や競馬独特の言いまわしは全然わけがわからなかった。わたしにとって競馬は、花飾りのいっぱいついた手におえない帽子をかぶって、さっと風が吹いてくるたびに六本もの帽子止めピンをぐっと押さえ、ハイヒールの窮屈なエナメル靴をはき、暑さに足や足首がひどくむくむのを我慢しながら何時間も突っ立っていることにすぎなかった。ときどきみんなが、「出走だ！」と叫ぶので、わたしもひどく熱心なふりをよそおって、伸び上がって見るのだが、すでに四足獣どもは目の届かないところへ行ってしまっていた。

滞在客の一人が、わたしのためにいくらか賭けさせてくださいませんか、とやさしくわたしにたずねた。わたしはびっくりして声も出せないでいた。女主人役をしていたアンカテル氏の妹がすぐその男を叱りとばした。「とんでもありません。「若い娘は賭けなどしてはいけないんです」それから彼女はわたしにむかってやさしく、「あのね、お話ししておきましょう。わたしがどんな馬に賭けても、あなたには五シリング差し上げることにしましょう。他の人のいうことには気をとめないで」ところでこの人たちは一レースに二十ポンドか二十五ポンドも賭けていると聞いて、わたしは髪の気が逆立つほど驚いた！　でも、女主人はいつもお金のことでは若い娘たちに思いやりがあった。ふんだんにお金が使えるような若い娘はごく少ないことをよく知っていた。金持ちか金持ちの出の者でも、一年に五十ポンドか百ポンドぐらいのきまった衣裳代を与えられているくらいのものだった。そんなわけで、女主人は若い娘たちによく気をつけて世話をしていた。娘たちはブリッジをすすめられることがあったが、そんなときにはかならず誰かがついていてくれ、もし負けたらその支払いに責任を持ってくれた。こうして仲間はずれの感じを持たせないようにし、また同時に払いきれないような金額を負けても安心だった。

わたしと競馬との最初の出会いは全然魅力を感じさせるようなものではなかった。わたしは家へ帰ると母に、もう二度と、〝出走だ！〟という言葉など聞きたくないといった。ところが一年たつと、わたしはもうすっかり熱心な競馬ファンになっていて、競走馬について相当のことを知っていた。後日、わたしはコンスタンス・ロルストン・パトリックの家族とスコットランドに滞在したことがあったが、ここで彼女の父親が小さい競走馬の厩舎を持っていて、ここでわたしはたっぷり競馬のことを教え込まれ、また小さな競馬会にも連れていかれ、競馬のおもしろみを覚えてしまった。

グッドウッド競馬パーティはもちろん一種のガーデン・パーティのようなもので——ただずっと長くつづけられるガーデン・パーティだった。そのうえにずいぶん乱暴なことも行なわれたが、わたしはそうした乱暴には慣れていなかった。おたがいに人の部屋へ押し入って、窓から物を放りだして、大笑いしたりするのである。他に若い娘はいなかった——競馬パーティ招待客の中の女性はほとんどが若い既婚婦人だった。六十ぐらいのある老大佐がわたしの部屋へ荒々しくはいり込んできて大声でいった、「さてさて、赤んぼちゃんとひとつおもしろいことをして遊びましょう！」と衣裳戸棚からわたしのイヴニング・ドレスの一つを取りだした——それはリボンのついたピンク色のちょっと子供っぽい物だった——それを窓から外へ放りだして、「それ捕まえろ、捕まえろ、パーティの中でいちばん若い人から分捕った戦利品だぞ！」といった。わたしはもう胆がつぶれるほどびっくりしてしまった。イヴニング・ドレスはわたしにとっての重大品目——念入りに手入れをし、保管し、クリーニングをし、修理などしたものだ——それを今まるでフットボールみたいに投げとばされてしまった。アンカテル氏の妹さんともう一人女の人が助けにやってきて、気の毒に、こんな小さい人をいじめるもんじゃありません、とたしなめてくれた。このパーティから帰るのがありがたかった。でも、たしかにやはりわたしのためにはなっていた。

他のハウス・パーティで、わたしの覚えている盛大なものは、砂糖王などといわれていたパーク・ライル氏夫妻が借りていた地方地主の豪邸でのものだった。わたしたちはカイロでパーク・ライル夫人と会っていた。そのころ夫人は五十か六十ぐらいだったと思うのだが、ちょっと離れたところから見ると、とてもきれいな二十五歳ぐらいの若さに見えた。

私的な生活ではあまり化粧している夫人を見たことがなかった。パーティへ姿を現わすときのパーク・ライル夫人は見ものだった――みごとに整髪した黒い髪に、すばらしいつややかな顔（アレクサンドラ女王にも比すべき）、それに着ているものはピンクと薄いブルーのパステル調――全体の容姿が、自然を克服した技巧の勝利だった。とても思いやり深い人で、自分の家にたくさんの若者を呼んで楽しんでいた。

ここでわたしは若い男の中で心を引かれた人があったが、彼は後に一九一四～一八年の戦争で死んだ。もっともむこうではわたしにほとんど注目していなかったので、わたしとしてはもっとよく知り合いたかった。だが、これはべつの兵士、砲兵に邪魔だてされた。この人はいつもわたしのわきにくっついていて、テニスやクローケーその他何でもお相手をいたしましょうと強要するのである。日に日にわたしのいらだちはつのっていった。ときにはひどく手荒い扱いもしてやったが、彼は気づかない様子だった。こんな本、あんな本は読んだか、と聞きづめにして、その本をわたしへ送りましょうという。ロンドンへいらっしゃることはありませんか？　ポロ競技を見物に出かけられませんか？　わたしの否定の返答は彼に何の効果も及ぼさなかった。帰る日が来て、わたしはまずロンドンへ行く必要があって、それからデヴォンへの列車へ乗り換えるため、相当早目の汽車を捕まえねばならなかった。朝食の後パーク・ライル夫人がわたしに、「Sさん（彼の名前が今わたしは思い出せない）があなたを駅まで馬車でお送りするといってましたよ」といった。

幸いなのは駅がそれほど遠くないことだった。わたしとしてはパーク・ライル家の、それこそ一隊ほどある馬車の一つで送ってもらいたかったのだが、きっとS氏がわたしを送りますからと女主人に申し出たのにちがいなかったし、女主人のほうでもわたしが喜ぶだろうと思ったのだろう。まったく何も知らない人だ！　ともかくわたしたちは駅へ着き、ロンドンへの急行列車がはいってきて、S氏はわたしを空いている二等車の隅の席に落着かせてくれた。わたしは親しい調子で彼にさよならをいい、これで彼を見るのも最後だと思ってほっとした。そして列車が出発した途端、彼は突然ハンドルをつかんでドアを開け、とび込んでくると閉め切って、「ぼくもロンドンへ行くんです」といった。わたしは開いた口がふさがらず、じっと彼を見つめていた。

「手荷物も何も持ってないじゃありませんか」

「わかってます、わかってます……そんなのどうでもいいんです」とわたしの前に座って、身体を乗り出し、両手はひざについて、一種狂暴な目つきでじっとわたしを見つめていた。「じつはあなたとまたロンドンで会うまで延ばしておこうと思ったんです。もう待てなくなりました。今いいます。ぼくは気がちがうほどあなたを愛しています。ぜひぼくと結婚してください。ぼくはあなたが夕食に二階から降りてこられるのを初めて見た瞬間から、世界中であなたこそぼくの妻たるべき唯一の人だと思っていたんです」

この言葉の流れをわたしがせき止めるまでにはちょっと時間がかかったが、わたしはよそよそしい冷淡さでいってやった。「Sさん、ほんとにやさしくしてくだすって、感謝にたえません。でも残念ですけど、わたしの答えはノーです」

彼は五分間ほども異議を申し立てていたが、しまいにはこの話はこれまでとして、友だちとしてまた会ってください、と懇願した。わたしは、もうふたたび会わないほうがいいと思うし、またわたしは気持ちを変えることもないといった。わたしは決定的な調子でいったので、彼もやむなく受け入れた。彼は席のうしろへ寄りかかってぐったりしてしまった。若い女に結婚の申し込みをする最悪のときというものを想像できるだろうか？　わたしたち二人、空いている車室に閉じ込められて――当時、車室に通路はなかった――ロンドンまですくなくとも二時間、もはや何も話すこともない袋小路に入った二人だった。わたしたち二人とも、読む本ひとつ持っていなかった。わたしはS氏のことを今思い出してもやはりきらいである――善良な人の愛にはそれにふさわしい感謝をおぼえなさい（祖母の金言）というそんな気持ちさえも感じられない。あの人は善良な人であったにちがいない、だからこそあんなに退屈な人になったのかもしれないと思う。

もう一つ田舎のハウス・パーティに行ったのはやはり競馬のときで、わたしの名付け親の旧友ヨークシャーのマシューズ家だった。マシューズ夫人は止めどのないおしゃべりで、ちょっとあわただしい人であった。セント・レジャー競馬パーティへの招待であった。そのころわたしも競馬にはもう慣れていて、どうやら楽しめるようになっていた。そのうえ

――よくあることであるが、つまらないことを覚えているものだ――わたしは上着とスカートをこの機会のために新調していた。それを着てわたしはすこぶるご機嫌だった。緑がかった茶の上質ツイードで高級仕立てであった。母がいっていたようにお金をかけただけのことはある、といった類《たぐい》のもので、というのは、上等の上着にスカートは何年でも着られるからだった。この一着はまさにそれで、すくなくとも六年わたしはこれを着た。上着は長く、ビロードのえりがついていた。これと一緒にわたしはスマートな小さいビロードの緑がかった茶色に、鳥の羽のついたトーク帽をかぶった。この装いの写真がないけれど、今見たらさぞおかしいと思われるにちがいないが、わたしの思い出としてはスマートできびきびしていて、りっぱな着こなしと思っている！

わたしの喜びは乗換え駅でその頂点に達した（たぶんわたしは姉と一緒にチェシャに行っていて、そこから来ていたのだろう）。冷たい風が吹きまくっていた。すると駅長がわたしのところへやってきて、駅長室でお待ちになりませんかというのである。「お付きの女の方が、あなたの宝石箱や何か貴重品はお持ちになってるのでございましょう」と駅長がいった。わたしは、もちろんお付きの女を連れて旅行したことなどなかったし、またこれからもあり得ないし、宝石箱の持ち主などにもなりっこなかったが、この待遇はビロードのトーク帽のスマートさのせいだと思って感謝した。わたしは、こんどはお付きの女は一緒ではありません、といった――万一、見下げられてはとの気から〝こんどは〟というのを避けられなかった――でも、駅長の申し出をありがたく受けて、暖炉の火の前に腰をおろしてお天気のことなどありきたりの話を快く交わした。やがて次の列車が到着、わたしはえらく儀式ばってそれに乗り込まされた。わたしがこんな特別待遇を受けたのは例の上着とスカートと帽子のせいだったにちがいないと思っている。わたしは一等車でなくて二等車に乗っていたのに、大金持ちかそれとも有力者として全然疑いを持たれなかった。

マシューズ一家は〝ソープ・アーチ館〟という名の家に住んでいた。マシューズ氏は夫人よりずっと年長で――たぶん七十歳ぐらい――豊かな白髪のりっぱな人だった。競馬の大愛好家で、若いころにはキツネ狩りのファンでもあった。夫人をかわいがってはいたが、その夫人にどうやらひどくひっかきまわされているようだった。実際のところ、氏についてのわたしの主な記憶といえば、いらいらしながら氏が、「おいおい、そうせきたてなさんなよ！　おい、そうせきたてるんじゃないよ、せきたてるなよ、アディ！」とよくいっていたことである。

マシューズ夫人は生まれつきのせかせかか、やきもき屋だった。朝から晩までしゃべりまくり、やきもきしていた。親切な人なのだけれど、わたしもときにはとても我慢できなくなりそうになることがあった。夫人があまりにトミー老をせかせかせきたてるものだから、とうとうご主人は自分の友人を招待して自分たちと永久に住まわせることにした――ウォーレンスタイン大佐という人で、周囲の社交界では〝マシューズ夫人の第二の夫〟などといわれていた。これはけっして〝もう一人の男〟や妻の愛人などといった状態でないことをわたしは確信していた。ウォーレンスタイン大佐はたしかにアディ・マシューズを熱愛していた――生涯の熱情だったとわたしは思う――が、夫人は彼のことをロマンチックな献身をしてくれる、便利で純粋に精神的友人として扱っていた。とにかく、アディ・マシューズは二人の献身的な男とたいへんに幸せな暮らしをしていた。二人は夫人を気ままにさせ、おせじを使い、夫人が求めているあらゆるものが手に入るようにいつも手配していた。

ここに滞在中わたしはチャールズ・コクランの夫人、イヴリン・コクランに会った。美しい人で、ちょうどドレスデン陶器の絵によくある女羊飼いのように、大きな青い目の金髪だった。彼女は上品だけれど田舎にはまったく不向きな靴をはいてきていた――アディはそのことをけっして忘れさせまいと、毎時間ごとに彼女をとがめるのである、「ねえイヴリン、あなたはどうして、ここにむいた靴をはいてこないの！　ごらんなさいな、まるでボール紙みたいな底でしょう、ロンドンにしか合いませんよ」イヴリンはしょんぼりと青い大きな目で彼女を見ていた。彼女はほとんどがロンドン暮らしで、演劇関係の仕事に取り囲まれていた。わたしは彼女から聞いたのだが、一家の強い反対を押しきってチャールズ・コクランのもとへ窓から抜けだして駆け落ちをしたのだという。彼女はめったには見られないほど彼を熱愛していた。自宅を留守にすると、彼女は毎日かならず彼に手紙を書く。他にいろいろのことがあったにもかかわらず、彼のほうもつねに彼女を愛していた、とわたしも思う。彼とともに暮らしてきたあいだに彼女はずいぶんと苦しみもした。というのは彼女の愛のような場合は、嫉妬はとうてい我慢できないものだったにちがいない、しかし、それだけの価値あるものとも彼女は思っているだろう。このような、ある一人に対し生涯つづく情熱というものは特権であって、どんな代価を払っても持ちつづけなくてはならないものなのだ。

ウォーレンスタイン大佐は彼女の叔父だった。彼女は叔父が大きらいだった。老トム・マシューズはどうやら好いていたようだが、アディ・マシューズもきらいだった。「わたしは叔父が好きになったことって一度もないの」彼女がいった、「あの人、とても退屈な人。そしてアディは、わたしあんな腹の立つ、愚かな女性って会ったことないわ。誰も一人にしておいてくれないし、いつも人を叱りとばしたり、何かさせたり、それとも自分で何かやってる……全然だまっていることができないのよね」

Ⅲ

ソープ・アーチ館の滞在が終わってから、イヴリン・コクランがわたしたちにロンドンの家に来ませんかといってきた。わたしはちょっと尻ごみしたが、演劇関係のうわさ話など聞けると思うと胸が躍った。それにまた、これが初めてのことだったが、絵というものに心動かされることがあるとわかり始めていた。チャールズ・コクランはたいへんな美術愛好家だった。彼が所蔵しているドガの踊り子たちの絵を初めて見たとき、わたしは自分の中にそんなものがあるとも気づかなかったあるものがすごくゆり動かされるのをおぼえた。否も応もなく、年齢的に若すぎる女の子たちをぞろぞろと美術館などへ連れていく習慣は大いに反対を唱えるべきものである。けっして希望したような結果は生まれない、ただ生まれつき芸術的な子はべつである。そのうえ、教育されていない目や非芸術的な目にとっては、大画家の作品があれもこれも似たようにしか見えず、やりきれない。てらてらのからし油のようなうっとうしい光を持っている。わたしは美術を強制された——初め、少しもおもしろくもないのにわたしは絵を描き色を塗ることを習わされ、次には道徳上の義務の一種として美術を鑑賞することをしいられた。

わたしたちのアメリカ人の友だちで、彼女自身も美術を愛する人がいた。音楽その他あらゆる種類の教養の信奉者だったが、ロンドンへ定期的に渡来していた――この人は、わたしの名付け親サリヴァン夫人のめいでもあり、またピアポント・モルガン（アメリカの大富豪で、大銀行家。美術収集家としても有名）のめいでもあった。彼女メイはたいへんにいい人なのだが、不幸なことにひどく醜い甲状腺腫があった。彼女の若いころには、甲状腺腫の療法がなく、わたしが最初に会ったときには四十歳ぐらいであったろうか、外科手術は危険度が高すぎるとされていた。ある日メイはロンドンへ来ると、わたしの母にこれからスイスのある診療所へ行って手術をしてもらうつもりといった。

すでにもうその手配も彼女はしていた。有名な外科医でこの方面を専門にしていた人が彼女にいったという、「マドモアゼル、わたしはこの手術は男性にすすめないことにしている、というのはこの手術は局部麻酔だけで行なわなくてはならないからで、その手術中患者はしゃべりつづけていなければならないからです。男性の神経はこれに耐えられるだけの強さがありませんが、女性は必要な辛抱強さを達成することができるのです。この手術は相当時間を要します……一時間もしくはもっとかかりましょう……そのあいだ、あなたはずっとしゃべりつづけていなければならない。その辛抱強さがあなたにはありますか？」

メイは医者を見て、一分か二分ほど考えてからはっきりいったという。はい、その辛抱強さを持っています、と。

わたしの母がいった、「やってみたほうがいいと思うわ、メイ。たいへんな苦しい体験となることでしょうけど、成功すれば、それこそ苦しみに値する大変化があなたの人生にもたらされるわ、きっと」

やがて、スイスのメイからたよりが来た――手術は成功だった。今は診療所を出てイタリアのフィレンツェ近くフィエソレというところの別荘にいるとのことだった。そこに一カ月ほど滞在した後、さらに検査のためにスイスへ戻ることになっている。彼女は母に、このわたしをこちらへよこしてくれないか、そうすればフィレンツェの見物もできるし、そこの美術や建築も見られるからと問い合わせてきた。母がそれに同意して、わたしは出かける用意をした。もちろん、わたしはすごく興奮した――十六歳ぐらいだったと思う。

わたしの乗る列車に、母と娘の一組がいた。クック旅行社の紹介でわたしはその人たちにヴィクトリア駅で引き合わされ、出発した。一つ幸運なことがあった――そのお母さんも娘も機関車のほうへむいていないと汽車に酔うという。わたしさえかまわなければ、車室の反対側を一人占めにして横になっていてもいいというのである。わたしたちは誰も一時間やそこらのちがいなど気にしないほうで、わたしたちが国境の乗換え駅に早朝着いたとき、わたしはまだ眠りこんでいた。車掌にせきたてられてプラットホームへ出て、母娘と大声でさよならをいい合った。わたしは持ち物をまとめてべつの列車へ行き、間もなく山々のあいだをイタリアへと旅をつづけた。

メイのお付きのメイド、ステンゲルがフィレンツェに迎えにきていてくれ、一緒にフィエソレまで市街電車で行った。その日は、言葉ではいい表わせないようなすばらしい日であった。早咲きのアーモンドとモモの花が満開で、まだ葉のない裸の枝にデリケートな白とピンクの花がついていた。メイはここの別荘にいて、にこやかに出てきて迎えてくれた。こんなにも幸せそうな女の人の顔をわたしは見たことがない。彼女のあごの下に突きでていたあのひどいこぶがなくなっているのが、ちょっと奇妙に見えた。医者があらかじめ警告していたように、彼女はたいへんな勇気が必要であった。彼女がわたしに話してくれたところによると、一時間と二十分のあいだ椅子に寝かされ、両足は頭より高く持ち上げられて縛られ、外科医たちが彼女ののどを切開しているあいだ中、彼らに話しかけ、問いかけられれば答え、話し、顔をしかめたりしていたという。後で、医者が彼女におめでとうといって、あなたはこれまで会った中でも最高に勇気のある女だったといった。

「でも、ムッシュ・ル・ドクトゥール、申し上げておきますけど」と彼女がいった、「もうすぐ終わるというころ、わたしはヒステリーをおこして悲鳴をあげ、もうとても我慢できないと叫びだしたかったんです」

ラウス博士がいった、「ああ、でも、あなたは叫ばなかった。ほんとに勇敢なご婦人と申し上げたい」

そういうわけでメイは信じられないほど幸せそうで、わたしのイタリア滞在を快適なものにするためあらゆることをしてくれた。わたしは毎日フィレンツェへ見物に出かけた。ときにはステンゲルが一緒に行ってくれたが、それよりもだいたいはメイが雇った若いイタリア人の女性がフィエソレへやってきて、町までお供をしてくれるほうが多かった。若い女性はイタリアではフランスなどよりずっと慎重に婦人の付添いがつけられていた――事実、わたしも電車の中で熱烈な若い男につねられるというたまらない不快をずいぶん味わった――すごく痛いのである。わたしが美術館や博物館の絵画をうんざりするほど経験させられていたころのことであった。じつに欲ばりにわたしが楽しみにしていたのは、フィエソレへ帰る市街電車へ乗る前、ある菓子店《パテイスリー》でおいしい軽食をとることであった。

後になったらメイも何度か一緒にわたしの美術巡礼に加わっていたが、もうわたしが英国へ帰ることになっていた最後の日のことをわたしはよく覚えている――彼女は最近清掃されてきれいになったばかりの、すばらしい〈シエナの聖カテリーヌ像〉を何としても見ておきなさいとがんこにすすめた。今、この絵はウフィッィ美術館にあるのかどうか知らないが、わたしたちはその展示室を全部駆けめぐったがみつからなかった。わたしはもう聖カテリーヌ像には興味を持っていなかった。わたしは聖カテリーヌ像に食傷していた――全身を矢で射貫かれている無数の聖セバスチャン像に不快さをおぼえ――聖者たちことごとく、その信条やその不快な死にざまに心からあきあきしていた。またわたしは、ひとりよがりの聖母マリア像、とくにラファエルのものなどうんざりだった。今こう書いていて、わたしは恥ずかしい――この点でどんなにわたしが野蛮であったかを思うと。しかし、ここに問題がある――巨匠たち（十六～十八世紀の大画家ミケランジェロ、ラファエル、ルーベンス、レンブラントらを指す）というのはすでに作られた趣味である。わたしたちが聖カテリーヌ像を探し求めて走りまわっているとき、わたしの心配はつのりつのっていたのである。いつもの菓子店《パティスリー》へ行って、これが最後のチョコレートやホイップクリーム、ぜいたくな砂糖菓子を食べる時間があるだろうか？　わたしはいいつづけていた、「もういいですよ、メイ、ほんとにもういいんですから。もうこれ以上気にしないで。わたし、聖カテリーヌ像はもうたくさん見ましたから」

「あ、でもここのはね、アガサ、特別すばらしいのよ……見損なったことをきっと後で後悔することになるんだから」

わたしはけっして後悔なんかしないつもりだが、メイにそういうのはちょっと気がひけた！　でも、運はわたしのほうについていた――この聖カテリーヌの特別な絵はもう数週間美術館には戻ってこないことが明らかになったのであった。汽車に乗る前にチョコレートやケーキを詰め込む時間はやっとできた――メイはいろんなすばらしい絵のことを長々と述べたて、わたしはクリームやコーヒー・アイシングを口いっぱい押し込みながら一生懸命相づちを打っていた。わたしはたっぷり肉がついて小さな目をしたブタみたいになっているはずだったのだが、それとは逆に、まるでひょろひょろの細くて折れそうな身体つきに、目ばかりぽかんと大きかった。わたしを見たら、あなたはきっと、ヴィクトリア朝のおとぎ話の中の子供のように、精神昏迷の状態で早死にするにちがいないと予言したことであろう。とにかくわたしはメイの美術教育を感謝して味わえなかったことを恥じるだけのたしなみは持っていた。フィエソレは楽しかった——が、最高のものはあのアーモンドの花であった——それと、ドゥドゥといういつもメイとステンゲルについて歩いていた小さなポメラニヤン種の犬とよく遊びふざけたことであった。ドゥドゥは小さくて、とても利口だった。メイは英国へ来るときはよくこの犬を一緒に連れてきた。こんなとき、彼はメイの大きなマフ（毛皮などで作った筒形のもので、外出のとき、婦人が両手を突っこんで暖める）の中へもぐり込んでいて、いつも税関役人の目をのがれていた。

メイはニューヨークへの帰途ロンドンへ来て、きれいになった首をみせてくれた。わたしの母と祖母は二人とも泣きながら彼女に何度もキスしていたし、メイも泣いていた。というのはかなわぬ夢が本当になったようなものだったからだ。メイがニューヨークへたつとすぐ、母が祖母にいっていた、「でも、なんて残念なことでしょう、ほんとに残念、十五年前にあの人がこんどのような手術が受けられたらと思うと。どうもニューヨークのお医者がたいへんまずい診断をしていたのにちがいありませんね」

「といっても、もう遅いよ」と祖母がしみじみいった。「もう今からでは結婚できやしないものね」

でも、うれしいことには、祖母はまちがっていた。

メイは結婚など自分に関係ないこととしてこれまで悲しい思いをしたにちがいないし、またこんなに年をとってからの結婚も思いもよらないことだったと思う。だけれど、数年後彼女はアンドリュー・スタージスという一人の牧師を連れて英国へやってきた——この人は誠実な人格者で、ニューヨークの監督教会の中でも重要な教会の教区牧師をしていた。彼は医者から後一年の命しかないといわれていたが、ずっと熱心な教区員であったメイは、ロンドンの医者に診察してもらうために信徒組合の同意を取りつけて、ロンドンへ来たのだった。彼女は祖母にいっていた、「わたしはあの人が回復するものと確信してるんです、あの人は世の中に必要な人なんです、非常に必要な人です。ニューヨークでりっぱな仕事をしてます。ばくち打ちやギャングを改心させたり、ひどい売春宿などにも話しに行きますし、悪評や暴行を受けることも恐れてはいません、そして多くの異常な人物が彼のおかげで改心させられているんです」メイは彼をイーリングの祖母の家へ昼食に連れてきた。その次、彼女がお別れのあいさつに来たとき、祖母は彼女にいった、「メイ、あの人はあなたを愛してるよ」

「なんですって、おばさん」メイが大きな声を出した、「どうしてそんなとんでもないことというんです？　あの人、結婚のことなんか全然考えてもいないわ。がんこな独身主義者ですよ」

「もとはそうだったかもしれないけれどね」祖母がいった、「でも、今はそうじゃないと思いますよ。それに、第一、独身主義っていったい何です？　あの人、ローマ・カトリックじゃあるまいし。あの人は、メイ、あなたのことを思ってます」

メイはすごくショックを受けたようだった。

すると、一年後、彼女から手紙が来て、アンドリューは健康を回復し、二人は結婚しました、とあった。とても幸せな結婚であった。メイに対するアンドリューの親切、やさしさ、ものわかりのよさは誰ともくらぶべくもないものだった。「彼女は幸せにならなくてはいけない人です」かつて彼は祖母にいっていたことがあった、「彼女は人生の大半を幸せから閉めだされていました、そしてそれを恐れるあまり、清教徒のような厳格純粋主義者になりかかっていたんです」

アンドリューは相変わらず病弱ではあったが、それでも彼は仕事をやめなかった。愛するメイ、彼女に幸せがやってきたことをうれしく思う。

IV

一九一一年、わたしにとって夢のようなすばらしいことがあった。わたしは飛行機に乗って空へ上がった。もちろんそのころ飛行機は、臆測、疑惑、議論などのかっこうな主題の一つであった。わたしがパリの学校に行っていたころ、ある日わたしたちはサントス・デューモンがブーローニュの森でなんとか離陸しようとするところを見物に連れていかれたことがあった。わたしの記憶では、飛行機は浮き上がって、数ヤード飛行して、それから墜落大破してしまった。それでもわたしたちはひどく感心した。それから例のライト兄弟だった。わたしたちはずいぶん熱心にその話を読んだものだった。

ロンドンでタクシーが使われるようになると、辻馬車を呼ぶ方法として笛を鳴らすことが導入された。玄関のドア・ステップに立って、笛を一度鳴らすとグロウラー（四輪辻馬車）、二つ笛を吹くと町のゴンドラ、二輪馬車、三度笛を鳴らすと（そして運がよければ）新しい乗り物、タクシーがやってくるというわけだった。ある週の《パンチ》誌の絵にこんなのがあった――小さな子供が、ドア・ステップに呼子を持って立っている、堂々たる執事にむかっていっている――「ねえおじさん、笛を四回吹いてごらんよ、飛行機がやってくるかもしれないよ!」

ところが今やこの絵は昔ほどそんなにおかしくもなければ、不可能なことでもなくなりかけているようだ。やがて本当になるかもしれない。

わたしが今お話ししているのは、わたしと母がどこかの田舎に滞在していたときのことで、ある日わたしたちは飛行ショー――プロの冒険屋――の見物に出かけた。わたしたちは飛行機が空中へ舞い上がって旋回し、空中滑走してふたたび着陸するのを見ていた。すると、掲示板が立てられて〈一回飛行五ポンド〉と書いてあった。わたしは母の顔を見た。目が大きくなり、嘆願していた。「ねえ、いいでしょう? ねえお母さん、だめ? すごくすてきよ、きっと!」すてきなのはじつは母のほうであったと思う。愛する自分の子が飛行機に乗って空を飛ぶのを立って見物する! 当時、飛行機は毎日のように墜落していた。母がいった、「おまえが本当に乗りたければ、アガサ、お乗りなさい」

五ポンドはわたしたちの生活にとっては大金だったが、でも使い方はよかったと思う。わたしたちは立ち入り禁止のバリケードのところまで行った。パイロットがわたしを見て、「その帽子、きっちりかね? ああ、よろしい、お乗りなさい」といった。飛行はわずか五分間で終わった。上昇すると、数回旋回して――ああ、すてきだった! それから例の折り返しをやって降下、そして空中滑走してふたたび地上へ。夢中の五分間であった――

そして、さらに半クラウン取られて写真一枚――わたしはその色のあせた写真を今も持っているのだが、空中に一つの点が写っていて、これぞ飛行機に乗っているわたしなのである、一九一一年五月十日。

人の一生における友人は二つの部類に分けられる。まず、その人の環境から出てくる友人たち――自分とすることが共通の人たちである。この人たちはちょうど古風なリボンを持って踊るダンスのようなものである。あなたの人生に巻きついては通り過ぎ、あなたも彼らのところを通り過ぎたりはいり込んだりする。ある人のことは覚えているが、ある人のことは忘れてしまっている。それから、わたしのいう〝選ばれた〟友だちがある。こちらは数は多くない。どちらの側にも本当の関心があって寄り合い、そして状況が許しさえすれば一生涯それが持続するのがふつうである。わたしはこのような友人を七人か八人ぐらいは持っているといえる、だいたい男である。わたしの女性の友人は環境的なものにかぎられていた。

男と女とのあいだに友情が生まれるのは何なのか、わたしにははっきりとはわからない。男は本来女を友だちとはしたがらないものである。偶然から友情が生まれる――男がすでに他の女に官能的に心をそそられていて、その女性のことを話したいような理由からのことが多い。女性はよく男性との友情を切望する――そして誰か他の人の恋愛事件に関心を持つことから友情へと進んではいるものである。それからきわめて強固で永続的な関係ができ、おたがい人としての興味を持つようになる。そこには、もちろん性の風味が、ちょうど調味料としての塩のように存在する。

わたしの友人の初老の医師によると、男は自分の会うあらゆる女を見て、この女は一緒に寝たらどんなだろうと考えるという。そしてさらに進んで、自分が求めたらこの女は自分と寝てくれるだろうかと考えるものだというのである。「露骨で粗野――それが男というもの」と彼は表現した。男は女を妻となるものとしてはけっして考えない。

女は、わたしが思うのに、きわめて単純に、いわば出会うあらゆる男を夫となり得るものとして試してみるものである。どんな女も、部屋をひとわたり見まわしてみて、男にひと目ぼれするようなことはないものだが、多くの男は女に対してそうなるのである。

わたしたちは、姉とその友人とで発明した家族ゲームをよくやった――〝アガサのだんなさん〟というのであった。そのもくろみはある部屋にいる未知の人たちの中でもっともいやな顔をしている男を二人か多くて三人選んで、わたしにそのうちの一人を夫として選べというのである。それができなければ、死か拷問だというわけ。

「さ、アガサ、どっちを選ぶ――にきびのあるデブの若い男とふけだらけの髪をしたのと、それともあの髪の黒い、目玉のとび出したゴリラみたいなのと、どれにする？」

「わ、わたし、いや……みんなすごくひどいんだもの」

「でも選ばなくちゃならないの。どれか一人をだんなさんにしなくちゃいけないの。さもなけりゃ真っ赤に焼けた針か水責めよ」

「ああ、しようがない、じゃ、あのゴリラにする」

しまいにはわたしたちは、肉体的にぞっとするような人のことを〝アガサのだんなさん〟というならわしになっていた。「あ、ほら！　あの人、ほんとに醜い人ね……ほんとにアガサのだんなさんだわ」といった具合であった。

大切な女友だちにアイリーン・モリスがいた。彼女はわたしの家族の友だちであった。わたしはまず一生をとおして彼女と知り合いだったが、十九歳ぐらいになるまでは本当の意味で彼女を知ってはいなかったし、わたしよりも何年か年長なので、追いつかなくてはならなかったわけだった。彼女は海の見える大きな家で、五人の未婚の叔母たちと住んでいて、兄は学校の先生だった。彼女とその兄はとても似ていて、女というより男のような明快な心の持ち主だった。彼女の父はやさしくておとなしい、ちょっと元気のない人だったが、その夫人は、わたしの母の話では、とても陽気な、そしてこれまで母の見た最高の美人だったということである。アイリーンはどちらかといえば十人並だったが、すばらしく頭がよかった。非常に広い範囲の問題に頭が及んでいた。わたしが考えを論じ合えたのは、この人が最初の人であった。彼女はわたしの知っているもっとも非個人的な人だった――何かについての彼女自身の感情というものを聞いたことがなかった。彼女とは多年の知り合いなのに、わたしは彼女の私生活がどうなっているのかときどき不審に思うことがある。わたしたちはおたがいに個人的なことを打ち明けて話したことがないけれど、会えば論じ合うことがかならずあるし、話し合うこともいっぱいあった。彼女はなかなかりっぱな詩人だったし、また音楽の知識もあった。わたしには好きな歌が一つあったが、それはその曲がたいへん楽しかったからだったけれど、残念なのはその歌詞はばかげたものだった。このことをアイリーンに話すと、彼女は何かちがった歌詞を書いてみようといった。彼女はわたしの観点からすると、すごく改善された歌詞を書いてくれた。わたしも、わたしの年ごろの者ならみんな書いたように、詩を書いたものだった。若いころのものはじつに信じられないほどひどいものであった。十一のときに書いた詩をわたしは一つ覚えている――

わたし知ってる小さなサクラソウと、もうひとつきれいな花も、
それはヒヤシンスになって青い着物が着たいんだって。

これがどうなっていくか見当がつかれたことと思う。彼女は青い服が手に入ってヒヤシンスになったけれど、気に入らなかった。文学的な才能の完全欠落を暗示するのにこんないい例はないのではあるまいか？　でも、十七か十八歳のころにはわたしも、少しはまし

なものが書けた。ハーレクィンの物語（ハーレクィンはパントマイム劇の道化役で、コロンバインの恋人）の伝説について連続詩を書いたこともある――ハーレクィンの歌、コロンバインの歌、ピエロ、ピエレットなどなどの。《作詞評論》誌へ一、二の詩を投稿してみた。一ギニーの賞金をもらったときはひどくうれしかった。その後もいくつかの賞をもらい、また同誌に詩が掲載された。うまくいったときは得意になった。折にふれ、わたしはかなりの量の詩を書いていた。突然の興奮に駆られ、頭の中でぼこぼこ音を立てて湧いているものを大急ぎで書きとめた。けっしてわたしは高望みはしなかった。ときどき《作詞評論》から賞をもらうのがわたしの望みのすべてであった。最近再読してみたわたしの詩があるが、悪くないように思う。すくなくとも、表現しようとしている何かがある。その意味でここに再録する――

「森の中へ」

裸の褐色の枝、青空に立ちむかう
（そして森の中は静か）
落葉、足もとにじっと横たわり、
太き褐色の幹、時をじっと待つ
（そして森の中は静か）

春は若さの形美しく、
夏はものうい愛の贈り物、
秋は悲しみへ通じる情熱、
木の葉、花そして炎……みな落ち、なくなる

そして「美」――裸の「美」が森の中に残る！

裸の褐色の枝、狂える月に立ちむかう
（そして「何か」が森の中にざわめく）
木の葉さらさらと鳴り、死より立ち上がる
枝、月光の中に手招きし横目を使う
（そして「何か」が森の中を歩く）
ひょうひょうと音を立て、ぐるぐる舞い木の葉生き返る！
「死」に駆りたてられ、悪魔の踊りをおどる！
恐怖の木々悲鳴をあげ、ゆれ動く！
風、すすり泣き、震え、通る……

そして、「恐怖」――裸の「恐怖」が森を去る！

わたしは自分の詩にときどき曲をつけようと試みた。わたしの作曲はけっしてうまくはない……作れるのはごく簡単なバラードだけれど、それほど悪くはないと思っている。また、ごくありふれた曲調で、ワルツも作曲したが、どこから思いついたのか、ちょっと変わった題名がついている――〈あなたと一緒に一時間〉

ワルツを一時間つづけるなどはずいぶんたいへんなことだ、とわたしのダンスの相手たちがいってくれるまで、わたしはこの題名が不明確なものだとは気がつかずにいた。よくダンス・パーティで演奏している一流バンドの一つ、ジョイス・バンドがこの曲をときどきそのレパートリーの中に取り入れているのを聞くと、わたしは鼻が高かった。ところが、今になってわかったのだけれど、あのワルツはものすごくひどい曲だった。わたしはワルツがきらいなのに、なぜその曲を書く気になったのか自分でもわからない。

タンゴはまたべつである。ワーズワース先生の助手がニュートン・アボットで大人のためのダンスの夕べを始めたとき、わたしや他の人々はよく指導を受けにいったものだった。ここでわたしは〝わたしのタンゴ友だち〟というのを作った。洗礼名をロナルドという青年だったが、姓は思い出せない。おたがい話を交わすようなこともめったになかったし、興味をひくようなこともなかった——わたしたちの心はもっぱら足に集中していた。相当初めからわたしたちはダンスの相手をつとめ、同じような熱心さで、ダンスもうまくなっていた。わたしたちはタンゴ・ダンスの主要な見本的人物になっていた。最後にはどのダンスで二人が出会っても、聞くこともなしにタンゴになった。

もう一つのすばらしい見ものは、リリー・エルシーの有名な〈メリー・ウィドー〉だったか〈ルクセンブルク伯爵〉かどっちであったか思い出せないけれど、その中のダンスで、彼女とその相手とが階段をのぼり降りしながらワルツを踊ったことだった。わたしはこれを隣家の少年とやってみた。マックス・メラーはそのころイートン校に行っていて、わたしよりも三歳ぐらい若かった。彼の父は肺結核が重くて、夜寝るときには屋外の仮小屋で寝ていた。マックスはその一人息子だった。彼はわたしを姉さん恋人としてひどく好きになり、少し大きくなるとわたしに見てもらうための見せびらかしをよくやっていた、と彼のお母さんがいっていた——狩りの上着を着て、狩りの靴をはき、空気銃でスズメを撃っていた。また彼は手や顔を洗いはじめたという（これは彼として珍しいことで、お母さんはこの何年か彼の手や首すじの状態についてずいぶん気にしていた）。藤色や薄紫のネクタイを何本も買ったり、その他いろいろ大人になったところを見せようとしていた。ダンスの話がまとまって、わたしたちは階段で実演するためにメラー家の家に行くことにした、というのはわたしの家のよりも、段々が浅くて広かったからだった。どうもあまりうまくはいかなかったようだった。何度も転落してひどく痛かったが、我慢した。彼にはとてもいい家庭教師がついていて、たしかショウといったと思うが、マーガリット・ルーシーがこの青年を評して、「とてもすてきな人なんだけど……足が平凡なのが残念」というのであった。それ以来、わたしはどんな未知の男性に対してもこの基準を当てはめなくてはいられなくなった。まあハンサムだけど……あの人の足、平凡じゃない？

V

おもしろくないある冬の日、わたしはインフルエンザから回復中でベッドにはいっていた。退屈していた。本もたくさん読んだし、占いを十三回もやったし、しまいにはやることがなくて仕方なくブリッジの一人遊びにとりかかっていた。母が様子を見に来た。

「あなたね、短篇小説を書いてみたらどう？」母がいい出した。

「短篇小説を書くの？」わたしはいささかびっくりしていった。

「そう」母がいった。「マッジみたいに」

「ああ、わたしにはとてもできそうにないもの」

「どうしてできないの？」母がきいた。

べつに、どうしてという理由はなかった、ただ……

「できないとはきまってないでしょう」母が指摘した、「だって、やってみたことがないんですからね」

まさにそのとおりだった。母はいつもの唐突さで姿を消したが、五分もすると、練習帳を持ってふたたび姿を現わした。

「おしまいのほうに少し洗濯代の書き入れがしてあるけど」と母がいった、「あとは大丈夫よ。さあ今からでも小説を書きはじめていいわよ」

母から何かしなさいといわれると、誰でもいつも実際にやりはじめることになるのであった。わたしはベッドの上に身を起こして、短篇小説を書くことを考えはじめた。とにかく一人占いなどをやっているよりはましだった。

それからどれくらいかかったのか覚えていないが、それほど長くはかからなかったと思う……明くる日の夕方までには書き終わっていたと思う。はじめわたしはいろいろな主題で恐る恐る始め、いったんそれらをみな放棄したが、結局おもしろくなってたいへんなスピードで書きつづけていった。疲れて、回復期の病人にはよくなかったが、しかしひどくおもしろくもあった。

「マッジの古いタイプライターを探しだしてきますからね」と母がいった、「そしたら、タイプでそれを打つといいわ」

わたしのこの初めての短篇小説は「美女の家」というのだった。けっして傑作ではなかったが、まあ全体としてはいいほうだったと思う――わたしの書いたそもそも最初のこの作品は、全然将来に期待を持たせるようなしるしはなかった。素人っぽい書き方であったのはいうまでもないこと、その前の週に読んだもののすべての影響を現わしていた。これは初めて物を書く場合、誰しも避けることのできないものである。ちょうどそのころ、わたしはたしか、D・H・ロレンスの作品を読んでいた。『羽のあるヘビ』『息子と恋人』『白クジャク』など、当時のわたしの大愛読書であった。またエヴァラード・コーツ夫人という人の作品も読んでいたが、この人の文章がわたしはとても好きだった。この最初の短篇小説はなかなかある意味で大切、というのはいったい作者は何を意図して書いたのか理解するのが困難だが、文章は借りものでも物語自体はすくなくとも想像力を示していた。

その後、わたしはまたいくつかの短篇小説を書いた——「翼の呼ぶ声」（悪くなし）、「孤独なる神」（「美しきナンセンスの町」を読んだ結果、遺憾ながら感傷的）、耳の聞こえない婦人と神経質な男とのあるパーティでの短い対話、ある降霊術の会でのすごい話（これはずっと後年書き直した）、これらの短篇をわたしはみな姉マッジのタイプライターでタイプして——たしかエンパイア・タイプライターと覚えている——あちこちの雑誌へ期待をこめて送りつけた。そのときどき思いつくままのいろいろな匿名を使った。マッジはモスティン・ミラーという名を使っていたし、わたしはマック・ミラーと名乗り、後ではナサニエル・ミラー（祖父の名）に変えた。わたしはあまり成功の望みも持っていなかったし、また成功もしなかった。短篇は全部、例のおなじみの、「遺憾ながら編集者は……」という紙片つきで直ちに返送されてきた。そこでわたしはもう一度包み直すと、それをまたべつの雑誌へ送りつけた。

またわたしは長篇小説に手をつけてみようとも決心していた。わたしは軽い気持ちで取りかかった。場面はカイロということにする。別個のプロットを二つ考えていたが、そのどちらにするか最初は決しかねた。しまいに、ためらいながら決心して、一つのほうで書きはじめた。それはカイロのホテルの食堂でわたしたちがよく見かけた三人の人物からヒントを得たものだった。若い女性がいた――わたしから見ればけっして若くはなかった、というのは三十歳に手が届くくらいだったから――そして毎夜ダンスが終わると、二人の男と食堂へ食事にやってきた。一人はがっちりした身体つきで、黒い髪をした無遠慮な男――第六十ライフル連隊のある大尉。もう一人は英国コールドストリーム近衛歩兵連隊所属の、背の高い金髪の青年で、彼女よりおそらく一歳か二歳若かったろう。二人は彼女の両脇に座り、彼女は二人をうまくあしらっていた。この人たちの名前はわたしたちにもわかったが、それ以上のことはよくわからなかった。でも、誰かがこんなことをいっていたことがあった、「いつかは彼女、あの二人のうちどちらかに心をきめなくてはなるまいよ」と。わたしの想像にとっては、これでもう充分だった。もしこの人たちのことをもっと多く知っていたら、わたしは書く気にはならなかったろうと思う。そのままでわたしはすばらしい話の筋をこしらえあげることができる――おそらく彼らの性格、行動その他のこととはまるでちがっているであろうが。ある程度話を進めたところで、わたしは不満をおぼえはじめたので、もう一つのほうのプロットへ転向した。このほうがもっと気分が軽くて、おもしろい人物を扱っていた。しかし、わたしは耳の遠い女主人公を背負いこむという致命的な過ちを犯していた――どうしてこんなことをしたのかわからない――盲目の女主人公なら誰でも興味ある扱い方ができようが、耳の遠い女主人公はそううまくはいかない、というのは、間もなくわかったことだが、彼女がどんなことを考えているかを書き、人がどんなふうに彼女のことを思っているか、いっているかを書くと、彼女は会話の可能性を持てずに全篇がストップすることになってしまう。あわれメランシーはまったく気の抜けた退屈きわまりない人物になり果てた。

わたしは最初の企てのほうへもどった――すると、長篇としては長さが足りなくなることに気がついた。とうとうわたしは二つのプロットを合体させることにきめた。場面は同じなのだから、二つのプロットが一つになってもいいではないか？　この線で進めていって、ついにわたしは長篇に必要なだけの長さに持っていくことができた。話のプロットが多すぎるという重荷を背負い、わたしは一組の人物から他の人物へと猛然と一気に書きまくり、ときにはその人物たちが望まないようなことまでさせて、無理に混ぜあわせたりもした。わたしはそれに題を――どうしてだかわからないが――『砂漠の雪』とつけた。

すると母がちょっとためらいながら提案した――イーデン・フィルポッツに手伝ってもらうか、助言をしてもらったらどうだろうか、と。当時、イーデン・フィルポッツは名声の頂点にあった。彼の小説〝ダートムア〟ものはたいへんな評判だった。たまたま彼はわたしたちの家の隣人で、家族ぐるみの個人的な友人でもあった。わたしは母の提案にしりごみしたが、しまいに同意した。イーデン・フィルポッツは異様な顔つきの人で、ふつうの人間の顔というよりはギリシャ神話のパンの神の顔に近かった——まことにおもしろい顔で、長細い目が端のほうでつり上がっていた。ひどい痛風を患っていて、わたしたちが会いにいくと、よく包帯を厚くぐるぐる巻きにした足をスツールに載せていた。彼は社交的な会合などが大きらいで、めったに外出することがなく、事実人に会うことがきらいだった。夫人はそれとは反対に社交的で、きれいでもあり魅力的な人で、友人も多かった。イーデン・フィルポッツはわたしの父が大好きで、また母のことも好きで、母は社交的な招待などで彼を悩ますことはめったにしなかったけれど、フィルポッツの庭やその珍しい草木や灌木類をよく鑑賞していた。彼は、もちろんアガサの文学習作を読みましょうといってくれた。

わたしは彼への感謝の気持ちをどう表現していいかわからないくらいである。彼としてはまことに正当な、不用意の評言を述べ、わたしを生涯落胆させることは容易にできたはずである。ところが、彼は援助に取りかかったのだった。わたしがどれほど内気で、いろいろなことを話すのが不得意かということを彼は完全にわかってくれた。彼の書いてくれた手紙にはたいへんいい助言がはいっていた。

あなたが書いたものの中にはすばらしいものがある。あなたは会話にすぐれた感覚を持っている。はつらつとした自然の会話に忠実であってほしい。小説の中から道徳的説明をすべて切り捨てるよう努力しなさい——その点をあなたはあまり好みすぎているし、読むほうにとってはこんなに退屈なものはない。作中の人物を一人にさせておくこと、そうすれば彼らは彼ら自身で話をする——彼らが当然話すべきことをあわてていわないこと、または読者にむかって、彼がいっている言葉の意味はこうだと説明しないこと。それは読者自身に判断を任すべきことである。この小説にはプロットが、一つあればいいところに二つもあるが、これは初心者にはよくある過ちで、今にこのような浪費的な筋の使い方は頼まれてもしなくなるだろう。わたしはわたしの著作権代理人ヒューズ・マッシーにあなたのことについて手紙を出します。彼はこの小説を批評して、採用できるものかどうかいってくれるはずです。残念ながら、最初の小説が採用されるということは容易でないのだから、失望落胆しないように。あなたのためになるような一連の本をわたしからおすすめしたい。ド・クィンシーの『アヘン吸飲者の告白』——これはあなたの用語を大いに増加させるにちがいない、——彼はおもしろい言葉をいろいろ使っています。ジェフリーズの『わが生涯の物語』、記述の仕方と自然への感覚のために。

その他の本は今はもう忘れてしまったが、短篇小説集があったのを覚えている、その中に「ピーリーの誇り」というティーポットのことを書いたのがあった。それからラスキンのものもあったけれど、これはわたしの大きらいなものだった。そしてその他に一、二あった。これらのものが、わたしのためになったかどうかは、わたしにはわからない。ド・クィンシーはたしかにおもしろかったし、短篇もおもしろかった。

それからわたしはロンドンへ行って、ヒューズ・マッシーに会った。著作権代理事務所〈ヒューズ・マッシー〉の創立者である彼はまだ存命中で、わたしが会ったのはその人であった。色の黒い、大男で、わたしは度胆をぬかれた。彼は原稿の表紙を見て、「『砂漠の雪』か、フーン、なにかありそうな題名だな、灰の中に埋めた火というわけかね」

わたしはいよいよ、そわそわしてきた。わたしの書いたものとはおよそかけ離れた特徴だった。なぜ、そんな題名を選んだのか自分でもわからなかったが、たぶんオーマル・ハイヤム（ペルシャの詩人で天文学者。その詩『ルバイヤット』で有名）を読んでいたせいだったろう。わたしの考えでは、それそのものの意味であった。ちょうど砂漠のほこりっぽい表面の雪のように、人生におきてくるいろいろなことはみな皮相のもので、何の記憶も残さずに消え去るというわけだった。この作品を書き上げたときはそんなふうにはなっていなかったのだが、でもずっとそうしようと考えていたことだった。

ヒューズ・マッシーはその原稿を読むために保管したが、数カ月後に返却してきた――

出版の企画には乗らないと思うというのだった。彼がいうには、いちばんいいことはこの原稿のことはもう一切考えるのをやめること、そしてべつの作品に取りかかることだ、とあった。

わたしは元来大望を抱くような人物に生まれついていないので、もうこれ以上の努力は放棄してしまった。それでも詩は幾篇か書いたし、楽しみもしたし、短篇小説も一、二書いたと思う。それを雑誌へ送りつけたが、返されると思っていると、やはりいつもどおり返ってきた。

わたしはもう音楽の勉強も真剣にはやっていなかった。ピアノは一日に二、三時間練習していた。できるだけ以前の標準を維持しようとしていたが、もう指導は受けていなかった。わたしたちがロンドンにいるころ、声楽のほうはまだ相当な時間やっていた。ハンガリー人の作曲家フランシス・コーベイが声楽の指導をしてくれ、同氏自身作曲のまことに美しいハンガリーの歌を教わった。とてもいい先生で、おもしろい人であった。またわたしはべつの先生について英国民謡の勉強もしていた――女の先生で、わたしがいつも心ひかれていた〝小ヴェニス〟といわれているリージェント運河近くに住んでいた。わたしは地方のコンサートでしばしば歌っていたし、また当時のならわしで、夕食に招かれると〝自分の歌を持って〟行った。もちろんそのころは缶詰（録音された）音楽もなければ、放送も、テープレコーダーもステレオなどもなかった。音楽といえば、うまいか、まあまあか、とてもひどいかはべつとして、個人の歌手に頼るよりほかなかった。わたしは伴奏者としても結構うまかったし、楽譜が読めたので、よく他の歌手の伴奏もやらされた。

ロンドンで、リヒターの指揮でワグナーの〈ニーベルングの指輪〉が上演されたとき、わたしはすばらしい経験をした。姉のマッジが急にワグナーの音楽に興味を持ちはじめていた。姉は〈ニーベルングの指輪〉を見にいくための四人連れを作っていて、わたしの入場料も払っていてくれた。わたしはこのときの経験をいつまでも忘れずに姉に感謝している。ヴァン・ルーイがヴォータン役を歌った。ガートルード・カペルがワグナー風ソプラノの主役を歌った。彼女は大柄でどっしりした、上向きの鼻をした女だった――女優としてはだめだったが、声は力強くすばらしかった。サルツマン・スティーヴンズというアメリカ人がジーグリンデ、イゾルデ、エリザベスを歌った。サルツマン・スティーヴンズはいつまでも忘れられない人である。その動きや身ぶりがきわめて美しい女優で、ワグナーのオペラの女主人公がかならず着ている例のはっきりした形のない、ひだを取った白い服から差し出す長い腕のしなやかな美しさ。本当にすばらしいイゾルデを演じた。彼女の声はガートルード・カペルには及ばなかったと思うが、その演技はまことにすばらしく、人をうっとりさせた。〈トリスタンとイゾルデ〉第一幕の中の彼女の激怒と絶望、第二幕での彼女の声の叙情的な美しさ、そしてさらに――もっとも忘れがたい、第三幕のあのすばらしい瞬間――クルウェナールの長い歌、トリスタンとクルウェナールとが一緒に苦悩し待ちながら海の上の船を探し求めている。最後に、あのすばらしいソプラノの叫び声が舞台裏から聞こえてくる、「トリスタン！」

サルツマン・スティーヴンズはイゾルデになりきっていた。まっしぐらに崖の上へ――そう、まっしぐらに駆け上がってくるのが感じられる――そして舞台へ、あの白い両の腕をトリスタンを捕らえ、抱えこもうと差し伸べながら駆けてくる。そして、悲痛な、なにか鳥のような驚きの叫び声。

彼女は愛の歌を、女神としてではなく、まったくの女性として歌った――トリスタンの遺体のわきにひざまずき、その顔を見おろし、意志の力で彼を見、想像で生き返らせ、しまいに、次第に低く低く身をかがめ、オペラの最後の言葉、「キスをもって」で彼女の唇が彼の唇に接するまで身をかがめたときに、いきなりばったりと彼の遺体の上に折り重なる。

わたしは毎晩眠りにつく前、いつかは自分も本当の舞台の上でイゾルデを歌う夢を頭の中で繰り返し繰り返し見ていたものだった。わたしは自分にむかっていった――とにかく幻想を描いて悪いことはあるまい、と。わたしがオペラで、歌えるようになれるものかどうか？　答えはもちろん否であった。メイ・スタージスのアメリカ人の友人で、ニューヨークのメトロポリタン・オペラ劇場とつながりのある人がロンドンに来ていて、まことに親切にも一日わたしの家へ来て、歌を聞いてくれた。わたしは彼女の前でいろいろなアリ

アを歌った。彼女はわたしに音階やアルペジオや練習曲を歌わせた。その後、こういった、

「あなたが歌ってくれた歌はわたしには何も語りかけてくれないが、練習曲はよかった。あなたはコンサートのりっぱな歌手にはなれると思うし、またりっぱにやっていけるし、名をあげることもできると思いますよ。あなたの声はオペラ向きとしては力強さが充分でないし、またこれから強くもならないでしょう」

　そう、そのまま受け取ることにしよう。音楽の世界で何らかのことをしようというひそかに抱いていたわたしの幻想がこれで終わった。わたしはコンサート歌手になろうというような気はなかった、といっても容易なわざではないだろうけれど。若い女が音楽の道を選ぶことはめったに奨励を受けることがない。わたしはオペラで歌うチャンスが少しでもあれば、大いに奮闘するつもりであったのだが、それはりっぱな声帯を持ったわずかな特権ある人にかぎられている。何からまくやろうと死に物ぐるいに望んでいることを懸命に努力していて、それが二流の上ぐらいでしかないとわかったときぐらい、魂を打ち砕かれるような思いをすることはあるまい。で、わたしは希望的観測はやめることにした。わたしは母にむかって音楽勉強の費用をもう省くように指示した。わたしは自分の好きなだけ歌うが、もはや声楽を勉強することはない。自分の夢が実現するなどとは一度も思ったことはなかったが、しかし夢を持ち、それを楽しんだことはよかったと思う――ただあまりに強く夢にこだわっていてはよくあるまい。

このころであったと思う、わたしがメイ・シンクレアの小説を読みはじめていたのは。そして感銘を受けた——今読んでもなお感銘を受ける。彼女は英国でももっともすぐれた、もっとも独創性のある小説家の一人と思うし、いつかは彼女への関心が復活し、その作品もふたたび出版されるにちがいない。『組み合わされた迷路』——サラリーマンとその女の典型的な物語で、わたしは今でも最高にうまく書かれた小説の一つと思っている。また『聖火』というのも好きだし、『タスカー・ジェヴォンズ』は傑作と思う。彼女の短篇「水晶球の傷」にわたしはたいへんな感銘を受けたが、たぶんそれは当時霊魂小説を書くのに夢中だったせいであったろう、そしてそれが刺激になって同じ趣向の短篇をわたしも書く気になった。題を「幻影」とつけた（ずっと後年他の短篇とともに一冊にまとめて出版された）。今再読してみてもやはり気に入っている。

このころにわたしは物を書く習慣を身につけた。クッション・カバーに刺しゅうをするとか、ドレスデン陶器の花の絵を写し取るとかいったことに取ってかわった。もしこうした言い方が創造的著作を低い地位に置くものだと考える人があったら、わたしは賛同できない。創造的な衝動というものはあらゆる形で現われる——刺しゅうに、おもしろい料理法に、絵や彫刻に、音楽の作曲に、そして同じく長篇や短篇小説の著作に。ただ一つちがうところは、いくつかの分野では、他のものにくらべてはるかに雄大な創造力が発揮できるということである。ヴィクトリア朝のクッション・カバーの刺しゅうと、ベイユーの壁掛けとではくらべものにならないことはわたしも同意するが、この両方の場合ともその創作衝動においては同じである。初期ウィリアム王宮廷の貴婦人たちは初めの作品制作に当たっては、よく考え、霊感やたゆみない実行が必要であったにちがいないし、ある部分の制作ではおそらく興味を失ったであろうし、またある部分では大いに張りきって制作したであろう。もっとも、二つのクレマチスの花にとまった一匹のチョウを刺しゅうした一片の錦織りを対照として持ちだすのは、おかしいというかもしれないが、画家の内心の満足はおそらくは同じであったろう。

わたしの作曲したワルツはまったく自慢にならないものだけれど、わたしの一、二の刺しゅうはこの種のものとしてはりっぱなものであったし、自分でも満足している。わたしは自分の小説に満足するところまではまだいっていない。しかし、創作作品の評価ができるまでにはかならずある時間の経過が必要なものである。

ある一つのアイディアに興奮をおぼえ、希望に満ち、自信たっぷりで創作に取りかかる（わたしが自信たっぷりになったのはこれまでにただの一度ぐらいのものである）。もしあなたが本当に控え目な人なら、けっして執筆に取りかからないだろう。だから、何かを考えついて、それをどう書くかもわかり、鉛筆にとびついて、気分の高揚に支えられて練習帳にむかって書きはじめるには爽快なときが必要になってくるわけである。するとこんどは困難にぶつかる、そこから抜けだす道がわからない、が、やっとどうにか、つねに自信を失いながらも、初めに意図したようなものに近い完成に持っていく。書き終わってみると、全然なっていないことがわかる。二、三ヵ月後になってようやく、それほど捨てたものでもないじゃないかという気がしてくるものである。

VI

　そのころ、わたしは結婚しそうな際どいところを二度免れていた。際どいところを免れたというのは、今から振り返ってみると、この二つとも確実に大きな不幸になっていただろうことがわかるからだ。

　初めのは、いうところの〝若い娘のひどい空想〟であった。ロルストン・パトリック家に滞在していたときのことである。コンスタンスとわたしが強い寒風の中、狩猟会へと馬を走らせていると、りっぱな栗毛の馬にまたがった男がコンスタンスのところへ駆け寄ってきて声をかけ、わたしに紹介された。チャールズは三十五歳ぐらいだったと思うが、第十七槍騎兵隊に所属していて、毎年ウォーリックシャーにキツネ狩りに来ていた。その夜、仮装舞踏会でふたたび彼に会った――わたしはイレーン（アーサー王伝説中の王の円卓騎士中第一の勇士ランスロットに恋して死んだ美女）の仮装をして出席していた。きれいな衣裳で、今もわたしはそれを持っている（が、これによくも身体がはいったものだとふしぎな気がする）。ホールにあるいろいろな扮装用具類でいっぱいの箱の中にはいっている。わたしの大好きな衣裳で――白の錦織りのドレスに真珠飾りのある縁なし帽だった。わたしは滞在中に何度かチャールズと会ったし、わたしが家へ帰るときもおたがいにまたそのうち会いたいなどと丁重に希望を述べ合った。彼はいずれ後日デヴォンシャーのほうへもうかがうかもしれないともいっていた。

家へ帰ってから三、四日後のこと、小包みが届いた。中には小さな銀めっきの箱がはいっていた。箱のふたの内側には、次のようなことが書いてあった——〝アスプス〟そして日付、その下に〝イレーンへ〟と。アスプスというのは狩猟会のあった場所で、日付はわたしが彼に会った日付だった。彼からは手紙も届き、それには次の週にデヴォンへ行くので、そのときわたしたちの家へ立ち寄りたいとあった。

それが電光石火的な求愛の始まりであった。花が幾箱も届けられる、ときどき本や、外国製チョコレートの大きな箱が届いた。若い娘にむかっていうべきではないような言葉は何もなかったけれど、わたしはぞくぞくした。それからもう二度ほどわたしたちの家へ彼が訪ねてきて、三度目にはわたしに結婚を申し込んだ。彼はわたしに会った最初の瞬間に、わたしに恋してしまったといった。もし結婚の申し込みを価値順に並べるとしたら、これなどはわたしのリストの最高部へ楽々行ったであろう。わたしは魅せられ、彼の巧みなテクニックで夢中にさせられていた。彼は女性にかけては経験豊富な男で、自分の望むような反応が作りだせるのだった。わたしは生まれて初めて、ここにわたしの〝運命〟、わたしの〝ぴったりさん〟があることを考慮する覚悟をきめた。それなのに……そう、やっぱり……それなのに、があった。チャールズがいると、彼はわたしがすてきなこと、どんなにわたしを愛しているか、完璧なイレーンだったとか、最高にきみは美しかったとか、わたしを幸せにするためにはぼくの全人生を捧げるとか、そんなことをいいつづけていた……彼は手を震わせ、声も震えていた……ええ、そう、わたしは鳥が木から落ちてしまうほどにも魅了されていた。それなのに……なのに、彼が行ってしまうと、彼がいないときのことを考えると、そこには何もないのである。また会いたいという切に望む心もない。ただ、とても好ましい人だと思うだけである。二つの気持ちの変化がわたしには自分でもわからなくなった。人に恋をしているということが、どうしたらわかるものだろうか？　その人がいないときは全然何でもないのに、いればまったく夢中になってしまう、いったい本当の反応はどうなのか？

気の毒に、当時母はひどく心配していたにちがいなかった。後日母から聞いたのだが、母は、善良でやさしくて、この世のいろいろな物をたっぷり持っている夫がすぐにもわたしに与えられますように、とよく祈っていたという。チャールズはその祈りに答えるもののように思われたが、何となく母は満足できなかった。母には人がどんなことを考え、どんな感情を持っているかがいつもよくわかったから、きっと、わたし自身がどう感じているかわからずにいるのも、ちゃんとわかっていたのだろうと思う。母はいつもの母親としての見解——この世でアガサにとって過ぎる男というものはあり得ないという考えはべつとしても、どうもこの人はぴったりの人ではないと感じたという。母はロルストン・パトリック家に手紙を書いて、彼に関することをできるだけ多く探ってもらいたいといってやった。母は父が亡くなっているという不利を背負っていたし、兄もいなかったので、当時としてはふつうの調査とされていた、女性関係、財政的な正確な地位、彼の家族などなどのことを調べてもらうこともできなかった――今日からするとたいへん旧弊なことに思えるであろうが、こうした調査で不幸の多くが避けられていた。

チャールズは合格であった。彼は相当多くの女性との関係があったが、母はたいして気にしなかった、というのは男が婚前に女性との交渉があることは一般に認められている原則だった。彼はわたしよりも十五ほど年上だったが、母自身十ほど上の夫を持っていたし、これぐらいの年齢の開きはよしとしていた。母はチャールズに、アガサはまだたいへん若いし、あまり急いで決心をすることもないと思うといった。母はまた、わたしたちがこのひと月かふた月のあいだ、ときどき会うのはよろしいが、わたしに決心を迫るようなことはしないようにともいった。

これはあまり効き目がなかった、というのは、チャールズとわたしは話し合うものがなかった、ただ彼がわたしに恋しているというだけなのだ。この点彼がいうことを差し控えているので、二人のあいだは何ともひどく間の悪い沈黙になってしまう。すると彼は帰っていって、わたしは座りこんであれこれ考える。いったいわたしはどうしようとしてるんだろう？　彼と結婚を望んでいるのだろうか？　すると彼から手紙が来る。最高にうれしいラヴレター、どんな女の人でももらってみたいと思うようなラヴレターである。わたしはそれを熟読、再読し、大切にしまいこみ、これこそ恋だと思いきめる。するとまたチャールズがやってきて、わたしは興奮し、夢中になる――それでいて、同時に心の奥のほうには冷たい感じがあって、これはみんなまちがいなんだと思っている。しまいに、母がこれからの六ヵ月間、会わないようにして、それから明確な決心をするようにと提言した。

このことは固く守られ、この期間中は手紙もなかった――それがよかったのではないかと思う、というのは、手紙が来ていたらしまいに誘惑されていたかもしれない。

六ヵ月が経過すると、わたしは一通の電報を受け取った。「この宙ぶらりんにはもう耐えられない。ぼくと結婚してくれ、イエスかノーか」そのときわたしは軽い熱を出して寝こんでいた。母がその電報をわたしのところへ持ってきてくれた。わたしは電報を見て、返信料前払いの頼信紙を見た。わたしは鉛筆を取ると、〝ノー〟という字を書いた。途端にわたしは心が軽くなるのをおぼえた――わたしは重大な決定をしたのだ。もはやわたしはこんなあちこち感情のゆらぐ状態をつづけてはならない。

「いいのね？」母がきいた。

「はい」わたしがいった。わたしは枕をひっくり返すと、すぐ眠りについた。そう、これが終わりであった。

それからの四、五カ月人生はちょっと憂鬱であった。初めてのことだが、自分でするとが何でもおもしろくなくて、大きな過ちをした感じがしはじめていた。そこへウィルフレッド・ピーリーがわたしの生活の中へ戻ってきた。

わたしの父の親友マーティンとリリアン・ピーリーのことはすでに書いたが、ふたたび海外で、ディナールで出会った。わたしたちはずっとつづけて会っていたのだが、男の子たちのほうには会っていなかった。ハロルドはイートン校に行っていたし、ウィルフレッドは海軍少尉候補生だった。今はもうウィルフレッドはりっぱな英国海軍の中尉だった。そのころ彼は潜水艦に乗っていたように思う、しばしば艦隊の一員としてトーキイにやってきた。たちまちのうちに彼とはすばらしい友だちになり、生涯もっとも好きな人の一人だった。二カ月ほどのうちにわたしたちは非公式に婚約した。

ウィルフレッドはチャールズの後ではたいへんに気が楽だった。彼と一緒にいると興奮もなければ、疑惑、悩みもなかった。親しい友だち、よく知り合ってる人としての彼だった。わたしたちは本を読んで、それについて議論したし、またいつも何か語り合うことがあった。彼と一緒にいるとわたしはすっかり気持ちがくつろいだ。わたしは彼のことをまったく兄のように考え、また取り扱っていた。わたしの母が喜び、ピーリー夫人も喜んでいた。マーティン・ピーリーは数年前に亡くなっていた。誰の目から見ても完璧な結婚のように思われた。ウィルフレッドは海軍で、りっぱな将来が期待されていたし、わたしたち双方の父親は親友同士だった。母親たちはおたがい気に入りだったし、わたしの母はウィルフレッドが好き、ピーリー夫人はわたしのことが好きだった。わたしは今でも彼と結婚しなかったことで、自分を忘恩の怪物と感じる。

今やわたしの人生はここで定まることになった。一年か二年のうちの適当なときに（若い下級将校や若い中尉などはあまり早く結婚することを奨励されていなかった）わたしたちは結婚することになっていた。わたしは海の人と結婚するという考えが気に入った。サウスシーかプリマスまたはそういったところの下宿に住むことになるだろう、そしてウィルフレッドが海外駐留になればアッシュフィールドの実家へ行って母と一緒に暮らせる。世の中にこんなうまい話はあるまい。

あまりにもいいこと、あまりにも完璧なことに対してはかならず反抗したがるといういやな欠点が人の気質の中にはあるとわたしは思う。長いことわたしはそれを認めようとしなかったが、ウィルフレッドと結婚する見込みがついたことがわたしをたまらない退屈に引き込んだ。わたしは彼が好きだ、彼と同じ屋根の下に住めば幸せにちがいないが、何となくそこには刺激がない、全然刺激がない！

あなたが男性に心引かれ、相手もそうであったときに最初におきることの一つは、二人がすべてのことについて同じように考え、相手が考えていることをたがいに口にするという特異な幻想である。同じ本、同じ音楽が好きになるとは何とすてきなことか。どちらかがめったにコンサートにも行かず、音楽に耳を傾けることもないなどは、この際どうでもよい。彼は絶対音楽が好きなのだが、彼は自分がそうだとは気がついていない！　同様に、彼の好きな本をあなたは読もうなどとは思わないのだが、今や本当にそれを読みたい気がしている。まさにこれは〝自然〟の大いなる幻影なのだ。わたしたちは二人とも犬が好きでネコがきらい。何とふしぎなことか！　わたしたちは二人ともネコが好きで、犬がきらい、これまたふしぎである。

かくて人生無事平穏に過ぎていった。二、三週ごとにウィルフレッドは週末にやってきた。彼は車を持っていて、よくわたしをドライブに連れていってくれた。彼は犬を持っていて、わたしたち二人とも犬が好きだった。彼は心霊術に興味を持ちはじめた、それでわたしも心霊術に興味を持ちはじめた。そこまでは万事よかった。だがこんどはウィルフレッドはぜひともわたしに読んでもらいたいと言明して本を差し出すようになってきた。それはみなたいそう大きな本で――ほとんどが神知学のものであった。相手の男性が喜び楽しんでいるものが何であれ、自分もそれを喜び楽しむという幻想が有効に働かない。働かないのも無理はなかった――わたしは彼を愛してはいなかったのだ。神知学に関する本はわたしにとって退屈だった――退屈なだけでなく、わたしはまったくの虚偽だと思ったし、さらに悪いことには、これらの本の多くはばかばかしいと思った。またわたしはウィルフレッドが知っている霊媒の話もいささかうんざりだった。ポーツマスに二人の少女がいて、とても信じられないようなものを見るというのである。彼女らはどこかの家へはいるのに、息がとまりそうになったり、手を差しのべたり、胸をぐっと押さえたりしなければはいれないことが多いという、それはそこにいる人たちの後ろに恐ろしい霊がいるので、驚いてしまうためだというのである。ウィルフレッドがいう、「先日、メアリが……二人のうちの年上のほうだが、ある家へはいって手を洗いに浴室へ行ったのだが、なんと、出入口の敷居がまたげないんだ。そう、全然できない。そこには二人の人物がいて、一人がもう一人ののどへかみそりを突きつけていたというのだ。信じられるかね?」

わたしはもう少しで、〝信じられないわ〟というところだったが、やっと自制して、「とてもおもしろいわ」といった、「その家では、かつて誰かが誰かののどにかみそりを突きつけていたことでもあったの?」

「きっとあったんだろうね」ウィルフレッドがいった、「この家は以前に何度か人に貸したことがあったんだから、そういったこともあったにちがいないな。そう思わない? ねえ、わかるだろう、え?」

だが、わたしにはわからなかった。でもわたしはもともとが協調的な性格なので、機嫌よく、もちろんきっとそんなことがあったんでしょうね、といった。

するとある日、ポーツマスからウィルフレッドが電話をかけてきて、すばらしいチャンスが目の前にやってきたといった。南米で埋蔵財宝を探す会が結成されたのだという。彼は休暇が取れることにもなっているので、この探検隊に加わって出かけられるというのだ。出かけてしまってはわたしがひどいと思いはしないだろうか？　二度と来ないようなすばらしいチャンスである。あの霊媒たちが賛意を表したのにちがいないとわたしは思った。霊媒たちは、彼がインカ帝国時代以来の知られざる都市をかならず発見して帰ってくるといった。もちろん、彼女たちの言葉をたしかな証拠などとして受け取ることはできないとしても、実際、そこまで断言するのは異例なことではないだろうか？　わたしとその休暇の大部分を過ごせるのに出かけてしまうとはひどい男だと、わたしは思いはしなかったのか？

わたしはまったく何のためらいも感じなかった。わたしはすばらしく無欲なふるまいをした。わたしは彼にいってやった――これはすばらしい機会であること、もちろん出かけるべきであること、そしてまた心から彼がインカの財宝を発見することを望んでいること。ウィルフレッドは、わたしがすばらしくて、絶対すてきで、若い女性でこんなふうな態度をとってくれるのは千人に一人もいない、といった。彼は電話を切り、愛の手紙をよこして、出発していった。

しかし、わたしは千人に一人の女などではなく、自分自身についての真実をみつけ出したただの女にすぎず、またそのことを少々恥じてもいた。彼が実際に出帆していった明くる日、わたしは重い荷が心から取れたような気持ちで目がさめた。わたしはウィルフレッドが宝探しに出かけていったことを喜んだ、というのはわたしは彼を兄のように愛していて、彼がしたいと思うことをやってほしかったからだ。わたしは宝探しの考えなどはばかばかしいことで、ほとんど確実にいかさまだと思っていた。彼を愛していなかったから、そう思ったのだろう。もし愛していたら、彼と同じ目でこの探検を見ることができたはずである。第三に、ああなんという喜び！　もう神知学の本を読まなくてすむ。

「何であなたそんなにご機嫌なの？」母が不審そうにきいた。

「ねえお母さん、聞いて」わたしがいった、「ひどいことだってわたしわかってるけど、わたしがすごくご機嫌なのは、ウィルフレッドが行ってしまったからよ」

かわいそうな母。がっかりの様子だった。そのときほどわたしは親不幸をしたと思い、肩身のせまい気持ちになったことはなかった。母はウィルフレッドとわたしが一緒になることをたいそう喜んでいたのだ。一時わたしは心得ちがいをして、母を喜ばせるためにこのままでずっと行こうかと思ったことさえあった。幸い、わたしはまだそれほど感傷に溺れてはいなかった。

わたしは自分がどんな決心をしたか、ウィルフレッドへの手紙には書かなかった、というのは、湿気の多いジャングルの中でインカの財宝探しをやっている最中の彼に悪い効果を与えるかもしれないと思ったからだった。気持ちが乱れているとき、熱病に冒されるとか、獣にとびかかられるとかするかもしれない——ともかく彼の楽しみがめちゃめちゃになってしまうだろう。だがわたしは彼が帰ってくるときのために手紙を書いて待っていた。とてもすまない気持ちであること、わたしは彼のことが好きであること、だがおたがいに一生を誓約するには二人のあいだの感情が適切でないと思う、とわたしは書いた。帰国後、もちろん彼は納得しなかったが、この決定を真剣に受けとめた。彼はもうわたしにしばしば会う気にはなれないと思うが、これからもずっとおたがい友だちでありたいといった。今から考えると彼もわたしも同じように気が楽になったのではないかと思う。彼は運がよかったとわたしは思っている。彼はきっといい夫になってくれたことであろうし、わたしを愛しつづけてくれたであろう、そしてわたしは平穏無事な形で彼を幸せにしてあげられたであろうが、それよりももっと彼自身幸せになったはずである——事実、三ヵ月ほどすると、そうなった。彼はべつの女に猛烈に恋し、彼女も猛烈に彼を愛した。彼らは順当に話が進んで結婚し、六人の子供をもうけた。これ以上の満足はあるまい。

チャールズは、約三年後、十八歳の美しい女と結婚した。

わたしはこの二人の男にとって、なんと恵みある女であったことか。

次に、レジー・ルーシーがホンコンから休暇で帰ってきた。わたしはルーシー家の人たちとはもう長年の知り合いだったが、いちばん上の兄レジーとはまだ会ったことがなかった。彼は砲兵隊の少佐で、ほとんどが海外勤務だった。内気で、ひっこみがちな人で、めったに出かけることもなかった。ゴルフは好きだったが、ダンスやパーティには全然興味がなかった。他の家族たちのように金髪碧眼でなく、黒い髪に茶色の目をしていた。この一家はたいへんによくまとまった家庭で、それぞれ各人の交友を楽しんでいた。わたしたちは一緒にダートムアに出かけたが、例のルーシー家流で、電車には乗り遅れる、ありもしない汽車を探して、結局乗り損ね、ニュートン・アボットで乗り換え、連絡列車に間に合わず、ダートムアのべつのところへ行くことにしたり、などであった。

　すると、レジーがわたしにゴルフ上達のお手伝いをしようといってくれた。このころのわたしのゴルフはまずあってないようなものともいうべきものだった。これまでいろんな青年が一生懸命指導してくれたが、はなはだ残念ながら、わたしはゲーム類がだめなのである。腹立たしいことには、初心者としてはいつもわたしは将来有望だった。弓術に、ビリヤードに、ゴルフに、テニスに、クローケーにわたしはたいへん有望だったのだが、その有望がかつて実現したことがなく、ここでもまた屈辱の原因となった。これはボールがよく見える目を持っていなければだめだというのが真実だと思う。わたしは姉マッジと組んでクローケーの試合に出たことがあったが、わたしに与えられたビスク（弱者に与えられる得点）の数が多く有利な立場にあった。

「こんなにビスクを持ってるんだから」とクローケーの上手な姉がいった、「わたしたち簡単に勝てるわよ」

わたしのビスクは役立ったけれど、わたしたちは勝てなかった。わたしはゲームの理論には強いのだが、相変わらずおかしなほどやさしい球が打てないのである。テニスではフォアハンドのドライブはなかなかうまくなって、パートナーが感心するほどだったが、バックハンドとなると全然だめであった。フォアハンドだけではテニスはプレーできない。ゴルフでは、ドライブがめちゃくちゃ、アイアン・ショットはひどいもので、アプローチがなかなかみごと、そしてパットは全然当てにならなかった。

けれどもレジーは辛抱強くて、相手が進歩しようとしまいと少しも気にしないたちの先生であった。わたしたちはぶらぶらとゴルフ・コースをまわり、好きなときにやめた。真剣なゴルファーたちは汽車に乗ってチャーストン・ゴルフ場へ出かけていった。トーキイ市のゴルフ・コースは一年に三回競馬のコースにもなるので、あまり喜ばれず、また整備もあまりよくなかった。レジーとわたしはそのコースをゆっくりまわって、お茶の時間にはルーシーの家へ帰り、ちょっと歌を歌ったり、前のトーストはもう冷たいので新しいトーストをこしらえたりした、などなど。楽しい、眠気を催すような生活だった。誰も急ぐ者などないし、時間などはどうでもよかった。何の心配もなく、騒ぎもなかった。まったくのまちがいかもしれないけれど、ルーシー家の人たちには十二指腸潰瘍や冠状動脈血栓、高血圧などになった人は一人もなかったにちがいない。

ある日、レジーとわたしがゴルフを四ホール、プレーしたあと、とても暑い日だったたので、彼は生け垣の下で座っていようといいだした。レジーはパイプを取り出して気持ちよさそうにくゆらし、わたしたちはいつもの調子で、長くはつづかない話を始めていた——ある問題、ある人物などについて一言二言、そして静かな間になる。これはわたしのもっとも好きな会話の仕方である。けっしてのろいとかつまらないといった感じはなく、いうことに詰まってしまったわけでもない——これがレジーと一緒にいるときのわたしだった。

やがて、パイプを何度かぷかぷかぷかした後、レジーが何か考えこむようにしていった。「ねえアガサ、きみはもう何人もの男にひじ鉄くわせてるんだろう、ねえ？　いや、ぼくもいつでもその仲間に入れてくれて結構だよ」

わたしはその意味がよく飲みこめなくて、不審そうに彼を見ていた。

「ぼくがきみとの結婚を望んでいることを、きみがわかってくれているかどうか、ぼくは知らない」彼がいった、「たぶん、わかっていると思う。でも、やはり口に出していっておくほうがいいな。だがね、けっして強要するつもりはないんだ……急いでいるわけじゃないんだからね」ルーシー家流の有名な文句がレジーの口からも出てきた、「きみはまだ若いからね、ぼくとしてはきみを束縛するようなつまらないことはしたくない」

わたしはひどく若いわけではないとはっきりいってやった。

「あ、いやそうだよ、アギー、ぼくに較べたらね」わたしのことをアギーと呼ばないでくれと強くいってあるのに、彼はすぐ忘れてしまう、というのはルーシー家ではおたがいに、マージーとかヌーニーとかエディとか、そしてアギーとか呼び合っているからだった。

「まあね、よく考えといてくれよ」とレジーがつづけた、「ただ、覚えといてもらいたいんだ、そして他に誰も現われなかったら……ぼくがいるってことをね」

わたしはすぐ、考える必要なんかない、彼と結婚していいといった。

「ちゃんと考えたとは思えないよ、アギー」

「もちろん、ちゃんと考えたわ。そんなこと、ちょっと考えるだけでわかることよ」

「うん、でもあわてるのはよくないよ、ね？ いいかね、きみのような人は……その、誰とだって結婚できるんだからね」

「わたし、誰とも結婚する気なんかない。あなたと結婚するのがいい」

「そう、でもきみ、実際的でなくちゃいけないよね。この世の中じゃ実際的でなくちゃいけない。結婚するなら、お金をたくさん持っていて、きみの好きなタイプのいい男で、きみの面倒をちゃんとみて、暇も充分に与えてくれ、きみが持ちたがるものを何でも与えてくれるような男を望んでるんだろう」

「わたしは、自分が結婚したいと思う人とだけ結婚するの……いろんなものなんかどうだっていいの」

「うん、でもね、大切なんだよ、いろんなものは。この世間じゃ大切なんだ。若くてロマンチックなだけじゃしようがないんだよ」と彼がつづけた、「もう十日でぼくの休暇が終わるんだ。行ってしまう前にいっといたほうがいいと思ったもんだからね。その前には、いわないほうがいいと思ってたんだけど……ぼくは待とうと思っていたんだ。でも、ぼくは……きみが……ぼくがいるってことをわかっていてくれさえすればいいと思ってるんだ。二年たってぼくが帰ってきたとき、もしまだ誰もいなかったら……」

「誰もいないわよ」わたしがいった。わたしは断言した。

というわけで、レジーとわたしは婚約した。正式の婚約とはいわなかった――〝気心が通じた〟というわけだった。親戚たちはわたしが婚約したことを知っていたが、発表したり新聞に出したり、また友人たちにも話さなかったが、たいていの人は知っていたと思う。

わたしはレジーにいった、「わたしたちが結婚できないなんて考えられないわ。あなた、どうして早くそういってくれないの、そうすれば準備をする時間もできるし」

「うん、もちろん、花嫁付添いの娘とかすてきな結婚式とかその他いろんなことをやらなくちゃならないけどね。でも、ともかくきみが今ぼくと結婚することは、ぼくには夢にも考えられないよ。きみにはまだまだチャンスがあるんだから」

これにはいつもわたしは腹を立てて、けんかになりそうになった。わたしが今すぐ彼と結婚しようと申し出ているのを彼が退けるのは、けっしてわたしを喜ばせることにはならない、とわたしはいってやった。だがレジーは、それは愛する人が当然受けるべき権利だという固定観念を持っていて、わたしが結婚するにふさわしい男は、地位や金やその他すべてのものを持った者でなくてはならない、とそのすぐれた精密な頭の中にたたき込んでいるのであった。もっとも、こうした論争にもかかわらず、わたしたちはたいへん楽しかった。ルーシーの家族はみな喜んでいたようで、こういっていた、「どうもレジーは以前からあなたに目をつけていると思っていたんだ、アギー。ぼくたちのガールフレンドの誰にも目をくれなかったからな。でも、何も急ぐことはないな。たっぷり時間をかけて考えるがいいよ」

わたしはルーシー家の人たちが、何事につけ、たっぷり時間をかけるようにと強く主張するのをおもしろいと思っていたが、ときには反発を感ずることもあった。ロマンチックなことをいえば、レジーにとても二年は待てそうにない、今すぐ結婚しようといってもらいたかった。残念ながら、それはレジーがいうつもりのまったくないことだった。彼はひどく無欲な男で、自分自身や自分の将来について自信を持っていなかった。

わたしの母はわたしたちの婚約を喜んでいたと思う。母はいっていた、「わたしはあの人のことがずっと好きでしたよ。これまで会った人の中でいちばん気持ちのいい人の一人だと思いますよ。あの人はきっとあなたを幸せにしてくれます。やさしくて親切で、あなたをむやみにせき立てたり、うるさくするようなことはしない人ね。それほど裕福にはなれないかもしれないけど、今でも彼は少佐の階級に達してるんですから、結構うまくやっていけますよ。あなただってあまりお金に執着するような人じゃないし、パーティやはでな生活は好まないほうだしね。ええ、この結婚はきっと幸せになると思いますよ」

それから母はちょっと間をおいて、「あの人がもう少し早目にそういってくれればね、すぐにも結婚できたのに」といった。

母も、わたしと同じようなことを感じていたのだ。それから十日後、レジーは所属の連隊へ帰っていき、わたしは落ち着いて待つことになった。


ここで、わたしの求婚時代の話に、あと書きのようなものをつけ加えさせてもらうことにしよう。

わたしは求婚者たちのことを書いた——が、わたしもまた失恋を経験したことに言及しないのは、ちょっと公正を欠いている。最初の相手はとても背の高い軍人で、ヨークシャーに滞在していたときに会った人である。もし彼が結婚を望んだら、わたしは彼の口からその言葉が出る前に、おそらくイエスといっていたにちがいない！　結局彼は結婚の申し込みをしなかったのだが、それは彼の立場から見て賢明なことだった。彼は無一文の下級軍人で、所属連隊と一緒にインドへむかうばかりのところだったのだ。もっとも、彼もいくぶんかは、わたしに恋していたようだ、彼が羊のような顔つきをしていたところを見ると。わたしはそれで満足しなければならなかった。彼はインドへ行ってしまい、わたしはその後すくなくとも半年は彼のことを思いこがれていた。

それから一年かそこら後のこと、わたしはまたもや恋をしてしまった――トーキイの町の友人たちが時事問題風にアレンジしたミュージカル〈青ひげ〉にわたしが出演していたときのことであった。わたしは修道女アンを演じており、わたしの恋の相手は後年航空少将になった人だった。そのころ彼はまだ若くて、軍人としての道を歩きはじめたばかりだった。わたしはおもちゃのクマにむかって歌を歌うというへんてこな癖を持っていたのだが、そのときには控え目にこんな歌を歌った――

わたしはクマのぬいぐるみがほしい
ひざに乗せられるような
どこにでも連れていけて
わたしに寄り添ってくれるような

言い訳になるようだけれど、若い娘たちはみなこの種のことをやっているもので――またよく納得がいくのである。
後年何度かわたしはもう少しのところで彼とまた会いそうになった、というのはわたしの友だちのいとこだったからだが、何とかしてわたしはそれを避けた。わたしにも見栄というものがある。

わたしはずっと信じているのだが、彼の記憶の中には、休暇の最後の晩、月下のアンスティ入江に出かけたかわいらしい少女のわたしの面影が残っていると思う。わたしたちはみんなと離れて、海へ突き出している岩の上に座っていた。話は交わさなかった――ただ手を握り合って座っていただけだった。

彼は立ち去った後、小さなおもちゃのクマの金製ブローチを送ってきてくれた。

このようにわたしのことを覚えていてくれると思うと、やはりわたしにも会いたい気持ちは充分にあった――が、八十キロの肉の塊《かたまり》と、せいぜい〝やさしい〟とぐらいしか言えないような顔で会うショックにはとても耐えられるものでなかった。

「エーミアスはいつもあなたのことをきくのよ」とわたしの友だちはいうのである、「あの方、とてもあなたと会いたがっているんだわ」

齢《よわい》六十に達したわたしと会いたいですって？　心配御無用。わたしはやはり誰かの幻想でありたい。

Ⅶ

幸せな人には歴史がない、ということわざがなかったか？　この時期、わたしは幸せな人間だった。わたしはほとんどいつも同じようなことをやっていた——友だちと会う、ときには出かけて滞在する——だが、母の視力についての心配があった。次第に悪いほうへと進んでいた。今や物を読むことが困難で、明るいところで物を見るのが難儀になっていた。眼鏡は役に立たなかった。イーリングの祖母もだいぶん目が悪くて、そこらをすかし見ながら物を探しまわっていた。それにまた、老年になると誰でもそうだが、誰かれかまわず疑うようにもなっていた——自宅の使用人たちも、水道やガス管の修理工も、ピアノの調律師も。祖母が食堂のテーブル越しに身を乗りだして、わたしや姉にむかってよくいっていたのを思い出す、「シー！」と鋭い声を立てて、「小さな声で話すのよ、あんたのバッグはどこにおいてあるのかい？」

「わたしの部屋よ、おばあちゃん」

「あんなとこにおいてあるの？　あんなとこにおいとくもんじゃないよ。あの女が二階へ今行った音がしたのよ」

「でも、大丈夫でしょう？」

「いえ、わかりませんよ、ほんとにわかりませんよ。上へ行って、取っておいで」

ちょうどこのころだったと思うが、わたしの母の生母、Bおばあちゃんがバスから転落した。この祖母はいつもバスの上の階に乗る癖があったのだが、そのじぶん八十歳ぐらいだったと思う。とにかく、Bおばあちゃんが下の階へ降りてくるところで、突然バスが動き出したものだから、転落して、肋骨や腕などを骨折したのだと思う。Bおばあちゃんはバス会社を相手に強硬な損害賠償を求め、相当多額の補償金をもらった——そしてまた、主治医から今後は二度とバスの上階には乗らないよう、厳重な禁止を申し渡された。当然ながら、Bおばあちゃんらしく相変わらず医者の命令に違反していた。Bおばあちゃんは死ぬまで古つわもので通した。やはりBおばあちゃんが手術をしたのもこのころのことだった。子宮ガンだったらしいが、手術は完全に成功で、再発しなかった。ただ一つ、Bおばあちゃんにとっての大失望があった。Bおばあちゃんはこのはれものだか何だかが身体の中から取り去られるのを大いに期待していた、というのは、手術後にはほっそりとかっこよくなれると思っていたのだ。そのころのBおばあちゃんはものすごいサイズで、わたしのもう一人のイーリングの祖母よりもっと大きかった。バスのドアのところにはさまれた肥満女の小話。車掌が彼女にむかって叫んでいる、「横向きになって、横向きに、奥さん」「とんでもない、あたしにゃ横向きってのはないんだよ！」この話、Bおばあちゃんにまさにぴったりだった。

Bおばあちゃんは麻酔からさめた後、看護婦から絶対にベッドから出てはいけません、と厳重に禁じられていたのに、その看護婦たちがBおばあちゃんを眠りにつかせるため部屋を出ていくと、そっとベッドからぬけ出して姿見のところへ忍び足で行った。何という幻滅。Bおばあちゃんは相も変わらずの肥満体。「わたしゃこの失望落胆から元へ戻れないよ、クララ」とわたしの母にいった、「ほんとに。わたしゃこれに望みをかけていたんだよ！　麻酔やら何やらされたんでね。ところが、見てごらん、わたしを……まったく元と同じじゃないか！」

ちょうどそのころであったと思うが、姉のマッジとわたしはあることについて議論をしたのだが、後にこれが実を結ぶこととなった。わたしたちは探偵小説か何かを読んでいた。たぶん――たぶんなどというのは、人の記憶というものはかならずしも正確ではなく、どうかすると頭の中で都合よくととのえがちであって、物事の日付をまちがえていたり、場所をまちがえたりするものだからである――たぶん、それはちょうどそのころ出版されたばかりの『黄色い部屋の秘密』であったと思う。新人作家のガストン・ルルーのもので、若い美男の新聞記者が探偵で、その名をルウルタビイユといった。読者の裏をかくミステりで、巧妙にくみたてられており、アンフェア、あるいはほとんどアンフェアと認めざるを得ないという人もいるようなタイプの作品だったが、その評価は当を得ているとはいえない。じつに手際よく小さな手がかりがみごとに隠されているのである。

わたしたちは大いにこれについて意見を述べ合い、しまいにこれは傑作の一つだと見解が一致した。わたしたちは探偵小説の鑑定家だった――姉のマッジがまだ幼いわたしにシャーロック・ホームズ物語の手ほどきをしてくれ、わたしは姉の後を急いで追いかけた。まず、『リーヴンワース事件』を八歳のときにマッジが話してくれて、わたしは夢中になったものだった。それからアルセーヌ・ルパンだったが、これはわたしには本格の探偵小説とは思えなかったけれど、物語はおもしろく、とても楽しかった。それからまたポール・ベックの高く評価されていた『マーティン・ヒューイットの事件簿』など――そして今や『黄色い部屋の秘密』だった。これらすべてに感激したわたしは、探偵小説をぜひ書いてみたいといった。

「あなたには書けそうにないと思うわ」マッジがいった、「書くのはとてもむずかしいのよ。わたしも書こうと思ったことがあるの」

「ぜひわたしはやってみたい」

「あなたにはできっこない。賭けてもいいわ」マッジがいった。

そこで話はそのままになった。はっきりと賭けをしたわけでもなく、賭けの条件もきめはしなかった――だが、たしかにその言葉が出たのだ。そのときからわたしは決意に燃えて、かならず探偵小説を書いてやろうと思った。それだけのことでその先へは進めなかった。そのときから書きはじめたわけでもなく、また計画をたてたわけでもなかったが、種がまかれたのであった。今、わたしの頭の奥にはこれから書く作品の筋がつまっているが、種が発芽するずっと以前から、そこには〝いつかかならず探偵小説を書こう〟という考えが植えつけられていたのである。

Ⅷ

レジーとわたしはおたがいきちょうめんに手紙のやり取りをしていた。わたしは土地のニュースをできるだけりっぱな手紙にして彼に提供しようと努めていた――手紙を書くことはどうもわたしはあまり得意でなかった。反対に、姉のマッジは手紙書きの名人だったといえる！　何でもないことをすてきな話にするのである。わたしはその才能がうらやましかった。

愛するレジーの手紙は、レジーがしゃべっているのと寸分ちがわなかった――きちんとしていて、力強かった。いつも、大いにあちこち歩きまわるようにと彼は長々と力説していた。

「いいかね、家の中にもそもそ閉じこもっていちゃいけないよ、アギー。ぼくがそう望んでいると思ってはいけない、そうじゃない、きみは外へ出かけていって、人と会わなくちゃいけないんだ。ダンスでもパーティでも何にでも出かけなくちゃいけない。ぼくたちがきちんときまってしまうまでに、きみはあらゆるチャンスを捕らえてもらいたい」

今振り返ってみて、わたしは心の奥でこの意見に対して少しも憤りを感じていなかったのだろうかと不審に思う。その当時はまったく気がついていなかったと思うが、人は、出歩いて人に会ったりして〝自分のためになる〟(妙な文句だ)ことをすすめられるのを喜ぶものだろうか？　あらゆる女性は嫉妬心が見えるようなラヴレターをもらうのが好きなのではないだろうか？

「きみが書いてきた何々氏とは、いったい何者なんだ？　あんまり熱を上げすぎるんじゃないよ」

これがわたしたち女性の望んでいることではないだろうか？　恋人はそんなにわがままな心を抑えきれるものだろうか？　それとも、人の心の中にありもしないことを読み取ったりしているのだろうか？

ダンス・パーティはよく近隣で催されていた。これらのパーティへはわたしは出かけなかった、というのは、わたしたちは車を持っていなかったから、一マイルか二マイル以上離れたところからの招待を受け入れることは不可能だったからだ。辻馬車や自動車を雇うことは、ごく特別の場合をのぞいてはあまりにも高価についた。だが、女の子集めのため、滞在を求められるとか、往復ともむこう持ちという場合もあった。

チャドリーのクリフォード家のダンス・パーティの際、エクセターからガリソンの一家を招いていたし、また友人たちに若い女性を一人なり二人連れてきてくれるようにも頼んでいた。わたしの旧敵トラヴァーズ中佐は今はもう退役してチャドリーで夫人と暮らしていたが、このわたしに一緒に行かないかと申し込んできた。彼は、わたしの子供のころのいやなペットから卒業して、今では家族の旧友になっていた。夫人から電話がかかってきて、彼らの家へ来て泊まってクリフォード家のダンス・パーティへ行かないかと誘われた。もちろん、わたしは喜んでそうしますといった。

それからアーサー・グリフィスという友だちからも手紙をもらったが、この人とはヨークシャーのソープ・アーチ館のマシューズ家に滞在していたときに会った。彼はこの地方の牧師の息子で、軍人——砲兵だった。彼とわたしは大の仲よしになった。アーサーの手紙には、今彼はエクセターに駐留しているのだが、運悪くダンス・パーティに行く将校連の中にはいっていなくて、わたしとダンスをしようと思っていたのに非常に残念だとあった。「でも」と彼は書いていた、「ぼくらの班から行くのがいる、名前はアーチボルド・クリスティー、そいつを待っていてくれないか？　なかなかダンスのうまいやつだ」

クリスティーは待つ間もなくわたしのところへダンスに来た。背が高く、金髪碧眼の青年、ちぢれた髪、ちょっとおもしろい鼻をしていた——下向きでなく上向いていた。そして、何かあたり構わぬぞんざいな自信の様子があった。彼は自己紹介して、一、二度ダンスをお願いします、じつは友人のグリフィスがあなたを探せといったものですからといった。わたしたちはうまくやっていった——彼はすばらしくダンスがうまくて、何度か繰り返しわたしは彼と踊った。本当に楽しい夜だった。翌日、トラヴァーズ家にお礼をいって、車でニュートン・アボットまで送ってもらい、そこから汽車で帰った。

それから一週間か十日後のことだったと思う、隣家のメラー宅でわたしはお茶の時間を過ごしていた。マックス・メラーとわたしはまだ社交ダンスのけいこをしていたが、幸いもう二階へワルツをしながら上がるようなことは流行遅れになっていた。わたしたちは、たしかタンゴを踊っていたと思うが、そのとき電話に呼び出された。母からだった。

「すぐお帰んなさい、いいね、アガサ？　あなたの若いお友だちの一人がここに来てるの……わたしの知らない人、前に一度も会ったことのない人よ。お茶をさしあげたんだけど、そのまま帰りそうにもなくてね、あなたに会いたいらしいのよ」

母はわたしのところへ来る若い男性の面倒をみることが、いつも不満で、このようなもてなしは厳密にわたしの仕事としていた。

わたしは不機嫌になって帰ってきた――わたしはお楽しみ中だったのだから。それに、誰だかおよそわかっていたからだ――ちょっと陰気くさい若い海軍中尉で、自作の詩をわたしに読んでくれといってよくやってくる人である。で、わたしは仏頂面をして、しぶしぶ帰ってきた。

わたしが応接室へはいっていくと、青年がひどくほっとした様子で椅子から立ち上がった。ちょっと顔を紅潮させ、自分のことを説明しなければならないのが、ひどく具合悪そうだった。わたしに会っても彼はあまりうれしそうにはしなかった——というのは、わたしが彼のことを覚えていないものと思ったらしい。でも、わたしははっきり覚えていて、じつはひどく驚いたのだ。グリフィスの友人、若いクリスティーとまた会おうなどとは思ってもいなかった。彼はためらいながら言い訳をした——トーキイへモーター・バイクでやってきたので、あなたに会えたらと思ったのです。きっと彼はわたしの住所をアーサー・グリフィスから聞きだすのに苦労してずいぶん間の悪い思いをしたにちがいないのだが、それはいわなかった。でも、一、二分すると間の悪さはなくなってきた。母はわたしが戻ってきたので、ほっとしていた。アーチー・クリスティーは言い訳をし終わるとどうやらうれしそうな顔になり、わたしもまたたいへんうれしくなった。

話しているうちに夕方になってきた。女同士の神聖な暗黙の了解によって、母とわたしのあいだで、この招かざる客に夕食を出したものかどうか、そしてそうするとしたらどんな食事が家でできるかという問題をやりとりした。たしかクリスマスのすぐ後だったと思う、というのは七面鳥の冷肉が食料品室にあることをわたしは知っていた。わたしは母にむかってよろしいの合図を出した。すると母がアーチーにもう少しここにいらして、あり合わせですが一緒に食事をなさいませんか、ときいた。彼はすぐそれを受け入れた。というわけで、わたしたちは七面鳥の冷肉にサラダ、それにチーズか何かを食べて、楽しい夕を過ごした。それからアーチーはモーター・バイクに乗って爆音を立てながらエクセターへと帰っていった。

それからの十日間、彼はしばしばひょっこりやってきた。あの最初の晩、彼はエクセターでのコンサートに来ませんかとわたしにきいた——ダンス・パーティのときに、わたしは音楽が好きだということをちょっと話したのだ——また彼はコンサートの後でレッドクリフ・ホテルへお茶にお連れしましょうともきいていた。わたしは喜んで伺いたいといった。すると母が、娘一人だけでエクセターのコンサートの招待は受けられませんとはっきりいったので、ちょっと間の悪いことになった。それがちょっと彼の出鼻をくじいたが、すぐさま招待を母にまでひろげた。母も気持ちをやわらげて、彼のいうことを認めたが、こういった——コンサートへ娘が行くことはよろしいけれど、彼と一緒にホテルへお茶を飲みに行くことは残念だがいけない、と（今日から見ると、そのころわたしたちには奇妙な基準があったといわなければなるまい。女の子は一人で若い男とゴルフに、乗馬に、またはローラー・スケートなどには行ってもいいことになっていたが、ホテルへ一緒にお茶を飲みに行くというのはきわどい《リスケ》感じがあって、善良な母親たちは娘がそんなことをするのを喜ばなかったものだ）。しまいに妥協が成立して、エクセター駅の食堂でお茶をさし上げることにしましょうということになった。あまりロマンチックな場所でない。後でわたしは四、五日後にトーキイで催されることになっているワグナーのコンサートへ来ませんかと彼にきいた。大いに喜んで、と彼がいった。

アーチーは自分のことをみんなわたしに話し、新しく編成された英国航空隊への入隊を待ちこがれていることも話してくれた。わたしはこの話に胸躍らせた。誰もが飛行機には胸躍らせていたころである。だがアーチーはまったく実際的だった。将来飛行機は軍用になると彼はいった——もし戦争になったら飛行機はいちばんに必要になってくるものだ。といって、彼は飛行機に乗ることを熱望しているわけではない、出世のチャンスになるというわけだった。もう陸軍には将来性がない。砲兵では昇進があまりにも遅い。彼は飛行機についてのわたしのロマンチックな空想を取り除こうと一生懸命だったが、そううまくはいかなかった。それにしても、わたしの空想的な性向が実際的で論理的な考え方とまともにぶつかり合ったのは、初めてのことだった。一九一二年ごろの世の中はまだまだセンチメンタルな世の中だった。人々は自分たちのことを冷徹《ハードボイルド》だなどといっていたものの、その言葉の真の意味はよくわかってはいなかった。若い女たちは若い男たちを空想的に考えていたし、若い男たちは若い女たちに理想的な考え方を抱いていた。しかし、わたしたちは祖母の時代からすればずいぶんと変わってきていた。

祖母は姉の求婚者の一人についてこんなことをいったことがあった、「わたしはあのアンブローズが好きですね。このあいだ、マッジがテラスを歩いていくと、アンブローズが立ち上がってその後についていくのが見えたんだけど、身をかがめると一握りの小石を拾い上げてポケットへしまい込んだのよ、マッジが踏んで歩いた場所の小石でした。とてもかわいらしいことだと思いましたね、ほんとにかわいらしい。わたしが若かったじぶんにも、きっとこんなことがあったろうと思いますね」

気の毒だけど、愛する祖母には幻滅を味わわさせざるを得ない。じつはアンブローズは地質学に非常に興味を持っていて、あの小石は特殊なもので彼の興味を引いたのであった。

アーチーとわたしとでは物事に対する反応が両極ほどの隔たりがあった。それがわたしたちがひかれ合った始まりだったと思う。よくいわれている未知なるものへの強い興味であった。わたしは彼を新年舞踏会へ招いた。そのダンスの晩、彼は奇妙な様子をみせた。ほとんどわたしに口をきかないのである。四人か六人ぐらいのパーティだったと思うが、彼と踊るたび、またその後座っているときも、まったく彼は無言だった。わたしが話しかけると、よくわけのわからない、いいかげんな返事しかしない。わたしはわけがわからなくて、いったいどうしたのか、何を考えているのか、彼の顔を一、二度じっとうかがってみた。わたしなどにはもう興味ないようなふうなのだ。

わたしはいささかのろまだった。そのころにはもうわかっていなければならなかったのだ——男がまるで病気になった羊みたいなおとなしい様子になり、全然ぽかんとなってしまって、話しかけてもまるで耳にはいらないようなときは、俗にいう、ぞっこん惚《ほ》れているということ。

いったいわたしには何がわかっていたのだろう？　自分にどんなことがおこっているか

わかっていたのだろうか？　わたしはレジーから来た手紙を手に取ると、「あとで読むわ」とひとりごとをいってホールのたんすの引き出しの中へ放り込んだことを覚えている。何カ月もたってからその手紙がそこにあるのをみつけた。どうやらわたしはすっかり夢中になっていたらしいことが自分にもわかった。

ワグナーのコンサートは、新年舞踏会の二日後だった。わたしたちはコンサートへ行った後、アッシュフィールドへ帰ってきた。わたしたちは、いつものように〝教室〟へピアノを弾きに上がっていくと、アーチーは何かもう必死の様子でわたしに話しかけた。二日後には出発だという――航空隊の訓練を始めるためソールズベリー平原へ出かけるのだといった。そして、こんどは激しい調子でいった、「ぜひぼくと結婚してくれ、ぜひともぼくと結婚してくれ」わたしと初めてダンスをしたときからそう思っていたと彼はいった。「きみの住所、そしてきみを探し当てるのにずいぶんぼくは苦労した。あんな困難だったことはないよ。きみの他にはないんだ。ぜひぼくと結婚してくれ」

わたしは、ある人とすでに婚約しているので、それはできないといってやった。彼は猛烈な勢いで婚約を手で払いのけるようにして、「いったいぜんたい、それが何だ？　破棄すればそれでいいじゃないか、それで終わりだ」

「でも、そんなことできないわ。とてもそんなことできないわ」

「もちろんできるさ。ぼくは誰とも婚約なんかしてないけど、婚約していたとしても、何も考えずにすぐにも破棄するな」

「わたし、とても彼にむかってそんなことできない」

「ばかばかしい。やらなくちゃならんことはやること。おたがいに好き合っているんだったら、その男が海外へ行ってしまう前にどうして結婚しなかったんだ？」

「わたしたち……」とわたしはためらった、「待ったほうがいいと思ったのよ」

「待つことないよ。どっちにしても、ぼくは待てない」

「わたしたち、何年間かはとても結婚できないわ」わたしがいった、「あなたはまだ下級将校でしょう。いくら航空隊でも同じことでしょう」

「ぼくは何年も待てないよ。来月かそれともその次の月あたりに結婚したい」

「あなたってむちゃくちゃよ」わたしがいった、「自分で自分のいっていることがわかってないんだわ」

　わかっているとは思えない。しまいには彼も落ち着かざるを得なくなった。かわいそうに母にとってはたいへんなショックだった。母はずっと気にはしていたと思うが、気にしている程度で、アーチーがソールズベリー平原へ行ってしまうと聞いて大いにほっとしていたのだが――突然既成事実《フェ・タコムプリ》を突きつけられてひどく驚いた。

　わたしは母にいわないわけにいかなかった――「お母さん、ごめんなさい。ぜひお話ししなければならないことがあるの。アーチー・クリスティーが結婚してくれというの、そしてわたしも結婚を望んでます、とても望んでるんです」

　アーチーはしぶしぶだったが、わたしたちは事実に直面しなければならなかった。母は断固彼にきびしかった。「いったいあなたたち結婚してどうやっていくつもり？」母がきいた、「あなたたち二人ともよ」

　わたしたちの財政状態は最悪の寸前だった。アーチーは若い下級将校で、わたしより一歳年上なだけだった。彼には金などなく、ただ自分の給料と母親がやっと都合してくれるわずかな金だけだった。わたしの持っているものは祖父の遺言で相続した年百ポンドのお金だけ。アーチーが結婚できるような状態になるには、うまくいっても数年はかかりそうだった。

　彼は帰りぎわにちょっと苦々しそうにいった、「きみのお母さんからぼくは現実世界へ引きおろされたよ。ぼくは何が何でもかまわないと思ってたんだ！　とにかく何とかして結婚しさえすれば万事うまくいくと思っていた。それがそういかないことをきみのお母さんから悟らされた、今はだめだ。ぼくたち待たざるを得ないね……しかし、できるだけ一日でも長く待たないようにしよう。ぼくはあらゆることをする、考えられるあらゆることをするよ。こんどの航空隊が何かの役に立つ……ただ、もちろん陸軍でも航空隊でも同じことだが、あまり若いうちに結婚するのを喜ばないからね」わたしたちはたがいに顔を見合わせた。わたしたちは若くて、がむしゃらで、愛し合っていた。

わたしたちは婚約をし、それが一年半つづいた。嵐のような時期であった――浮いたり沈んだり、深い不運感でいっぱいだった、というのは、絶対手の届かないことを達成しようとしているという感じがあったからだった。

わたしはレジーへ手紙を書くのを一ヵ月近くも延ばしていた、主に罪の意識からだったと思うが、一部では突然わが身におきたことが本当のこととはなかなか納得できずにいたせいでもあった――やがてわたしはそんなことから目をさまして、現実へ戻らなければならない。

だが、どうしても手紙を書かなくてはならなくなった――やましい気持ち、あさましい気持ち、そして一片の言い訳もないこと。レジーがそれをやさしく同情的に受けとめてくれたことがよけいにいけなかったと思う。彼から来た手紙には、あまり苦しみ悩まないように、けっしてあなたが悪いのではない、仕方がなかったのです、よくあることだ、とあった。

「もちろん」とも書いてあった、「ぼくにとってはやはりちょっとした打撃だったよ、アガサ、ぼくよりもきみを扶養していく力のない男ときみが結婚することになったとはね。きみが裕福な誰か、釣り合いのとれた者と結婚するというのだったら、ぼくとしてもそれほどにも感じなかったかもしれない、というのはそれがきみにふさわしいと思うからだが、今ぼくはきみが約束を守ってくれてぼくと結婚し、今すぐにも当地へきみを連れてきたいと願わずにはいられないのだ」

　彼がそうしてくれることをわたしも望んでいたろうか？　そうではなかったと思う——そのときには——なのに、元へ戻りたい気持ちがどこかにあった。もう一度安全な岸に足をおきたい気持ちであった。深みへと泳ぎだしたくはない。わたしはレジーとは楽しく平穏にやってきた、おたがいにまことによくわかり合っていた、同じことを望み、楽しむことができた。

　今わたしにおきていることはそれと反対であった。わたしは未知の人を愛している——彼が未知の人間ということがその主な理由である、というのは彼が一言一句にどう感応するかわたしには見当もつかないし、彼のいうことがみなわたしにとっては新奇で魅力があったからだ。彼も同じことを感じていた。かつて彼はわたしにこういったことがあった、「どうもぼくにはきみのことがつかめないんだ。きみはどんな人なのかわからないんだ」ときどきわたしたちは絶望の波に圧倒され、どちらかが手紙を書いては関係を絶とうとした。わたしたち双方が、こうするより他ないと同意をした。そして、一週間ぐらいすると、それに耐えられなくなって、また元の親しい間柄へ戻った。

　よくないときには何もかもよくなくなるものである。わたしたちの暮らし向きはよくなかったのに、こんどはまた新たな財政的な打撃が加えられた。祖父が共同経営者であったニューヨークのH・B・チャフリン商会が突然潰れたのだった。商会は無限責任会社でもあったので、これは重大な状態だとわたしは思った。とにかく、母は唯一の収入をこの商会から得ていたが、今やそれが完全に止まることになるのである。祖母のほうは、運よく、同じような状態にはならなかった。祖母の金は同じくH・B・チャフリン商会の株として残されていたものだったが、同社の役員で祖母の事務的な面倒をみていたベイリー氏はだいぶん前から考え悩んでいた。ナサニエル・ミラー未亡人こと祖母の面倒をみることに、彼は責任を感じていた。祖母はお金が入用になるとベイリー氏に手紙さえ書けばよかった、そしてベイリー氏は現金で――それほど旧式だった――祖母へ届けていたと思われる。ある日その彼から祖母の金を再投資させてほしいといわれて、祖母は動転してしまった。

「わたしのお金をチャフリンのとこから持ちだしてしまうということですかね？」

彼は何か言い逃れのようなことをいった。彼がいうには、祖母が種々の投資を監視するということはなかなか面倒なことである――英国人として生まれ、英国に住んでおり、そしてアメリカ人の未亡人という立場なのだから、と。彼はその他いろいろなことをいったが、それはもちろん本当の説明などではなかった。しかし、祖母はそれを承知した。そのころの女の人はみなそうであったように、自分が任せている人からの事務的な助言は全面的に受け入れたものだった。ベイリー氏はわたしにお任せください、といった――祖母の金を再投資して、現在祖母が受け取っているものにほとんど近いようなものが受け取れるようにしておきます、と。しぶしぶながら祖母は賛同した――おかげで、会社が潰れても祖母の収入は安泰であった。ベイリー氏はもうそのころ亡くなっていたが、会社の支払い能力についての心配を打ち明けずに、彼は自分の共同経営者の未亡人に対してちゃんと義務を果たしたのだった。会社の若手役員たちはきっと大規模に事業に乗りだし、一応は成功のように見えたが、実際には拡張しすぎで、全国に支店をあまりに多く開き、販売促進に金を使いすぎたのだと思われる。その原因はともあれ、破滅は徹底的なものだった。

ちょうどそれはわたしの子供のころの経験の再現のようだった——父と母が金に困った話をしているのをわたしは聞いていた、すると二人は何か楽しそうに二階から意気揚々と降りてきて、階下の家族の者たちにわれわれは破産したと宣告した。〝破産〟というのはそのころのわたしには、すてきな、おもしろいことのように思えた。こんどはおもしろがっているわけにはいかない——アーチーとわたしにとって、これは最終的な災厄を意味する。わたしに所有権のある年百ポンドのお金は母の生活費につかわねばならないのはもちろんである。姉のマッジも援助してくれるにちがいない。アッシュフィールドの家を売却することによって母はどうやら生活していけるだろう。

事態はわたしたちが考えたほどひどく悪くはならなかった、というのは、ジョン・チャフリン氏がアメリカから母へ手紙をよこして、まことに遺憾の極みであるといってきた。母に年三百ポンドの収入を見込んでいてください、とあった——これは、倒産した会社からのものではなく、氏の私財からのもので、母の死までつづけられるものである、と。これでわたしたちのまず第一の心配が除かれた。だが、母が死んだらこの金は止まってしまう。年百ポンドの金とアッシュフィールドの家だけがわたしが将来当てにできるもののすべてである。わたしはアーチーに手紙を書いて、あなたとはもう絶対結婚できなくなった、おたがいに忘れることにしましょう、といってやった。アーチーはこれに耳を傾けることを拒否した。何とかして金を作るという。わたしたちは結婚して、彼はわたしの母の扶養もできるようにするともいった。彼はわたしに信頼と希望とを与えてくれた。わたしたちはふたたび婚約した。

母の視力はさらに悪化し、専門医へ診てもらいにいった。医者は母の両眼とも白内障があり、いろいろな理由から手術は不可能だといった。白内障は急激に進みはしないが、やがては確実に盲目へ至るという。ふたたびわたしはアーチーへ婚約破棄の手紙を書いた——もちろん不本意なのだが、もし母が盲目になった場合、見捨てることができないからといってやった。再度、彼は同意することを拒んだ。母の視力がどうなっていくか見守りながら待つこと、何か治療法があるかもしれない、手術が可能になるかもしれないし、ともかく今は盲目ではないのだから、婚約はそのままにしておくべきである、と。するとまた、アーチーから手紙が来た。それにはこうあった、「だめだ、ぼくはきみと結婚できなくなった。ぼくはあまりに貧乏だ。わずかばかりの持ち金で一、二小さな投資をしてみたが、全然だめで、失敗。ぼくのことはあきらめてくれ」わたしは手紙を書いて、絶対あきらめたりはしない、といってやった。彼から返事が来て、ぜひあきらめてくれ、とあった。で、わたしたちはおたがいあきらめようということになった。

　四日後アーチーは何とか休暇をもらって、突然ソールズベリー平原からモーター・バイクでやってきた。あれはやはりいけなかった、もう一度婚約すべきだ、希望を持って待つべきである、何とかなるかもしれない、たとえ四年も五年も待たなければならないとしても。わたしたちは感情的な嵐を通り、しまいには、もう一度婚約はつづけることになったが、月ごとに結婚の可能性ははるかかなたへ遠のいていくばかりだった。これはもう絶望だと心の中では思うのだが、わたしはそう認めたくなかった。アーチーもやはり絶望と思っていたのだが、わたしたちはおたがいなしでは生きていけないという信念に一生懸命すがりついていて、婚約したまま、何か突然の幸運に見舞われることを祈っていた。

　そのころにはもうわたしはアーチーの家族とも会っていた。彼の父親はインド政庁の文官として判事をつとめていたが、ひどい落馬をした。その後急速に健康を損ね――落馬のために脳に障害がおきていた――結局英国の病院で亡くなった。アーチーの母は未亡人になって数年後、ウィリアム・ヘンズリーと結婚した。彼はわたしたちにつねに親切にしてくれ、やさしかった。アーチーの母ペッグは南部アイルランド、コーク近くの出身で、十二人兄妹の中の一人だった。彼女はインド医療団にいた長兄のところに逗留していて、最初の夫と出会ったのだった。二人の息子、アーチーとキャンベルをもうけた。アーチーはクリフトン校で首席になり、四学年でウーリッチ校へ通った――頭がよく、才略、豪胆さもあった。兄弟は二人とも陸軍へはいった。

アーチーは婚約を母に打ち明け、自分の選んだ女のことを、息子としていいがちな言い方で、ほめちぎった。ペッグは疑わしそうな目つきでアーチーを見ていたが、アイルランドなまりのある声で、「その女って、近ごろ流行《はやり》のピーター・パン・カラーをつけてるような女かね？」といった。アーチーはちょっと不安をおぼえながら、わたしがピーター・パン・カラーをつけていることを認めた。これはその当時の流行の先端だった。わたしたち若い娘はとうとうブラウスに高いカラーをつけることをやめたのだった――この高いカラーは小さなジグザグ型の骨で硬く立てられていて、首の両側と後ろに赤い気持ちの悪い痕がつくのである。人々が勇気をもって、快適さを求める時代がやってきた。ピーター・パン・カラーというのは、たぶんジェームズ・バリーの劇中のピーター・パンがつけていた折りえりからデザインされたものらしかった。首のつけ根に合わせて、材料は柔らかか、骨のような物は何もなく、着心地がよかった。大胆などといわれるようなものではなかった。わずかあごの下四インチほどの首を露出しただけで、わたしたち若い娘がふしだらという悪評を受けたことを考えると、まったく信じられないことである。今、海岸で遊ぶビキニ水着の若い女たちを見ると、この五十年にずいぶんと世間は変わったものだという感を深くする。

とにかく、わたしは一九一二年、ピーター・パン・カラーをつけている進んだ若い女の一人だった。

「あれを着ていると、彼女はきれいに見えるんだ」義理固いアーチーがいった。

「ああ、そうでしょうよ」ペッグがいった。このことで彼女がわたしに対してどのような疑念を持っていたにしても、わたしには非常に親切に応対してくれ、大げさなほどだった。彼女はわたしのことがたいへんに好きだし、とてもうれしい、あなたはわたしの息子にうってつけの方である、などなど——わたしにはその一語さえ信じることができなかった。本当のところは、彼女は自分の息子がまだ結婚するには若すぎると思っていただけなのだ。彼女はわたしについて特別な欠点をみつけていなかったし、他とくらべてそれほどひどく悪くないこともたしかだったろう。わたしのことをタバコ屋の娘のように思っていたかもしれない（タバコ屋の娘は不幸のシンボルのようにみなされていた）。あるいは年若くして離婚された女とか——当時相当そういう人がいた——それともコーラス・ガールかなんかだろう、と。とにかく、わたしたちの前途のことから考えて婚約などは無になるものと彼女ははっきりきめていた。だからこそ彼女はわたしに対してひどくやさしく、こちらはそれにいささかとまどっていた。アーチーはその気質どおり、彼の母親がわたしについてどう思っていようが、またわたしが彼女のことをどう思っていようと、とくに関心を示さなかった。彼は自分のことや親族のことを、人がどう思っていようと少しも気にせず世間を渡るといった特別幸せな性質を持ち合わせていた——彼の頭は、自分自身が何を望むかだけにむいていていた。

こんなわけで、わたしたちは婚約したままで、結婚のほうへは近づけず、実際には遠のいていくばかりだった。昇進が他のどこよりも早く航空隊に来る様子などもなかった。アーチーは飛行中に静脈洞炎にひどく悩まされるようになって、困っていた。ひどく苦痛なのに、飛行をつづけていた。彼からの手紙はファルマン複葉機やアヴロといった専門的な話でいっぱい——彼の飛行機についての考えは、パイロットにはまず死がつきもので、また飛行機は確実に進歩するというのだった。彼の飛行中隊仲間の名がわたしにもおなじみになった——ジューベル・ド・ラ・フェルテ、ブルック・ポパム、ジョン・サルモンなど。それからアーチーのアイルランドのいとこで乱暴なのがいて、これまでに何度も墜落、ずっと着陸のままでいるほうがましだというようなのもいた。

ふしぎなことに、わたしはアーチーの安全について全然心配した覚えがない。飛行機に乗ることは危険だった——が、狩猟だってそうだった。わたしは狩猟場で首の骨を折った人に慣れていた。人生の一つの冒険なのだ。当時、安全についてはそれほど強調されてはいなかった——〝安全第一〟というスローガンはちょっとばかばかしいとさえ考えられていた。この飛行という新形式の交通手段にたずさわるということは、まことに魅力的なものであった。アーチーはその飛行機の最初の操縦士の一人だった——彼の操縦士番号は百をちょっと越したぐらいの、百五か百六だったと思う。わたしは彼のことがひどく誇りだった。

ふつうの旅行手段としての航空会社ができたことぐらい、わたしの生涯でがっかりしたことはなかったように思う。人は飛行機を鳥の飛行になぞらえて夢みていた——空中を自在に飛びまわる爽快さである。ところが今や、飛行機に乗り込んで、ロンドンからペルシャへ、ロンドンからバミューダへ、ロンドンから日本へ飛ぶ退屈さを思うとき、これ以上の無味乾燥なものがあるだろうか？　狭苦しい座席のある窮屈な箱——窓から見えるものといえば、ほとんど飛行機の翼か胴体、下を見ても綿のような雲ばかり。地上が見えても、平たい地図である。ええもう、大幻滅。船はまだロマンチックなところが残っている。列車は——列車にまさるものがあるだろうか？　とくに、ディーゼル機関車とあのにおいがやってくる前までの。煙を吹きあげるあの大きな怪物が、人を運んでいく——峡谷を谷間を、滝のそばを、雪をかぶった山々を過ぎ、見なれない姿の農夫が荷馬車に乗っている田舎道に沿って。列車による旅は、自然と人間、そして町や教会や川や——まことに、人生を見ることである。

といってもわたしは人間によって空が征服されたことに魅惑されていないという意味ではない——宇宙空間への冒険、他の生命あるものが持っていない天与の才能を人が持っていること、その冒険感覚、不屈の精神、そして勇気、といっても単にすべての動物が持っている自己防衛の勇気だけではなく、自分の生命を自分の手に握って未知の世界へ出ていく勇気である。わたしはこのすべてがわたしの生涯のうちにおきたと思うと誇りでもあり興奮をおぼえるし、この次の段階をのぞくために将来までも見ていられたらと思う——次から次へと雪だるま効果で引きつづいていくことが感じられる。

いったい、しまいにはどうなるだろう？　もっともっと勝ち抜いていくか？　それとも、人間は自己の野心のために絶滅するだろうか？　わたしはそうは思わない。人間は生き残る、けれどもわずかにあちこちの窪みにだけであろう。大変動があるだろう——が、人間全部が死滅はしないだろう。深く簡素に根ざした、過去の所業をただ風聞によって知っているだけのどこかの原始社会が、もう一度徐々に文明を築き上げていくだろう。

IX

一九一三年に、わたしは戦争の予感など全然なかったと覚えている。海軍の将校たちはときどき首を横に振りながらその日《デル・ターク》をつぶやいていたものだが、もうそんなことは何年来聞いているので、べつに気にもとめなかった。ちょうどかっこうなスパイ小説のタネになるぐらいのもので、実体ではなかった。北西辺境（現在のパキスタン北部。英領インド時代、防衛の要所だった）あるいはどこか遠隔の土地はべつとして、他の国と戦争をするという頭のおかしな国はなかった。

それなのに、〝応急手当て〟や〝家庭看護法〟の学習教室が一九一三年から一九一四年初めにかけて盛んだった。わたしたちはみなこれに通って、おたがいの足や手に包帯を巻いたり、さらに頭部を手際よく包帯する練習もしていた。これはもっとむずかしかった。試験にパスすると、合格の証明として小さな印刷したカードをもらった。当時の女性の熱心さはたいへんなもので、男が事故にでも遭おうものなら、助けに寄ってくる女たちで、命がけの恐ろしさを味わわなければならなかった。

「あの応急手当ての女の子を近づけないでくれ！」と叫びがあがったかもしれない。「わたしに手を触れないでくれよ。手を触れないで！」

試験官の中にとくにいやな老人が一人いた。残忍そうな笑みを浮かべながらわたしたちにわなをしかけるのである。「ここにきみたちの患者がいる」と地面に倒れているボーイスカウトを指さして、「腕と足首の骨折だ、救急の手当てをしなさい」熱心なわたしと誰かの二人がとんでいって、包帯を急いで取りだす。包帯巻きは得意だった――きれいにきちんと包帯できるように訓練をしていた――片足に包帯を巻いていって丁寧に巻き返し全体にきれいにぴったりきちんとなるように、8の字形の折り返しを長くつける。ところがこの場合は、めんくらってしまった――手際のよさも、きれいごともあったものではなかった、練習台の少年はすでに手足を不細工にぐるぐる巻きにされていた。「戦場での仮包帯だ」と老人がいった、「その上から包帯をすること、戦場では代わりの物などないことを忘れんように」わたしたちは包帯を巻いた。こういう包帯はきちんとまわしたりひねったりするのがなかなかむずかしい。「さっさとやれ」老人がいった、「8の字形に巻くんだ。しまいにはそうしなきゃならなくなる。テキストどおりに上から下へ折り返そうとしてもだめだ。仮包帯をそのままにしておくのが大切な点だ。さてそれでは、むこうの病院入口を通ってベッドへだ」わたしたちはそえるべきところに副木《そえぎ》を当て、それから患者をベッドへと運んだ。

そこでちょっとうろたえてストップ――誰も患者を運んでくる前に寝具を開けておくこ

とを考えていなかったのだ。老人はおもしろそうにけらけら笑う。「ハ、ハ！　全部には頭がまわらなかったというわけだ、お若い淑女諸君？　ハ、ハ……いつでも患者を運ぶ前にベッドの支度ができてるかどうかたしかめることだ」わたしたちは屈辱をおぼえながらも、この老人から六講座で習った以上の多くのことを教えられた。

テキストの他に実習がわたしたちのために用意されていた。一週間に朝二日、わたしたちは地方病院の外来患者室で看護することが認められていた。これはおどかされどおしだった、というのは正規の看護婦たちが忙しくて、することがいっぱいだったので、わたしたちをひどく軽蔑したからだった。わたしの最初の仕事は指から包帯類を取り除いて温かい硼酸水を用意して、その指を必要時間その中に浸させることだった。これはやさしい仕事だった。次の仕事は耳を洗浄することだったが、すぐさま耳に手を触れるのは禁じられた。耳洗浄は高度の技術がいるものだ、と主任看護婦がいった。未熟者は絶対にやってはいけない。

「よく覚えておくのよ。習いもしなかったことをやって役に立つなんて思わないようにね。たいへんな害になるかもしれないのよ」

その次にやらされたことは、煮え立っているやかんの湯をひっくり返してかぶった小さい子供の足から包帯を取りのけることだった。このときはもう絶対に看護などはやめてしまおうと思ったほどだった。包帯はわたしの教えられたところでは、ぬるま湯に浸してそっと取りのけることになっているのだけれど、どんなにそっとやっても、ただされるだけでも、子供にとっては耐えがたいほどの痛みを与えるものである。かわいそうにこの小さい子はまだほんの三歳くらい。彼女はあらんかぎりの悲鳴をあげ、恐ろしくなるほどであった。わたしは動転してしまい、気分が悪くなってその場に吐きそうになった。ただそうならなかったのは、近くにいた病院看護婦の目に冷笑的な輝きがあったからだった。その目はこういっていた――この生意気な若いばか者どもが、ここへやってきて、何でも知ってるつもりでいるけど、やれといわれた最初のことひとつできやしない。直ちにわたしは、耐えぬいてやると決心した。とにかく包帯をぬらして取りのけること――子供が痛みをこらえるばかりでなく、わたしも彼女の痛みをこらえなくてはならない。わたしは仕事をつづけていった――まだ吐き気はしたが、歯をくいしばって、できるかぎりそっと、何とかやりとげた。病院看護婦が突然わたしにこういったのには、本当にびっくりした――「まあ悪くない仕事ができたわね。ちょっと初め吐き気がしたでしょう？　あたしも、やっぱりそうだったのよ」

もう一つのわたしたちの教育は、地区看護婦と一日一緒にいることだった。ここでも一週に一日二人で仕事をするのである。わたしたちはいくつかの小住宅を巡回して歩いた――どの家もみな窓をぴったり閉めきっていて、石けんくさい家もあれば、何かまた全然べつのにおいのする家もあった――ときには窓を開け放さずにはとてもいられないところもあった。病気はどれもみな同じようであった。みな簡単に〝悪い足〟と呼ばれているものを持っていた。わたしにはその悪い足がどんなものかはっきりとはわかっていなかった。地区看護婦がいった、「血の汚れた人がよくあるんです……性病の結果はいうまでもなく、ある人は潰瘍で……みな血が悪くなるんです」とにかく一般の人々のあいだでよく口にされる病名であった――ずっと後年、家のメイドがよく、「またうちの母が病気なんです」といっているのが、わたしにはどうやらわかるようになっていた。

「ああ、どこが悪いの？」

「ええ足が悪いんですよ……いつも足が悪くなるんです」

ある日、わたしたちの巡回途中、患者の一人が死んでいるのをみつけた。地区看護婦とわたしは死体埋葬の支度をしてやった。新しい経験であった。火傷の子供のときのような胸の張り裂ける思いはしなかったけれど、かつて一度もしたことのないことだけに、思いがけなかった。

はるか遠くのセルビアで、ある大公が暗殺されたとき、何しろ遠いところの出来事で、べつにわたしたちには何の関心もなかった。とにかくバルカン諸国ではよく暗殺が行なわれていた。この英国のわたしたちにそれが影響するなどとはまったく信じられなかった――それは今いっているわたしばかりでなく、ほとんどみんながそうであった。その暗殺後、急速に、信じられないような嵐の雲が地平線に姿を現わした。変なうわさがひろまった、あの異様なもの……戦争のうわさだった！　しかし、それはもちろん新聞だけのことだったが、文明国は戦争などするものでない。もう何年も戦争など全然なかったし、おそらくもう二度と戦争はあるまい、というのだった。

そう、ふつう一般の人々は、とわたしは思うのだが、何人かの長老大臣と外務省内部の限られた人たちはべつとして、実際に誰もが戦争などというものがおころうという考えは持っていなかった。すべて、うわさである……人々が勝手に作り上げて、〝本当の本当〟らしいといってるだけ……と政治家は演説していた。そして、突然、ある朝それは始まったのである。

英国は戦争を始めていた。

第五部　戦　争

I

英国は戦争を始めた。とうとう来たのだ。

その当時と今のわたしたちの感じのちがいをどういいあらわしていいかよくわからない。今、戦争が始まったら、わたしたちはぞっとはするだろう、おそらく驚きもするだろう。が、びっくり仰天はしないだろう、というのは、わたしたちはみな戦争はあるものと思っている——過去にもあったし、いつまたあるかもしれないと思っているからである。しかし、一九一四年、それまで戦争はずっとなかった……どれくらいのあいだ？　五十年間……もっとか？　いかにも、大ボーア戦争なるものがあったし、北西辺境地方で小ぜりあいもあったが、これらは自国そのものを巻きこんでの戦争ではなかった——いうなれば大規模の軍事演習、遠隔地での国力の維持であった。こんどはちがう……わたしたちはドイツと戦争を始めたのだ。

わたしはアーチーからの電報を受け取った。「できればソールズベリーに来られたし。会いたい」航空隊は最初に動員されるにちがいない。

わたしは母にいった、「わたしたち、何としても行かなくちゃ、何としても」

そのままわたしたちは鉄道の駅へむかった。所持金はほんの少し、銀行は閉鎖され、支払い停止令が出されていて、町では金を手に入れる方法がなかった。わたしたちは列車に乗り込んだ。運賃徴収員がやってきて、母がいつも手もとに持っていた三、四枚の五ポンド紙幣を差し出しても、受け取らなかった——五ポンド紙幣など誰も受け取る者がなかった。英国南部ではどこでも、無数の運賃徴収員からわたしたちは住所氏名を書き取られた。列車は遅れ、いくつかの駅で乗換えをしなければならず、夕方にやっとソールズベリーに着いた。わたしたちはそこのカウンティー・ホテルへ行った。わたしたちの到着の三十分後にはアーチーがやってきた。ほんのわずかの時間しか一緒にいられなかった——泊まる時間、食事をともにする時間もなかった。ちょうど半時間だった。そして、彼はさよならをいって、行ってしまった。航空隊員のみんながそうであったように、アーチーも確実に死ぬものと思っていたし、二度とわたしと会うこともないと思っていたにちがいない。彼はいつもどおり平静で陽気にしていたが、航空隊員たちは誰もが、戦争はすぐに終わるだろう、せいぜい第一陣が戦うまでだと思っていた。ドイツ空軍の強さは知れわたっていた。わたしは知っていることが少なかったが、それでも同じような確信で彼にさよならをいい、二度とはもう会えないと思っていた、とはいうものの彼の陽気さと明確な自信とに合わせるよう努力していた。わたしはその夜、ベッドに入ると泣けて泣けて、止まるところを知らないほど泣いたが、すると突然に何の前ぶれもなしに、すっかり疲れ果てて深い眠りに落ち、明くる朝は寝坊をしたくらいであったことを覚えている。

わたしたちは運賃徴収員にさらに住所氏名を申し立てながら家へ帰った。三日後、初めての軍事郵便はがきがフランスから届いた。はがきには印刷された単文があって、差出人はその単文を消すか残しておくかだけが許されているものだった――〝元気〟とか〝入院中〟などといった具合である。そのはがきをもらって、わたしはその味もそっけもない知らせではあっても、いい前兆だと感じた。

わたしは所属の篤志看護隊支部での活動が始まっているか、見に急いだ。わたしたちはたくさんの包帯を作って、それを巻いたし、病院用にバスケットいっぱいの綿棒をたくさん用意した。わたしたちのしたことの中には役に立つこともあったが、大半は役に立たないものだったけれど、時間潰しにはなった。そして間もなく最初の死傷者が到着しはじめた。駅へ到着した兵士に軽い飲み物を提供する奉仕活動が行なわれた。これはどこの司令官のしたことか知らないがもっとも愚かな考えの一つだとあえていいたい。兵士たちはサザンプトン港から列車でくる道すがらさんざん食べさせられる。やっとトーキイ駅へ着いたときに大切なことは、彼らを列車から降ろし、担荷か運搬車に乗せてから病院へ運ぶことなのだ。

病院（市の公会堂を転用したもの）へはいって看護をする競争は激しかった。看護勤めだけに限られて最初に選ばれたのは主に中年婦人で、患者の世話をした経験のある人たちだった。若い女たちは適当でないと思われていた。それからさらに、割り当てられた仕事では、病室係メイドというのがあった――市公会堂の家事掃除をするのである、真鍮磨き、床磨きや何か。そして最後に料理場要員というのがあった。看護仕事をしたがらない者が料理場仕事にまわされたが、他方、病室係メイドは実際の予備隊であって、空席ができれば直ちに看護仕事に昇進させられるのを懸命に待っていた。正規の教育を受けた病院看護婦は八人ほどいた――あとはみな篤志看護隊員だった。

アクトン夫人はなかなか力強い婦人で、篤志看護隊の古参隊員でもあったところから、看護婦長役をつとめていた。夫人はりっぱな訓練家で、万事きわめてうまく組織していた。病院は二百人の患者収容力があって、全員が負傷者の最初の割り当てを受け取るために整列していた。この場にも、ユーモアがないわけではなかった。スプラグ将軍の妻で、市長夫人のスプラグ夫人、堂々たる押し出しの人だったが、負傷者を受け取りに進み出ると、最初の入院者、歩行可能患者の前に敬意を表わすためにひざまずいて、ベッドへ腰かけるよう手で示すと、儀式ばってその患者の靴をぬがしてやった。その男はひどくびっくりしている様子だったが、間もなくわたしたちには、この人が戦傷者ではなくて、てんかん患者だということがわかった。このお高くとまっている婦人が、なぜ突然にもまだ昼の日中に自分の靴をぬがしてくれたのか、彼にはとんと理解ができなかったにちがいない。

　わたしは病院勤めにはなったが、ただの病室係メイドとしてであって、一生懸命真鍮磨きに精を出していた。でも、五日後には病室へ移された。中年婦人たちの多くは本当の看護をほとんどやっていなかった――同情心や善意には満ちあふれていたが、看護というものがおまるやしびん、防水布のこすり洗い、吐物の清掃や化膿した傷の臭気などから成り立っていることを理解していなかったのだ。この人たちの看護の考え方は、枕をきちんとしてやるとか、われらが勇士たちに慰めの言葉をやさしくつぶやいてやるといったことが主だと思っていたらしい。というわけでこの非現実論者たちはたちまちその仕事を放棄してしまった――こんな仕事などするとは考えてもいなかった、と彼女らはいっていた。そして代わりに元気な若い娘たちが病床わきへ連れてこられたのだった。

　最初は当惑状態だった。気の毒に、病院看護婦たちは、やる気は充分だが未訓練の篤志看護婦たちを指揮下にたくさんかかえて、狂乱状態になりそうだった。助けになる、よく訓練された見習い看護婦さえいなかった。わたしはもう一人の若い女性と、十二ベッドを二列受け持たされた――わたしたちにはたいへん精力的なボンド主任看護婦がついていた。この人は第一級の看護婦ではあったが、わたしたち不運な隊員に対してはまるで容赦がなかった。わたしたちはけっして愚鈍なのではなく、何も知らないだけだった。病院勤務に必要なことはほとんど何も教えられていなかった。事実、知っていることといえば包帯の巻きかたと、看護の一般理論だけだった。わたしたちの身についているものといえば地区看護婦から手に入れたいくらかの指導だけだった。

もっとも困ったのが消毒の不可解さだった――ボンド主任看護婦が面倒くさがって説明してくれないのもこれまたふしぎなことだった。ドラム缶いっぱいの薬品・包帯類が、傷の手当て用に届いて、わたしたちの管理に任せられる。わたしたちはこのころはソラマメ形の盆が汚れた包帯類を受ける物で、円形のボールが清潔な物を受ける物ということさえ知らなかった。また、どの包帯類もみな一見汚く見えるけれど、実際には外科的に清潔（階下の消毒機で熱気消毒されていた）だというのもまことにまぎらわしかった。一週間後にはあれこれのものが何となく自然にわかるようになってきた。何が求められているのかわかるようになり、それを差し出すこともできるようになった。だがボンド主任看護婦はそのころにはもう断念してしまって、よそへ行ってしまった。とても神経が耐えられないというのだった。

新しくアンダーソン主任看護婦がやってきた。ボンド主任看護婦はよい看護婦だった、外科の看護婦としてまさに第一級だったと思う。アンダーソン主任看護婦も一級の外科看護婦であったが、そのうえ常識があり、なかなか辛抱強くもあった。彼女の目から見ると、わたしたちはそれほど愚鈍でも訓練されてないわけでもなかった。彼女の下には二列の外科ベッドに四人の看護婦がついていたが、それを彼女は取りまとめにかかった。一日か二日後には自分の看護婦たちを評価して、自分が訓練の面倒をみる者と、彼女にいわせると〝つぼが煮立っているかどうかを見させるに適しているだけ〟の者とに区分するのである。この〝つぼ〟とは病室のはずれにある四つの巨大な湯わかしのことだった。そこから温湿布を作る、煮立った湯を取るのである。当時、あらゆる負傷は実際にしぼった蒸し布で手当てをしたものだったから、評価の第一の大切な点はつぼの湯が煮立っているかどうかをたしかめることだった。役に立たない若い娘が〝つぼが煮え立っているか見に〟行かされて、煮立っていると報告したが、じつはそうでなかったとすると、アンダーソン主任看護婦はあざ笑いながら問いただすのである――「あなたね、湯が煮え立っているのさえわからないの、看護婦さん？」

「湯わかしから少し湯気が吹きだしてました」と看護婦がいう。

「あれは湯気ではありませんよ」とアンダーソン主任看護婦は答える、「音がしてるのがわからないの、あなた？　初めに湯わかしが鳴る音がします、それから静かになって、吹きだしたりはしません、ほんとの湯気が出てくるのはそれからです」と実演してみせ、ぶつぶついいながら立ち去る、「こういうばか者どもをもっとここへ送ってよこしたら、わたしはもうどんなことするかわからないからね！」

わたしはアンダーソン主任看護婦の輩下になって幸いだった。彼女は手厳しかったが、公正だった。隣りの二列のベッドの担当はスタッブズ主任看護婦だった——小柄な人で、若い娘たちにはは陽気で愉快、ときにはみんなのことを〝かわいい人〟などといって、あやまった安心感に誘い込んで、何かうまくいかなかったりすると、猛烈に当たり散らした。ちょうど気分屋の子ネコを世話しているようなもので、機嫌よく遊びもするが、ひっかきもする。

初めからわたしは看護が楽しかった。わたしは楽に看護になじむことができ、誰でも従事することができて、報いられることの多い職業だと思ったし、またずっとそう思っている。もしわたしが結婚しなかったら、戦争後に病院看護婦としての訓練を受けていたことと思う。たぶん遺伝か何かかもしれない。わたしの祖父の最初の妻、わたしにとってのアメリカ人の祖母は病院看護婦であった。

看護の世界へはいったら、世間的な身分や地位の考えを訂正し、また病院社会の組織内における自分たちの地位も訂正しなくてはならない。医師はつねにその地位が認められている。病気になって医師を迎えると、だいたい医師のいったようにする——ただわたしの母はべつである、母は医師よりはるかに多くのことを知っている、というか、わたしたちはよくそういっていた。医師は通例その家庭の友人であった。平伏して礼拝しなければならないような心構えはまったくなかった。

「はい、看護婦、先生の手にタオル！」

わたしは、ぱっと不動の姿勢をとって、人間タオル掛けとなり、医師先生が手をお洗いになり、タオルでおふきになって、わたしにはお返しにならず、何とも横柄に床へ放りだされるのをおとなしく待つことを間もなく覚えた。看護婦たちの意見では人並以下と軽蔑されているこのような医師たちも、病室にひとたびはいったとなると、思いのままにふるまい、何やら高等人間にふさわしいような尊崇を受けるのである。

医師にむかって、ともかくその人を認めていることを示すために、直接に話しかけるなどは、実際、無礼の極みなのである。かりに親しい友人であっても、それをあらわに示してはいけないことになっている。この厳格な不文律はときとともに会得したが、礼儀を失したことが一、二度はあった。あるとき、ある医師がいらいらしていた――病院ではつねに医師はいらいらしていることになっているのだが、正規の主任看護婦たちからそう思われているからいらいらしているように、わたしには思われる――その医師がじれったそうにどなった、「ちがうちがう、看護婦、ぼくのいるのはそんな鉗子《かんし》じゃないんだ。……をよこせ」わたしは今その名が思い出せないが、たまたまわたしの盆の上にそれがあったので、差し出した。そのつづきをわたしは二十四時間後に聞かされた。

「ほんとにもう、なんて出しゃばりなことをしてくれたのよ。先生に直接鉗子を手渡すなんて！」

「ほんとにすみません、主任看護婦さん」わたしはうやうやしくつぶやいた。「どういうふうにしたらよかったんでしょうか？」

「もういいかげん心得てるとばかり思ってたのに。先生が要求しておられるものをあなたが偶然持っていたら、当然それをわたしに渡すのよ、そしたらわたしから先生へお渡しします」

わたしは、これから二度と違反するようなことはいたしませんと確約した。

年長の篤志看護婦たちの脱落を早めることになったのは、初期の患者たちが戦線の塹壕から直接、野戦仮包帯のまま、頭をシラミだらけにしてやってきたことにあった。トーキイの町のご婦人方の多くはこれまでシラミなど見たこともなかったのだ——わたしもまだ見たことがなかった——このすごい寄生虫を見たショックは、年長のご婦人方にはとても耐えられるものではなかった。だが、若く力強い者たちは何とか切り抜けた。新しく任務についた看護婦隊員が来ると、わたしたちの誰かが誰かにむかって得々と目の細かいくしを振ってみせながらいうことにしていた、「あたし、ちゃんと受け持ち患者の髪はきれいにしてるのよ」と。

最初の患者群の中に破傷風患者がいた。これがここの最初の死亡例になった。わたしたちみんなにとってショックだった。でも、三週間ほどもすると、わたしはもう生涯兵隊たちの看護をしてきたような気持ちになり、一ヵ月そこらで兵隊たちのいろんなごまかしをみつけるのがなかなかうまくなった。

「ジョンソンさん、あなた食事表に何を書きこんでたんですか?」各自の食事の表は、体温表と一緒に厚紙に鋲でとめられて、ベッドのすそにぶらさげてあった。

「食事表にぼくが何か書いてるって、看護婦さん?」と罪もない者が感情を害された顔つきで、「いや、べつに何も。何を書くことがあるんです?」

「誰かがとても変なことを書きこんだらしいのよ。主任看護婦でもなければ先生でもないようね。あなたのためにポートワインなんか出すように命ずるはずがないですよ」

さてこんどは、うめき声をあげながら、何かいっている男がある、「看護婦さん、どうもぼく、ひどく具合が悪いようなんですよ。どうもほんとに……熱っぽいんです」

わたしは健康そうな赤ら顔を見て、差し出された体温計を見ると、摂氏四十度と四十一度のあいだだった。

「暖房器ってなかなか役に立つものですね?」わたしがいう、「でも気をつけてね、あんまり暖房器の上に体温計を置いとくと、水銀がみんなとび出しちゃいますからね」

「ああ看護婦さん」と彼はにやにやして、「あなたはひっかかりませんでしたね。あなたたち若い人は年取った人たちよりうんと冷たいね。あの人たちは熱が四十度もあるとなると、すぐに主任看護婦のところへとんでいったもんだ」

「そんなことして恥ずかしいと思わないの」

「ああ看護婦さん、ちょっとした冗談なんですよ」

ときたま患者が町の反対側のはずれにあるレントゲン部や物理療法部へ行かなくてはならないことがある。こういうときは、六人一組の護送グループにして面倒をみるのであるが、道路のむこう側へ「ちょっと靴のひもを買いに行かしてください、看護婦さん」という突然の要求を警戒しなければならない。道のむこう側を見ると、何と都合よく靴屋の隣りに酒場〈ジョージとドラゴン〉などというのがあったりする。だがわたしはいつも、その中の一人にだまされて、後でご機嫌状態で帰ってくるなどということなしに、何とかうまく六人を連れ帰った。彼らはみないい連中であった。

あるスコットランド人は、いつもわたしに手紙を書かせた。この病室でもっとも分別のある男であったのに、読むことも書くこともできないとはまことに驚くべきことであった。しかし、それはそれ、わたしは彼の父親に適当に手紙を書いていた。まず彼はそり身に座って、わたしが始めるのを待つ。

「さて看護婦さん、いまから二人でおれのおやじに手紙を書く」と命じるのである。

「はい、〝父上様〟」とわたしが始める、「次に何を書きます？」

「おお、おやじが喜びそうな文句書いといてくれよ」

「ええと……でも、あなたがいってくれたほうがいいわ」

「あんたならわかるだろ」

でも何か少し指示してくれなくては困る、とわたしがいいはった。そこでいろいろなことが示される――彼がはいっている病院のこと、食べた食事のことなどなど。

ちょっと黙って、「まあ、こんなところだ……」

「それでは〝親愛なる息子より愛をこめて〟としますね？」わたしがいってみた。

彼はひどくショックを受けた様子だった。

「それはいかんよ、看護婦さん。それよりもっといい文句に願うよ」

「何かわたしまずいことしたかしら？」

「〝敬意をもって伜より〟としてくれよ。おれたちは愛とか親愛とかいった言葉は使わんのだ……おれのおやじには」

わたしはみごとに一本取られた。

初めて手術に立ち会うため手術室に入ったときには、恥をかいてしまった。突然まわりの手術室の壁がぐるぐるまわりはじめ、他の看護婦のしっかりした腕がわたしの両肩をぐっと捕らえて引っぱりだしてくれたので、大事に至らずにすんだ。それまでわたしは血や傷を見ても失神するようなことは一度もなかった。後でアンダーソン主任看護婦が出てきたとき、わたしはまともにその顔が見られないくらいだった。でも彼女は意外にもやさしかった。「気にしなくてもいいのよ」というのである、「たいていの人が初めてのときはああなるものよ。まず第一、あなたは暑さとエーテルのにおいが一緒になったのに慣れてなかった……これはちょっと吐き気を催します……それにあれは悪性の腹部の手術だったし、とても見て気持ちの悪いもんでしたからね」

「ああ、じゃ、わたしこんどからは大丈夫でしょうか？」

「こらえてみること、そうすればこんどはきっと大丈夫よ。そしてもしだめだったら、だめにならなくなるまでやってみること。わかるわね？」

「はい」わたしはいった、「わかりました」

その次に彼女がわたしを手術室へ送り込んだときは、短い手術だったので我慢できた。その後は何ともなくなった、もっとも、ときどきわたしは切開口から目をそらすようにしていた。ふしぎなことにそれを乗り越えるときわめて冷静に見ることができたし、興味さえおぼえるのである。何事にも人は慣れるというのは真実である。

II

「ねえアガサ、わたしとてもよくないことだと思うのよ」と母の年輩の友人がいった、「日曜日に病院へ行って働くってこと。日曜日は休息の日でしょう。日曜日は休まなくちゃいけませんよ」

「じゃ、患者たちはどうやって傷に包帯をし、顔や手を洗ったり、便器をあてがってもらったり、ベッドをととのえてもらったり、お茶を飲ませてもらったりできますか、誰も日曜日に仕事をしなかったら?」わたしがきいた、「つまり、こういうことすべてを二十四時間してもらえないってことじゃないんですか?」

「ああ、それには思い及ばなかったわ。でも、そこは何とかうまくやらなくちゃいけませんね」

クリスマス三日前に、アーチーは突然休暇をもらった。わたしは母と一緒に彼に会いにロンドンへ出かけていった。わたしの頭の中には、結婚してもよいという気があったと思う。当時多くの人たちがそうしていた。

「こんなに人が殺されてるとき、わたしたちどんなに気をつけても、そして将来のことを考えてもどうなるかわからないわ」わたしがいった。

わたしの母も同意見だった。「そうね、わたしもあなたと同じような気持ちね。どれほど危険があるか、こんなふうではわからないものね」

わたしたちは口に出してこそいわなかったけれど、アーチーの戦死の確率は相当に高かった。すでに死傷者の数は驚くべきものがあった。わたしの友だちの多くが軍人だったが、ただちに召集されていった。毎日のように新聞には自分の知っている人の戦死が報じられていた。

アーチーとわたしが最後に会ってからわずか三カ月、なのにこの三カ月は、いうなれば次元のちがった時間とでもいっていい働きをしていた。この短い期間に、わたしはまったく新しい種類の人生経験をした——友人たちの死、当てにならないこと、人生の背景が変わってしまった。アーチーもちがった分野においてではあったが、同じような多くの新しい経験をしていた。彼は死や敗北や退却、恐怖のただ中にいた。わたしたちはともにそれぞれの大きなひろがりを生きてきていた。その結果、たがいにまるで赤の他人のようにわたしたちは面会した。

おたがいがちょうど初対面からやり直すようなものだった。二人のあいだのちがいが、すぐ際立った。彼のはっきりした無頓着な態度や、軽率とさえ思える軽々しさがわたしには意外だった。わたしは当時まだあまりに若くて、これが彼にとって新しい人生に対処する最良の方法であったことを感じとれなかった。反対にわたしはずっとまじめに、情緒的になり、楽しい少女時代の軽はずみから離れていた。ちょうどわたしたちはたがいに手を届かせようとして、どうしていいか、とまどっているようなものだった。

アーチーは一つのことを決意していた——初めからそのことをはっきりいっていた——結婚など問題外である、と。「全然まちがいだよ」彼がいった。「ぼくの友だちなどもみなそう思ってる。急いで結婚して、どんなことになる？　ある人を受けとめ、結婚し、そして若い未亡人として後に残され、おそらくは子供もできかかっているだろう……これは利己的で、まちがいだ」

わたしは彼に同意できなかった。わたしは熱をこめて反論した。だが、アーチーの性格の一面に、確信というものがあった。いつも彼は自分のなすべきこと、しようとしていることについて確信を持っていた。決心を絶対に変えたことがないというのではない——決心を変えることもできたし、実際に変えもした、突然に、またときにはすばやく。実際、たちまちに変わったりする——白を黒と見ていたり、または黒を白と見たりしていた場合には。だが、変心すると、そのことに強い確信を持つのである。わたしは彼の決意を受け入れ、一緒に楽しめる貴重な数日を楽しむことにした。

その計画というのは、二日をロンドンで過ごした後、彼と一緒にクリフトンへ行って、彼の義父や母とともにクリスマス当日を過ごすということだった。これはまことに適切な取り決めのように思われた。ところが、クリフトンへ出かける前、わたしたちは事実上のけんかをしてしまった。ばかばかしいけんかであったが、ちょっと激しいものだった。

アーチーはわたしたちがクリフトンへ出発する朝、わたしにプレゼントを持ってホテルへやってきた。それはまことに豪華な化粧道具入れで、中にはあらゆる物が揃えてあって、女大富豪がリッツ・ホテルへ持っていっても恥ずかしくない物だった。彼の持ってきた物が指輪か腕輪であったら、どんなに高価な物だったにしてもわたしは文句などいわずに、大いに喜び満足して受け取ったことだろう――だが、化粧道具入れにはある意味で不快をおぼえた。わたしにはばかげたぜいたく品で、まず使うことのない物と思われた。いったい、平和なときの海外休暇旅行にでもふさわしいような豪華な化粧道具入れを持って、またもとの病院の看護仕事にもどって、何か役立つことがあるのか？　わたしはほしくないから、持って帰ってくれといった。彼は怒った、わたしも怒った。わたしは彼にそれを持ち帰らせた。一時間後に彼が帰ってきて、わたしたちは仲直りをした。いったいぜんたいわたしたちはどうしたんだろう、と不審な気がした。何であんなばかなことになったんだろう？　彼は無分別なプレゼントだったと認めた。わたしもあんなことをいって失礼だったと認めた。いさかいとそれにつづく和解の結果として、わたしたちは前よりも親密さが増したような気がした。

わたしの母はデヴォンへ帰り、アーチーとわたしはクリフトンへ旅した。わたしの将来の義母は以前どおりやさしくしてくれたが、アイルランド流にちょっと大げさでもあった。彼女のもう一人の息子キャンベルがわたしにいったことがあった、「母はたいへん危険な女なんです」と。そのときには何のことかわたしにはわからなかったが、その意味が今になってわかったような気がした。感情を一度にほとばしり出させるような人で、またたちまち反対の感情へと変化する。ある瞬間には将来の息子の妻を愛したいと思い、そうする、と思うとまたべつのときには、彼女にとって何とも始末の悪いものになったりするのである。

ブリストルへの旅はひどいものだった——列車はまだ混乱状態で、何時間も遅れるのはふつうだった。でも、どうやらやっとたどり着くと暖かい歓迎を受けた。わたしはその日の興奮と旅の疲れ、そしてまたわたしの将来の姻戚たちに対してりっぱなことをいったりしたりするために、生来の内気と戦ったための疲れとでぐったりしてベッドにはいった。

三十分ぐらいもたったころであったろうか、一時間ぐらいしてからだったかもしれない。ベッドにはいっていたけれど、眠りにつけずにいると、ドアに軽いノックがあった。わたしが行ってドアを開けた。アーチーだった。部屋へはいってくると、ドアを閉めて、突然いい出した、「ぼくは考えを変えたよ。ぼくたちは結婚すべきだ。すぐに。明日、結婚しよう」

「でも、あなたはいったでしょう……」

「あ、ぼくが何をいったか気にしなくていい。きみのほうが正しくて、ぼくのほうがまちがってたよ。もちろんこれが賢明な唯一のやり方だ。ぼくが帰っていくまでに、ぼくたちは二日間、一緒にいられるんだ」

わたしはベッドに腰かけていたが、足から力が抜けたような気持ちだった、「でも……でも、あなたはあんなにはっきりいってたでしょう」

「そんなことどうだっていいじゃないか？　ぼくは考えを変えたんだから」

「ええ、でも……」わたしはいいたいことがいっぱいあるのだが、いい出せなかった。何か事をはっきりいおうと思えば思うほど、わたしはいつも口がきけなくなる癖があった。「何もかもみんな、とても厄介なことになるわ、きっと」わたしが弱々しくいった。わたしにはいつも、アーチーにわからないことがわかっていた——種々様々な不利が将来の行動の中にはある。アーチーはただ本体そのものだけしか見ていない。はじめ彼には戦争中に結婚するのが絶対愚かに見えていた——一日後の今、同じようにこれこそわたしたちのなすべき唯一の適当なことだと決意している。実行に移したときの厄介さ、近親たちみんなの驚きなど、彼には何ら影響を及ぼさない。わたしたちは論議し合った。二十四時間前にしたように大いに論じ合った——こんどは逆の点についてだった。いうまでもなく、彼のほうがまた勝った。

「でも、わたしにはそう突然に結婚できるなんて信じられないわ」わたしがあやぶみながらいった。「とっても面倒よ」

「なに、できるさ」アーチーは元気よくいった、「特別許可証が得られるよ……カンタベリー大司教か何かの」

「とてもお金がかかるんじゃない？」

「うん、ちょっとかかるらしい。でも、何とかできると思う。とにかく何とかしなくちゃしようがない。時間がなくて、他に方法がないんだから。明日はクリスマス・イヴだ。だから、いいね？」

　わたしは弱々しく、いいといった。彼は出ていき、わたしは夜中ほとんど眠れずにあれこれ考え悩んでいた。母は何というだろうか？　姉のマッジは何というだろう？　アーチーの母親は何というだろう？　どうしてアーチーはわたしたちの結婚をロンドンですることに同意しないのか、ロンドンだったらいろんなことが簡単に容易にできるのに。まあいい。わたしはしまいに疲れて眠った。

　わたしが予測したことの大部分が、明くる朝、現実になった。まず何より初めにペッグにわたしたちの計画を打ち明けなければならなかった。彼女はたちまちヒステリックに泣きだして、寝室へ引きこもってしまった。

「こんなことを、じつの息子がわたしにしようとはね」と彼女は二階へ上がっていきながらあえぐようにいった。

「ねえ、アーチー」わたしがいった、「やっぱり、わたしたち結婚しないほうがいいわ。あなたのお母さんをすっかり驚かせてしまって」

「母が驚こうと驚くまいとかまわないじゃないか？」アーチーがいった、「ぼくたちもう二年も婚約してるんだよ、母だってもうわかってるはずだ」

「でも、ひどくショックだった様子ですもの」

「いきなりこんなふうにいうなんて」とペッグはオーデコロンをしませたハンカチを額にのせて、薄暗い部屋のベッドに横たわって、しゃくりあげていた。アーチーとわたしは、まるで悪いことをした二匹の犬みたいにたがいに顔を見合わせていた。アーチーの義父がそこへ助け舟にやってきてくれた。わたしたちをペッグの部屋から階下へ連れてきて、いうのだった、「わたしはきみたちのやってることはまったく正しいと思う。ペッグのことは心配しなくていいよ。あれはいつもびっくりすると、ひどくめちゃめちゃになるんだ。彼女はアガサのことが大好きでね、後できっと彼女はこんどのことを喜んでくれるよ。でも、今日は喜んでくれると思っちゃいかん。さあ二人で出かけていって、計画どおり運ぶんだな。きみたち、あまり時間もないんだろう。覚えておくがいい、わたしは確信してるよ、ほんとに確信している……きみたちのやってることは正しいんだと」

わたしはちょっとめそめそした不安な気持ちでその日を踏みだしたが、それから二時間ほどのうちに闘志満々になっていた。わたしたちの結婚への道には困難がいっぱいだったけれど、その日にわたしたちが結婚するのが不可能に見えれば見えるほど、わたしは、そしてアーチーも同じく、かならず結婚するという決意が固くなっていった。

アーチーはまずもとの自分の教区長に相談した。民法博士会（遺言検証、結婚許可、離婚事務などを取り扱っていた）が特別許可証を出してくれるが、費用は二十五ポンドという。アーチーもわたしも二十五ポンドなどという金は持っていなかったが、かならず借りられるものとしてあっさり片づけた。もっとむずかしかったのは、個人から借りなくてはならないことだった。そんなお金をクリスマスの日に手に入れるなどはできない話で、結局その日の結婚は不可能に思えた。特別許可証はだめだった。次にわたしたちは登記所へ行った。ここでまたわたしたちはすげない拒絶に出会った。式を挙げる前から十四日間、公告をしなければならないという。時間はたつばかり。しまいに、登記吏が十一時のお茶の休みから帰ってくると、これまでに会ったこともない人だったが、親切にも解決法を教えてくれた。

「いいかね、お若いの」とその人がアーチーにいった、「あんた、ここに住んでるね？　つまりあんたの母親や義父がこの土地に居住しているかということだがね？」

「はい」アーチーがいった。

「ではと、あんたはここにカバンを持っているね、衣服を持っている、その他所持品も持っておるね？」

「はい」

「そんなら、あんたは十四日間の公告をする必要はない。ふつうの結婚許可証をあんたは買える、そしてこの午後、あんたの教区の教会で結婚することができるよ」

許可証代は八ポンドだった。何とかわたしたちは八ポンド都合した。その後はむちゃくちゃ突進だった。道のはずれにある教会へ教区牧師を探しにいった。留守だった。友だちの家に行っている牧師をみつけだした。びっくりしたが牧師は儀式をとり行なうことを承知した。わたしたちは家へ、ペッグに話すためとちょっと一口何か食べるために、とんで帰った。「わたしに話しかけないで」とペッグはどなるのであった。「わたしに話しかけないで」そして部屋に鍵をかけてしまった。

もうよけいな時間を費やす暇はなかった。わたしたちは教会へ駆けつけた——エマニュエルという名だったと思う。すると、二人目の立会人が必要だということがわかった。教会からとびだして、全然知らない人をつかまえようとしていると、まったくの偶然にも、わたしの知り合いのイヴォンヌ・ブッシュという若い女の人に出会った。二年ばかり前、クリフトンに一緒に滞在したことのある人だった。びっくりしながらもイヴォンヌは快くわたしたちの結婚証人と即席の花嫁付添い人とをつとめてくれることになった。わたしたちは教会へ駆け戻った。教会のオルガン奏者が練習をしているところだったが、好意で結婚マーチを演奏してくれることになった。

今やまさに儀式が始められようとしているときになって、わたしはこんなにも自分の身なりにかまわない花嫁はないな、とちょっとのあいだ悲しく思った。白いドレスもなく、ヴェールもなし、それどころかスマートなドレスさえもない。わたしは普段のコートとスカートに小さなビロードの帽子、顔や手を洗う暇さえなかった。二人は思わずそれで笑いだした。

儀式はとどこおりなくとり行なわれた――そしてわたしたちは次の障害物に取り組むことになった。まだペッグがひどく参っている状態なので、わたしたちはトーキイへ行って、そこのグランド・ホテルへ泊まって、クリスマス当日は母と一緒に過ごすことにきめた。しかし、もちろんまず初めにわたしは、事の次第を電話で母に知らせることにした。なかなか電話が通じなくて、その結果はあまり楽しいものではなかった。姉が家に来ていて、わたしの知らせを困ったこととして受けとめた。

「こんなことをいきなりお母さんにいうの！　あなた知ってるでしょ、お母さんの心臓が弱ってること！　あなたって、すごく無情よ！」

わたしたちは列車をつかまえ――ひどく混んでいた――やっと真夜中にトーキイへ着いた。部屋は何とか電話で予約しておいた。まだわたしには何か悪いことでもしたような感じがあった――わたしたちがこんなにも面倒や迷惑の原因をこしらえていたからである。わたしたちの大好きな人たちがみなわたしたちのために困らされている。わたしはそれを感じていたのだが、アーチーは感じてはいないようだった。そういう気持ちを彼は全然感じていないらしく、もし感じていたら気にしないはずがない。みんなをひどく騒がせてしまって気の毒だったが、何も騒ぐことはないのになどと彼はいうはずなのだ。ともかく彼は、ちゃんと正しいことをやったという自信を持っていた。だが一つだけ彼も気にやんでそわそわしていることがあった。そのときがやってきた。わたしたちが列車に乗り込むと、彼は突然ちょっとした手品師のように、よぶんのスーツケースを取りだした。「ねえお願いがあるんだがね」と彼はそわそわして若い花嫁にいうのである、「お願いなんだが、これに機嫌悪くしないでほしいんだ」

「まあアーチー！　あの化粧道具入れね！」

「そう。ぼくはこれを引っこめないよ。どう、気にしない？」

「もちろん、気になんかしてないわ。とてもすてきよ」

というようなわけで、これを持って旅へ——わたしたちの新婚旅行へ。こうしてこの件は無事落着、そしてアーチーはたいそうほっとしていた。そのことでわたしが怒りだすと思っていたらしかった。

わたしたちの結婚の日はいろいろな障害との長い格闘であったが、クリスマスの日はおだやかで安らかだった。みんなそれぞれショックから立ち直る時間があった。姉のマッジはすべての非難を忘れて情愛深く、母は心臓の状態もよくなって、わたしたちの幸せを心から喜んでくれた。ペッグも心の平静を取り戻してくれてることをわたしは願った（アーチーは大丈夫だと請け合ってくれた）。そんなわけで、わたしたちはクリスマス当日を大いに楽しんだ。

次の日、わたしはアーチーとロンドンへ旅した、そしてふたたびフランスへ出かける彼にさよならをいった。それから六カ月という戦争の日々、彼とは会えないのである。

わたしはまた病院の仕事へと戻ったが、そこではわたしの現状についてのニュースが先まわりしていた。

「看護婦さあん！」と自分のベッドの脚を小さなステッキでたたきながらいったのは、スコットランド兵の患者だった。「看護婦さあん、こっち、すぐ来て！」わたしがすぐ行くと、「聞いた話なんだけどね、あんた、結婚したんだって？」

「ええ、結婚したわ」わたしがいった。

「おうい、みんな聞いたか？」スコットランド兵はベッドの列全体へむかって訴えた。

「ミラー看護婦は結婚した、と。ところで、看護婦さん、こんどのあんたの名前は？」

「クリスティーです」

「ああ、いいスコットランド名だよ、クリスティーね。クリスティー看護婦……聞いた、婦長さん？　こちら、クリスティー看護婦だよ、こんどから」

「聞きましたよ」とアンダーソン主任看護婦がいった。「それでは、ほんとにほんとにおめでとう」と彼女は形式ばってつけ加えた。「病室で評判よ」

「看護婦さん、うまくやっちゃったね」べつの患者がいった。「将校と結婚したんだそうだね？」目まいのするような高いところへのぼったことをわたしは認めた。「ほんとうまくやっちゃったな。といっても驚くこたないね……あんた、きれいな娘さんだもんね！」

月が過ぎた。戦争は手詰り状態に落ちこんでいた。患者の半分は塹壕足《トレンチ・フィート・ケース》（塹壕内の多湿と寒気のためおこる足の病気）の症状のようだった。その冬の寒さは厳しく、わたしは両手両足にひどい霜やけができた。かぎりなくつづく防水布のこすり洗いは、けっして両手の霜やけにはよくなかった。ときがたつにつれて、わたしは次第に責任を持たされるようになり、自分の仕事が好きになっていった。医師や看護婦の日常の手順にもすっかり慣れていた。主任看護婦たちに尊敬されている外科医、ひそかに軽蔑されている医師も心得ていた。もはやシラミ駆除の必要な患者や野戦包帯のままの患者もなかった――野営病院がフランスに建てられていた。でもまだここの病院もいつも混んでいた。例の小男のスコットランド兵も足の骨折が回復して、退院していった。その途中、彼は何と駅のプラットホームで転倒した。でも彼はスコットランドの故郷の町へ何としても帰り着きたくて、自分の足が再骨折していることを隠していわなかった。ひどい痛みをこらえ、やっと目指す土地へたどり着いたが、足はまた最初から治療しなければならなかった。

今はもうすべてがだいぶかすんでしまったけれど、記憶の中では変なことがきわだっているとがあるものだ。わたしは若い見習い看護婦のことを思い出す――彼女は手術室の清掃のため後に残され、わたしは彼女が手術で切断された片足を焼却炉へ投棄する手伝いをしてやった。子供のような彼女にはこの仕事はちょっと無理だった。それからわたしたちは不潔なものや血液などすべてをきれいに片づけた。彼女はあまりにも若く、また新参でこんな仕事を一人でさせられるのはかわいそうな気がした。

とてもしかつめらしい顔つきの軍曹にラヴレターの代書をさせられたことも覚えている。彼は読み書きができなかった。彼は自分のいいたいことのあらましをわたしに話すのである。わたしが書いた手紙を彼に読んで聞かせると、彼はうなずいて、「それで結構だ、看護婦さん」というのである、「すまないけど、そいつを三通書いてください」

「三通ですか？」わたしがいった。

「そうだよ」彼がいった、「一通はネリーに、そしてもう一つはジェシーに、そしてもう一つはマーガレットにね」

「中身を少しずつ変えたほうがいいんじゃない？」わたしがきいた。彼が考えこんだ。

「いや、そうは思わないね」彼がいった、「大切なことはみんないってあるんだから」というわけで、どの手紙もみな同じ始まりで、〝これがきみのところへ届くころには、もっと元気になってる〟。そして終わりは、〝たとえ地獄の火が凍っても、あなたの――から〟だった。

「この人たち、たがいにわかってしまうんじゃないかしら？」わたしはちょっと好奇心にかられてきいた。

「ああ、そうは思わない」彼がいった。「みんなちがった町にいるんでね、みんな、おたがいに知らないんだから」

このうちの誰かと結婚することを考えているのかとわたしはきいてみた。

「かもしれないし」と彼がいった、「また、そうでないかもしれないです。ネリーは見たとこきれいで、かわいいんだ。でもジェシーのほうがずっと真剣で、おれのこと尊敬してる……おれのことほんとに思っていてくれるんだ、ジェシーは」

「で、マーガレットは？」

「マーガレット？　うん、マーガレットはね」と彼がいった、「彼女、人を笑わせるよ……陽気な女なんだ。でも、まあ今にわかる」

わたしはときどき、どうなったのかなと思う——彼はこの三人の中の誰かと結婚したのか、それとも第四の人をみつけたのか、きれいで、よくいうことを聞いて、そしてまた陽気さを兼ね備えた人を。

家ではほとんど同じことがつづけられていた。料理女ジェーンの代わりにはルーシーが来ていて、いつもジェーンのことを畏敬の念をもってミセス・ロウといって話していた。「わたしはミセス・ロウの代わりが勤まるようになれればとほんとに願っております……あの人の後を引き受けるなんて、とても責任重大ですもの」彼女は戦後にはわたしとアーチーの料理人として将来を捧げるといった。

ある日彼女は母のところへ来て、たいそう真剣な顔つきでいった、「奥様、お差し支えがあるかもしれませんが、わたし、空軍婦人補助部隊に何としてもはいりたいと思います。どうぞ奥様悪く思わないでください」

「いえね、ルーシー」母がいった、「それは結構なことだと思いますよ。あなたは若くて、丈夫な人だから、隊員にはもってこいだと思うわ」

そんなわけでルーシーは出ていった――お別れのときには涙を流して、わたしたちが彼女がいなくなってもうまくやっていけるように、そしてまたミセス・ロウがどう思うだろうかといいながら。それからまた、食卓係のメイド、美人のエンマも行ってしまった。彼女は結婚するためだった。この二人の代わりには中年過ぎのメイドが二人来たが、この人たちにとっては戦時の苦難は信じられない、またひどく腹の立つことのようだった。

「すみません、奥様」と中年のメアリが二日ばかりしてのこと、怒りでふるえながらいうのだった、「でも、今夜はあんまりひどいですよ、わたしたちのいただく食事。今週はもう二日も魚をいただきましたし、何かの臓物もいただきました。これまでわたしは一日に一度はいいお肉の食事をしてまいりましたんですよ」母は今食料が配給制になっていること、一週にすくなくとも二日か三日は魚とそれから体裁のよい名で〝食用臓物〟などといわれている物を食べなくてはならないことの説明を試みる。メアリはただ首を横に振るばかりで、「これは正当じゃありません、人を正当に扱っていませんよ」それからまた、これまで彼女はマーガリンなど食えといわれたことはないともいうのだった。そこで母は、多くの人が戦時中にやっていたトリックをやった——バターの包み紙にマーガリンを包み、マーガリンの包み紙でバターを包んでおくのである。

「さあ、この二つの味をみてちょうだい、とてもマーガリンとバターとの区別はあなたたちにはできないと思いますよ」母がいった。

二人のいじわる婆さんたちはあざけるように見てから味見をした。二人は確信をもって、

「全然はっきりしてますよ、奥様、どっちがどっちかね、まったくはっきりしたもんです」

「ほんとにそんなにちがうと思う?」

「はい、思います。マーガリンの味は我慢なりません……わたしたち二人ともです。胸が悪くなっちゃいますよ」と二人は不快そうにして母へ返した。

「もう一方は、どう?」

「はい奥様、たいへん結構なバターです。申し分ありません、それは」

「ではわたしからも申しておきましょうかね」と母、「それはマーガリンで、これはバターです」

初め二人はどうしても信じようとしなかった。だが納得させられると、不満をいわなくなった。

祖母が今はわたしたちと一緒に住んでいた。祖母はわたしが夜一人で病院から帰るのをひどく気にやんでいた。

「とても危険よ、おまえ、一人で家へ歩いてくるなんて。どんなことがあるかもしれないよ。何か他に方法をとらなくちゃいけませんね」

「べつの方法なんてないわ、おばあちゃん。でもとにかく、これまでだって何にもなかったんですもの。もう何カ月もこうやっているのに」

「よくありませんよ。あなたに話しかけてくるやつがあるかもしれない」

わたしは祖母が安心するようにできるだけの努力をした。わたしの勤務時間は十時までの二時間で、夜勤の人が出勤してきて、わたしが病院を出るのはいつも十時半ごろになった。家まで歩いて、たしかに相当さびしい道をおよそ四十五分はかかった。でもこれまで一度も問題などなかった。一度ひどく酔った軍曹に出会ったことがあったが、この人は悪ふざけをするというより、お節介なだけのことだった。「とってもりっぱな仕事やっとるんですな」とちょっとよろめきながら歩いていて、「病院でりっぱな仕事やっとるんですな。お宅までお送りしますよ、看護婦さん。お送りしようってのは、あなたに何かあるといけないからなんですよ」わたしはそうしていただかなくてもよいこと、でもご親切ありがとうといった。それでも家まで一緒に足音高くついてきてくれ、家の門のところできわめてうやうやしい態度でさようならをいった。

祖母がいつごろからわたしたちのところへ来て一緒に暮らすようになったのか、わたしはすっかり忘れていた。戦争が始まったちょっと後だったように思う。白内障で、もうほとんど目が見えなくなっていたが、もちろんあまり老齢なので手術はできなかった。祖母はものわかりのいい人だったので、イーリングの自宅を手放し、友だちや何かと別れることはたまらないこととはいえ、自分一人ではどうにも暮らしていけないし、使用人たちもとどまりたがらないことをはっきりさとったのだった。そこで大引っ越しとなった。姉が母の手伝いにやってきて、わたしがデヴォンからイーリングへ行き、みんな大忙しになった。当時祖母がどんなにつらい思いをしていたか、わたしは本当にはわかっていなかったのだが、今わたしははっきりと祖母の姿が目に浮かぶ――力なく、目も半分見えずに、自分の持ち物、自分が大切にしていた物の中にじっと座っていたあの姿――そのまわりでは三人の野蛮な者どもがあれこれ引っかきまわし、ひっくり返して、何を捨ててしまおうかときめにかかっている。小さな悲しげな声を祖母が上げる、「ああ、そのドレスは捨てないでおくれね、マダム・ポンスルーが作ったもの、わたしの好きなビロードですからね」

ビロードは虫食いになっていて、絹は風化していることを祖母に説明するのは困難だった。トランクいっぱい、たんすいっぱいの虫食い衣類――もうお役御免だった。祖母が将来を考えて取っておいた物がたくさんあったが、それはもう廃棄されるのだった。トランクまたトランク、どれも壁紙や針入れ、使用人たちの服にするためのプリント布地、バーゲンで買った絹やビロード布、端布――その他あれこれたくさんの物、ひところ使えば役に立ったのであろうが、今はもうただ山積みにされているばかりだった。かわいそうに、祖母は大きな自分の椅子に座って、泣いていた。

それから、衣類の後は祖母の貯蔵室が襲撃された。ジャム類にはかびが生え、プラムは発酵していたし、バターや砂糖の包みまでいろんな物の陰へすべり落ちて、ネズミにかじられていた。祖母のつましい、将来に備えた生活のいろいろ雑多な物、将来のために節約し、買い込み、貯えたいろいろ雑多な物、それが今ここに、不用品の巨大な記念碑として存在している！　それが祖母の心を痛めていたのだと思う――不用品。祖母手作りのリキュール類があった――それはアルコール分を節約してあったおかげで、どうやら良好な状態にあった。三十六本のかごで覆った細首の大びん詰のチェリー・ブランデー、チェリー・ジン、プラム・ジン、プラム・ブランデーその他は家具運搬車に積まれた。到着してみると、三十一本しかなかった。祖母がいった、「あの人たちはね、なんと、みんな禁酒主義者だといっていたんだよ！」

どうやら引っ越し屋たちが仕返しをしたらしかった――彼らは物を運ぶのに祖母から少しも思いやりを示してもらえなかった。彼らがマホガニー製の大型重ねだんすの引き出しを抜き取っておきたいと願ったとき、祖母は鼻であしらった。「引き出しを抜くって？　どうしてなの？　重いから！　あんたたち力の強い人が三人もいるじゃないか？　これを担ぎ上げるときには中身がいっぱいだったのよ。そのときは何一つ取り出したりはしなかったんですからね！　なんてだらしないのかね！　このごろの男ってとんと何の役にも立ちませんね」男たちは、とてもうまくやれそうにないからと嘆願した。「弱虫どもが」としまいには祖母も譲った、「とんでもない弱虫どもだね。このごろの男はほんとに働きがないよ」祖母が餓死しないように買いためた食料品のはいった箱類があった。わたしたちがアッシュフィールドの家へ着いたとき、一つだけ祖母を喜ばせたものがあった――それはこれらの物のうまい隠し場所を工夫することだった。二ダースものイワシの缶詰がチッペンデール様式の大型書き物机の棚のてっぺんに平らに並べられた。そこに置かれたまますっかり忘れられてしまい、戦後母が家具類を売っていたとき、それを取りにきた男が何やら言い訳めいたせき払いをしていった、「てっぺんにイワシがたくさん乗っかってるようなんですがね」

「あら、ほんと」母がいった、「そう、そこにあるだろうと思ってたの」母は説明しなかった。男もべつにきかなかった。イワシは降ろされた。「他の家具の上も、ちょっと調べておいたほうがよさそうね」と母がいった。

イワシとか小麦粉の袋とかいったものが、それからの何年間か思いがけないとんでもない場所から出てきた。来客用の寝室にあった不用の衣類入れバスケットには、ちょっとコクゾウムシのついた小麦粉がいっぱいはいっていた。ハムは、ともかく食べられる状態にあった。ハチミツのつぼとフレンチ・プラムのびんがいくつか、それから多くはなかったが、缶詰類も探し出されずにはすまなかった——もっとも、祖母は缶詰類がきらいで、プトマイン中毒の根源だと疑っていた。自分でびんやつぼに詰めて保存した物だけが、祖母にとっては本当の意味での安全な保存食品であった。

事実、わたしの少女時代には缶詰食品はみんなからきらわれていた。どこの少女たちもダンス・パーティに行くときには警告されたものだった——「よく気をつけて、夜食にエビなど食べないようにね。缶詰かもしれませんからね！」と。缶詰という言葉は恐ろしげにいわれたものだった。カニの缶詰などはもう警告の必要さえないほどの恐るべき商品ということになっていた。もし当時の人が、主要食品が冷凍食と缶詰の野菜類という時代に出会ったとしたら、いったいどんな不安と心配をすることだろうか。

深い愛情と、進んでする奉仕はしてあげても、かわいそうな祖母のつらさにどれだけわたしは同感することができたか。意識して利己的であるまいとつとめても、人はやはりたいへん自己中心的なものだ。かわいそうにわたしの祖母はそのころもう八十をとっくに超えていたと思うのだが、未亡人になって間もないころから、以来三十年か四十年も住んでいた家から、追い出されるように出るなんて、本当にたまらないことだったにちがいない、今にしてよくわかる。祖母個人の家具類——大型の四柱式ベッド、好きで腰かけていた二脚の大きな椅子などを一緒に持ってきたとはいえ、やはり家を出てきたこと自体つらかったにちがいない。だが、何よりももっとつらかったことは祖母の友人みんなを失ったことだった。多くは死んだのだが、まだまだ残っていた——よくやってくる近所の人たち、昔のことをおしゃべりする人たち、または毎日の新聞に出ているニュースについて論じ合う人たち、幼児殺し、婦女暴行、人目につかない悪事の恐ろしさや、また老人たちの生活を元気づけるようなことを話し合える人たち。わたしたちは毎日祖母に新聞を読んで聞かせていたことはたしかだったが、子守り女の悲運だとか、乳母車のまま捨てられていた赤ん坊のことだとか、列車内で襲われた若い女のことなどには、わたしたちはまったく関心がなかった。世界の問題、政治、道徳的福祉、教育、時事問題、といったようなものには祖母は全然関心がなかった。けっして祖母が愚かな人だったわけでもなく、また災厄などを喜んでいたわけでもない。祖母には平板な日常生活に反する何かが必要だったのだ——自分自身はそんなものから防御されている、そういう何か劇的な、何か恐ろしいことがあまり遠くないところでおきていてほしかったわけだ。

気の毒に、祖母は毎日の新聞から読んでもらう不幸や災害以外には自分の生活の中にもはや何の刺激もなかった。祖母には、ちょっと立ち寄ってくれて、何々中佐の奥さんに対するひどい仕打ちの話とか、まだどこの医者も治療法を知らない変な病気にかかっているいとこの話なんかをしてくれる友だちがもうなかった。今になってわかったが、祖母にとって何とつまらないことで、さびしく、また退屈なことであったろう。もっともっとよく理解してあげなければいけなかったと思う。

朝、祖母はベッドで朝食をとった後、ゆっくり起きだす。十一時ごろに階下へ降りてきて、誰か新聞を読んでくれる時間のありそうな者を望みをかけて探す。きまった時間に祖母が階下へ降りてくるわけではないので、これはいつも可能というわけにはいかない。辛抱強く祖母は自分の椅子に座っている。一年か二年は祖母はまだ編み物をすることができた、というのはよく見ていなくても祖母は編み物ができるからだったが、視力が悪化するにつれて編み目の粗い物へ粗い物へと移り、それでも一針編み落としたりしていて気づかなくなっていた。ときにはひじ掛け椅子に座ってそっと泣いている祖母をみつけることもあった――幾列も前のところに編み落としをしてしまって、みんな編み直しをしなければならなかったからだ。わたしはよく祖母に代わってそれをやってあげた――そこの編み目を拾い上げて編み上げ、あとがつづけられるようにしてやるのだが、自分がもう役に立たないという悲しい心の痛手をいやしてやることはできなかった。

祖母はいくらいってもテラスへ出て少し歩くとかいったことは、めったにしなかった。

外の空気は絶対有害だと祖母は考えていた。祖母は一日中食堂に座っていた、というのは元の自分の家でもいつも食堂に座っていたからだった。午後のお茶の時間にはわたしたちのところへ来て一緒になったが、それからはまた元へ戻った。それでも、ときには、とくにわたしたちが若者ばかりの夕食会をやって、その後例の〝教室〟へ上がっていくと、突然祖母が姿を現わすのである――苦労して階段をゆっくりのろのろ上がってくる。こんなとき、祖母はいつものように早々とベッドへはいるのではなくて、みんなの中にいたいのである、何があるのか聞いていたい、わたしたちとおもしろさや笑いをともにしたいのである。おそらくわたしとしては祖母には来てもらいたくなかったと思う。祖母はまったく耳が聞こえないわけではなかったが、たいていのことは繰り返しいわなければならなかったし、それがみんなにちょっとした気がねを招いた。でも、うれしいことには、わざわざ階段を上がってくる祖母を、すくなくとも失望させるようなことはなかった。

かわいそうな祖母にとっては、いたましいことではあったが、また避けがたいことでもあった。問題は、多くの老人と同じように、祖母が一人で暮らすだけの力がなくなったことだった。多くの老人たちが毒殺されるとか持ち物を盗まれるとかいった幻想にふけるようになるのは、自分が無力なものになったという感覚から来るものだと思われる。けっして知能が減退したのだとはわたしには思えない――老人に必要なのは興奮というか、一種の刺激なのだ。誰かが自分を毒殺しようとしているとしたら、人生はずっとおもしろくなる。少しずつ祖母はこのような幻想に浸るようになった。母にむかって祖母は使用人たちが〝わたしの食べ物に何か入れている〟と断言するようになった。「わたしを殺そうとしてるんですよ！」

「だけど、どうして伯母さんをあの人たちが殺そうなんて思ってるのかしら？　みんな伯母さんのことがとても好きなのに」

「あ、おまえはそう思ってるんだね、クララ。でもね……もうちょっとこっちへ寄りなさい、あの連中はいつもドアのところで聞いてるんですよ、わたしにはちゃんとわかってるんだから。昨日のわたしの卵ね……いり卵ですよ。とても変な味がしました……金属がはいってるような。ちゃんとわたしにはわかってるんです！」祖母は首をこっくりさせて、「あのワイアットの奥さんね、おまえも知ってる、あの人、執事の女房に毒殺されたんですよ」

「そうでしたね、でもあれは奥さんが死後あの人たちにお金をたくさん残すことになっていたからなんですよ。伯母さんは使用人たちにお金なんか残してやることにしてないでしょう」

「まあ心配しなくてよろしい」祖母がいうのである。「とにかくクララ、これからはわたしの朝食にはゆで卵でなくちゃいけませんよ。ゆで卵ならあの人たちも細工をするというわけにはいきませんからね」というわけで、祖母はゆで卵を食べることになった。

次は、困ったことに祖母の宝石類が見えなくなったことだった。これはわたしが呼ばれていってわかったことだった。「アガサ？　おまえかね？　おはいり、そしてドアを閉めなさいよ」

わたしはベッドのところへ行った。「はい、伯母ちゃん・おばあちゃん、いったいどうしたの？」祖母はベッドに腰かけ、ハンカチを目に当てて泣いているのである。「なくなったんだよ」という、「みんななくなった。わたしのエメラルド、指輪二つ、わたしのきれいなイヤリング……みんななくなっちゃった！　ああ！」

「ねえ、伯母ちゃん・おばあちゃん、わたし、ほんとになくなったんじゃないと思うわ。ちょっと考えてみて、いったいどこにあったの」

「あの引き出しの中だよ……左の一番上の引き出しにはいってた……長手袋に包んで……いつもあそこに入れとくんです」

「じゃ、見てみましょう、ね？」わたしは化粧台のところへ行って、問題の引き出しを見てみた。そこには長手袋が二組丸めてあったが、その中には何もはいっていなかった。わたしはその下の引き出しに注意を移した。中に一組の長手袋があって、たしかな硬い手ざわりがあった。わたしはそれをベッドのところへ持っていって、ここにみんなある……イヤリング、エメラルドのブローチ、それから二つの指輪も、と祖母にいった。

「一番目の引き出しじゃなくて、二番目の引き出しの中にあったのよ」わたしが説明してやった。

「きっとまた元へ返しておいたんですよ、あの人たち」

「そんなことできるはずがないわ」わたしがいった。

「いえね、アガサ、あんたも気をつけなくちゃね。よく気をつけるのよ。ハンドバッグなんかそこらに放っておくんじゃありませんよ。じゃね、ドアのところまで爪先立って歩いていってちょうだいね、あの者どもが聞いてるかどうかたしかめて」

わたしは命令どおりにして、たしかに誰も聞いてなんかいなかったと祖母にいった。

年寄りになるって、本当にこわいことだと思った！ それは、もちろん、このわたしにも来ることなのだけれど、どうも本当のことだとは思えない。心の中にある信念はいつも強い――「わたしは絶対年寄りにはならない。わたしは死なない」年をとり死ぬことはわかっているのだが、同時に、人はけっしてそうならないと確信している。ところで、今わたしは老人である。まだわたしは自分の宝石類が盗まれはしないかとか、誰かがわたしに毒を飲ませはしないかなどという疑いは持ちはじめていないけれど、でもそのうち、おそらくわたしにもそれがやってくるのだと心を引きしめておかねばなるまい。前もって警告されているわけなのだから、わたしは自分がばかなことをして笑いものになるその前にわかるのではないかと思う。

ある日、祖母は裏の階段あたりかどこか近くでネコの声を聞いたような気がした。それがたとえネコだったにしろ、そのまま放っておくか、それともメイドの誰か、またはわたしにでも、母にでもそういえばよかったのだ。ところが祖母は自分でそれを調べに出かけていった……おかげで裏の階段から転落して腕を骨折してしまった。骨をついだ医者は首をかしげた。うまくつながればいいんですが、というのである、何しろあのお年……八十過ぎでは……と。ところが、祖母はみごとに元気になった。順調に回復してりっぱに腕が使えるようになったが、頭の上までは上げることができなくなった。まさに祖母は強い老婦人であった。祖母の若いころはとてもひ弱で、医師たちも十五歳から三十五歳までのあいだに何度生命にあきらめをつけたかしれない、とよく話していたが、これはとても信じられない。ヴィクトリア朝の人がいうところの興味深い病気だったのだろう。

夏になって、アーチーは三日間の休暇を得たので、わたしはロンドンで彼に会った。この休暇はあまり楽しいものではなかった。彼は神経をぴりぴりさせていて、誰もが心配している戦況をいっぱい知っていた。大量の損耗《そんもう》兵が帰りはじめていたが、なお、英本国にいるわたしたちには戦争がクリスマスまでには終わるどころか、四年もつづきそうな様相しか見えなかった。まったくのところ、徴兵の要求が出されたとき――ダービー卿は三年かもう少しといったが、三年を期待するなどはばかばかしい話だった。

アーチーは戦争や彼のその中での役割については絶対に何もいわなかった。休暇中、彼はそんなことを忘れることに専念していた。わたしたちは手に入れられるかぎりの楽しい食事をした——食料配給制は、第二次世界大戦より第一次世界大戦の場合はずっと公正なものだった。そのころは、レストランかまたは家庭かどちらで食事をするにしても、肉の食事がしたければ自分の肉配給券を出さなければならなかった。第二次世界大戦では、状況はずっと非倫理的だった——ほしければ、そして金さえあれば、一週間のうち毎日でも、全然配給券のいらないレストランに行って肉の食事をすることができた。

三日間は落ち着かない一瞬のように過ぎてしまった。わたしたちはともに将来の計画をたてようと願ってはいたが、たてないほうがよかろうと二人とも思っていた。わたしにとって一つの明るい点は、この休暇後間もなくアーチーが飛行機にはもう乗らないことになっていたことだった。彼の静脈洞の状態が飛行を許さなくなっていて、その代わりに飛行場の管理を任された。彼はつねにすぐれた組織者、管理者であった。何度もその殊勲を報告され、しまいに殊勲章を、それからまた聖ミカエル勲章や聖ジョージ勲章も授与された。だが彼がいつも自慢にしていたのは初めに与えられた栄誉で、フレンチ将軍の殊勲報告のトップに記載されたことである。あれはたしかにほめられてもいいことだったと彼はいっていた。また彼はロシアの勲章ももらっていた——聖スタニスラス勲章というもので、とてもきれいで、パーティの飾りにわたしが身につけたいくらいだった。

その年おそく、わたしは悪性のインフルエンザにかかって、その後、肺充血のため三週間かひと月のあいだ病院へ通勤できなくなった。また通えるようになったころ、病院には新しい部門——薬局——が開設されていてそこで働いたほうがよかろうといわれた。それからの二年間、そこがわたしの自宅から通う保養地となった。

この新設部門は、エリス博士の夫人で多年、夫のために調剤をしてきたエリス夫人と、わたしの友だちアイリーン・モリスの担当になっていた。わたしはその助手をつとめながら、軍医やまたは軍薬剤師に調剤してやれる薬剤師試験の勉強をしなければならないという。これはなかなかおもしろそうに思えたし、勤務時間もずっといい——薬局は六時に閉められ、勤務は午前と午後の交替になっていた——自宅での仕事とうまくつながりもする。

調剤の仕事は看護婦よりも楽しかったとはいいきれない。わたしは看護婦に適した天性を持っていたと思うし、病院看護婦として幸せであったろうと思う。一時は調剤仕事もおもしろかったが、単調になってしまった——永続的な仕事としてはやりたくない仕事であった。だが一方、友だちと一緒だったことは楽しかった。エリス夫人にわたしは大きな愛情と深い尊敬を感じた。夫人はわたしの知っている中でももっともおとなしく、またおだやかな人柄で、ちょっと眠たげな声と、いろんなときにひょいととび出す意外なユーモアのセンスのある人だった。また夫人は非常にすぐれた教師でもあった——人の弱点をよく理解してやり、夫人が打ち明けていっていたように、いつも長い目で割り算をして人と快い関係になるようにしているという。アイリーンはわたしの化学の先生で、率直にいって、わたしにとっては何としてもあまりにも頭がよすぎた。彼女は実用の面からではなく理論のほうから教えはじめた。いきなり周期律表だとか、原子量とか、コールタール誘導体の分枝といったものを持ち出すものだから、何が何やらわからない結果になりがちだった。でも、わたしも慣れてきて、もっと簡単なことを習得し、砒素の実験中にコーヒー・メイカーを吹きとばしてからは、学習進行も順調に行くようになった。

わたしたちは何といっても素人、でもそれゆえにかえって慎重に良心的に仕事をしたと思う。仕事はもちろん、その量が一様でなかった。新しい患者の一団が入院してくるたびに、わたしたちは猛然と働いた。飲み薬、塗布薬、幾びんも幾びんもの洗浄薬を詰め、毎日毎日ふたたび詰め直しては空《から》にした。病院で何人かの医師とともに働いた後でさとったことは、薬というものも、この世の他のいろいろなもの同様、大いに型の問題があるということだ――つまり、それぞれの医師によって独特の癖があるということである。

「今朝やる仕事はどんなものがあるの？」

「ああ、ウィティック医師専用が五つ、ジェームズ医師専用が四つ、それからヴァイナー医師専用が二つよ」

専門家でない何も知らない人は、わたし自身もそういわれていい者だが、医師は個々の患者の病状を調べ、その病状にはどんな薬がもっともよいかを考えて、それに応じた処方箋を書くと思っている。ところが間もなくわたしは、ウィティック医師が処方を指定した薬剤とヴァイナー医師が処方を指定した薬剤とはまるでちがっていて、それは患者がちがうからではなくて、医師がちがうからだということに気づいた。よく考えてみると、それも道理である。ただ、そういってしまうと患者をいささか軽く見ることになるだろうが。薬屋や薬剤師は医師に関してはちょっとお高い見解を持っている――医者には医者の考えがあるのだ、と。ジェームズ医師のはいい処方で、ウィティック医師のは軽蔑以下の処方と考えたにしても、やはり同様に調剤しなければならないからである。ただ、塗布薬となると医師たちもたしかに実験的になる。その主な理由は、皮膚の炎症は医業にたずさわる者にとっても、またその他の人々にとっても謎が多いからである。D夫人にはカラミン軟膏の塗布薬がすばらしい効き目があったのに、同じ症状でやってきたC夫人にはカラミン軟膏は何の効果も表わさないで――よけいな刺激を与えただけになった――が、D夫人の症状を悪化させただけのコールタール系調合剤がC夫人には思いがけない大当たりだった、というようなわけで、医師は本当に適切な調剤を発見するまでいろいろと実験をつづけざるを得ないのである。ロンドンではまた、皮膚病患者は自分の好みの病院を持っている。

「ミドルセックス病院に行ってみたかって？　わたし、行ったのよ、そしてもらってきた薬が全然だめ。今、この大学病院では、わたしもうほとんどよくなってるのよ」すると友だちが調子を合わせる、「わたしはミドルセックスには何かいいとこがあるように思いはじめてるとこですよ。わたしの妹はここで手当てしてもらったんですけど、だめなんで、それでミドルセックスへ行ってみたら二日後にはもうけろりと治っちゃったわ」

わたしは今でもある皮膚専門医に対してうっぷんを抱いている——がんこで、楽観的な実験屋、〃一度はやってみる〃流に属する人で、肝油調合剤をまだ生後数カ月の赤ん坊の全身に塗りつけるという考えを思いついた。母親やその家の人たちは、かわいそうな赤ん坊に近づくのがたまらなかったにちがいない。もちろん全然効果がなく、十日間で打ち切られた。その混合物を調剤したわたしは、自宅できらわれ者にされてしまった。というのも、大量の肝油処理をするのだから、ものすごく不快な魚臭に染まらずには帰宅できなかったのだ。

わたしは一九一六年には何度かきらわれ者になった——すべての傷の手当てに使われる〃ビップス軟膏〃というもののおかげであった。これは蒼鉛《ビスマス》とヨードホルムとを流動パラフィンで混ぜ合わせて軟膏にしたものである。ヨードホルムのにおいがわたしについて離れない——薬局で、電車の中でも、自宅でも、食卓でも、ベッドにはいっても。これはしみ通る性質があるので、指先から、手首、腕、ひじなどからしみ出るようににおって、もちろんそのにおいがなくなるまで洗い落とすことは不可能なのである。家の者たちがいやな気持ちにならないよう、わたしは配膳室へ食事盆を持ち込んで食べたものだった。戦争の終わりごろには、この〃ビップス軟膏〃は使われなくなって、もっと無害な薬品に代わり、やがて巨大なかご覆いのある細首びん入りの次亜塩素酸液がそれに取ってかわった。これはふつうの漂白剤にソーダやその他の原料を加えてできる物だが、塩素の鼻をつくようなにおいが衣服にすっかりしみついてしまう。今の流し台その他の消毒に使われている消毒剤はこれを主成分にしたものが多い。わたしはこのにおいがちょっとぷんとにおっただけでも吐き気を催す。ある時期、家にいたがんこな男の使用人にわたしはいつもひどく腹を立てたものだった。

「いったい、配膳室の流しに何を入れたの？　すごくいやなにおい！」

彼は誇らしげにびんを一つ取り出してみせて、「一級品の消毒剤です、奥様」という。

「ここは病院じゃないのよ」わたしがどなる。「この次には石炭酸でもかけるつもり。今すぐ熱いお湯ですっかり流しを洗って、少しソーダも入れて。そのくさい漂白剤は捨ててしまいなさい！」

わたしは彼に消毒剤の性質について講釈をする、そして細菌に対して有害なものはたいてい同じように人体にも有害なのだから、しみ一つない清潔と、消毒をしすぎないことを心がけなくてはならないとも講義した。「細菌はじつに強いものですよ」わたしが注意する、「弱い消毒剤などは頑強な細菌には効き目がないの。石炭酸六十倍溶液の中でも細菌は繁殖するんです」でも彼は信じてくれず、わたしが確実に家にいないときをねらって、このむかつくような消毒剤を使いつづけていた。

わたしの薬剤師試験準備の一部として、適当な薬局店をやっている薬剤師から少し院外の指導を受けるよう取りきめられた。トーキイ市でも大きな薬屋の店主が、日をきめて日曜日に来なさい、指導をしてあげましょうと親切にいってくれた。わたしはじつはびくびくしながらも、大いに学んでやろうとその薬屋へ行った。

薬屋の楽屋へ初めてはいってみて、人はびっくりするにちがいない。病院では、専門家ではないわたしたちは、あらゆる薬品を最高に正確に計量していた。医師が一回服用分の薬に二十グレーン（一グレーンは〇・〇六四八グラム）の炭酸蒼鉛を処方していれば、患者には正確に二十グレーンのものが与えられた。わたしたちは素人なので、これはいいことだったと思うが、でも五年の見習いを終え、二級薬剤師の資格を得た者なら、自分の扱う材料のことは、りっぱな料理人が自分の材料のことをよく知っているのと同じようによく知っているはずだとわたしは思う。薬剤師はいろいろな薬品の親びんから、最高の自信をもって一部を取り分けて放り込むが、計量などはまったくしようともしない。もちろん、毒物や劇薬は慎重に計量するけれど、害のない材料はおよその目分量で取り入れる。着色や味を加える場合もだいたい同じようにやる。これがときによっては、患者が戻ってきて、この前の薬の色とこんどのは色がちがうと文句をいう結果にもなる。「わたしがずっともらっていたのは濃い赤でしたよ、薄いピンクじゃありませんでした」とか、「こんどのは味がちがいますよ、わたしがいただいていたのはハッカの味の水薬でした、とても結構なハッカ味の水薬でした。こんないやに甘ったるいのとちがいます」では、ハッカ水ではなくてクロロホルム水が加えられていたのにちがいなかった。

わたしが一九四八年に勤めていた大学病院の外来患者たちの多くは、薬の色や味についてとくにうるさかった。わたしはあるアイルランド人の老婦人が薬局の窓口に顔を突っ込んで、わたしの手のひらに半クラウン銀貨を押しつけて、ひそひそとこういったことを覚えている――「あのね、すまないけど、あなた、あれを二倍にきつくしてくれませんかね？　ハッカをうんとたくさん、二倍にきつくしてちょうだいよ」わたしは半クラウン銀貨を返して、いかにも堅苦しい調子で、そんなものは受け取れないことになっていること、そして医師が飲むように命じたとおりのものをきちんと飲まなくてはいけないことをつけ加えた。でも、わたしは彼女の薬にちょっとよぶんのハッカを入れておいた、というのはべつに害になるものでなし、彼女は大いに喜んだにちがいない。

当然のことながら、この種の仕事の初心者としてはまちがいをしやしないかという恐怖で神経質になる。薬に毒薬を添加する場合にはかならずもう一人の薬剤師が点検することになっているのだが、それでもまだどきっとするようなときがあるものである。わたし自身そんなことがあったのを覚えている。その午後、わたしは軟膏を作っていたのだが、そのために純粋の石炭酸を少量、手近な軟膏つぼのふたに入れて、点滴器でそれを、板石の上で混合していた軟膏に慎重に添加した。できた軟膏はちゃんとびんに詰め、ラベルを張り、板石の上に出しておいて、他の仕事をつづけた。朝の三時ごろだったと思うのだが、わたしはベッドの中で目がさめて、ひとりごとをいった、「あの軟膏つぼのふたは、わたしどうしたかしら、石炭酸を入れておいたあのふた？」考えれば考えるほど、そのふたを洗ったとはどうしても思えない。ふたに何もはいっていないと思って、自分の作った軟膏のうちの一つにそのふたをしてしまったのではあるまいか？　これまた考えれば考えるほど、どうもそうしたにちがいない気がしてくるのである。わたしはそのびんを他のと一緒に、翌朝病院係のボーイがバスケットで集められるように薬局の窓口の棚に置いておいたのだが、その中の誰かの軟膏の上には激烈な石炭酸の層ができているはずである。死ぬほど心配になってきて、もはやどうしようもなくなった。わたしはベッドから出ると、服を着こみ、病院へ歩いていった――薬局への階段は外側にあるので、幸い病棟のほうまで行かなくてすんだ――薬局へ上がっていって、自分の作った軟膏を調べてみた――ふたを取って、慎重ににおいをかいだ。今日までわたしは一人でそう思いこんでいたのかどうかわからないが、びんの中の一つにあってはならない石炭酸のかすかなにおいをかいだような気がした。わたしはその軟膏の表面の部分を取りのけ、大丈夫ということをたしかめてから、そっと部屋をぬけ出して、歩いて家へ帰り、ベッドへ戻った。

　だいたい、薬屋でまちがいをやるのはかならずしも初心者ばかりではない。初心者は神経質になっていて、いつも人に助言を求めている。中毒事件の最悪なのは、多年その仕事にたずさわっている信頼度の高い薬剤師がおこすまちがいによるものである。自分の仕事にすっかり慣れきっていて、考え考えやらなくても仕事ができるようになっているものだから、ある日自分自身の心配事か何かに頭がいっていて、うっかりしたことをやってしまうときが来るのである。友人の孫に実際にあったことだが、子供が病気になって医者が来て、書いてくれた処方箋を薬屋へ持っていった。ちゃんとした手順どおり薬が与えられた。その午後、その子のおばあさんが子供の様子がおかしいのに気がついて、乳母にいった、「何かあの薬が変なんじゃないのかしらね?」二服目の薬を飲ませた後、やはり心配だった。「どうも何かおかしい」彼女は医者を呼びにやった――医者は子供をひと目見て、薬を点検した。そして、すぐ応急処置をとった。子供はそのアヘンに耐えぬくのにたいへんであった。薬剤師の失策だった――重大な薬品の過量だった。薬剤師はひどくあわてた――彼はこの薬店に十四年間も働いていて、この店でもっとも注意深い、信頼されている薬剤師だったのだ。このことが、どんな人でもどんなまちがいでもしかねないことを表わしている。

日曜の午後、薬屋での調剤指導を受けているあいだに、わたしは一つの問題にぶつかった。それは試験を受ける者は義務として従来の計量法とメートル法の両方を測定法として取り扱わなければならないことだった。わたしの薬屋の薬剤師はメートル法式で調剤訓練をしてくれていた。医師も薬剤師もメートル法を使うことを好まない。病院の医師たち四人に一人は〝〇・一を含む〟というのが実際にどういうことなのか知らない、そしていうのである、「ちょっと待ってくれ、これは百分の一溶液なのか、それとも千分の一溶液なのか？」と。

この日の午後、メートル法の危険性はもしまちがったら、十倍のまちがいになることである。われわれは座薬錠剤製法の指導を受けていたが、これは病院ではあまり使われないものだけれど、試験のためには知っておかなくてはならないものだった。これはなかなか始末の悪いしろもので、座薬錠剤の基剤になるカカオ油の融点が面倒なのである。温めすぎると形にならないし、温め方が足りないと型からちがった形になって出てくる。このとき、薬店主のＰ氏が自身でわたしに実演してみせてくれていたのだが、カカオ油の適確な扱い方を示し、それからメートル法で計量されたある薬剤を加えた。その座薬を型から取りだすちょうどよいときも教えてくれた、それからそれを箱へ詰めて、専門用語で何々百分の一含有と書きこんだラベルを貼っておくように教えられた。店主は他の仕事をしにそこを離れたが、わたしは心配だった。というのはこの座薬には十パーセント、つまり十分の一の薬剤が含まれており、百分の一含有ではないことをわたしははっきり覚えていたからであった。わたしが店主の計算を調べてみると、誤算だった。メートル法を使って、点をちがったところに打っていた。だけれど、いったい若い生徒としてはどうしたらよいものか？　わたしはまったくの初心者、店主は町でいちばんよく知られた薬剤師である。とてもわたしは、「Ｐさん、あなたはまちがってますよ」などとはいえたものではない。薬剤師P氏はまちがいなどするような人でない、とくに生徒の面前でまちがいをするなど考えられないことである。このとき、店主がまた通りかかって、「そいつは在庫品にしといてくれたまえよ。ときたまいることがあるからね」事はますます悪くなってきた。これらの座薬をとても在庫品にしておいてはいけない。使用したらたいへん危険な薬剤だ。人は直腸からもっと危険な薬剤を入れられても耐えられるものであるが、それにしてもやはり……これはいけない、ではどうしたらいいか？　わたしがこの薬剤はまちがった調剤ですといっても彼が信じるだろうか？　きっとこんな返事をするにちがいない、「いや大丈夫。こんなもので、きみ、わたしがやり方を知らないとでも思っとるのかね？」

もはややれることはただ一つ。座薬がすっかり冷えない前にわたしはよろけてバランスを崩し、座薬の置いてある板をひっくり返し、それを強く踏みつけた。

「すみません、ほんとに」わたしがいった、「座薬をひっくり返してしまって、踏みつけてしまったんです」

「やあやあやあ」と彼は怒った様子で、「これはまだ大丈夫だ」と一個を拾い上げた、わたしのどた靴の重みをのがれたやつだった。「それはきたないです」とわたしは強くいって、容赦なくごみ箱へみんな放り込んでしまった。「ほんとにすみません」わたしが繰り返していった。

「いや、いいんだよ、きみ」店主がいった、「あんまり気にしないで」とやさしくわたしの肩を軽くたたいた。これは店主のよくやる仕草だった、肩を軽くたたくとか、ひじで軽く押すとか、ときにはわたしのほおを軽くさわろうとしたり。わたしは教えてもらっているので、そんなことも我慢していたが、できるだけよそよそしく、また他の薬剤師となるべく話をして店主と二人だけにならないようにしていた。

P氏は変な人だった。ある日、たぶんわたしを感心させるつもりだったのだろう、ポケットから黒っぽい塊《かたまり》を取りだして、わたしに見せながら、「これは何だか知ってるかね?」といった。

「いいえ」わたしがいった。

「これはクラレだ」店主がいった、「クラレのこと知ってる?」

わたしは本で読んだことがあるといった。

「おもしろいものでね」と彼がいった、「たいへんおもしろいものだよ。口から摂取したのでは全然何の害にもならない。血液の中にはいると、麻痺をおこさせ、人は死ぬ。毒矢の毒として使われているものなんだよ。わたしがこれをポケットに入れて持ち歩いているのはどういうわけかわかるかね?」

「いいえ」わたしがいった、「全然見当もつきません」つまらないことのように思えたが、それはいわなかった。

「それはだね」と彼は考えこむようにして、「自分が強くなったような気がするからなんだよ」といった。

わたしはあらためて彼の顔を見た。彼はちょっとおかしな様子の小男で、とても丸々と肥って胸を張り、それにかわいい顔がついていた。何か子供っぽい満足の様子が身体中に漂っていた。

その後間もなくわたしは指導課程を終了したが、その後もP氏のことはときどき気になった。無邪気な天使のような見かけにもかかわらず、どうもわたしには危険な人物として印象づけられていた。彼の記憶はたいへん長いこと頭に残っていて、わたしが『蒼ざめた馬』の構想をしているときも、まだ記憶の中にあった——それはこのときから五十年近くも後のことであったであろうか。

Ⅲ

病院の薬局で働いていたころ、初めてわたしは探偵小説を書こうという考えになった。以前、姉のマッジがわたしに挑戦したことがずっと頭にあったし、また現在の仕事が好都合な機会を与えてくれているように思えた。いつも何かすることのある看護とはちがって、調剤の仕事は暇なときと多忙時とから成り立っている。ときによると、一人で勤務についていて午後何一つすることがなく、ただ座っているだけのことさえあった。在庫薬品のびんがいっぱいかどうかを見、ちゃんとしておきさえすれば、薬局を出ていかないかぎり何をやっていても自由だった。

わたしはどんな種類の探偵小説が書けるだろうか、わたしは考えはじめていた。まわりを毒薬で取り囲まれているのだから、死の方法として毒殺を選ぶのがわたしとしては自然だろう。可能性のありそうなある事実にわたしは考えを置いた。その考えをあれこれいじくりまわしているうち、気に入って、しまいにそれを受け入れた。ついで、登場人物へと考えを移した。毒殺されるのは誰にするか？　その人物を毒殺するのは誰か？　いつ？

どこで？　どういうふうに？　何のため？　その他いろいろと。その殺し方の特殊なことから、どうしても親密《アンティーム》な間柄の殺人にしなくてはなるまい――いうなれば、すべてある家庭内でのこととすべきであろう。当然そこには探偵がいなくてはならない。そのころわたしはシャーロック・ホームズ物語にすっかり没頭していた。で、わたしは探偵のことをあれこれ考えた。もちろん、シャーロック・ホームズのようであってはいけない――わたしの探偵を発明しなければならないし、その友人として三枚目のわき役もなくてはなるまい――これはあまりむずかしいことはあるまい。わたしは他の人物たちのほうへ考えを戻した。殺されるのは誰にするか？　夫が妻を殺す――これはもっともありふれた殺人のようだ。もちろん、非常に異常な動機による非常に異常な種類の殺人は考えられるけれど、どうもこれは芸術的にわたしの気に入らなかった。いい探偵小説の要点は、一見明白に犯人が誰かがわかるけれど、同時に、ある理由から、どうも明白ではないということがわかり、とてもその男が殺せるわけがないというようなものでなければなるまい。だが、もちろん、本当は彼が殺していたのだ。この点でわたしは頭が混乱したので、立ち上がった。次亜塩素酸液をもう二びんほど作っておけば、明くる日はすっかり仕事がなくなる。

　わたしは考えをしばらくのあいだ、もてあそびつづけていた。その一部が成長しはじめた。今や殺人犯人が見えてきた。人相のちょっと悪い人物にすべきであろう。黒い口ひげを生やさせよう――当時のわたしにはこれがとても人相悪く思えた。わたしたちの家の近くに最近越してきた人たちがいた――主人は黒い口ひげを生やしていて、夫人はたいへん金持ちで、彼よりも年上だった。そうだ、とわたしは考えた。これが話の一つの基盤になりそうだ。それをまたしばらくよく考えてみた。うまくいきそうであるが、まだ完全に満足ではない、問題のこの男は、どうも人殺しなど絶対にできそうにない気がする。わたしはこの人たちのことをきっぱりと忘れることにした――実在の人物から考えるのはよくない、人物は自分で創造しなければいけない。電車の中とか列車、あるいはレストランなどで見かけた人物が出発点になることはある、というのは、それらの人物から自分であらためて作り出せるからだ。

次の日、電車に乗っていると、まさにわたしの求めていた人物が目についた――黒い口ひげの男が、まるでカササギみたいにがちゃがちゃしゃべりまくっている中年過ぎの婦人の隣りに座っていた。わたしはその女のほうはちょうだいしようとは思わなかったが、男のほうはりっぱに使えると思った。彼らよりちょっと先では大柄な元気はつらつとした女が春の球根のことを大きな声で話していた。わたしはその女性の顔も好きになった。彼女を混ぜ合わせたらどうだろう？　わたしはこの三人みんなに細工を施すために、頭の中におさめて電車をおりた。そして、ちょうどあの〝子ネコちゃん〟遊び時代のように一人でつぶやきながらバートン街を歩いていった。

間もなくわたしは登場人物のいくつかのスケッチ風な人物像を得ることができた。元気のいい女性がいる——その名前もわかっている、イヴリンだ。彼女は貧乏な親類か、女性の庭師かそれとも老婦人のお相手役《コンパニオン》——ひょっとすると、家政婦かもしれない？　いずれにしても、わたしは彼女を自分のものにするつもりである。次に、あの黒い口ひげの男がある——あの口ひげの他はまだわたしにはあまりよくわかっていない。口ひげだけでは充分でない、いや充分かな？　そう、充分なのかもしれない、というのは、人はこの男を外面から見ていて、男が見せようと思っているものだけしか見ていない——実際に彼がどんな男であるかではない、それはそれ自体手がかりとなるべきものである。中年過ぎの妻はその性格の故というより、金のために殺されることになるのだから、彼女はそれほど重要でない。さて、わたしはもう幾人かの人物を急速につけ加えはじめていた。息子は？　娘は？　あるいはおいは？　容疑者は多いほどよい。家族がうまくととのってきた。

わたしは話が成長するに任せておき、注意を探偵のほうへむけた。どういう人物をわたしの探偵にしたらよいだろうか？　わたしは本の中で出会って好きになった探偵たちを回顧してみた。シャーロック・ホームズがあったが、これは唯一無二、とてもわたしなどが張り合えたものではない。アルセーヌ・ルパン——彼は犯罪者なのか探偵なのか？　どっちにしても、わたしの性には合わない。『黄色い部屋の秘密』の若い新聞記者ルゥルタビイユ、これはわたしも作り出したいような人物だが、やはり誰もこれまで使ったことのない人物がよい。では、わたしはどんな人物を使えるか？　学生？　これはちょっと難題だ。

科学者は？　いったいわたしは科学者なるものをどれほど知っているか？　そこでわたしはベルギーからの亡命者を思い出した。ベルギー人の相当な亡命者集団がトアの教区に住んでいた。この人たちが到着したとき、みんなはあふれんばかりの親切と同情とで迎えた。人々は彼らの住む家々に家具類をいっぱい持っていってやり、快適に住めるようあらゆることをしてやった。後になって、みんなは例によって例のような反応をみせはじめた——亡命者たちがみんなのしてやったことに対して充分な感謝を表わさないふうなので、あれこれ不平をいった。事実は、この気の毒な人たちは当惑していて、また異国のことではあるし、充分に感謝が表わせなかったのだ。彼らの多くは疑り深い農民たちで、いちばん苦手なのがお茶へお越しくださいとさそわれることと、町の人が彼らの家へちょっと立ち寄ることであった——彼らはそっとしておいてもらいたかったのだ、自分たちだけで引きこもっていたかったのだ。お金を貯え、庭を耕して自分たち流のよくわかっている方法で肥料など施したかったのだ。

探偵をベルギー人にしては、なぜいけない？　わたしは考えた。いろんなタイプの亡命者がいる。亡命警察官はどうだろう？　引退した警察官だ。あまり若くない。この点わたしはとんでもないミスをやってしまった。結果的にわたしの作りだした探偵は今やとっくに百歳を超したことになってしまった。

それはともかく、わたしはベルギー人の探偵にきめていた。彼が自分の役の中でゆっくり成長していくのに任せておいた。彼は警部であったので、犯罪の知識が相当にあるはずである。彼は細心で、非常にきちょうめん、とわたしは自分の寝室のがらくた類を片づけたときに考えついた。きちょうめんな小男。わたしは彼の姿が目に浮かぶ――きちょうめんな小男、いつも物を整頓している、物をきちんと二つ揃えておかないと気がすまない、物を丸くまとめるのでなく四角にきちんとしておきたい。そして、非常に頭がよくなくてはならない――灰色の小さな脳細胞がなくてはならない――これはいい文句だ、覚えておくことにしよう――そう、彼には小さな灰色の細胞がある。彼はちょっと堂々とした名前を持つべきだ――シャーロック・ホームズ一家が持っていたような名前だ。ホームズの兄だったのは誰だったか？　マイクロフト・ホームズだ。

　わたしの小男をハーキュリーズ（ギリシャ神話の中の大力無双の英雄ヘラクレスのこと。十二の大難事をやってのけた）と呼んではどうだろう？　小男のハーキュリーズ、いい名である。姓のほうはもっとむずかしかった。どうしてわたしがポアロという名にきめたのか自分でもわからない。ぱっと頭に浮かんだのか、それとも新聞とか何かに書いてあるのを見たとか、どうかわからない――とにかく、姓ができた。これとハーキュリーズとではうまく合わないが、エルキュール――エルキュール・ポアロ。これでいい、決定、ありがたい。

　さて、他の人物に名前をつけなくてはならない、だがこちらはそれほど重要でない。アルフレッド・イングルソープ――これでよかろう、黒い口ひげによく合う。わたしはさらに人物をふやした。夫と、美しい妻、たがいに仲がよくない。次は、脇筋——うその手がかりだ。若い作家がみんなそうであるように、わたしも一冊の本の中にあまりにも多くの筋を詰め込もうとしていた。うその手がかりがあまりにも多い——解きほぐすことが多すぎて、全体の解決をつけるのがいよいよむずかしくなるばかりでなく、読むのもむずかしくなってしまう。

暇な時間、わたしの探偵小説の断片が頭の中でからから音を立ててぐるぐるまわっていた。書きだしはすべて決定、そして結末も整備してあるが、その中間にむずかしいすき間がある。わたしはもっともらしい自然な方法でエルキュール・ポアロを事件にかかわらせた。だが、他の人たちがかかわり合いになるにはもっと理由がなくてはならない。物語はまだもつれたままである。

このために、わたしは家で放心状態でいるようになった。母がいつも、どうして問いかけに答えないのかとか、ちゃんとした返事をしないのかといいつづけた。わたしは祖母の編み物の図柄を何度もまちがえ、わたしがしなければならない多くの仕事を忘れ、まちがった住所を書いて手紙を出したりしていた。しかし、ついに書きはじめるときが来たのをわたしは感じた。母にわたしはこれから何をしようとしているかを話した。母はいつもどおり、自分の娘たちは何でもできるという完全な信条を持っていた。

「まあ？」母がいった。「探偵小説を？　それはいい気分転換になるにちがいないわ。始めるといいわ」

時間を多く取るのはやさしいことではなかったが、何とかやりくりした。わたしは古いタイプライターを持っていた——以前姉のマッジが持っていたものだった——まず草稿を手書きで書いてから、パタパタとタイプをたたいていった。一章書き終わるごとにそれをタイプで打った。わたしの筆蹟は当時としてはまあまあのほうで、文字は読みやすかった。わたしはこの新しい仕事に興奮した。ある点では楽しかった。だが、ひどく疲れてくるし、不機嫌になった。物を書くことがどんな作用を及ぼすかを知った。なおまた、本の中間部分で困難にぶつかり、その複雑さが、自分がその主人でありながら、のしかかってくるのだった。そのとき、母がいいことを思いついた。

「もうどれくらい進んでるの？」母がきいた。

「あ、だいたい半分ぐらいのところよ」

「じゃ、それをほんとにしまいまで書くつもりだったらね、休暇を取ったときにやればいいわ」

「でも、わたしつづけてやるつもりよ」

「わたしは思ってるんだけど、休暇によそへ出かけていって、誰にもさまたげられずに書いたらいいわよ」

わたしはそのことをよく考えてみた。二週間まったく何にもわずらわされずにである。

すてきにちがいない。

「どこへ行きたい？」母がきいた。「ダートムア？」

「ええ」わたしは夢中でいった。「ダートムア……ぴったりだわ」

そんなわけで、わたしはダートムアへ行った。ヘイ・トアのムアランド・ホテルというのにわたしは部屋を取った。大きくて、部屋数の多い、何かものさびしいホテルだった。滞在客はわずかしかいなかった。その人たちとわたしは話を交わしたこともなかったように思う――わたしは書くことにすっかり心を奪われていたらしい。いつも午前中、手が痛くなるまで一生懸命書いていた。それから昼食を取り、本を読む。その後、荒野のほうへたっぷり散歩に出かける、だいたい二時間ぐらい。わたしが荒野を愛することを覚えたのはこのころだったと思う。道から離れた荒地、岩の丘、ヒースの茂み、わたしはそれが好きだった。ここへ来る人はみな――もちろん戦時のことなので多くはなかったが――ヘイ・トアの町に集まっていたが、わたしはヘイ・トアの町をたった一人で離れ、田舎を自分きりで横切って歩いた。歩きながらわたしはもそもそひとりごとをいっていたし、この次に書こうと思っている章の役を演じているのである――ジョンがメリイへ話しかけているように、またメリイがジョンへ話しているように、またイヴリンが雇い主に、といったふうに。これでわたしはすっかりわくわくしてくる。家へ帰り、夕食を取り、ベッドへ倒れ込むと十二時間ぐらい眠る。それから起きだして、また午前中、情熱的に書くのである。

この二週間の休暇中に、わたしは本の後半をほぼ書き終えていた。もちろん、これが終わりではなかった。それからかなりの部分を書き直さねばならなかった――主に、複雑すぎる中間部分である。だが、しまいには完成して、わたしは充分満足していた。まあいうなら、だいたいのところわたしが意図していたとおりいっていたということである。もっとずっとよくできる、とわたしにはわかっていたが、それをどうしたらよくすることができるか、それがわからなかったので、放置しておくより仕方なかった。わたしは、あるつまらないことから不和になっているメリイとその夫のジョンに関する大げさすぎる章を書き直して、しまいには二人を無理にもふたたび一緒にして愛の興味を作りだすことにした。わたし自身、探偵小説中の恋愛興味はすこぶる退屈だとわかっている。恋愛は、ロマンチックな物語に属すべきものと思っている。恋愛の要素を科学的過程で進行すべき中へ持ち込むことは、性に合わない。しかし、探偵小説の結末にはやはり恋愛の興味があるべきであって――そうしたわけだった。わたしはジョンとメリイには最善をつくしたが、どうも気の毒な人物たちだった。それから人に頼んで原稿をきちんとタイプしてもらい、最後にもうこれ以上は手を加えることなしと決定して、出版社――ホダー・アンド・スタウトン――へ送ったが、返送してきた。無造作な断わり方で、一片の紙片もつけてなかった。べつに驚きもしなかった――首尾よく採用されるとは期待していなかったから――だが、わたしはまたべつの出版社へ包んで送りつけた。

Ⅳ

アーチーが二度目の休暇で帰ってきた。この前彼と会ってから、もう二年近くになっていた。こんどは一緒に楽しい休暇を過ごすことができた。休暇は二週間いっぱいあったので、わたしたちはニュー・フォレストへ行った。秋で、紅葉が美しかった。アーチーはあまり神経質でなくなっていて、二人とも将来についてもそれほど心配しなかった。わたしたちは森の中などを一緒に歩き、これまでになかった一種の親しさが増した。彼はわたしに白状して、ずっとこれまでいつも行ってみたいと思っていたところへ行こうといった――〈無住の荒地へ〉と書かれた道標のほうへ。わたしたちは〝無住の荒地〟への小道をたどっていったが、やがてリンゴのたくさんなっている果樹園へ出た。そこに女の人がいたので、少しリンゴを売っていただけないでしょうかときいてみた。

「あんた方、わたしから買うことなんかないですよ」と女がいった、「リンゴならご自由にお取りなさい。だんなさんは空軍らしいね……わたしの息子もそうだったけど、戦死しましたよ。はい、どうぞ好きなだけリンゴを食べて、好きなだけお持ちなさい」で、わたしたちはリンゴを食べながら果樹園の中を楽しくぶらぶらして、それから森を通って戻り、落葉の上に座った。小雨が降っていたけれど、わたしたちはとても幸せだった。わたしは病院のことや仕事のことなどあまり話さなかったし、アーチーもフランスのことはあまり話さなかったが、ひょっとすると、もう間もなく一緒にいられるようになるかもしれない、とほのめかした。

わたしは自分の書いた本のことを彼に話し、彼はそれを読んだ。たいへん楽しんで読み、なかなかいいといった。空軍の中に友だちがいるのだが、それはメシューイン出版社の取締役だから、原稿がまた返されてきたら、この友人からの紹介状を送ってよこす、そしたらそれと一緒に原稿をメシューイン社へ送るがいいといった。

というわけで、これが『スタイルズ荘の怪事件』の次の寄港地となった。メシューイン社は、その取締役に敬意を表してのことであろう、少しは丁寧な手紙をよこした。長いこと——六カ月ぐらいだったと思う——保留していて、たいへんおもしろいし、数カ所よい点もあるけれど、わが社の出版計画にぴったりというわけにはいかない、と結んであった。きっと、えらくひどいものだと思ったらしかった。

その次に原稿を送りつけたのはどこだったか忘れてしまったが、またもや戻ってきた。わたしはもうすでにちょっと望みを失いかけていた。ジョン・レーンのボドリー・ヘッド社はこのところ一、二冊探偵小説を出版していた——まだ探偵小説に手を出しはじめたばかりだったが――そこでわたしもひとつ彼らに試供品を提供してやろうと考えた。小包みにして送りつけ、すっかりそのことを忘れていた。

その次におきたことは突然で、また予想外だった。アーチーが帰国してきて、ロンドンの空軍省に配属された。戦争は長々とつづいており――もう四年近く――わたしは病院勤めと自宅の生活に慣れきっていたので、これからちがった生活にはいることを思うと、ショックに近い気持ちだった。

わたしはロンドンへ出ていった。ホテルに部屋を取って、わたしたちが住めるような家具付きアパートのようなものを探しはじめた。世間知らずのわたしたちは、少々大げさな部屋を考えていて、すぐさま高慢の鼻をへし折られてしまった。今は戦時中だった。

しまいにやっとこれはと思われるのを二つみつけた。一つはウェスト・ハムステッドにあって、ミス・タンクスという人の所有だった。その名がわたしの心に残った。わたしたちのことが信用できないらしく、本当にわたしたちが気をつけてくれるかどうか不審だという――若い人たちは乱暴なので、と――彼女は自分の物にひどくやかましいのである。なかなかいい小さなアパートで、一週三ギニー半である。もう一つ見たのは、ノースウィック・テラスのメイダ・ヴェール（今はもうないが）のすぐ近くのセント・ジョンズ・ウッドにあった。前のが三室なのに、ここのは三階にあって二室だけ、そしてちょっと家具類がみすぼらしかったが、それでも気持ちのいい、色はあせているがさらさ張りの家具で、そして外には庭もあった。これは大きな古くさい家の中にあって、部屋も広々していた。そのうえ、前のが一週三ギニー半なのに、ここはわずか二ギニー半だった。わたしたちはそれにきめた。わたしは家へ行って自分の持ち物を荷造りした。祖母は泣きだし、母は泣きそうになるのをこらえていた。母がいった、「いよいよこんどはあなたの夫のところへ行って、結婚生活をすることになったね。万事うまくいきますように願ってますよ」

「そしてね、もしかしてベッドが木製だったらね、ナンキンムシがいないかしっかりたしかめなくちゃいけませんよ」祖母がいった。

で、わたしはロンドンのアーチーのところへ戻り、ノースウィック・テラス五番地へ引っ越した。そこにはきわめて小さな台所と浴室とがあって、わたしはちょっとした料理をするプランを立てた。しかし、まず初めにはアーチーの軍隊での従卒のバートレットを使うことにした――従僕としてはジーヴズ（英国のユーモア作家ウッドハウスの創りだした典型的な従僕）流の完璧さだった。平時には貴族の従者をしていたのだった。戦争のせいでアーチーに奉仕することになったのだが、〝大佐どの〟には心酔していて、わたしに彼の勇敢なこと、重要視されていること、頭のよさ、そして名をあげたことなどを長々と話してくれた。バートレットの奉仕はまことに完璧であった。このアパートの欠点は数々あった、その中でも最悪なのがベッドで、鉄枠に大きな鉄のこぶがごろごろついていた――どうしてこんなふうな状態になるのか見当もつかなかった。でも、わたしたちはそこで幸せだった、そしてわたしは速記術と簿記の学習をする計画を立てた――これで毎日がふさがることになる。こうして、アッシュフィールドとはさよなら、わたしの新生活、わたしの結婚生活への出発となった。

ノースウィック・テラス五番地の大きな喜びの一つはウッズ夫人だった。実際のところ、わたしたちがウェスト・ハムステッドのアパートよりもノースウィック・テラスのほうを選んだのは、ある程度ウッズ夫人のせいだったと思う。彼女は地階に君臨していた――肥って、陽気で、小ぢんまりした女だった。彼女には、当世風の店に勤めているいきな娘と、人前には姿を見せない夫があった。彼女は世話好きで、気さえむけばアパートの住人のため〝世話をやく〟。わたしたちのためにも〝世話をやいて〟くれることになった。また彼女は頼りになる人でもあった。わたしはウッズ夫人から買い物の詳細な知恵を学んだ――これはこれまで全然わたしの知識外のことであった。「また、あなた、魚屋にだまされましたね」などといってくれる、「そのお魚は新しくありませんよ。あなた、わたしがいったように突っついてみなかったんでしょう。お魚は突っついてみて、その目玉を見て、それを突っついてみるもんですよ」わたしは魚をおずおず見ていた、どうも魚の目玉を突っついてみるなどはちょっと図々しすぎるような気がする。

「そうでなければしっぽのほうで立たせてみるのよ、しっぽで立たせるの。ぺたんと落ちるか、それともぴんとしているかを見るんです。それからそのオレンジですがね。あなたはオレンジが好きで、お高いのに、ときどきご馳走して買っていらっしゃるようだけど、そこのそんなのは新鮮に見せるために熱湯につけたもんですよ。きっとそのオレンジには汁気がありませんよ」なるほど、そうであった。

わたしとウッズ夫人の生活で大きな興奮があったのは、アーチーが最初の軍の食料配給を受けてきたときのことだった。巨大な牛肉が現われた、戦争が始まってから初めて見る大肉片であった。それはどこかの部位の肉とわかる切り方や形ではなく、背肉なのかあばら肉なのかそれとも腰肉なのか、きっと空軍つきの肉屋がただ重さだけで切ったのにちがいなかった。ともかく、もう何年もお目にかかれなかっためっぽうすてきなものだった。肉はテーブルの上に横たえられ、ウッズ夫人とわたしはそのまわりをほれぼれと眺めながらぐるぐる歩きまわった。わたしの小さなオーブンにはとても入りきれないことはたしかだった。ウッズ夫人は親切にわたしのために料理してあげようといってくれた。わたしがいった、「こんなにたくさんあるんですから、わたしたちと同じに食べてちょうだい」

「まあ、それはとってもありがたいわ、ほんとに……わたしたちもたっぷり牛肉が楽しめます。食料品なら、いいですか、まかしてくださいよ。ボブっていういいとこが食料品屋にいますからね……砂糖やバターや、それからマーガリンなんか、ほしいだけ手に入ります。こういうのを、家族がまず第一ってんですよ」こうしてわたしは、生活全体によく保たれている昔ながらの習慣の一つに導かれた——コネが大切。東洋の公然たる身内びいきから、西欧民主主義社会の学閥やちょっとばかり秘密の身内びいきまで、すべて結局は何事もそれによってきまる。断わっておきたいのは、これは完璧に首尾よくいく秘法ではないということ。フレッディ某は、叔父がその会社の重役たちを知っているのでいい給料の仕事についている。そこでフレッディは新居へ移り住む。だがそのフレッディが役に立たない男だったら、友人関係か親類関係の要求はこれまでに満たされているのだから、フレッディは徐々に押し出されて、おそらくべつのいとこか友人に取ってかわられ、しまいには自分にふさわしいところへ落ち着くことになる。

肉の場合や、戦時中の一般的なぜいたくについては金持ちに相当有利な点があったが、全体的には労働階級のほうにずっと有利であったとわたしは思う。というのは、ほとんど誰にでもいとことか友だちとか、あるいは娘の主人とかがいるし、または誰か役に立つ人が牛乳販売店や食料品雑貨屋などにいるものである。わたしのみたところでは、これは肉屋には通用しないが、食料品屋はまさに家庭の大財産だった。その当時わたしが出会った人たちで食料配給だけに頼っている人など一人もいなかった。食料配給も受けるが、また一ポンド余分のバターやもう一びんのジャムなども、べつに不正を働いていると感じずに受け取っていた。これは家族関係の役得であった。だから当然ボブは自分の家族の面倒もみるし、その家族の仲間たちの面倒もまずみるというわけであった。そんなわけで、ウッズ夫人はいつもわたしたちにあれこれと余分のいいものを提供してくれた。

この初めての巨大肉の提供は大祝典であった。けっして上等の肉でもなければ柔らかくもなかったが、わたしは若くて歯は丈夫だったので、長いことありつけなかった最高の美味であった。もちろん、アーチーはわたしの食いしんぼうぶりにあきれていた。「とくにいい肉でもないのに」と彼がいった。

「いい？　いいにも何にもこの三年間での最高のいいものよ」わたしがいった。

ウッズ夫人がわたしたちのために本格的な料理を作ってくれた。もっと軽い食事や夜食はわたしがこしらえた。わたしも他の多くの娘たちのように料理学校に通ったことはあったけれど、本格的な料理となるとあまり役には立たない。実際に毎日やっていることが大切なのである。わたしはジャムのパイやビーフ・プディングやその他いろいろを山ほどこしらえたことがあったが、そんなものは今実際には必要ないのである。ロンドンのたいていの地区には〝国民調理場《ナショナル・キッチン》〟があって、これは役に立つ。そこへ行けば既製の料理が容器入りで手に入る。なかなかよく料理されていて、上等の材料ではないにしても、結構間に合う。それからまた、わたしたちが初めに食事しにいっていた〝国民スープ広場〟なるものがあった。ここのはアーチーの表現によれば〝砂と砂利スープ〟だそうで、スティーヴン・リーコック（カナダの政治学者で名随筆家・ユーモア作家）がロシアの短篇小説を諷刺した小文を思いおこさせる――〝ヨッグは砂と小石を取り上げると、そいつでケーキを作るため、ぶったたいて粉にしはじめた〟。スープ広場はまあそんなようなものであった。ときにはわたしも得意の料理、入念に仕上げたスフレなどこしらえた。初めわたしはアーチーがひどい神経性胃炎にかかっていることに気づかずにいた。夕方帰宅して何も食べられないようなことがよくあって、わたしの大好きなチーズ・スフレなどこしらえたときなどちょっとがっかりだった。

　誰でも具合の悪いときに食べたいと思う物があるものだが、アーチーの場合はひどく変わっていた。しばらくベッドにうめきながら横になっていた後、突然いいだすのである、「ちょっと糖蜜かゴールデン・シロップか何かが食べてみたい気がする。何かこしらえてくれる？」余儀なく、わたしはできるだけのことをすることになる。

　わたしは日々を過ごすために、簿記と速記の学習を始めた。今はもう日曜新聞の果てしない記事のおかげで誰でも知っていることだが、新婚の妻はたいてい孤独である。わたしが驚いたのは新婚の妻たちが孤独になることを全然予期していないということだった。夫たちは仕事に一日中出かけている、そして女は結婚するとたいていまったくちがった環境へ移ることになる。彼女は人生をスタートし直さなければならない――新しいつきあい、新しい友人を作り、新しい仕事をみつけなければならない。わたしは戦前に何人かの友人がロンドンにいたが、今はもうみんなばらばらになってしまっていた。ナン・ワッツ（ポラック姓になっていた）はロンドンに住んでいたが、彼女に近づくのはどうも気おくれがした。これはつまらないことのように聞こえるかもしれないが、いや事実つまらないことであるけれど、でも収入のちがいが人を引き離すものではないなどというふりをすることもできはしない。これはお高くとまるとか、社会的地位の問題ではなく、自分の友人がやっていることに自分もついていける余裕があるかどうかなのである。友人には大きな収入があり、自分のは少ないとなると、物事は厄介になってくる。

わたしは少しばかり孤独だった。わたしは病院とそこの友だちや毎日の日課を失い、また自分の家の環境も失ってしまったが、これはやむを得ないことと受けとめなくてはなるまい。伴侶たることは人が毎日必要とすることではない——それは生活の中で育っていくものであり、ときには身体にまとわりつくツタカズラのように破壊的なものともなる。速記と簿記の学習は楽しかった。速記では十四か五の少女たちが楽々と速記が進歩していくのに屈辱を感じたものだが、しかし簿記ではわたしもひけは取らず、おもしろかった。

ある日、わたしが講座を取っていた実務学校で、先生が講義を途中でやめ、教室から出ていくと戻ってきて、「本日はすべてこれまで。戦争が終わりました！」といった。

とても信じられなかった。これまで、こんなことになろうというような何の兆候もなかったのだ——半年か一年のうちに終わると思わせるような、何の先ぶれもなかった。フランスでの戦況は変わりそうにもなかった。数ヤードの地域を取ったり失ったりしていた。

すっかりキツネにつままれたような気持ちでわたしは通りへ出た。そこでわたしは今までに見たことのないひどく奇妙な光景に出会った。実際のところ、今でも覚えているが、ほとんど恐怖に近かったと思う。通りのどこもかしこも女たちが踊っていた。英国人の女たちには一般公衆の前で踊る習俗はなかった――これはむしろパリやフランス人にはぴったりの反応である。でも、みんなはそうしているのだ――笑い、叫び、踊り、喜びのどんちゃん祝宴といったふうで、とび上がっている者さえあって、野卑な享楽に近かった。恐ろしいようであった。もしそこらにドイツ人でもいようものなら、女たちは襲いかかって八つ裂きにしていたかもしれないようにさえ思えた。酔っている者もあるようだった。みんな酔っているように見えた。誰もがぐるぐるまわり、よろめき、叫び声をあげた。家へ帰ってみると、アーチーもう空軍省から帰宅していた。

「うん、これですんだね」と彼はいつもの静かな、冷静な口調でいった。

「こんなに早く終わると思っていたの、あなた?」わたしがきいた。

「うん、まあね、いろいろうわさがとんでいた……何にもいってはいけない、とわれわれは口止めされていた。……さてと」と彼がいった、「この次、ぼくたちどうするか、きめなくちゃならないね」

「この次にするって、どういうことなの?」

「いちばんいいのは、空軍をやめることだと思う」

「あなた、ほんとに空軍をやめるつもり?」物がいえないほどわたしはびっくりした。

「空軍には将来の見込みがない。わかるかい。将来の見込みはあり得ないよ。何年も昇進してない」

「何をなさるつもり？」

「ぼくは経済界にはいりたいんだ。ずっとぼくは経済界にはいりたいと思っていたんでね。一つや二つ、チャンスはあると思う」

わたしはいつもアーチーの実際的な展望に感心していた。彼はあらゆることをびくともせずに受け止め、明晰な頭で静かに次の問題を考える。

今は、休戦であろうと休戦であるまいと、前と同じ生活がつづいていた。アーチーは毎日空軍省に行っていた。すばらしいバートレットはいち早く、何と自分から勝手に復員してしまった。きっと侯爵やら伯爵連が彼を取り戻そうと裏で糸を引いていたのでもあろう。その代わりに来たのがヴェロールというたいへんな人物であった。彼としては一生懸命やっていたと思うのだが、無能で、まったく訓練されておらず、彼が扱った銀器や皿、ナイフやフォーク類にはこれまで見たこともないほどよごれやあぶら、しみが残っていた。彼も復員命令書を受けたとき、わたしは本当にありがたかった。

アーチーは休暇を少しもらって、わたしたちはトーキイへ行った。ここにいるとき、初めおなかの具合が悪いのかと思った、ひどい吐き気に襲われた。しかし、どうもそれとはちがう。これがわたしに赤ん坊ができた最初の兆候だった。

わたしはぞっとした。わたしの考えとしては、赤ん坊ができるということはほとんど機械的なことだと思っていたのである。アーチーの休暇後ごとにわたしは妊娠の兆候がみられないのに大いに失望していたものだった。こんなことはまったく予期もしていなかった。わたしは医者へ相談に行った――かかりつけのパウェル医師はもう隠退していたので、新しい医師を選ばねばならなかった。わたしは病院で一緒に仕事をしていた医師たちの中から選ぼうとは思わなかった――あまりにも彼らのこと、彼らのやり方を知りすぎていたからだ。代わりにたいへん陽気で、ちょっとこわいスタッブ（刺殺）という名の医師のところへ行った。

　彼にはたいへん美人の奥さんがあったが、この人はわたしの兄モンティがまだ九歳だったころにぞっこんだった人である。「ぼくのウサギをガートルード・ハントリーと同じに呼ぶことにしたよ」と当時兄はいっていた、「だって、彼女はぼくの見たうちで最高に美しい女の人だもん」ガートルード・ハントリー、後のスタッブ夫人は、この話に感激して、自分にこんな名誉を与えてくれた兄に感謝するというほどやさしい人だった。

　スタッブ医師は、わたしは健康と思われるので、何も異常はないといい、それで終わりだった。それ以上何のかのはなかった。そのころは、毎月か二カ月ごとにあれこれひっぱりまわされる出産前の診療といったものは全然なかった。それをむしろ喜ばずにはいられない。わたしたちとしては、そんな診療なしで結構りっぱにやっていたと思う。スタッブ医師がいってくれたことは、赤ん坊が生まれるはずの二カ月ほど前に、万事うまくいっているかどうかをたしかめるために、彼のところかそれともロンドンのどこかの医師のところへ行くようにというのがすべてであった。医師は、わたしが朝のうち吐き気を催すだろうが、三ヵ月後にはなくなるといった。残念ながら、これは医師の誤りだった。わたしの朝の吐き気は全然消えない。朝だけ悪いわけではなかった。毎日四度も五度も吐いて、ロンドンの生活を本当に厄介なものにしてしまった。バスに乗ったばかりというのに、あわてて降り、排水溝へ激しく吐くというのは若い女として恥ずかしいことであった。でもやはり耐えているより仕方なかった。幸いだったのは、そのころは誰もサリドマイドなどを与えてくれる者がなかったことだった。みんな赤ん坊がお腹にあると、ふつうよりもつわりのひどい人があるものだという事実を受け入れているばかりだった。出生から死に至るまであらゆる問題について例によって何でもご存じのウッズ夫人がいう、「ああ、あなたね、きっと女の子を生みますよ。つわりは女の子っていいますからね。男の子だと、目まいがして失神します。つわりのほうがまだいいですよ」

もちろん、つわりのほうがいいなどとはわたしは思ってもみない。気が遠くなるほうこそかえっておもしろいと思った。アーチーはまったくの病人ぎらいで、人が病気になるとすっと消えてしまう、こういいながら、「ぼくがいて何かとうるさくするより、いないほうがかえっていいだろう」と。ところがこのときには意外にもひどく親切だった。わたしを元気づけるようなあらゆることをしてくれた。当時はとんでもない高価なぜいたく品だったイセエビを彼が買ってきて、わたしをびっくりさせようと、ベッドの中に入れておいたのを覚えている。今でも、わたしは部屋へはいってきて、イセエビが頭とひげをわたしの枕にのせて横になっていた光景を思い出す。わたしは爆笑した。わたしたちはそれですてきな食事をした。ほどなくわたしはそれを出してしまったけれど、ともかくも食べる楽しさを味わったのだった。また彼は心やさしくもわたしに〝ベンジャー食〟なるものをこしらえてくれたことがあった。これはウッズ夫人の推薦で、他の何よりもつわりをおさえるのにいいというのであった。アーチーはわたしにベンジャー食を作ってくれたとき、何か悪いような顔つきをしていたのを覚えている、そしてわたしが熱いのは飲めないので、冷めるのを待っていた。わたしはそれを飲んで、とてもおいしかったといった――「今夜のには塊がなくて、上手にできたわね」――そして三十分後には例の悲劇がやってきた。「おい、なんてことだ」とアーチーが感情を害した様子でいった、「こんなもの作ってあげても何の役にも立たないなんてね。飲まないほうがましだってことだ」

わたしの無知のせいで、あまり吐いていると生まれてくる子供に悪い影響を与えるのではないかと思われた――つまり、おなかの子が飢えてしまう、と。しかし、これはまったくの見当ちがいだった。わたしは出産のその日まで吐きつづけていたのに、八ポンド半もあるたくましい娘を生み、全然栄養など取れていようとは思えないのに、体重が減るどころか増えていた。こんどのことはちょうど九カ月間の遠洋航海で、しまいまで船に慣れなかったようなものだった。ロザリンドが生まれたとき、医師と看護婦がわたしの上にのしかかるようにしていて、医師が、「女のお子さんを無事出産されましたよ」といった。そして看護婦はもっと力をこめていった。「ああ、なんてかわいらしいお嬢ちゃんでしょう！」わたしはそれに答えて重大な声明をした、「もう全然吐き気がしないわ。すごくすてき！」

アーチーとわたしはその前のひと月というもの、名前と、それから男女どっちがほしいかの大議論をやっていた。

「ぼくは男の子はほしくない」彼がいうのである、「というのはね、きっとぼくはそいつに嫉妬するにちがいないよ。きみがそいつに気を使うのがうらやましくて」

「でも、わたしは女の子にだって同じように気を使いますよ」

「いや、そいつは同じことじゃないんだ」

名前のことで論じ合った。アーチーはイーニッドがいいという。わたしはマーサがほしいといった。彼はエレーンに変更して、わたしはハリエットを持ちだした。わたしたちがロザリンドに歩み寄ったのは彼女が生まれてからだった。

母親連はみな自分の赤ん坊をばかみたいにほめそやすものときまっているものだが、わたし個人としては生まれたばかりの赤ん坊というものはぞっとするようなひどいものだと思う。にもかかわらず、ロザリンドは本当にとてもきれいな赤ん坊であったといわざるを得ない。ふさふさした黒い髪をしていて、どっちかといえばアメリカ・インディアンのような色で、どの赤ん坊もピンク色とはげ頭といういやな見かけとはちがっていた。また、彼女はうんと小さいころから陽気で、きっぱりしたところがあったと思う。

とてもいい看護婦が来て、わたしたちの家庭生活に重大な異議を申し立てた。ロザリンドはもちろんアッシュフィールドで生まれた。そのころ母親たちは病院へは入らなかった。出産全体、付添いも込みで十五ポンドの支出だったが、思い返してみてひどく安いものだったと思う。わたしは母の助言で看護婦をその後よぶんに二週間置いておくことにした――ロザリンドの世話についての充分な指導を受け、またロンドンへ行ってどこか住むところを探すために。

ロザリンドが生まれそうだとわかったその夜、わたしたちは奇妙な時間を過ごした。母とペンバートン看護婦はまるでキリストの誕生式に立ち会った二人の女性みたいだった――楽しげに、忙しく、重大そうに、シーツなど持ってそこらを駆け歩き、いろいろな物をきちんとととのえていた。アーチーとわたしはそこをうろつきまわって、ちょっとおずおずと、というより神経質になり、ちょうど無用なのかどうかよくわからない二人の子供のようだった。わたしたち二人ともひどくこわくて、気が転倒していた。アーチーは後でわたしにいったのだが、もしわたしが死ぬようなことがあったらそれは全部自分のせいだと思っていたという。わたしも、おそらく死ぬだろうと思いこんでいて、もしそうなったらわたしだけがたいへん楽しい思いをしてきて、すまない気がしてならなかった。だが、こわいのは何も知らないからのことであった。また非常に興味もあった。何か初めてすることというのはいつでも興味のあるものである。

さて、わたしたちは将来の計画を立てなければならない。わたしはロザリンドをまだ世話してくれているペンバートン看護婦に任せて、ロンドンへ出かけていった――それは（a）住むところ、（b）ロザリンドの保母、そして（c）わたしたちの家かアパートの世話をしてくれるメイドをみつけるためだった。最後のは全然問題なかった、というのは、ロザリンド出産の一カ月前、何とあの愛する〝デヴォンシャー〟・ルーシーが空軍婦人補助部隊から出たばかりで、とび込んできたのだ――息せき切って、心暖かく、元気いっぱいでちっとも前と変わらず頼りがいがあった。

「あたし、ニュースを聞いたんですよ」彼女がいった、「赤ちゃんができるんですってね……あたし用意してます。あたしが入用になったら、すぐ引っ越してきますからね」

母と相談した末にルーシーには、わたしも母も一般のメイドや料理人に払った経験のない、これまでにない給料を提供しようときめた。それは一年三十六ポンド――当時としては法外な額だった――だったが、ルーシーは充分それだけの価値があったし、わたしは彼女が手に入ったのがうれしかった。

当時、終戦後一年近くのころ、住むところをみつけるぐらいむずかしいことはなかった。おびただしい数の若夫婦たちが手ごろな値段で住めるところをロンドン中で探しまわっていた。割り増し金も要求された。何もかもたいへんだった。初めわたしたちは家具付きアパートにすることをきめておいて、ぴったりのところはないものかと見てまわっていた。アーチーの計画は実現していた。動員解除になるとすぐ彼はシティ（ロンドンの金融商業の中心地区）のある会社へはいることになっていた。今わたしはその会社社長の名を忘れてしまっているが、便宜上ゴールドスタイン氏と呼ぶことにする。大柄な、黄色い人だった。わたしがアーチーにどんな人かときいたとき、彼はまずこういった、「うん、とても黄色い人だ。肥ってもいるが、とても黄色い」

そのころ、シティの会社は復員してきた若い将校に進んで職を与えていた。アーチーの給料は年に五百ポンドということになっていた。わたしは祖父の遺言によってまだ年に百ポンド受けられることになっていたし、アーチーは除隊の際の給与金があったし、貯金もあったので、さらに年百ポンドがはいる見込みだった。そのころのことでも、これは金持ちではなかった――事実、金持ちどころではなかった、というのは家賃がものすごく上がっていたし、食料品も値上がりしていたからだ。卵が一個八ペンスというのは若い夫婦にとっては冗談ではなかった。でもわたしたちはお金持ちになろうと望んだこともなかったし、また不安もなかった。

振り返ってみると、わたしたちが保母とメイドの両方とも持つことを考えていたなどは異常なことのように思えるが、当時の生活には欠くことのできないものと考えられていたし、わたしたちとしてもこれなしではすまされなかった。たとえば、自動車を持つなどというぜいたくは、考えもしなかった。自動車を持つのは金持ちに限られていた。もう妊娠の末期ごろ、バスを待つ行列に並んでいると、のろい動作のせいで、ひじで押しのけられることがあった――そのころの男たちは婦人に対してあまり丁重でなかった――そんなとき、自動車がわきを通り過ぎていくのを見てよく考えたものだった、「ほんとにすてきだな、いつの日にかもし自動車が持てるようになったらな」と。

わたしはアーチーの友だちが痛烈な調子でいっていたのを覚えている、「絶対必要な事業にたずさわっていないかぎり、どんな人も自動車を持つことを許されるべきでないよ」わたしはそれほどまでに思ったことはなかった。わたしは、誰かが幸運に恵まれたのを見るとか、金持ちになったとか、誰かが宝石を手に入れたとかしたのを見るのは、いつもひどく楽しかった。町の子供たちがみんなパーティをのぞいて、ダイヤの頭飾りをつけた人を見ようと窓ガラスに顔を押しつけるではないか？　誰かがアイルランド宝くじに当たったとか。この賞金がただの三十ポンドだったら、ちっともおもしろくないだろう。カルカッタ宝くじ、アイルランド宝くじ、今はサッカーの賭けくじ、みんなこれはロマンスなのだ。また、特別封切の映画会にやってくる映画スターを見ようと大群衆が歩道に集まるのも、これと同じ理由なのだ。見物人にとって彼らはすばらしい夜会服に身を包んだヒロイン、完全化粧の、異様な美しさの人物だ。金持ちもなく、重要人物もなく、美人も、特殊な才能の人もない単調な世界を誰が望むだろうか？　かつて、人は王様と女王様を見ようと何時間も立っていたものだった――今はポップ・スターにため息をつく、が根本原理は同じなのである。

前にもいったとおり、わたしたちは保母とメイドを必要なぜいたくとして準備していたが、自動車を持とうなどとは夢にも思ったことがなかった。劇場へ行くとすれば平土間である。わたしはイヴニング・ドレスは一着だけ持っていればいい、そしてそれは泥んこ道の夜出かけるとき、泥しぶきが目立たないように黒のほうがいいし、同じ理由からもちろんいつも黒い靴にする。どこへ行くにもわたしたちはけっしてタクシーを使わない。何事にも型があるように、お金の使い方にも型がある。べつにわたしたちのやり方が悪かったとかよかったとかいうつもりでいっているのではない。ただ、よりぜいたくでなく、よりつましい食事、衣服その他を心がけていた。他方、当時はずっと暇があった――考える暇、読む暇、そして趣味や研究に没頭する暇があった。わたしはその当時若かったことをうれしく思っている。生活に多くの自由があり、急ぐこと、心配することがずっと少なかった。

わたしたちは運よく、間もなくアパートをみつけた。オリンピアの後ろになっている大きな二棟のビルで、〝アディスン・マンション〟という建物の一階にあった。大きなアパートで、寝室四つに居間二つだった。家具付きのまま、週五ギニーでわたしたちは借りた。わたしたちにここを貸してくれた女は過酸化水素でひどく漂白した金髪の四十五歳、バストが途方もなく突き出ていた。とても打ちとけた人で、自分の娘の内臓疾患についていろいろとわたしは聞かされた。部屋には何ともひどい様子の家具がいっぱい詰まっているし、まだこれまでに見たこともないほどセンチメンタルな絵などもあった。まず第一にアーチーとわたしがしなくてはならないことは、この絵を降ろしてきちんと積み重ね、持ち主の来るのを待つことと、頭の中に書き留めた。陶磁器やガラス器などもたくさんあった。中でも、卵の殻の紅茶セットというのには驚かされた、とてももろくてこわれること確実と思われたからだ。ルーシーに手伝ってもらって、越してくるなりこれは食器戸棚の一つにしまい込んだ。

それからわたしは〈バウチャー斡旋所〉を訪ねたが、ここはよく知られた——今でも——保母紹介所であった。バウチャー夫人はさっそく実際的に処理してくれた。わたしが出せる給料に対して夫人は鼻であしらい、条件やどんな使用人を使っているかなどきいてから、将来の雇い人と面談する小部屋へ連れていかれた。大柄な、仕事のできそうな女が最初にはいってきた。一目見ただけでわたしは警戒心でいっぱいになった。だが、その女のほうはわたしを見ても何の警戒心も感じていなかった。「奥様、お子さんは何人でいらっしゃいます?」わたしは一人だと説明した。

「で、出産後一ヵ月の赤ちゃんだといいんですが? わたし、出産後一ヵ月の赤ちゃんでないとお世話お引き受けしたことがありませんのです。わたし、できるだけ早く赤ちゃんをいいほうへ育てます」

出産後一ヵ月からでよろしいとわたしがいった。

「それで、お宅にはどんな使用人がおりますの、奥様？」

わたしは何やら言い訳するみたいに、メイドがいるといった。彼女はまたも鼻先でふんとやった。「残念ですけれど、奥様、それではわたしにはとてもむきません。わたしといたしましては、育児室がすっかり整備され、管理が行き届き、設備も完璧、それに快適な家庭というところに慣れておりますので」

わたしも、うちの仕事は彼女が求めているようなものでないからと同意を表し、ほっとして彼女を放免した。あともう三人に会ったが、どれもみなわたしを軽蔑した。

それでもわたしは次の日もっと面談するためにまた出かけていった。こんどは運がよかった。ジェシー・スワンネルとわたしは出会った――三十五歳で、口は悪いが心の暖かい、ナイジェリアでずっと保母として生活してきた女だった。わたしはわが家の仕事の不面目な条件を一つ一つ彼女に打ち明けた。一人だけのメイドに一つの育児室、育児専用室ではないこと、暖炉の世話もしてもらうこと、でもその他は育児にかかりきってもらえばいいこと――そして最後の頼みの綱は、給料だった。

「ああ、いいですよ」彼女がいった、「それほど悪くもなさそうね。あたしは骨折り仕事にゃ慣れているんだから気になりません。小さい女の子さんですかね？　あたしは女の子が好きなんですよ」

で、ジェシー・スワンネルとわたしは話を取りきめた。彼女は二年間一緒にいてくれ、わたしも彼女がたいへん気に入ったが、彼女にも不得意はあった。世話をしている子供の両親をきらうという生来の性質があった。ロザリンドに対しては彼女は親切そのもので、彼女のためなら死んでもよいほどのようだった。わたしは彼女からは邪魔者視されていた、わたしの用件もやってくれたが、しぶしぶながらだった——それも、いつもかならずというわけではなかった。他方、何か事がおきると彼女はすばらしかった——親切で、すぐ手伝ってくれ、ご機嫌だった。そう、わたしはジェシー・スワンネルを尊敬している、願わくばよき人生、彼女がやりたいといっていたようなことができておりますように。

こんな次第で万事きまり、ロザリンド、わたし自身、ジェシー・スワンネル、そしてルーシーみんなそろってアディスン・マンションに到着、家庭生活を始めた。ここでわたしの探索が終わったわけではない。こんどはわたしたちの永久的な家としての家具なしアパートを探さねばならない。これはもちろんそう容易なことではない——まったくのところ、いやになるほどむずかしいことであった。何か耳にはいると、たちまちとんでいくなり、電話するなり、手紙を書くかするのだが、全然可能性のない物ばかりのようだった。ときにはすごく汚くて、みすぼらしく、こわれていてとてもこんな中に住めそうもないようなところだった。いつもいつも誰かに先を越されてしまった。わたしたちはロンドン中をぐるぐるまわった——ハムステッド、チジック、ピムリコ、ケンジントン、セント・ジョンズ・ウッド——わたしの一日はバスの遠乗り旅行のようなものだった。わたしたちはあらゆる不動産業者を訪ねた——そしてやがて、不安になってきた。わたしたちの家具付きアパートは二カ月しか契約していない。過酸化水素漂白N夫人とその嫁にいった娘と子供たちが帰ってきたら、もう長くは部屋を貸しておいてはくれまい。わたしたちは、どんな物にしろ探しださなくてはならなくなった。

やっとわたしたちも運に恵まれたようであった。バターシー公園近くにアパートを確保した、というかまずおよそのところ確保した。手ごろな家賃で、持ち主のミス・ルエリンは一カ月のうちに家を明けて引っ越すことになっていたが、もう少し早めに引っ越してもよいということだった。彼女はロンドンのべつの土地のアパートへ引っ越すことになっていた。万事うまくいっているようだったが、わたしたちはとらぬタヌキの皮算用をしていたのだった。大打撃がわたしたちの上に降りかかってきた。引っ越し予定日のわずか二週間ほど前になって、ミス・ルエリンからいってきたことは——彼女は自分の新しいアパートへはいれなくなった、というのは、そこに住んでいる人たちが入れ替わりにはいることになっていた家にはいれなくなったからだというのであった。連鎖反応であった。

厳しい打撃だった。二、三日ごとにわたしたちはミス・ルエリンへ電話して消息をきいた。そのたびによくない知らせになっていった。むこうの人たちが家を移るのにえらく苦労している様子で、ミス・ルエリン自身も自分のアパートを出るのがどうやら怪しい気配だった。とうとうわたしたちがアパートを占有できるのは三カ月か四カ月先のことになりそうな気配で、その日取りも確実ではなかった。まるで熱病にかかったみたいにわたしたちはまたもや新聞広告を調べたり、家屋業者へ電話したり、その他いろいろ何でもやった。ときはたち、今やわたしたちは絶望気味になっていた。するとある不動産屋から電話で、アパートではないが家があるといってきた。スカースデール・ヴィラにある小さな家。もっとも貸家ではなくて、売家だという。アーチーとわたしは出かけていってその家を見た。とてもきれいな小さな家だった。とはいえ、これはわたしたちの持っている小資本全部を実際に吐きだしてしまうことになる――たいへんな冒険である。しかし、わたしたちは何かの冒険をしなくてはならないと考えた、そこでその小住宅を買うことに同意し、例の点線の上にサインをして、帰宅して売り払う有価証券などをきめることにした。

それから二日後の朝、朝食のとき、わたしは新聞を見ていたが、このところやめられない習慣になっているアパート欄をまず開いてみて、一つの広告が目についた――〈貸アパート、家具なし、アディスン・マンション九六、年九十ポンド〉わたしは金切り声を張り上げ、がちゃんとコーヒーカップを置くと、アーチーに広告を読んで聞かせ、「ぐずぐずしてはいられないわ!」といった。

わたしは朝食のテーブルから駆けだして、ビルの二棟のあいだにある中庭の芝生をひととびに駆けぬけ、反対側の棟の階段を四階まで駆け上がっていった。時刻は、朝の八時十五分過ぎであった。九六号のベルを押した。化粧着をひっかけた、びっくり顔の若い女が出てきた。

「部屋のことで来たんですけど」息切れの中でしどろもどろにならないよう一生懸命にいった。

「このお部屋のことで？　もうですか？　あたし昨日広告出したばかりなのに。こんなに早く来るって思わなかったわ」

「中を見せていただけます？」

「ええ……あの、ちょっと朝早すぎて」

「この部屋わたしたちにちょうどいいみたいですから」わたしがいった、「貸していただけるならと思います」

「ああ、じゃごらんになってみて。あんまり片づいてませんけど」と彼女が後ろへさがった。

　彼女のためらいなどおかまいなしにわたしはずかずかはいりこんで、部屋の中をさっとひとまわり見まわした。これを取り逃がすような危険を冒してはならない。

「年九十ポンドですわね？」

「ええ、それが部屋代です。でも、お断わりしておかなくてはなりませんけど、三ヵ月賃貸契約なんですよ」

　わたしはちょっと考えたが、それでやめる気にはならなかった。わたしは住むところがほしかった、それもすぐに。

「それで、入居はいつに？」

「ああ、いつでも結構ですよ……一週間か二週間のうちに？　わたしの主人が急に外国へ行くことになったものですから。それから、リノリューム床張りと造作について割り増し金がいただきたいんですけど」

　わたしはリノリューム張りはあまり好きでないけれど、そんなことはどうでもいいではないか？　寝室四つ、居間二つ、芝生の眺めは美しい——階段四つののぼり降りがたいへん、だが空気と日光がいっぱい。部屋の手入れがしたいと思うが、これはわたしたちの費用でまかなえばいい。ああ、ここはすばらしい——まさに天の恵み。

「わたし、借ります」わたしがいった、「確定です」

「あら、ほんとにたしかですか？　まだあなたのお名前も聞いてないんですよ」

　わたしは名前をいい、むかい側の家具付きアパートに住んでいることを説明し、万事決定した。わたしは即刻その部屋から不動産屋へ電話した。これまでわたしはあまりにもしばしばひどいパンチをくらっていた。わたしが階段を降りてくると、三組の夫婦が上がっていくのに出会った——この三組ともみな一目見て、あの九六号へ行くことがわたしにはわかっていた。こんどこそわたしたちの勝ちだった。家へ帰り、大喜びでアーチーに話した。

「そいつはすてきだ」彼がいった。そのとき電話が鳴った。ミス・ルエリンだった。「あの、このひと月のうちに、お部屋を確実に明けますから」というのだった。

「ああ」わたしがいった、「あ、そう、わかりました」わたしは受話器をおいた。

「いやどうも驚いたな」とアーチーがいった。「ぼくたちが手に入れたもの、きみ、わかってるのか？　アパート二つに、家を一軒買ってるんだよ！」

まさに問題のようである。わたしはミス・ルエリンに電話して、あのアパートはもういりませんからといおうと思ったが、そのとき、もっといい考えが浮かんできた。「スカースデール・ヴィラの家は何とか契約を取り消すようにすること」わたしがいった、「でも、バターシーのアパートは借りて、割り増し金つきで誰かに譲るの。そうすればこんどの割り増し金が払えるわ」

アーチーはこの考えに大賛成だった。そしてわたしはひそかに自分がなかなかの財政的天才のような気がしていた、というのは百ポンドの割り増し金はとても払いきれなかったからである。それからわたしたちはスカースデール・ヴィラに買った家のことで不動産屋に会いにいった。彼らはたいへん親切にしてくれた。家を誰かに売るのはやさしいことだ、と事実、あの家を買いそこなってひどくがっかりしていた人たちが二、三あったという。

というようなわけで、この家は、不動産屋へわずかな料金を払っただけで処理することができた。

こうしてアパートを手に入れ、二週間内に引っ越した。ジェシー・スワンネルは女傑だった。何の苦もなく四つもの階段を上下した――バウチャー夫人のところから来る保母でこんなことのできる人がいるとはまず信じられなかった。

「いえね、あたしは物をあっちこっち運び慣れてるんですよ。いいですか、あたしは黒人の一人や二人分ぐらいやれますからね。これがナイジェリアではいちばんのうまいやり方――黒人がやたら多いですからね」

こんどのアパートは大いに気に入って、わたしたちは室内装飾仕事に専念することとなった。アーチーの除隊給与金の大部分を家具に費やした――ヒールルズの店からロザリンドの育児室用に現代家具のいいのを手に入れ、同じくヒールルズからわたしたちのための上等なベッド、それからアッシュフィールドから相当いろいろな物を持ってきた。アッシュフィールドの家にはテーブルとか椅子、飾り棚、皿やリネン類などいっぱいになりすぎていた。またわたしたちは競売場へも行って、風変わりなたんすとか、古風な衣裳戸棚などをほんの二束三文で買ってきた。

新しいアパートにはいると壁紙を選び、ペンキの色調をきめ、わたしたち自身でもある程度の仕事をし、あとは小規模のペンキ屋と室内装飾屋を呼んで手伝ってもらった。二つの居間、相当大きな応接室、それに少しせまい食堂は中庭に面していたが、北向きだった。わたしが好きだったのは、裏手の長い廊下のはずれにある部屋だった。あまり大きくはなかったが日当たりがよくて明るいので、この裏手の二部屋をわたしたちの居間と、ロザリンドの育児室にきめた。そのむこう側に浴室と、メイド用の小さな部屋があった。大きな部屋二つのうち、より大きいほうをわたしたちの寝室に、小さいほうを食堂と不時の来客用ということにした。アーチーが浴室の装飾を選んだ――光るような緋色と白のタイル張り紙だった。装飾屋で壁張り屋の人はきわめて親切にしてくれた。彼は壁紙を張る正しい切り方、折り方を教えてくれ、彼の言葉を借りると、壁紙張りのこつは〝こわがらずにやる〟ことだった。「思いきってぺったり張るんですよ、ね？　大丈夫やれます。もし破れたらもう一ぺんのりをつける。まず壁紙をみんな切って、みんなよく寸法を合わせ、裏に番号をつけとくんです。それでいい。ぺたっと張る。ヘアブラシが気泡を取るのに便利ですよ」しまいにわたしは相当うまく張れるようになった。天井は彼の扱いに任せた――天井はわたしにはとてもやれそうになかった。

ロザリンドの部屋の壁は薄い黄色のペンキで塗ってあったのだが、ここでまたわたしは少しばかり室内装飾について学ぶところがあった。われらの先生が注意してくれなかったことが一つあったが、それはペンキが床に点々と落ちたら、すぐふき取らないと固くなってしまって、のみでもなければ取り除けないということだった。しかし、人は経験で学習するものである。ロザリンドの育児室は、ヒールズの店から買ってきた、高いところにぐるっと動物の絵のある片面けば立ての高価な壁紙にした。居間は、壁をうんと薄い光沢のあるピンクにして、天井には全面にサンザシの模様のある黒のてらてらした壁紙を張ることにきめた。田舎にいるような気分になれると思ったのだった。これだと部屋が低い感じになって、わたしは低い部屋が好きだった。部屋が小さいとよけいに田舎家風になる。天井の紙はもちろん専門家にお任せであるが、意外にも彼はそれに反対を唱えた。

「ねえ奥さん、いいですか、あなた考えちがいしてますよ。ほんとは天井をピンクにして、壁を黒にするんですね」

「いいえ、そうじゃないわ」わたしがいった、「わたしは天井に黒い紙、壁はピンクにしてほしいのよ」

「でも、そんな室内装飾はやるもんじゃありませんよ。いいですか？　奥さんは暗いところを明るくしようってわけでしょう。それがまちがいなんですよ。明るいとこを暗くしなくちゃいけません」

「暗いとこを明るくしようと思うんだったら、明るいとこを暗くすることないでしょう」

わたしが抗弁した。

「いいえね奥さん、わたしがいいたいのは、そいつはまちがったやり方で、そんなことするもんはどこにもいないってことなんですよ」

わたしは、それをわたしがやろうというわけだといってやった。

「そうやると、天井がぐっと下がって見えます。天井が床へ降りてくることになるんですよ。部屋をうんと低い感じにしてしまいます」

「わたしは部屋が低く見えるようにしたいの」

すると彼もあきらめて肩をすぼめてみせた。仕事が終わったとき、わたしは彼にきいてみた――やはり気に入らないか、と。

「そうですな」と彼がいった。「変ですよ。いや、どうも好きとはいえませんな、でも……どうも変みたいですがね、でも、腰かけて上を見上げてみると、きれいですな」

「それがねらいなんですよ」わたしがいった。

「でも、わたしだったらね、そしてそんなふうなことにしたいと思ったら、明るい青い壁紙に星のついたやつにしますね」

「わたしは夜、家の外にいるような気分なんていやだわ」わたしがいった、「わたしはサクラの花の咲いた果樹園の中か、それともサンザシの木の下にいる感じが好きなの」

彼は仕方ないといったふうに首を横に振っていた。

カーテンの多くはわたしたちのために作らせたものだった。ゆるやかなカバー類はわたしが自分で作ることにしていた。姉のマッジ――今はパンキーと改名――がいつもの断言的な言い方で、わけなく作れると請け合ってくれた。「布を裏返しにして押さえつけて裁断するのよ。そして縫い合わせて表側を中へ入れればいいわ。まったく簡単よ、誰にでもできる」

わたしはやってみた。あまり上出来には見えなかったし、縁飾りなどあえてつけなかったけれど、結構明るくりっぱに見えた。友だちはみなこのアパートをほめてくれた。こんな幸せなときが過ごせるのはここへ落ち着いて初めてだった。ルーシーもここがすばらしいといって、あらゆるときを楽しんでいた。ジェシー・スワンネルはいつもぶつぶつ不平をいっていたが、驚くほどよく役に立ってくれた。彼女がわたしたち、というより、わたしをきらうこともかえってわたしは満足だった――アーチーのほうはそれほどいやがっているふうではなかったようだ。

ある日わたしは彼女にいって聞かせたことがあった、「両親があって赤ん坊があるのであって、でなければあなたは世話をするものがないわけよ」

「ええまあ、あなたのおっしゃることも道理のように思えますね」ジェシーがいってしぶしぶ笑顔を見せた。

アーチーはシティでの仕事を始めていた。仕事が気に入ったといって、すっかりおもしろがっているようだった。彼は空軍をやめたことを喜んでいて、繰り返し将来の見込みが全然ないといいつづけていた。うんと金もうけをするのだと決意していた。そのころのわたしたちは金に詰まっていたのは事実だが、けっして気にしてはいなかった。ときたまアーチーとわたしはハマースミスのダンスホールへ出かけたが、全体としては娯楽なしで暮らしていた、というのはそれだけの余裕がなかったせいである。わたしたちは平凡な若い夫婦だったが、幸せであった。わたしの前途の人生はうまくととのえられるように思えた。わたしたちはピアノもなかった、これは残念だった――が、わたしはアッシュフィールドへ行くたびにその埋め合わせにピアノを弾きまくった。

わたしは愛する人と結婚し、子供をもうけ、住むところもある、そしてわたしの見るかぎり、今後いつまでも幸せに暮らせないわけはないと思われた。ある日、わたしは一通の手紙を受け取った。何げなく開封して、初めよく意味が飲みこめないまま読んだ。手紙はボドリー・ヘッド社のジョン・レーン氏からのもので、わたしが送った『スタイルズ荘の怪事件』と題する原稿の件に関してオフィスまでおいで願えまいか、とあった。

本当のことをいって、わたしは『スタイルズ荘の怪事件』のことはすっかり忘れていたのだった。これまで原稿はボドリー・ヘッド社に二年近くもそのままになっていたにちがいなかったが、終戦の興奮やらアーチーの帰還、そして二人一緒の生活などといったことで、物を書くことや原稿のことなどは頭からまるで遠のいてしまっていた。

わたしは指定どおりに出かけていった、希望いっぱいで。ともかく少しは彼らの気に入ったにちがいない、でなければわたしに来いというわけがない。わたしがジョン・レーンのオフィスへ通されると、彼は立ち上がって迎えてくれた――あごからほおにかけて白いひげをたくわえた小柄な男で、どことなくちょっと華やかなエリザベス朝人のような風貌だった。彼のまわりは絵らしい物だらけだった――椅子の上にも、テーブルにも立てかけてあったり――みなどうやらルネサンス期の巨匠たちの物のようで、濃いニス塗りがしてあり、年数を経て黄ばんでいた。後で思ったことだが、彼自身、首のまわりにひだえりをつけ、あのような額縁の中にはいっていたら、まことにぴったりに見えたのではないかと思う。やさしくて親切な態度だったが、鋭い青い目は、取引にあたってきっとひどい値切り方をする男だと警告しているようだった。わたしにあいさつをすると、やさしくおかけなさいといってくれた。わたしはあたりを見まわしてみたが――かけるなどまったく不可能、どの椅子も絵でふさがっていた。急にこのことに気づいて彼は笑いだした、「いやこりゃどうも」といった、「腰かけるとこなんぞありやしませんな?」とちょっと汚らしい肖像画を取りのけてくれたので、わたしは座った。

そこで彼は原稿のことを話しだした。彼がいうには、社の原稿審査係のある者は見込みがあり、何とかなりそうだと考えている。だが、相当書き変えなくてはなるまい。たとえば、最後の章――あなたは法廷の場として書いているが、あのように書いてはまるでいけない。あれはどう見ても法廷場面らしくない――ただ、ばかげて見えるだけだ。結末部分を何とか変えられないものであろうか? 誰か法律方面のことであなたを助けてくれる人があるとか、もっともこれは困難だろうが、それとも何かべつの方法に変えられないものだろうか。わたしは即座に、何とかできると思います、といった。考えてみて——ちがう舞台にすることができるかもしれません。とにかく、やってみます。その他彼はいろいろな点を指摘したが、それは最後の章をべつにすれば重大なことは一つもなかった。

それから彼は事務の面へはいっていって、新人無名作家の小説を出版するとなると、出版社としてはたいへんな冒険であること、そしてそれからはいってきそうな金がいかに少ないものであるかなど指摘した。しまいに、デスクの引き出しから契約書を取り出して、サインしてもらいたいといった。わたしはとても契約書などよく調べたり、または考えたりするような心のゆとりなどなかった。わたしの本を出版してくれればいい。ほんのときたま短篇や詩が活字になるくらいのもので、もはや何かが出版されるなどという望みを捨ててから何年にもなるのだから、本が出ることになると考えただけでわたしは有頂天になった。わたしは何にでもサインしよう。この契約は、初版二千部が売り切れるまで、印税はまったくなし、その後は少額の印税が支払われるという規定になっていた。連載または演劇化権の半分は出版社へ行くことになっていた。これらのことはわたしにとってはたいして意味がなかった——重大な要点は、本が出版されることだった。

わたしはまた次の小説五篇を、わずかに率を上げた印税で、提供する義務があるという条項のあることも気がつかなかった。わたしにとっては成功であり、万事途方もない驚きであった。わたしは夢中でサインした。それから最後の章を是正するため、原稿を受け取って帰った。その是正は苦もなくできた。

こんなわけでわたしは、長い仕事の道へ踏みだしたのだった——けっしてその当時こんな長い仕事になろうなどとは思ってもいなかった。次の小説五篇についての条項などあったにしても、これはわたしにとってはただ一個の、独立した実験でしかなかった。わたしはあえて探偵小説を書いてみる気になった——わたしは探偵小説を書いた——それが受け入れられて出版されようとしている。わたしに関するかぎり、そこで事は終わっていた。実際そのときには、これ以上もっと本を書こうなどとは思ってもいなかったし、もし求められたら、ときには書くこともあるかもしれないと答えたにちがいない。わたしはまったくずぶの素人で——何ひとつ専門的なものは身についていなかった。わたしにとって、書くということは、楽しみであった。

わたしは大喜びで家へ帰り、アーチーに話し、その夜はお祝いにハマースミスのダンスホールへ行った。

そこにはわたしたちと一緒に第三者がいたが、わたしは気がつかなかった。わたしの創作したベルギー人、エルキュール・ポアロがちょうどアラビア夜話の中の海の老人のように、わたしの首のまわりにぶら下がってしっかりとくっついて離れなかった。

V

『スタイルズ荘の怪事件』の最後の章を充分気に入るまで直すと、それをジョン・レーンへ返した後、もう一度いくつかの要求に答えて、二、三の書き直しに同意してからは、興奮も遠のき、幸せで、愛し合い、ちょっと貧乏だが、そんなことにあまりこだわらないふつうの若夫婦と変わらない生活がつづいた。週末の休みには汽車で田舎のほうに行き、どこかしらを歩いて過ごした。ときには田舎の周遊旅行もした。

ただ一つ降りかかってきた重大な打撃は、わたしの愛するルーシーを失ったことだった。何か悩んで、困っている様子だと思っていると、とうとうある日ちょっとしょんぼりわたしのところへやってきて、いうのだった——「ほんとにすみません、ミス・アガサ……いえ奥様、あなたをがっかりさせちまって……またミセス・ロウがあたしのことどんなふうに思うかわからないんですけど……あの、じつはですね、あたし結婚することになったんです」

「結婚するの、ルーシー？　誰と？」

「戦争前に知り合ったある人なんです。ずっと好きだった人です」

母からはそれ以上の情報が得られた。わたしがその話をすると、母はすぐ大声でいった、「またあのジャックじゃないの？」母は〝あのジャック〟のことがあまり好きではないらしかった。ジャックはルーシーの求婚者として不満足な人物とされていて、このカップルがけんかをして別れたとき、彼女の家族からはいいことだとされていた。しかし、二人は今やふたたびつきあっている。ルーシーは不満足なジャックに貞節だったし、それで結局、彼女は結婚をする、そしてわたしたちはまたメイドを探さねばならない。

このころになると、そんなことはほとんど不可能なことになっていた。メイドなどどこにもみつからなくなっていた。だが、とうとう斡旋屋かそれとも友人からかは思い出せないが、ローズという者に出会った。ローズはたいへん好ましい人物だった。履歴もりっぱだったし、血色のいい丸顔で、かわいい笑み、そしてわたしたちを好きになろうという心構えもありそうだった。ただ一つ問題は、どこでも子供と保母のいるところは行きたがらないことだった。わたしは説き伏せれば何とかなると思った。彼女は航空隊勤めの人のところにいたことがあって、わたしの夫も航空隊にいたことがあるというと、はっきりわたしの説得に軟化の様子が見えてきた。きっとわたしの夫は、彼女の雇い主、飛行中隊長Gを知っているにちがいないといった。わたしは急いで家へ帰るとアーチーにいった、「飛行中隊長のGって人、あなた知ってる？」

「どうも思い出せない」アーチーがいった。

「思い出さなくちゃいけないわ」わたしがいった、「会ったことがあるとか、仲間だったとか何とかそんなことといってちょうだいね……何としてもローズを手に入れたいから。彼女、ほんとにすてきなんです。わたし、ずいぶんひどいのにいっぱい会ってるのよ」

こういう次第で、ローズは特別の好意でわたしたちのところへ来ることになった。アーチーに彼女を紹介すると、彼は飛行中隊長Gについて何やら儀礼的なことをいい、ローズはしまいには仕事を引き受けるよう、説き伏せられた。

「でも、あたしは保母が好きじゃないんです」彼女が警告するようにいった。「お子さんのほうはいいんですけど……保母は、どうもいつも面倒をおこすから」

「あら、大丈夫よ」わたしがいった、「スワンネルは面倒をおこすような人じゃないから」それほどわたしは確信があったわけではなかったが、ともかく大体のところ万事うまくいくと思っていた。もしジェシー・スワンネルが何か面倒をおこすとすれば、このわたしに対してだけで、それはもうわたしが辛抱すればいい。どうやらローズとジェシーは一緒にうまくやっていた。ジェシーはナイジェリアでの自分の生活をみな話し、彼女の統御のもとに無数の黒人たちがいて楽しかった話もした、そしてローズはいろんな職業上の境遇で苦労したことを話していた。「あたし、飢えて死にそうだったこともあるんです」とある日ローズがわたしにいったことがあった。「飢えて死にそうだったんですよ。あの家であたしの朝食に何を出してくれたと思います？」

わたしはわからないといった。

「ニシンの干物一つだけなんです」ローズが悲しそうにいった。「お茶とニシンの干物だけ、それにトーストとバターとジャム、それっきりです。つまり、あたし、すごくやせて衰弱していきました」

今はもうローズには衰弱の兆候もなく――気持ちよくぽちゃぽちゃとしていた。しかし、わたしたちが朝食にニシンの干物を食べるとき、ローズにはいつも二つかそれとも三つのニシンの干物をあてがい、卵とベーコンはふんだんに出してやることにしていた。彼女はわたしたちとの暮らしを楽しんでいるようだったし、ロザリンドも好きになってくれた。

わたしの祖母はロザリンドの誕生後間もなく亡くなった。祖母は最後までとてもしっかりしていたが、ひどい気管支炎に冒され、それから回復するだけの心臓の強さがなかった。祖母は九十二歳だったが、まだまだ生活を楽しみ暮らしていた、それほど耳は遠くなかったが、もうこのころにはほとんど目は見えなくなっていた。祖母の収入は、母のと同様ニューヨークのチャフリン商会の失敗で減りはしたが、ベイリー氏の助言で収入全体は失わずにすんでいた。これがこんどは母へ来ることとなった。もうこのときにはそれほどたくさんはなく、戦争でいくらかの持ち株の価値も下がっていたものの、年に三、四百ポンドにはなり、チャフリン氏からの手当てを合わせれば何とかやっていけた。もちろん、戦後の何年かはあらゆる物がずっと高価になっていた。それでも母はアッシュフィールドの家を保ちつづけていた。姉がしていたようにアッシュフィールドの維持費の一助としてわたしの少額の収入を贈呈することができないのがわたしとしてはどうにも悲しかった。でも、わたしたちの場合、本当にどうしようもなかった——生活していくのに一ペニーでも必要だった。

ある日、わたしが心配そうな口調でアッシュフィールドの維持が困難なことを話していると、アーチーが（たいへん分別くさく）いった、「それじゃ、お母さんは家を売って、どこかべつのところに住んだほうがはるかにいいんじゃないかね」

「アッシュフィールドを売る！」わたしは震え声でいった。

「きみにとってあの家は何の役にも立っていないと思うがね。あまり始終行けもしないし」

「アッシュフィールドを売り払うなんて、わたしとても我慢ならないわ、わたしはあの家を愛してる。あれは……あれは……何よりいちばん大切なものよ」

「じゃ、どうして、何とかする試みをやってみないんだ？」アーチーがいった。

「それはどういうこと、何とかするって？」

「きみはまた本が書けるじゃないか」

わたしはびっくりして彼の顔を見ていた。「まあ、わたし遠からずまた本を書くかもしれないけど、そんなことでアッシュフィールドはどうにもならないでしょう？」

「ずいぶんお金になるかもしれないよ」アーチーがいった。

そうなりそうにもないと思う。『スタイルズ荘の怪事件』はほとんど二千部近く売れ、当時としては無名作家の探偵小説にしては悪くないほうだった。これがわずか二十五ポンドという少額のお金をわたしにもたらしたが——それは本の印税ではなくて、意外にも《ウィークリー・タイムズ》誌にその連載権が五十ポンドで売れた半分の分け前だった。わたしのためにたいへんいいことだ、とジョン・レーンがいった。若い作家にとって、《ウィークリー・タイムズ》が作品の連載をしてくれるのは有望なことだった。そうかもしれないが、本を一冊書いてその総収入が二十五ポンドでは、著作生活でお金をたくさん得られる気持ちにはとてもなれなかった。

「もし作品がよくて採用され、出版社がそれによっていくらかもうけたとする、おそらくぼくはそうであろうと推測するがね、出版社は次を求めるにちがいないよ。そしてきみはそのたびに少しずつ多く取れるようになるのが当然だ」わたしはそれを聞いていて、同意した。わたしはアーチーの財政的な知識には大いに感服していた。わたしはもう一つ小説を書くことを考慮してみた。さて書くとすれば——いったいどんなものを書くべきか？

問題は、ある日ＡＢＣ（ソーダ・パン会社）の店の一つでお茶を飲んでいるとき、解決した。近くのテーブルで二人の人がジェーン・フィッシュという人のことを論じ合っていた。その名前がとてもおもしろくわたしの心にひびいた。その名前を頭に入れてわたしは店を出た。ジェーン・フィッシュ。これは物語のいい発端になりそうである……喫茶店で耳にはいった名前……変わった名前、聞いた人は誰でも覚える。ジェーン・フィッシュに似た名前……というか、ジェーン・フィンならもっといいのではなかろうか。わたしはジェーン・フィンにきめて、さっそく書きにかかった。初めわたしはそれに『楽しき冒険』と題をつけた――次には『若き冒険家たち』――そして最後には『秘密機関』になった。

アーチーが航空隊をやめる前に仕事についていたのは本当にいいことだった。若者たちは絶望的になっていた。彼らは軍から出ても働ける仕事がなかった。若者がよくわたしたちの家のドア・ベルを鳴らしては、ストッキングや家庭用品などを出して売りつけようとした。何とも痛ましい光景だった。あんまり気の毒なので、彼らを少しでも励ます気持ちからひどいストッキングなどをしばしば買ってやった。彼らは陸軍か海軍の大尉とか中尉であったのが、今やこうなり果てていた。ときには詩を書いて売りつけにくる者もあった。

こんなような人を二人取りあげてみようと考えた――軍用輸送補助部隊かそれとも篤志看護隊にいた若い女と、陸軍にいた若い男と。二人ともちょっと絶望的になって職を探していて、たがいに会うことになる……ひょっとすると、二人はすでに過去において会っていたかもしれない、そしてそれから？　それから、とわたしは考える、二人は……そう、スパイ事件に巻き込まれる――これはスパイ小説、スリラーもので、探偵小説ではなくなるだろう。この構想がわたしは気に入った——『スタイルズ荘の怪事件』で探偵仕事に巻き込まれた後の気分転換である。そこでわたしはスケッチ風に書きはじめた。全体的に楽しく、またスリラーはつねにそうだが、探偵小説よりもずっと書くのがやさしい。

書き終わるのに、あまり時間はかからなかった、ジョン・レーンのところへ持っていったが、あまり彼の気には入らなかった。これはわたしの最初の作品と同じタイプのものでなかった——あれほどには売れそうにもない。じつのところ、出版するかしないか彼らは決しかねていた。しかし、しまいには出版を決定した。こんどはあまり書き直しをしなくてすんだ。

わたしの記憶では、これは相当によく売れた。印税はほんの少しで、ふたたびわたしは《ウィークリー・タイムズ》に連載権を売り、こんどはジョン・レーンからの分け前として五十ポンド受け取った。これに勇気づけられはしたものの、すばらしい職業として選ぶ考えにはまだなれなかった。

わたしの第三作は『ゴルフ場殺人事件』だった。これは、フランスでおきた名高い訴訟《コーズ・セレ》事件《ーブル》のずっと後で書いたものだったと思う。今ではもうその関係者一人の名前さえも思い出せない。だいたいこんな話だった——覆面の男がある家へ押し入って、家の主を殺し、妻を縛りあげてさるぐつわをかませる、義母も死んでいたが、これは明らかに義歯がのどにつかえたのがもとだった。とにかく、妻の話はうそであることが立証され、どうやら主人を殺したのはその妻で、縛りあげられたことなどなく、または共犯者だけにできることだとされていた。これはわたしの小説の筋立てをするのに持ってこいと思われた——彼女が殺人容疑で無罪釈放になったところから話を始める。数年前殺人事件の主役だった謎の女がどこかに姿を現わす。こんどは、その舞台を、わたしはフランスに設定した。

エルキュール・ポアロが『スタイルズ荘の怪事件』で大成功だったものだから、彼をつづけて活躍させるようにとわたしはすすめられていた。ポアロ愛好者の一人は、当時の《ザ・スケッチ》誌の編集者ブルース・イングラムだった。彼はわたしに共鳴して、ぜひ《ザ・スケッチ》のためにポアロ物のシリーズを書くようにとすすめてくれた。これは本当にうれしかった。いよいよわたしも成功だ。《ザ・スケッチ》に載るとはまったくすばらしい！　彼はまた、好きで描いたエルキュール・ポアロの肖像を持っていたが、それはわたしの考えとあまりちがっていなかったが、わたしの心に描いていたポアロよりもちょっとばかりスマートに、また上品に描かれていた。ブルース・イングラムは十二篇の短篇を求めた。わたしは間もなく八篇書いて、まずこれで充分だろうと思ったが、結局十二篇に増やすことにし、さらにもう四篇、わたしの希望よりずっと急いで書くことになった。

自分では気づかずにいたが、今やわたしは探偵小説に結びつけられているばかりでなく、二人の人物にも結びつけられていた——エルキュール・ポアロとそのワトスン役ヘイスティングズ大尉である。わたしはヘイスティングズ大尉を結構楽しみ味わっていた。彼は月並な登場人物ではあったが、彼とポアロは、わたしの探偵チームの理念を象徴するものであった。わたしはいまだにシャーロック・ホームズの伝統によって書いていた——奇癖奇行の探偵、引き立て役の助手、それにレストレイド型のロンドン警視庁の刑事、ジャップ警部——そしてこんどはそれに〝人間・キツネ狩りの猟犬〟パリ警察のジロー警部を加えることになった。ジローはポアロを、時代遅れの老人として軽蔑する。

ところで今わたしは気づいたのだが、あんなに年をとったエルキュール・ポアロを活躍させはじめたのはひどい誤りだった——初めの三、四作の後で彼を見捨て、もっと若い誰かで再出発すべきであった。

『ゴルフ場殺人事件』は少しシャーロック・ホームズの伝統をはずれ、『黄色い部屋の秘密』の影響を受けていると思う。誇張した、空想的な書き方になっている。物を書きはじめるとき、その前に読んだ人かそれとも楽しく思った人物に影響されることが多いものである。

『ゴルフ場殺人事件』はこの種の穏当ないい実例だと思う——もっとも、ちょっとメロドラマ的だが。こんどはヘイスティングズに恋愛事件を用意してやった。本の中に恋愛ざたを持ち込むとすると、ヘイスティングズを片づけてしまってもよいではないか！　本当のことをいうと、わたしは少し彼に飽きていた。ポアロとはついて離れなくても、ヘイスティングズともついて離れないという必要はあるまい。

ボドリー・ヘッド社は『ゴルフ場殺人事件』を喜んでくれたが、わたしはこの本のためにデザインされたカバーのことで、彼らとちょっとしたけんかをやった。色が醜いばかりでなく、絵もまずく、わたしの見たかぎり、パジャマを着た男がゴルフ・コースでてんかんをおこして死にかかっているところが描かれていた。殺害された男はきちんと服を着て短剣で刺されているのだったから、わたしは抗議した。本のカバーは物語の筋とは何の関係もないかもしれないが、もし関連づけるなら、すくなくともまちがった話を描くべきではない。大いに感情を害したばかりでなく、本当に腹が立ったので、今後はわたしがまず本のカバーを見て同意するということに話がまとまった。すでにそれまでにもわたしはボドリー・ヘッド社とちょっとした意見の不一致があったが、それは『スタイルズ荘の怪事件』の中にあるココアという語の綴りのことであった。わけのわからない妙な理由だが、同社ではココア（cocoa）の綴りは——一杯のココアの意味の——ココ（coco）だというのである。これは幾何学の父ユークリッドがいうように不合理であろう。だがボドリー・ヘッド社の本すべての文字の綴りはもっとも厳格に守られていると、ハウズ女史から猛烈に反対された。女史がいうには、ココアはこの社の出版物の中ではかならずココと綴ることになっている、これが真正の綴りであって、社の規定でもある、と。わたしはココアの缶や辞書までひっぱり出してみせたが、女史には何の効果もなかった。ココが真正の綴りだと女史はいうのであった。それからずいぶん何年か後のこと、ジョン・レーンのおいで、

た。

「あのハウズ女史とココアの綴りのことで、えらいけんかをしたことがあるのよ」といっ〈ペンギン・ブック〉の生みの親アレン・レーンと話をしていたときのこと、わたしは、

彼はにやりとして、「わかってます、あの女史には年寄りになるにつれて、えらく困らされましたよ。何かのことで絶対に自説をまげなくてね。作家などと議論して、けっして譲らないんです」

無数の人たちから手紙が来て、「アガサよ、あなたの本の中で、あなたはなぜココアをココと書くのか、どうしても理解できん。文字綴りにだめな人だな、まったく」というのである。これはたいへん不当な言い方だった。わたしはたしかに文字綴りがだめであったし、今もだめではあるが、それにしてもココアぐらいはちゃんと正しく綴れる。もっとも、わたしは性格の弱い人間であったということである。あれはわたしの初めての本だったし——彼ら出版社のほうがわたしよりもいろんなことをよく知っているのにちがいないと思っていたからである。

『スタイルズ荘の怪事件』にはいろいろいい批評を受けたが、その中でももっともうれしかったのは《調剤学時報》に載ったものだった。こうほめてあった、「この探偵小説では充分の知識のあるやり方で毒薬を取り扱ってあり、よく使われている追跡不能の薬物のようなばかばかしい扱いをしていない。ミス・アガサ・クリスティーは自分の仕事に充分心

得のある人だ」というのだった。

　わたしは変わったペンネームで本を書こうと思っていた――マーティン・ウェストあるいはモスティン・グレー――だがジョン・レーンがわたしの実名アガサ・クリスティーを強く主張してやまなかった――とくに洗礼名を。彼がいうのである、「アガサというのは珍しい名前だから人の記憶に残るものだ」と。そこで、マーティン・ウェストを捨てて、以後アガサ・クリスティーと自分にレッテルを張ることとなった。女性名では人がわたしの作品に対してとくに探偵小説の場合、偏見を抱くだろうから、マーティン・ウェストのほうがずっと男らしくて率直でいいだろうという考えをわたしは持っていた。しかし、前にもいったように、初めての本を出版するに際しては、何でもいいわれたことに譲歩するものであって、この場合は、ジョン・レーンのいうことがやはりあたっていたと思う。

　わたしはもう三冊の本を書き、幸せな結婚をし、わたしの心からの願いは田舎に住みたいということだった。アディスン・マンションは公園からはずいぶん遠かった。乳母車を押していって戻ってくるのは、ジェシー・スワンネルにとってもわたしにとっても冗談ごとでなかった。それに、一つなくなることのない障害があった――アパートは取り壊される予定になっていた。ライオンズという人の持ち物で、その人はこの敷地に新しい住宅を建てる計画をしていた。借家契約がわずか三ヵ月ごとになっていたのはそのせいであった。いつ何時建物を取り壊すという通告があるかもわからなかった。実際には、三十年後もわたしたちのあのアディスン・マンションの建物はまだちゃんと立っていた——もっとも、今はもう姿を消しているが。キャドビー・ホールがその場所に君臨している。

わたしたちの週末活動の中には、ときどき汽車でアーチーとイースト・クロイドンへ行ってそこでゴルフをすることがあった。わたしはもともとたいしたゴルファーでなかったし、アーチーはほとんどやらなかったが、やがてたいへん興味を持つようになった。しばらくすると、わたしたちは毎週末のようにイースト・クロイドンへ行っていた。気がつかずにいたが、あちこちの土地を探索し、長い道を歩く変化を失ってさびしい気持ちだった。結局、このレクリエーションを選ぶことがわたしたちの生活に大変化をもたらすことになった。

アーチーもパトリック・スペンスも——わたしたちの友だちで同じゴールドスタイン氏のところで働いていた——自分たちの仕事のことをどうやら悲観しかけていた。期待をいだかせ、ほのめかされていた見込みが実現しそうになかったのだ。彼らはある程度の管理職の地位を与えられてはいたが、管理職というものはつねに危険のある道連れであって——ときには倒産の瀬戸ぎわに立たされる。スペンスがいっていたことがある、「あの連中はいやなペテン師どもだよ。みんな合法的にやってはいるがね。でもやはりぼくは気に入らんな、きみはどう?」

アーチーは、けっしてりっぱなやり方ではないと思う、といっていた。「それよりもね」と彼は考えこむようにして、「ぼくはむしろ仕事を変えられたらと思うよ」彼はシティの生活を好んでいたし、それにむいてもいたが、ときがたつにつれ、雇い主に対する熱を次第次第に失ってきた。

すると、まったく予期もしなかったことがやってきた。

アーチーはクリフトン大学の修士だった友人を持っていた――ベルチャー少佐だ。ベルチャー少佐は変人だった。たいへんなはったり屋だった。彼自身の話によると、彼は戦時中、ジャガイモの統制監査官の職をはったりで身につけたのだという。ベルチャーの話がどれだけ作り話なのか、どれだけ本当なのか知るよしもないが、とにかく話だけはなかなかうまい話だった。彼は戦争が始まったとき四十とかあるいは五十歳を超えていて、陸軍省の国内勤務の職を当てがわれたが、あまりそれが気に入らなかった。それはともかく、ある晩政府要人と一緒に食事をしていると、話がジャガイモのことに及んだ――これは一九一四～一八年の戦争におけるじつに大問題であった。わたしの記憶でも、ジャガイモはたちまちのうちに姿を消してしまった。病院ではたしか一度も食べたことがなかったと思う。この欠乏がベルチャーの統制によるものなのかどうかは知らないが、そういう話を聞かされてもべつに驚きはしないだろう。「おれと話をしていたこのえらそうな老いぼれあほうがいうんだ」とベルチャーがいった、「ジャガイモの状況が重大なことになりそうである、まことと重大にだ。おれはいってやったよ、何とか手を打たにゃいかんですね、あんまりたくさん人間がごちゃごちゃしすぎとる。誰かが全体を引き受けなくちゃいけない……一人の人間が統御する。彼はおれのいうことに同意したよ。『しかしお断わりしておくが』とおれがいってやった、『その男には相当高給を払ってやらなくちゃいかんですよ。けちな給料でりっぱな人物を手に入れようと望んじゃいけません。最高の人物を手に入れるべきです。そういう男には、すくなくとも……』」とここで彼は数千ポンドの金額を示した。「それはえらく高いな」と要人がいった。「りっぱな人物を手に入れなくちゃならんわけでしょう」とベルチャー、「いいですか、もしこのおれにそれを提供しようといわれたら、そんな金額じゃ、とてもじゃないが受けませんね」

それはなかなか効験あらたかな宣言であった。数日後、ベルチャーは自分自身の評価額どおりの額を受け、ジャガイモの統制をするよう懇願された。

「あなた、ジャガイモのことはよくご存じ？」とわたしがきいてみた。

「全然何も知らんのですよ」ベルチャーがいった。「でも、おれは知ってるふりなどしやしない。というのは、何だってできるってことです……ただ、ジャガイモのことをちっとばかり知っていて、本でも読んで知識を得られる男を副指揮官として手に入れるだけのこと、造作ないですよ！」彼は人を感服させるすばらしい能力を持った男だった。彼は自分の組織力に自信を持っていて——彼が招いた大破滅に人が気づくまでには相当な時間がかかった。実際のところは、彼ほど組織力の劣る男というものはないということだった。彼の考え方は、多くの政治家のそれのように、まず全産業――でも何でもいい――を打ち砕いてしまって混乱状態に放り込み、それを再組織化する、ちょうどオーマル・ハイヤムならいいそうな〝心の望むままに〟集め直す。ただ問題は、再組織化ということになると、ベルチャーはだめだった。だが、人は時すでに遅しというときになるまでめったにそのことに気づかなかった。

彼の経歴中のある期間、彼はニュージーランドへ行っていたことがあったが、その地で彼はある学校の管理者たちを自分の学校再編成計画にえらく感服させたものだから、急ぎ彼を校長に雇い入れることとなった。約一年後、彼はその仕事を放棄してくれるよう、そのために巨額の金を提供された――けっして不面目な行為があったからではなくて、もっぱら彼がもたらした混乱状態、他の人々のあいだに彼が引きおこした憎しみ、そして彼がいっていた〝前向き、現代的、進歩的処理〟を楽しんでいたからであった。前にもいったとおり、彼は変わった人物であった。人々はときには彼をひどくきらい、ときにはたいへん好きになってしまう。

ある晩、ベルチャーがわたしたちと食事をしにやってきて、例のジャガイモ仕事のほうがだめになったので、これからどんなことをしようとしているか、それを説明した。「ねえ、こんどの帝国博覧会のこと知ってるだろう、十八カ月後に開かれる？　英国の各自治領どもをけしかけなくちゃいかん、大いに待望し、万事に協力させるためにね。おれは使節として……大英帝国使節として世界中をまわることになっているんだ、この一月を始まりにね」とその計画のくわしい話をして、「おれがほしいのは、誰かおれと一緒に来てくれる財政顧問なんだがね。どうだい、きみは、アーチー？　きみはずっと頭がよかったからな。クリフトン校の首席だったし、シティでもいろいろ経験しているしね。きみこそおれの求めている男だよ」

「今の仕事をやめるわけにいかないよ」アーチーがいった。

「どうしてやめられない？　きみんとこの社長に適当に話せばいい……経験を広げるのだからとか何とかいってね……きっと、今の職分をあけたままにしといてくれるさ」

ゴールドスタイン氏がそんなようなことをしてくれるかどうか疑問だとアーチーはいった。

「まあきみ、よく考えといてくれたまえよ。きみがぜひほしいんだ、おれは。アガサも、もちろん一緒に来ていいんだよ。どう、旅行は好きでしょう、え？」

「ええ」わたしはそっけなく一言だけいった。

「旅程を話しておこうね。まず、南アフリカへ行く。きみとおれと、それから秘書ももちろんだ。われわれと一緒にハイヤムたちも行く。ハイヤムといってもわからんかもしれないがね……彼は東部アングリアのジャガイモ王だ。とてもしっかりした人だよ。ぼくの大の親友でね。彼の妻と娘も一緒に来る。彼らは南アフリカまでしか行かないことになってる。ハイヤムはそれ以上は行けない、というのはここでえらくたくさんな商取引があるからだね。その後、われわれはオーストラリアへ直行、そしてオーストラリアからニュージーランドへ。ニュージーランドでは、ちょっとぼくはしばらく暇を作るつもりだ……ここには友だちがいっぱいいるんでね、あそこはいいところだよ。まあ、一ヵ月の休暇を取れるだろう。よかったら、きみたちはハワイなどへ行ってもいい、ホノルルなんかへね」

「ホノルル」わたしは声にならない声でいった。夢の中の幻想のようなひびきだった。

「それからカナダへ行き、そして帰国する。およそ九ヵ月か十ヵ月はかかるだろう。どうだね？」

やっとわたしたちにも彼が本気なことがわかってきた。相当に警戒しながら、わたしたちはこのことへはいっていった。アーチーの費用はもちろん全部むこうが支払うことになっていて、その他に一千ポンド提供するというのである。もしわたしが一行に同行するのだったら、全旅費も支払ってくれる――というのは、わたしはアーチーの妻として同行するのだから、各国の国鉄や船などの運賃は無料となるというのであった。

わたしたちは財政について一生懸命計算してみた。だいたいやっていけそうであった。アーチーに提供される千ポンドでわたしのホテル代や、わたしたち二人のホノルルでの一ヵ月の休暇などもまかなえる。やっとではあるが、どうやら可能と思われた。

アーチーとわたしは短期の休暇に二度海外へ行ったことがあった――一度は南フランス

のピレネー山脈地方へ、一度はスイスへ。わたしたちは二人とも旅行が好きだった。わたしにこの趣味があるのは、七歳のときのあの早い経験のせいにちがいない。とにかく、わたしは世界見物がしたくてしようがなかったが、とてもできそうには思えなかった。わたしたちは今、シティの生活に身をゆだねていて、わたしの見るかぎり、実務家は一年に二週間以上の休暇は取れない。二週間ではとても遠くへは出かけられない。わたしは中国や日本やインドやハワイ、そしてその他多くの地を見たいと切望していたが、その夢はそのままで、おそらくいつまでもそのままになっていることであろう、ただ念願として。

「問題はだね」とアーチーがいった、「あの〝黄色い顔どの〟がこの計画を思いやりある見方をしてくれるかどうかだ」

わたしはアーチーが彼にとってたいへん貴重な人物にちがいないと望みをこめていってやった。アーチーは、誰か自分ぐらいに仕事のできる人間を彼は代わりに雇うだろう、たくさんの人たちがいまだに職を求めてうろうろしているのだから、といった。とにかく〝黄色い顔どの〟は協力的ではなかった。彼はアーチーが帰ってきたら再雇用するかもしれない──場合によっては──だが、仕事口をあけて待っているとは保証できない、といった。アーチーにはそれを要求することはとてもできなかった。自分の椅子がふさがってしまう冒険をしなければならない。で、そのことをわたしたちは討議した。

「冒険ね」わたしがいった。「とても冒険だわ」

「うん、冒険だ。ぼくにはわかってるんだ――おそらくぼくらが英国へ戻ってくるときには一文無しになっていて、あるのはきみとぼくとで一年にわずか百ポンド少しのお金だけで、あとは何もなし、仕事にありつくのはむずかしいし……おそらく今以上にむずかしくなってるだろう。一方……もし冒険をしないとなると、どうにもならない、そうだろう？それはむしろきみの考え次第だよ」アーチーがいった、「テディはいったいどうする？」

テディというのは当時わたしたちがロザリンドにつけていた名前だった――たぶん冗談に彼女のことをタッドポール（おたまじゃくし）といっていたことがあったせいだろう。

パンキー――当時みんなが姉マッジのことをそういっていた――がテディのことは世話してくれるだろう。それとも母が喜んでやってくれるだろう。それに保母もついていることだし。ええ、この方面は万事いいわ。一生に一度きりのチャンスよ、わたしは一心にいった。

わたしたちは考えに考えた。

「もちろん……あなたは行けばいいわ」とわたしは無欲そうに勇を鼓していった、「わたしは家に残ってますから」

わたしは彼の顔を見た。彼がわたしの顔を見ていた。

「きみを家に残しちゃ行けないよ」彼がいった。「そんなことしたんじゃ、ぼくが楽しくない。そう、きみが冒険して、来るか来ないかだ……でも、それはきみの考え次第だ、というのはぼくよりもきみにとってのほうがよけいに冒険だからな」

で、またわたしたちは座り込んで考え、わたしはアーチーの見解を採用することにした。

「あなたの考えが正しいと思うわ」わたしがいった。「わたしにとってのチャンスですもの。今やらなくちゃ、わたしたちいつまでも自分自身に腹を立てていなくちゃならないと思う。そうよ、あなたがいってたように、チャンスが来たときに、自分が望んでいたことのために冒険することができなかったら、人生なんて生きてる価値がないわ」

わたしたちはこれまでも安全第一主義ではなかった。わたしたちはあらゆる反対を押し切って結婚したし、そして今、わたしたちは世界を見るべく決心して、帰ったらどうなるか冒険をしてみることになった。

家庭の整理はむずかしくはなかった。アディスン・マンションの部屋は有利に貸せるし、それでジェシーの給料が払える。母と姉が喜んでロザリンドと保母を預かってくれることになった。一つだけ、最後の瞬間になって異議が出てきた——わたしの兄モンティが休暇でアフリカから帰ってくるとわかったとき、兄が来るというのにわたしが英国にいないなんて言語道断だと姉が怒った。

「あなたのたった一人の兄が、戦傷を受けたあげく何年も遠く離れていて、帰ってくるというそのときに、あなたは世界旅行のほうへ出かけてしまうなんて。恥知らずよ。兄を優先すべきよ」

「わたしはそう思わないわ」わたしがいった。「わたしは自分の夫を優先します。彼はこんどの旅行に出かけようとしてるんだから、わたしも一緒に行きます。妻は夫と一緒に行くべきものよ」

「モンティはあなたのたった一人の兄よ、そして彼に会える唯一のチャンスよ、ひょっとするとまた何年ものあいだ、会えないのよ」

わたしはしまいにはもうすっかりめちゃくちゃな気持ちにさせられていたが、母は強くわたしの味方になってくれた。「妻のつとめはその夫とともにあることですよ」母がいった。「夫がまず第一、子供よりも先よ……そして、兄はもっとずっと遠く離れたものよ。いいかね、もしあなたが夫とともにいなくて、あんまり夫を放っておいたら、夫を失ってしまうにちがいない。とくに、アーチーのような男についてはまちがいなくそうですよ」

「そんなこと絶対ないわ」わたしが憤然といった。「アーチーはこの世でいちばん信頼できる人よ」

「男というものはわからないものです」母がいった、まこと尊大を特徴とするヴィクトリア朝精神で、「妻はその夫とともにあるべきものです……そして、妻がそうしないなら、夫は妻を忘れる権利があると思うようになります」

クリスティーに魅せられて

ミステリー評論家
森 英俊

いま思えば、わたしがミステリーの世界にどっぷりはまるきっかけを作ってくれたのは、アガサ・クリスティーであった。それは小学校高学年のときで、祖父母の家にいとこが忘れていった一冊の本の題名に惹かれ、ぱらぱらと頁をめくってみたところ、そのあまりの面白さに、一気に読み通さずにはいられなくなった。クリスティー自身も愛読したというガストン・ルルーの『黄色い部屋の秘密』も含め、それまでにもミステリーと名のつくものはいくつか読んだことがあったが、その本――『ABC殺人事件』をジュニア向けに訳出したもの――ほど、わたしをとりこにしたものはなかった。それは、世のなかにこれほど夢中にさせられるものがあったのかという、新鮮かつうれしい発見だった。以来、クリスティーに、そしてミステリーに、魅せられっぱなしになっている。

同じようにクリスティーに魅せられた読者は、それこそ全世界にごまんといるだろうが、クリスティーの作品の魅力は、「おとなから子どもまで楽しめる」ということにつきる。なにより、わかりやすいのが強みだろう。文章がきわめて平易なうえ、隣人だった作家イーデン・フィルポッツが手紙のなかでいみじくも指摘しているように、「会話にすぐれた感覚を持っている」ため、すらすらと読み進めることができるのだ。

シリーズ探偵はいささかステロタイプ化されている気味があり、トミーとタペンスをのぞいて作中でそれほど年齢を重ねないが、その変わらなさ、安定性が、逆にシリーズ読者には心地いいのである。

多くの長短篇で主役をはるふたりの探偵――ポアロとミス・マープル――は著しく個性の異なるキャラクターで、その違いがちょうどいいコントラストとなって、読者の心をつかんでいる。作者の近くに住んでいたベルギーの亡命者たちから着想を得て創り出されたポアロは、「小さな灰色の脳細胞」という表現に代表されるとおり天才肌の探偵で、身長一六〇センチ弱の小男でありながら、卵形の頭にぴんと立った口ひげがひどく人目を惹く。かたやミス・マープルは、作者自身の言葉を借りれば、「わたしが少女時代に行って滞在した多くの村々で会った老婦人のような」、どこにでもいるようなごくふつうの老齢の女性で、直感や村で起きた身近な出来事との類推によって真相を見抜く。

クリスティー・ファンは一般にこのポアロかミス・マープル派に分かれるようだが、ふたりに比べて登場回数の少ないそれ以外の探偵たちも、なかなかに魅力的である。『秘密機関』で若い冒険好きのカップルとして登場し、その後、老齢にいたるまでが描かれるトミーとタペンス、よろず悩みごと解決人のパーカー・パイン氏、どちらかといえば脇役として心理的・幻想的な探偵譚に顔を見せるハーリ・クィン氏など、いずれもこの作者ならではの愛すべき探偵たちだ。

プロット面に目を向けてみると、このクリスティーほどミスディレクションにたけ、小道具の使いかたのうまいミステリー作家はいない。

先述の『ＡＢＣ殺人事件』を例にとるなら、ポアロの元に殺人を予告する挑戦状が送付され、その言葉どおりにイニシャルのＡＢＣ順に英国各地で人々が殺されていくという、同書の大がかりなストーリー展開自体がひとつのミスディレクションになっており、それを十二分に活かすために『ＡＢＣ鉄道案内』という小道具が用意されている。ひどく日常的な品でありながら、犯行があるたびに死体のかたわらで発見されるこの『ＡＢＣ鉄道案内』ほど不気味なものが、ほかにあるだろうか？

ミスディレクションが巧みであればあるほど、意外な結末《サプライズ・エンディング》のもたらす衝撃も大きい。『ＡＢＣ殺人事件』のほかにも、『アクロイド殺し』『三幕の殺人』『ナイルに死す』『愛国殺人』『白昼の悪魔』『葬儀を終えて』など、ポアロ物の傑作の多くがこれに該当しよう。

だが、巧みなミスディレクションと小道具、意外な結末とが渾然一体となったきわめつけのものといえば、非シリーズ長篇の『そして誰もいなくなった』にとどめをさす。孤島に集められた男女のあいだで犠牲者が増えるたびに減っていくインディアン人形の生み出すサスペンスは出色で、そのうえ作者のいうように「率直、明快でうまく裏をかき、しかも完全に理にかなった解明がある」のだから、まさしく古典的名作の名にふさわしい。

短篇集『火曜クラブ』に収められたいくつかの例外をのぞくと、ミス・マープルの登場する作品はポアロ物に比べてはででもなければトリッキーでもない。このシリーズのよさはむしろ英国風のヴィレッジ・ミステリーやカントリー・ハウス物としての結構にあり、事件の解決したあと、村々にはふたたび平和な日々が訪れる。リアリティーに欠けると現代の作家たちからは批判されるものの、この予定調和的な展開こそが多くの読者には心地いいのであり、ミス・マープル物の人気のゆえんでもある。

本書『アガサ・クリスティー自伝』にも、クリスティー作品の人気のゆえんを探るうえでの、いくつかのヒントが隠されている。驚異的な記憶力と、なにかを想像してひとりで楽しむという子どものころからの習慣は、緻密なプロット構築のうえで大いに役立ったにちがいない。一方、『秘密機関』や『茶色の服の男』など、スリラー系統の作品に感じられるみずみずしさは、肩ひじ張らずに筆を走らせた結果のようだ。考古学者マックス・マローワンとの再婚も、彼女の創作にすばらしい影響を与えている。実際、再婚し精神的に安定した一九三〇年以降、数多くの傑作が生み出されているし、マローワンとの中東旅行は『メソポタミヤの殺人』や『ナイルに死す』といった異国情緒豊かな作品群として結実した。

本書を読まれた諸氏は、彼女の小説とも共通する、なんとも心地いい温かみに気づかれたことだろう。そしてその心地いい温かみを味わいたくて、われわれはきょうもクリスティーの本を手にとるのである。

波乱万丈の作家人生

〈エッセイ・自伝〉

「ミステリの女王」の名を戴くクリスティーだが、作家になるまでに様々な体験を経てきた。コナン・ドイルのシャーロック・ホームズものを読んでミステリのおもしろさに目覚め、書いた小説をミステリ作家イーデン・フィルポッツに送ってみてもらっていた。その後は声楽家をめざしてパリに留学するが、才能がないとみずから感じ、声楽家の道を断念する。第一次世界大戦時は陸軍病院で篤志看護婦として働き、やがて一九二〇年に『スタイルズ荘の怪事件』を刊行するにいたる。

その後もクリスティーは、出版社との確執、十数年ともに過ごした夫との離婚、種痘ワクチンの副作用で譫妄状態に陥るなど、様々な苦難を経験したがそれを乗り越え、作品を発表し続けた。考古学者のマックス・マローワンと再婚してからは、ともに中近東へ赴き、その体験を創作活動にいかしていた。

当時人気ミステリ作家としてドロシイ・L・セイヤーズがいたが、彼女に対抗して、クリスティーも次々と作品を発表した。特にクリスマスには「クリスマスにはクリスティーを」のキャッチフレーズで、定期的に作品を刊行し、増刷を重ねていた。執筆活動は、三カ月に一作をしあげることを目指していたという。メアリ・ウェストマコット名義で恋愛小説を執筆したり、『カーテン』や『スリーピング・マーダー』を自分の死後に出版する計画をたてるなど、常に読者を楽しませることを意識して作品を発表してきた。

ジャネット・モーガン、H・R・F・キーティングなど多くの作家による評伝・研究書も書かれている。

バラエティに富んだ作品の数々

〈ノン・シリーズ〉

名探偵ポアロもミス・マープルも登場しない作品の中で、最も広く知られているのが『そして誰もいなくなった』（一九三九）である。マザーグースになぞらえて殺人事件が次々と起きるこの作品は、不可能状況やサスペンス性など、クリスティーの本格ミステリ作品の中でも特に評価が高い。日本人の本格ミステリ作家にも多大な影響を与え、多くの読者に支持されてきた。

その他、紀元前二〇〇〇年のエジプトで起きた殺人事件を描いた『死が最後にやってくる』（一九四四）、『チムニーズ館の秘密』（一九二五）に出てきたロンドン警視庁のバトル警視が主役級で活躍する『ゼロ時間へ』（一九四四）、オカルティズムに満ちた『蒼ざめた馬』（一九六一）、スパイ・スリラーの『フランクフルトへの乗客』（一九七〇）や『バグダッドの秘密』（一九五一）などのノン・シリーズがある。

また、メアリ・ウェストマコット名義で『春にして君を離れ』（一九四四）をはじめとする恋愛小説を執筆したことでも知られるが、クリスティー自身は四半世紀近くも関係者に自分が著者であることをもらさないよう箝口令をしいてきた。これは、「アガサ・クリスティー」の名で本を出した場合、ミステリと勘違いして買った読者が失望するのではと配慮したものであったが、多くの読者からは好評を博している。

名探偵の宝庫

〈短篇集〉

クリスティーは、処女短篇集『ポアロ登場』（一九二三）を発表以来、長篇だけでなく数々の名短篇も発表し、二十冊もの短篇集を発表した。ここでもエルキュール・ポアロとミス・マープルは名探偵ぶりを発揮する。ギリシャ神話を題材にとり、英雄ヘラクレスのごとく難事件に挑むポアロを描いた『ヘラクレスの冒険』（一九四七）や、毎週火曜日に様々な人が例会に集まり各人が体験した奇怪な事件を語り推理しあうという趣向のマープルものの『火曜クラブ』（一九三二）は有名。トミー＆タペンスの『おしどり探偵』（一九二九）も多くのファンから愛されている作品。

また、クリスティー作品には、短篇にしか登場しない名探偵がいる。心の専門医の異名を持ち、大きな体、禿頭、度の強い眼鏡が特徴の身上相談探偵パーカー・パイン（『パーカー・パイン登場』〔一九三四〕など）は、官庁で統計収集の事務を行なっていたため、その優れた分類能力で事件を追う。また同じく、ハーリ・クィンも短篇だけに登場する。心理的・幻想的な探偵譚を収めた『謎のクィン氏』（一九三〇）などで活躍する。その名は「道化役者」の意味で、まさに変幻自在、現われてはいつのまにか消え去る神秘的不可思議的な存在として描かれている。恋愛問題が絡んだ事件を得意とするというユニークな特徴をもっている。

ポアロものとミス・マープルものの両方が収められた『クリスマス・プディングの冒険』（一九六〇）や、いわゆる名探偵が登場しない『リスタデール卿の謎』（一九三四）や『死の猟犬』（一九三三）も高い評価を得ている。

世界中で上演されるクリスティー作品

〈戯曲集〉

劇作家としても高く評価されているクリスティー。初めて書いたオリジナル戯曲は一九三〇年の『ブラック・コーヒー』で、名探偵ポアロが活躍する作品であった。ロンドンのスイス・コテージ劇場で初演を開け、翌年セント・マーチン劇場へ移された。一九三七年、考古学者の夫の発掘調査に同行していた時期にオリエントに関する作品を次々執筆していたクリスティーは、戯曲でも古代エジプトを舞台にしたロマン物語『アクナーテン』を執筆した。その後、『そして誰もいなくなった』、『死との約束』、『ナイルに死す』、『ホロー荘の殺人』など自作長篇を脚色し、順調に上演されてゆく。一九五二年、オリジナル劇『ねずみとり』がアンバサダー劇場で幕を開け、現在まで演劇史上類例のないロングランを記録する。この作品は、伝承童謡をもとに、一九四七年にクイーン・メアリの八十歳の誕生日を祝うために書かれたＢＢＣ放送のラジオ・ドラマを舞台化したものだった。カーテン・コールの際の「観客のみなさま、どうかこのラストのことはお帰りになってもお話しにならないでください」の一節はあまりにも有名。一九五三年には『検察側の証人』がウィンター・ガーデン劇場で初日を開け、その後、ニューヨークでアメリカ劇評家協会の海外演劇部門賞を受賞する。一九五四年の『蜘蛛の巣』はコミカルなタッチのクライム・ストーリーという新しい展開をみせ、こちらもロングランとなった。

クリスティー自身も観劇を好んでいたため、『ねずみとり』は初演から十年がたった時点で四、五十回は観ていたという。長期にわたって劇のプロデューサーをつとめたピーター・ソンダーズとは深い信頼関係を築き、「自分の知らない芝居の知識を教えてもらった」と語っている。

灰色の脳細胞と異名をとる

〈名探偵ポアロ〉シリーズ

本名エルキュール・ポアロ。イギリスの私立探偵。元ベルギー警察の捜査員。卵形の顔とぴんとたった口髭が特徴の小柄なベルギー人で、「灰色の脳細胞」を駆使し、難事件に挑む。『スタイルズ荘の怪事件』（一九二〇）に初登場し、友人のヘイスティングズ大尉とともに事件を追う。フェアかアンフェアかとミステリ・ファンのあいだで議論が巻き起こった『アクロイド殺し』（一九二六）、イニシャルのＡＢＣ順に殺人事件が起きる奇怪なストーリーが話題をよんだ『ＡＢＣ殺人事件』（一九三六）、閉ざされた船上での殺人事件を巧みに描いた『ナイルに死す』（一九三七）など多くの作品で活躍し、最後の登場になる『カーテン』（一九七五）まで活躍した。イギリスだけでなく、イラク、フランス、イタリアなど各地で起きた事件にも挑んだ。

映像化作品では、アルバート・フィニー（映画《オリエント急行殺人事件》）、ピーター・ユスチノフ（映画《ナイル殺人事件》）、デビッド・スーシェ（ＴＶシリーズ）らがポアロを演じ、人気を博している。

1 スタイルズ荘の怪事件
2 ゴルフ場殺人事件
3 アクロイド殺し
4 ビッグ4
5 青列車の秘密
6 邪悪の家
7 エッジウェア卿の死
8 オリエント急行の殺人
9 三幕の殺人
10 雲をつかむ死
11 ABC殺人事件
12 メソポタミヤの殺人
13 ひらいたトランプ
14 もの言えぬ証人
15 ナイルに死す
16 死との約束
17 ポアロのクリスマス
18 杉の柩
19 愛国殺人
20 白昼の悪魔
21 五匹の子豚
22 ホロー荘の殺人
23 満潮に乗って
24 マギンティ夫人は死んだ
25 葬儀を終えて
26 ヒッコリー・ロードの殺人
27 死者のあやまち
28 鳩のなかの猫
29 複数の時計
30 第三の女
31 ハロウィーン・パーティ
32 象は忘れない
33 カーテン
34 ブラック・コーヒー〈小説版〉

訳者略歴　1906年生，1930年青山学院商科卒，2000年没，作家，翻訳家　訳書『バートラム・ホテルにて』クリスティー，『チャイナ・オレンジの秘密』クイーン（以上早川書房刊）他多数

アガサ・クリスティー自伝《じでん》

〔上〕

〈クリスティー文庫 97〉

二〇〇四年十月十五日　発行
二〇一六年十月十五日　三刷

（定価はカバーに表示してあります）

著者　アガサ・クリスティー
訳者　乾《いぬい》　信《しん》　一《いち》　郎《ろう》
発行者　早川　浩
発行所　株式会社　早川書房
郵便番号一〇一‐〇〇四六
東京都千代田区神田多町二ノ二
電話　〇三‐三二五二‐三一一一（大代表）
振替　〇〇一六〇‐三‐四七七九九
http://www.hayakawa-online.co.jp

印刷・信毎書籍印刷株式会社　製本・株式会社明光社
Printed and bound in Japan
ISBN978-4-15-130097-4 C0198

本書は活字が大きく読みやすい〈トールサイズ〉です。